손원태 회고록

내가 만난 김성주-김일성

손원태 회고록
내가 만난 김성주-김일성

2020년 3월 30일 초판 1쇄 발행
2020년 8월 20일 초판 2쇄 발행

지은이 | 손원태
엮은이 | 손정도목사기념학술원
감 수 | 최재영
펴낸이 | 김영호
펴낸곳 | 도서출판 동연
등 록 | 제1-1383호(1992. 6. 12)
주 소 | 서울시 마포구 월드컵로 163-3
전 화 | (02)335-2630
전 송 | (02)335-2640
이메일 | yh4321@gmail.com
블로그 | https://blog.naver.com/dong-yeon-press

ISBN 978-89-6447-569-0 03800

이 도서의 국립중앙도서관 출판예정도서목록(CIP)은 서지정보유통지원시스템 홈페이지
(http://seoji.nl.go.kr)와 국가자료종합목록 구축시스템(http://kolis-net.nl.go.kr)에서
이용하실 수 있습니다. (CIP제어번호 : CIP2020012240)

손 / 원 / 태 / 회 / 고 / 록

내가 만난 김성주-김일성

손원태 **지음** | 손정도목사기념학술원 **엮음** | 최재영 **감수**

동연

지은이 손원태 박사

손원태 박사와 김일성 주석(1992년 세 번째 평양 방문 때 주석궁에서)

손원태 박사는 1914년 대한민국임시정부 의정원 의장을 지낸 항일 독립 운동가 손정도 목사의 둘째 아들로 태어났으며, 대한민국 해군을 창설한 손원일 제독의 친동생이다. 의사로서 시카고에 정착한 1949년부터 20여 년간 그곳의 한인제일연합감리교회 직원 회장을 맡아 이은택 목사, 은준관 목사, 차현회 목사를 연이어 보필했고, 1972년 오마하로 이주한 후에는 오마하한인장로교회의 장로로 봉직하면서 한인 유학생들을 돌보며 섬겼다. 또한 김일성 주석의 초대를 받아 방북하면서 국제사회의 주목을 한 몸에 받기도 했다. 일제강점기 만주 일대 항일운동에 대해 무자비한 탄압을 가하던 엄혹한 시기에 두 사람은 청소년 시절의 우정을 함께 나누던 관계였기 때문이다. 수차례에 걸쳐 김 주석과 밀접한 회동을 하며 분단 조국의 화해와 평화통일에 일조하고자 했던 그는 김 주석이 떠난 10년 후인 2004년 통일의 염원을 간직한 채 타계했다. 그의 유해는 현재 평양 신미리 애국열사릉에 안장돼 있다.

〈약력〉

1914년 8월 11일	서울에서 출생
1945년	세브란스의학전문학교(연세대 의과대학) 졸업
1949년	미국 Northwestern University 졸업(석사)
1952년	미국 시카고 Cook County Hospital 레지던트
	(병리학 박사)
1952-1972	시카고 한인제일연합감리교회 출석
1972년	미국 네브라스카 주 오마하 시 이주
1978년 8월 20일	오마하 한인장로교회 장로 임직
1986년	의사 정년퇴직
2004년 9월 28일	별세

〈가족〉

부인: 이유신 장로(별세)
장남: 손정호 Carl Sohn(별세)
차남: 손정국 Richard Sohn
장녀: 손영희 Young hi Sohn

일러두기

1. 이 책은 역사성과 사실적 생동감을 고려하여 저자의 원문을 가감 없이 수록했으며, 간혹 원문에서 발견되는 오류와 오타는 손정도목사기념학술원 출판준비위원회의 규칙에 따라 바로잡았음을 밝혀둡니다.
2. 이 책의 엮은이는 손정도목사기념학술원 출판준비위원회(위원장 최재영) 임을 밝혀둡니다.
3. 이 책에 수록된 모든 사진은 저자 손원태 박사와 최재영 목사가 제공하였 으며, 사진 설명은 엮은이에 의해 작성되었음을 밝혀둡니다.
4. 이 책의 감수는 손정도목사기념학술원 출판준비위원회 결정에 따라 학 술원장(최재영 목사)이 맡았음을 밝혀둡니다.
5. 이 책(『내가 만난 김성주-김일성』)은 2003년 미국 McFarland & Company, Inc.에서 발간한 손원태 박사의 영문 회고록 *Kim Il Sung and Korea's Struggle: An Unconventional Firsthand History*와 서로 별개의 저작물이며, 내용상으로도 차이가 있음을 밝혀둡니다.
6. 이 책의 출판은 원저자인 손원태 박사가 클레어몬트대학교 김찬희 박사 에게 한국어 출판을 직접 의뢰하여 손정도목사기념학술원을 통해 합법 적으로 성사된 것임을 밝혀둡니다.

머 리 말

이따금씩 주변의 지인들로부터 자서전을 써보라는 권유를 받기는 했지만 일생을 평범한 의사로 살아왔던 나는 꿈에서조차 그런 생각을 스스로 해본 적이 없다. 돌이켜보니 내가 처음으로 남에게 그런 권유를 받은 것은 상해에서 대학을 다니던 청년시절이었다.

어느 날 기숙사에서 공부를 하던 중에 나는 갑자기 망향의 설움이 북받쳐 올라 창밖으로 먼 하늘을 우두커니 바라보고 있었다. 그러자 함께 방을 쓰던 탁 씨 성의 중국인 친구가 어깨를 툭 치며 "뭘 그리 골똘히 생각하고 있는가?" 하고 물었다. 감상에 젖어있던 나는 일본에 나라를 빼앗기고 일곱 살 때 가족과 함께 쫓겨나듯 조국을 떠나왔던 일이며 독립운동가이자 목회자이셨던 선친의 병사 이후 가족들의 부평초 같은 삶을 토로했고, 그 친구가 나에게 그것을 책으로 써보라고 권유했던 것이다.

아마도 그런 기억이 내 무의식 속 어딘가에 숨어있었을 수도 있겠다. 하지만 다시 한번 고백하건데 나는 그 이후 지금 이 글을 쓰기 전까지는 단 한 번도 자서전이든 회상기든 책을 써보겠다는 생각을 해본 적이 없다. 졸지에 나라와 부친을 잃고 난민처럼 떠돌던 그 참혹한 세월을 다시 기억하는 것은 감내하기 어려운 고통이었기 때문이다. 어쩌면 소심했던 나는 지나온 삶에 대한 어떤 피해의식에 사로잡혀 있었는지도 모른다. 그래서 더욱 과거의 아픈 상처들과 마주하는 일을 피하고자 했을 것이다. 그러나 우리 민족사의 가장 처절한 시기를 평생 겪어오면서 나는 필연적으로 역사의 목격자이자 체험자, 참가자가 될 수밖에 없었다. 더구나 그가 누구든 어떻게 살아왔든 한 인간의 개인적 삶은 그가 속한 공동체, 즉 국가와 민족의 사회적, 역사적 삶이기도 하다. 그러므로 내가 몸소 겪었던 우리 민족의 망국수난사를 이 글을 통해 회상하는 일은 적어도 역사 현장의 진실을 제대로 마주하고자 하는 사람들에게는 하나의 각주 정도는 될 수 있을 것으로 믿는다.

내가 이 글을 쓰기로 결심한 것은 북조선을 방문하여 60여 년 만에 김일성 주석과 상봉하고 미국으로 돌아온 직후였다. 하루는 저녁 무렵에 아내와 함께 오마하의 지식인층들이 자주 모이는 식당을 들렀는데 안면이 있는 교포들이 나를 둘러싸고 북조선에 다녀온 소감을 물어왔다. 때마침 우리 옆에서 술을 마시고 있던 대학생처럼 보이는 청년들도 호기심이 동했는지 슬며시 우리 자리에 끼어들었다. "이분이 최근에 북조선을 다녀오신 손원태 선생님이세요"라고 어느 교포분이 나를 소개하자 그 젊은이들의 눈이 휘둥그레졌다. 그들은 남한에서 온 대학생들이었다. 나는 그들에게 길림 시절에 맺어진 김일성 주석과의 우정과 만주에서 벌였던 그의 전설적인 항일 무장투쟁에 대해 그리고 60여 년이라는 긴 세월을 뛰어넘어 팔십 고령에 다시 이어진 우리의 우정에 대해 대략적인 것만 이야기해주었다. 젊은이들은 깜짝 놀라면서 "그래요? 거짓말은 아니겠지요? 우리는 조금도 모르고 있었는데요!"라며 신기해하기도 하고 미심쩍어하기도 하였다. 그들은 자신들의 민족사를 반 토막밖에, 그것도 태반은 왜곡된 역사를 배우며 자란 젊은이들이었다. 어느 것이 참 역사이고 어느 것이 거짓 역사인지, 무엇이 애국이고 무엇이 매국인지조차 헤아려보지 못하는 세대가 조국 땅에서 자라고 있다는 사실이 내 가슴을 무겁게 짓눌렀다. 아마도 이것이 나로 하여금 이 글을 쓰기로 결심하게 만든 가장 직접적인 이유일 것이다. 그러나 한편으로는 나에게 이렇게 절절히 권유하는 이들도 있었다.

"손 선생님은 꼭 자서전을 쓰셔야 합니다. 선생님은 우리 독립운동사의 산 증인이기도 하지만 특히 김 주석과 관련된 역사적 진실에 대한 증인이기도 합니다. 손 선생님이 돌아가시면 진실한 역사를 말할 수 있는 이가 더는 안 계십니다."

천운의 혜택으로 맺어진 김일성 주석과의 인연 덕분에 나는 비극으로 점철된 우리 민족 현대사에 있어 특별한 증언자가 된 셈이다. 주석과 나의 인연은 천둥벌거숭이 소년 시절로부터 60년이라는 긴 세월을 뛰어넘어 팔십 고령에야 다시 이어졌지만 그 옛날의 정의는 변함이 없었고 우정은 더욱더 깊어지게 되었다. 김 주석은 틀림없이 길림 시절의 다정다감했던 소년 김성주의 모습 그대로였다. 주변의 강대국들과 당당하게 맞서며 조국과 인민의 운명을 영도하는 지도자 김일성 주석으로서가 아니라 어린 시절을 함께했던 이웃의 친근한 형이자 벗으로서의 평범한 인간 김성주를 다시 보게 된 것은 무척이나 기쁘고 행복한 경험이었다. 내 인생 말년에 불원천리 평양을 찾아간 것은 결코 헛된 일이 아니었다.

언제인가 「월스트리트 저널」은 나의 평양 방문에 대해 "친구 중 한 사람은 의사가 되고 한 사람은 독재자가 되었다"라고 썼다. 그것은 북조선과 김일성 주석을 너무나 모르는 이들이 하는 말이다. 내가 본 김 주석은 권력에 취한 무자비한 독재자가 아니라 나라와 인민들의 만 가지 시름을 보듬는 자상한 어버이였다. 나는 그가 일찍이 소년 시절에 어떻게 독립투쟁에 나섰는지, 눈보라 치는 만주벌판에서 어떻게 일제와 무장투쟁을 벌이며 조국의 광복을 안아왔는지를 곁에서 지켜보아 잘 알고 있는 사람이다. 더욱이 그가 광복된 조국의 북반부에 세운 나라를 내 눈으로 직접 보기도 했다. 그곳에는 진실한 애국이 있었고 민족의 참 역사가 생동하고 있었다. 나는 마치 집을 떠났던 탕자가 외롭고 고뇌에 찬 기나긴 여행길에서 돌아와 고향집 아랫목에 주저앉은 듯 평양에 심신을 맡겨버렸다.

아버지 손 목사가 남긴 유훈이자 지구의 한끝에서 다른 끝으로 떠돌면서도 내 스스로 모질게 메고 왔던 십자가는 애국이었다. 참다운 애국의 실체가 있는 곳에서 내 영혼과 육신이 안식처를 찾은 것은 다사다난했던 내 인생의 응당한 귀결인지도 모른다. 그러므로 이제 나는 그것으로 인하여 '용공'이나 '연공'(聯共)의 지탄을 받는다 해도 더이상 거리낄 것이 없다. 김일성 주석의 조국광복투쟁사를 떠나서 어찌 우리 민족의 피어린 현대사에 대해 말할 수 있겠는가! 한줌에 불과한 조국과 민족의 배신자들이 자신들의 영달을 위해 꾸며낸 거짓 역사는 조만간 그 가면이 벗겨질 것이라 믿는다.

나는 자라나는 젊은이들에게 역사의 진실을 말해주어야 할 사명감을 뒤늦게나마 자각하였다. 비록 비루한 글솜씨를 통해서나마 진실을 아니 말할 수 없고 아니 쓸 수 없는 어느 평범한 늙은 병리학자의 심중을 독자들은 헤아려주기 바란다.

1996년 12월 오마하 자택에서

손원태

책 을 펴 내 며

이 책이 나오기까지 그동안 우여곡절이 많았다. 손원태 박사는 이 회고록의 집필을 이미 1996년 12월에 끝냈으며, 가장 먼저 한글판으로 출간하기를 원하셨다. 이를 위해 본 학술원의 고문인 클레어몬트 대학교 김찬희 교수를 통해 한국의 여러 출판사를 알아보았으나 안타깝게도 한국 사회의 뿌리 깊은 반북 정서로 인해 출판이 유보되거나 무산되었다. 일이 이렇게 되자 결국 영문판을 먼저 출판할 수밖에 없었고, 친필 원고가 나온 지 무려 7년 만인 2003년 3월 미국의 McFarland 출판사에서 출간되었다. 그러나 손 박사는 그토록 염원하던 한글판의 출간을 보지 못한 채 안타깝게도 그 이듬해에 타계하고 말았다. 그 후 우리 학술원에서 손 박사의 유지를 받들어 한국어판 출간의 기회를 지속적으로 알아보던 중 이번에 도서출판 동연을 통해 출판을 하게 되었다. 이 책이 나오기까지 물심양면으로 애써주신 출판사 대표 김영호 장로님과 읽기에 쉽지 않은 글을 정성스레 다듬어 준 편집부 식구들에게도 무한한 감사를 드린다.

손 박사의 부친 손정도 목사는 대한민국임시정부 임시의정원 2대 의장(국회의장)을 지낸 항일독립 운동가이자 뛰어난 목회자였고, 형님은 해군을 창설한 손원일 제독이며, 두 누님과 막내 누이동생 역시 명망있는 사회 활동가들이 되었다. 이 책에서는 겉으로 보기와 달리 이들이 겪게 되는 파란만장한 가족사가 등장한다. 그러나 손 박사가

이 책에서 가장 중요하게 다루고 있는 부분은 김일성 주석에 관한 객관적인 증언들이다. 그러므로 이 책의 내용적인 구분은 '내가 만난 김성주'와 '내가 만난 김일성'으로 나눌 수 있겠다. 책의 전반부는 청소년 시절의 저자가 두 살 연상의 김성주(김일성)를 직접 겪었던 내용들을 매우 구체적이고 흥미진진하게 서술하였고, 후반부에는 인생의 노년기를 맞은 저자와 김일성 주석이 60년 만에 재회하면서 겪은 이야기들을 담고 있다.

특히 노년의 김 주석은 미국에 거주하는 손 박사를 항상 가까이 두고 싶어 평양 서재각 초대소 18동에 마련된 임시 거처에서 지내게 하는 동안 손 박사 부부를 위해 만경대가 지척에 보이는 평양 대동강 주변에 별장 주택을 착공했다. 그러나 김 주석과 김정일 비서는 다시 의논하여 "80세가 다된 노인에게 오랜 시간이 소요되는 건축공사를 기다리게 할 수 없다"는 결론을 내리고 1996년 6월 말 드디어 평양 외곽의 풍광이 좋은 터에다 2층짜리 국빈급 영빈관 초대소(일명, 숲속의 백악관)를 마련해주었다. 또 김 주석 사후에는 나라 전체가 국상(國喪) 중임에도 불구하고 김 주석의 생전 약속을 지키기 위해 김정일 국방위원장이 평양 목란관에서 300여 명의 국내외 하객들을 초청해 손 박사의 팔순잔치 연회를 성대하게 차려주기도 하였다. 이 한 가지 사례만 봐도 저자인 손 박사가 평소 김일성 주석이나 김정일 위원장과 얼마나 막역한 관계였는가를 확실히 알 수 있을 것이다. 이처럼 이 책은 노년의 손 박사가 김 주석을 다시 만나 운명할 때까지 가까이에서 직접 보고 겪은 김 주석의 인간적인 면모와 지도자로서의 면모를 동시에 보여주고 있으며 그동안 우리가 알지 못했던 김 주석의 다양한 면모들을 새로운 관점에서 바라보게 해준다.

특히 저자는 청소년 시절의 김성주가 공산주의 운동에 최초로 발을 디딘 과정과 육문중학교와 손정도 목사의 길림 조선인교회를 교두보로 하여 활동하는 과정을 생생히 증언하고 있으며, 그 후 항일무장투쟁을 전개하는 과정에 대해서도 매우 구체적이고 객관적인 진술을 하고 있다. 이는 해방 후 지금까지 친일 친미 사대주의 세력들과 극우 반북 세력들에 의해 의도적으로 왜곡된 김일성의 일제강점기 항일무장투쟁의 역사를 새롭게 조명하고 해석하는 데 매우 귀중한 사료가 될 것이다. 또한 이 책은 남북으로 갈라진 우리 민족이 그간의 적대적 대립의 긴장 관계를 극복하고 평화와 공동 번영의 길로 나아가려는 중대한 시점에서 남과 북의 모든 민족 구성원들 간의 상호 이해를 촉진하는 또 하나의 의미 있는 디딤돌이 되리라고 믿어 의심치 않는다.

2019년 12월
최재영 목사
(손정도목사기념학술원장)

추 천 의 글

저는 약 20여 년 전에, 현순 목사의 뒤를 이어 정동제일교회 담임
자로 3년 동안(1915~1918) 목회를 이끌었던 손정도 목사의 열정적인
독립운동 활동과 그의 공헌을 알게 된 후 그에 대하여 관심을 가졌습
니다. 그러한 가운데 그분의 맏아들이 한국 해군을 창설한 손원일 제
독이며 막내아들이 미국 네브라스카에 사는 손원태 의학박사라는 것
과 특히 손정도 목사가 김성주(김일성)의 생명의 은인이었다는 사실
까지 알게 되었습니다. 손 목사는 만주 일대의 공산당 지하조직에서
활동하던 김성주가 조선인 동지들과 함께 중국 관원에게 체포되어
투옥되었을 때 그를 구해주었다고 합니다. 당시 함께 투옥되었던 그
의 동지들 대부분이 세상을 다시 보지 못하였기에 손 목사는 김 주석
의 생명의 은인이 될 수밖에 없었습니다. 손 목사는 중국 관헌에 뇌물
을 주어 그를 빼내주었고 사모님은 그를 위하여 옥바라지도 해주었
습니다. 김 주석은 이 사실을 평생 잊지 않고 기억하고 있었으며 그의
자서전인 『세기와 더불어』 한 장(章)에 이 사실을 기록하여 그에게 감
사를 표시했습니다.

그러나 손 목사와 김 주석의 이러한 아름다운 인연은 민족분단으
로 인해 비극적인 반전의 과정을 겪게 됩니다. 한국전쟁 당시 목사의
장남인 손원일 장군이 남한 해군을 총지휘하며 북측 김일성 인민군
총사령관의 군대와 싸우게 되었던 것입니다. 이런 역사의 아이러니
를 생각하면 우리 민족의 비극을 실감하지 않을 수 없습니다. 더욱이

그 두 사람이 청소년 시절과 청년 시절 중국 액목현에서 목회하던 손 목사의 교회에서 서로 가깝게 지내던 사이였음을 생각하면 이런 장면이야말로 민족분단의 애화(哀話)를 극적으로 보여주는 것이겠지요. 김성주보다 두 살 아래였던 이 책의 저자 손원태 박사는 항상 그와 어울려 놀면서 쟝즈귀즈(콩국과 기름에 튀긴 꽈배기 비슷한 중국 음식)를 얻어먹었다고 합니다. 저는 가끔 '만약 손 목사님이 1950년까지 살아계셨더라면 한국전쟁 중에 어떻게 하셨을까?' 하고 상상해보기도 합니다.

저는 이 책을 다음과 같은 이유로 여러분에게 적극 권해 드립니다.

첫째, 이 책은 남한 사회의 소위 보수 세력에 의해 잔인한 독재자로 묘사되고 있는 북측 지도자 김일성 주석의 평범한 인간적 면모를 보여주고 있기 때문입니다. 아마도 이 책처럼 그의 인간성을 구체적으로 보여준 책은 없는 줄 압니다. 그것도 어린 시절을 함께했던 옛 친구의 글이기에 이보다 더 사실에 가까운 이야기는 없겠지요.

둘째, 비록 6.25 전쟁이라는 참혹한 민족의 비극이 있고 그 후 수십 년의 분단상황이 이어졌지만 남과 북은 수천 년 동안 한 민족으로 살아왔기에 서로 혈연으로 이어져 있습니다. 이념이 그리고 체제가 부모와 자식, 아내와 남편, 형과 아우라는 인류의 기초를 갈라놓을 수는 없는 것입니다. 이 책은 이러한 엄연한 진실을 손 박사와 김 주석의 우정만리 일화를 통해 잘 보여주고 있기에 여러분에게 일독을 권하는 것입니다.

셋째, 이 책은 비록 손원태라는 개인의 자서전이긴 하지만 한편으로는 그의 가족사를 통해 박사의 부친인 손정도 목사를 비롯한 수많은 독립운동가들과 그들의 가족이 얼마나 많은 시련과 고초를 당하며 살아왔는지를 조금이나마 엿볼 수 있게 하기 때문입니다. 이는 단지 그들의 고난에 대한 심정적 동참의 문제가 아니라 친일잔재의 청산과 민족정기의 회복이라는 현재진행형의 역사적 당면 과제와도 맞닿아 있는 문제입니다.

오래전에 저는 손 박사님의 부탁을 받고 이 책의 원고를 서울에서 출판하려고 노력했으나 이루지 못해 실망하고 있었는데 이번에 다행히 최재영 목사님의 수고로 손 박사님의 꿈이 이루어져 얼마나 마음이 놓이고 기쁜지 모르겠습니다. 부디 이 책을 통해 보다 많은 독자들이 민족화해와 조국 통일의 역사적 지상명령에 동참해 주시기를 바랄 뿐입니다.

2018년 12월 1일

김찬희 박사
(Claremont School of Theology 교수)

20여 년간의 기자 생활 중에서 1997년은 제가 특히 잊을 수 없는 해입니다. 그해에 제가 다니던 중앙일보에서는 '실록 박정희 시대'를 특별기획물로 연재하였는데, 저는 박정희 전 대통령의 전반기 생애(출생~5.16 직후)를 맡게 되었습니다. 덕분에 그해 여름에 이루어진 취재 과정에서 미국에서 남과 북의 전직 지도자 두 분의 절친한 벗들을 만날 수 있었고, 그 일은 지금 생각해봐도 제게 커다란 행운이었다고 생각됩니다. 박 전 대통령의 경우에는 구미의 고향 친구, 대구사범 동기생, 문경보통학교 교사 시절의 하숙집 친구, 만주군관학교 및 일본 육사 동기생 등을 두루 취재하였는데, 그중에서도 제가 특히 주목한 것은 만주군 근무 시절의 동료들이었습니다. 그러던 중에 박정희 대통령과 함께 만주군에 근무했던 중국인이 미국 라스베이거스에 살고 있다는 사실을 접하고는 그해 7월 하순경에 그곳으로 향했습니다. 제가 만난 사람은 박정희 대통령의 만주군관학교 동기생 고경인(高慶印) 씨로, 만주군 보병 8사단에서 박 대통령과 같이 근무했던 인물입니다. 당시 70대 후반이었던 그는 한참 연하의 말레이시아 여성과 함께 그곳에서 방갈로 서너 채를 운영하며 살고 있었습니다.

저는 그 집에서 꼬박 닷새를 머물렀습니다. 무더운 낮에는 대개 잠을 자고 밤이 되면 취재를 하거나 간혹 그를 따라 슬롯머신을 하러 갔었습니다. 고 씨와의 인터뷰를 통해 저는 박정희 대통령의 만주군 근무 시절을 고스란히 복원해낼 수 있었습니다. 현재까지도 그 이상의 생생한 증언은 없는 것으로 압니다.

닷새 뒤 저는 미국 국내선 비행기를 타고 중서부 지역인 네브래스카주 동부에 있는 오마하로 향했습니다. 이번에는 북측의 지도자 김일성 전 주석의 친구를 만나기 위해서였습니다. 밤 10시경, 한산한 오마하 공항에 도착해 짐을 챙겨 대합실을 빠져나오는데 저만치서 백발의 노신사 한 분이 나를 향해 걸어오는 것이 보였습니다.

"정 선생이시죠?"
"예, 손 선생님이신가요?"

그 늦은 시각에 저를 기다리고 있던 노신사는 당시 84세의 손원태(孫元泰) 박사였습니다. 얼마 전 어느 잡지에서 손 박사의 존재를 알게 된 제가 편지를 보내 뵙기를 청하자 흔쾌히 만남을 허락해주셨던 것입니다.

고령임에도 손수 운전을 해주시던 박사께서는 부인께서 아들 집에 가시느라 집에 없으니 밖에서 저녁을 먹고 가자고 하셨습니다. 그런데 저녁식사가 끝나자 다시 손 박사는 집에 가봐야 딱히 할 일도 없을 테니 좀 놀다 가자며 당신이 심심풀이 삼아 가끔 들른다는 슬롯머신 카지노로 저를 데려갔습니다. 그리고는 우리가 놀이를 시작한 지 20여 분이 지났을 때쯤인가? 손 박사님의 좌석에서 갑자기 요란한 소리가 나더니 박수가 터졌습니다. 정확한 액수는 모르지만 제법 크게 당첨되었던 것으로 기억합니다. 집으로 돌아오는 길에 손 박사님께서는 "오늘 귀인이 오셔서 큰 행운을 잡게 됐다"며 기뻐하셨고, 그 덕분에 저는 5일을 머무는 내내 값비싼 음식을 대접받았습니다.

손 박사님의 저택은 실로 어마어마했는데, 대지가 대략 3만 평이라고 들었던 것 같습니다.

도착 이튿날부터 인터뷰를 가졌습니다. 1914년생인 손 박사님은 김일성 주석보다 두 살 아래였는데 두 사람은 길림 시절 형-동생하며 지냈다고 합니다. 10대 때 부친을 따라 중국 길림으로 간 김 주석은 그곳에서 청소년기를 보냈으며(90년대 후반 길림지역 독립운동 유적지 취재를 갔다가 김 주석이 다녔던 육문중학毓文中學을 들렀더니 당시의 교실이 그대로 보존돼 있었습니다), 그 당시 이미 길림소년회에 가입해 활동하면서 나름의 민족의식을 키웠습니다. 당시 김 주석은 손 박사님의 부친이신 손정도 목사님으로부터 큰 은혜를 입었으며 이를 자신의 회고록 『세기와 더불어』 제2권에 소상히 기록으로 남긴 바 있습니다.

저는 손 박사님 집에서 만 닷새를 머물렀는데, 마지막 날 헤어지기에 앞서 손 박사님은 북에서 정리한 『손원태 회고록』 원본과 김일성 주석과 함께 찍은 사진 여러 장 등, 귀한 선물을 선뜻 제게 건네주셨습니다(회고록 원본과 사진은 귀국하여 복사한 후 우편으로 보내드렸습니다). 귀국하여 회고록을 찬찬히 읽어보았더니 그간 알지 못했던 내용들이 적지 않았습니다. 김 주석의 행적을 연구하는 데 귀한 자료라고 판단되었지만, 당시만 해도 이를 국내에서 출판하기란 쉽지 않았습니다. 귀국 후 몇 차례 손 박사님과 서신 교환이 있었으나 저의 무성의로 인해 이후 연락이 끊어지고 말았습니다. 그러다 한참 뒤에 미국에서 손 박사님 회고록이 영문판으로 출간됐다는 소식을 접했고, 이번에 손원태목사기념학술원 최재영 목사님을 통해 한글판 출간 소식과 함께 추천사 부탁을 받게 되었던 것입니다.

회상컨대 손 박사님은 참으로 따스한 인간미와 고매한 인격을 가지신 분이었습니다. 장차 조국이 통일되면 더 많은 분들에게 오래도록 좋은 분으로 기억될 것입니다. 박사님은 민족의 통일을 염원하며 남북 간 화해와 평화의 길을 열기 위해 애쓰시다 타계하신 후 당신의 유언에 따라 평양 신미리 애국열사릉에 잠들어 계십니다. 이 자리를 빌려 삼가 손 박사님의 영원한 안식을 기원합니다.

끝으로 손원태 회고록 한글판 출간을 위해 애써주신 최재영 목사님을 비롯해 여러 관계자들께 깊은 감사의 말씀을 드립니다.

2018년 12월 1일

정운현

(국무총리 前 비서실장, 상지대 前 초빙교수)

차 례

1장

김성주를
처음 만나다

1. 나의 유년시절

나는 1914년 8월 11일 서울 동대문병원에서 태어났다. 그 당시 조선은 이미 일본의 완전한 식민지 노예가 되었으며 우리 집안 역시 국난의 풍파를 고스란히 감내하던 시기였다. 비밀결사였던 신민회에 가입해 활동하시던 아버지는 1912년 당시 일본의 총리 가쓰라 다로(桂太郎) 암살음모에 가담한 혐의로 체포되었으며 감옥살이 후에는 또다시 진도로 유배를 당하셨다. 그나마 내가 태어났을 때는 유배지에서 풀려난 아버지와 함께 어머니, 두 누님과 형님 그리고 나까지 여섯 식구가 오붓하게 모여 살았던 행복한 시절이었다. 그 당시 아버지는 정동제일교회 목사로 계셨는데 우리 집은 바로 교회당 마당 안에 있었다.

정동제일교회는 1880년대에 미국인 선교사 아펜젤러가 직접 세우고 초대 담임목사까지 맡았던, 우리나라 감리교단 내에서 가장 권위 있는 모체 교회였다. 그 당시 온 나라의 감리교 계통 교회들이 다 정동제일교회의 산하로 되어있었고 우리나라 교회운동사에서 활약한 적지 않은 교직자들이 정동제일교회와 연결되어 있었다. 아펜젤

대한민국임시정부 시절, 서구식 양복에 나비
넥타이를 맨 손정도 목사

러에 이은 제2대 담임은 최병헌 목사가, 제3대 담임은 1922년 모스
크바에서 열렸던 극동민족대회에 우리나라 기독교 계통의 대표로 출
석한 바 있는 현순 목사 그리고 나의 아버지가 4대 담임목사를 맡으
셨다. 당시는 아버지가 장안 사람들의 이목을 집중시키며 활약하던
시기다. 그 시절에 정동제일교회는 교회들 중 가장 큰 교회로 부흥하
여 교인 수가 2천여 명을 넘었으며, 설자리조차 없어 결국은 증축 공
사를 벌였다고 한다. 원일 형은 그때 벽돌을 몇 장 날랐다는 것까지
자서전에 썼지만 세 살이었던 나에게는 그런 기억이 있을 리 없다.
다만 어떤 키 큰 낯선 사람이 와서 우리 집 가족사진을 찍어주던 일이
어슴푸레 기억 속에 남아있을 뿐이다. 그런데 그때로부터 수십 년의
세월이 흘러 시카고에서 가족과 함께 살고 있을 때, 나는 뜻밖에도
편지와 사진 한 장을 받게 되었다. 아버지와 어머니, 진실 누님, 원일
형과 함께 찍은 가족사진이었다. 갓난아이였던 나는 어머니의 무릎
에 안긴 채였고, 성실 누님은 시골 할머니 댁에 가 있어서 빠졌다고

정동제일교회
역대 담임목사

초대 설립자 아펜젤러 목사
(1885년~1902년)

제2대 최병현 목사
(1902년~1913년)

제3대 현순 목사
(1913년~1915년)

제4대 손정도 목사
(1915년~1918년)

제5대 이필주 목사
(1918년~1919년)

제6대 김종우 목사
(1919년~1927년)
제8대(1934~1938)

제7대 김영섭 목사
(1927년~1934년)
제9대(1938~1943)

제10대 김종우 목사
(1943년~1945년)

서울 정동제일교회의 역대 담임목사 연혁. 손정도 목사는 하란사와 함께 고종의 밀사 3정에 발탁되어 38세인 1918년 7월 9일 담임목사직을 사임하고 가족들을 이끌고 평양으로 이주했다(사표는 12월에 수리).

1914년, 정동제일교회에서 개최된 제7회 감리교연회에서 故 전덕기 목사 추도회를 마친 후 (왼쪽부터) 장낙도, 최병헌, 손정도, 김유순 목사

한다. 인실 동생은 태어나기 전이었다. 내게 참으로 귀중한 사진이었다. 사진을 보내준 이는 하버드대학에서 박사과정을 밟고 있던 최명호 씨로, 그는 도서관에서 조선에 관련된 책을 보다가 우연히 그 사진을 발견했다고 한다. 어떻게 그 사진이 하버드대학 도서관에 수십 년간 묻혀 있다가 나타나게 되었는지 전혀 알 길이 없지만 어쨌든 소중한 사진을 되찾고 보니 나는 말할 수 없이 기뻤다. 사진에는 내가 태어난 집과 그 시절의 아버지, 어머니의 모습이 담겨 있는데, 그것은 아마 우리 가족이 서울을 떠나기 직전에 찍은 사진일 것이다. 어머니의 가장 행복했던 시절, 우리 가족이 모두 모여 단란하게 살았던 마지

1917년에 찍은 손원태의 가족사진. 어머니 박신일의 품에 안긴 아이가 손원태이며, 오른쪽이 누나 손진실, 아버지 앞에 서 있는 소년이 형 손원일

막 시절이 그 사진에 남아있었다.

그 사진을 찍은 후 아버지는 갑자기 식구들을 데리고 평양으로 이사를 하셨다. 그때는 바로 3.1절 봉기가 일어나기 직전으로 나라 안에서는 봄을 시샘하는 겨울의 마지막 추위 속에서 일제와 세계만방을 향해 민족독립의 정당성을 선포할 만세운동이 무르익어가고 있었다. 목사였지만 전도 사업보다도 독립운동에 더욱 전념하고 계셨던 아버지는 사실상 독립선언서를 작성한 사람들 중의 하나였다. 그러나 당시 아버지는 현순 목사와 함께 모종의 중대한 임무를 맡으셨기에 만세운동의 표면에는 나서지 않고 두 사람이 함께 상해로 가게 되어있었다. 현순 목사의 임무는 독립선언서를 반출하여 미국 대통령 월슨에게 전달하는 것이었고, 아버지는 제1차 세계대전의 전후 처리를 위한 파리 강화회의에 밀사로 파견되는 고종의 둘째 아들 의친왕

이강 공의 상해 이송을 위한 사전 준비 임무를 맡았다. 훗날 원일 형은 우리 가족의 평양 이주가 이런 계획에 따른 것이었다고 회상하였다.

한강의 얼음도 채 풀리지 않은 추위 속에 무작정 평양으로 떠난 우리는 대동강가에 있는 허름한 집을 세내어 간신히 거처를 마련했지만, 아버지는 이삿짐을 내려놓자마자 가족들과 이별하였다. 대동강에 대보름달이 휘영청 밝던 밤이었다. 변장을 위해 상복을 입으신 아버지는 세상모르고 자고 있는 나와 인실의 볼에 입을 맞추시고는 눈물을 흘리는 어머니에게 "잠깐 다녀오겠소"라고 하시고는 떠나셨다고 한다. 사실 가족들과 다시는 못 만날 수도 있는 기약 없는 길이었다. 실제로 아버지에게는 그것이 조국 땅과의 마지막 이별길이 되었으며, 끝내 돌아오시지 못한 채 이역 땅의 고혼이 되셨다.

한편 중국인으로 변장한 의친왕 이강 공은 열차의 삼등칸에 앉아 압록강을 건넜으나 단동에서 정체가 드러나는 바람에 상해를 거쳐 만국평화회의에 가려던 계획은 물거품이 되었다. 그러나 아버지는 무사히 국경을 넘어 홀로 상해로 가셨다. 후에 들은 바에 의하면 국경을 넘을 때 아버지가 입고 있던 상복은 땀으로 흠뻑 젖어있었다고 한다.

아버지의 상해 망명 뒤에 우리 가족은 어머니의 피나는 노력으로 생계를 유지했다. 어머니는 기독교 병원에서 세탁 일을 하셨는데 아무리 험한 빨래라도 마다하지 않으셨다. 겨울이면 땔감으로 쓸 커다란 나뭇짐에 눌려 조그마해진 어머니가 간신히 대문을 들어서던 모습이 지금도 눈에 선하다.

어머니는 평생 독립운동을 하시던 아버지의 뒷바라지를 하시면서도 원망 한마디 않으시고 묵묵히 우리 형제들을 키우셨다. 아버지가 떠나신 뒤 우리 집은 왜경의 집중적인 감시 속에 있었는데, 그들은 무슨 낌새만 있으면 시도 때도 없이 집안을 뒤지기도 하고 어머니를 불러다 문초를 하였다. 그러나 어머니는 언제나 태연하셨다. 그렇듯 참으로 강직하고 속이 깊은 분이었지만 마음속으로야 얼마나 애를 태우며 아버지 소식을 기다리고 계셨겠는가! 당시 우리가 살던 집에서 멀지 않은 곳에 숭실학교가 보였는데, 어머니는 종종 그곳을 바라보면서 "너의 아버지가 다니신 학교란다" 하시며 애수에 잠기시곤 하셨다.

기독교를 접한 아버지가 집을 뛰쳐나가 신학문 탐구에 미쳐있을 때 혼자 시댁에 계셨던 어머니는 참으로 마음고생이 많았다고 한다. 고달프던 그 시절을 생각하시는지 아니면 아버님을 그리시는지, 어머니의 표정이 무척이나 쓸쓸해 보였던 기억이 새롭다.

어느 날 어머니는 나를 끌어안고 소리 없이 눈물을 흘리셨다. "네 아버지 소식이 왔다. 무사히 도착하셨다는구나"라고 속삭이시면서 눈물에 젖은 채 내 얼굴을 어루만지시는 어머님의 모습은 무척 행복해 보였다. 그러고 보면 어머님도 아버님과 같이 험한 독립운동의 길을 걸은 셈이었다. 어머님의 묵묵한 뒷바라지가 없었다면 아버지가 어떻게 독립운동에 전심할 수 있었겠는가! 왜경의 가혹한 핍박에도 한 치의 흔들림 없이 온갖 고난을 감내해내시면서 억척같은 근면성으로 가족의 생계를 이어가셨던 어머니의 모습을 생각하면 지금도 가슴이 저려온다.

환난의 시대였지만 철없는 나의 유년 시절은 그런대로 행복하였다. 어렸을 때 내 성미는 온순하고 내성적인 편이라 어머니는 이따금 나에게 속에 영감쟁이 몇이 들어가 있는 아이라고 말씀하시곤 했다. 나와는 반대로 성격이 활달한 원일 형은 형편없는 장난꾼, 개구쟁이였다. 문 목사네 포도밭 서리, 강가에 널려있던 중국인들의 채마밭

서리 등, 형의 장난은 끝이 없었다. 원일 형을 비롯한 동네 형들은 길가에서 주운 찢어진 표로 영화관에 들어가다 퇴짜를 맞으면 영화관 변소의 환기창으로 기어들어가기도 하였다.

　어느 날은 내가 형이 낚은 것보다 더 큰 붕어를 잡은 적이 있었다. 형은 쪼끄만 게 큰 걸 잡았다면서 칭찬했다. 나는 신이 나서 단걸음으로 어머니에게 뛰어갔고 어머니는 그것으로 국을 끓여주셨다. 그 맛이 지금도 잊히지 않는다. 그러나 뭐니 뭐니 해도 내가 제일 좋아했던 것은 형네들의 축구시합에 함께하는 것이었다. 형의 축구화를 메고 졸졸 따라다니다가 시합에서 이긴 후에 빵떡을 얻어먹는 것이 얼마나 좋았던지 모른다. 원일 형이 주동이 된 광성중학교 축구팀이 서선 축구대회에서 이겼을 때 나는 마치 내가 우승한 것처럼 으쓱거리며 다니기도 했다. 하긴 나도 그때는 광성소학교 1학년생이었다.

　그 시절의 에피소드를 하나 더 들자면, 비록 허름한 초가였어도 우리 집에는 작은 앞마당이 있던 터라 나는 그곳에 꽃밭을 꾸미고 정성스레 가꾸었다. 꽃이 필 때면 우리 집 마당은 참으로 아름다웠다. 그런데 어느 날 학교에 갔다 와보니 누군가가 꽃을 모조리 뜯어가 버렸다. 마침 우리 옆집은 높은 벽돌담을 둘러친 부잣집이었는데 내가 담장에 올라 그 집 마당을 들여다보니 내 또래의 소녀 둘이서 꽃을 엮어 머리에 얹고 소꿉놀이를 하고 있었다. 우리 집 꽃을 따간 것이 분명했다. 나는 너무도 화가 나서 "야~도적놈들아!" 하고 소리쳤고, 내 목소리에 놀란 여자아이들은 손에 쥐고 있던 꽃을 떨어뜨리며 엉엉 울었다. 이제는 소리를 지른 내가 오히려 머쓱해졌다. 온통 꽃 치레를 하고 석양빛 아래 서 있던 소녀들의 모습은 그 이후로 내 기억 속에 오래도록 머물러 있었다.

이렇듯 철없던 나의 유년 시절은 3.1 만세운동의 함성과 함께 끝이 났다. 그날 아침 어머니는 나에게 대문을 걸어 잠그고 집을 잘 보라고 이르시더니 인실이를 업고 바삐 집을 나섰다. 원일 형도 아침 밥술을 놓기가 바쁘게 어디론가 사라졌다. 낮 12시경에 숭실학교 쪽에서 종소리가 유난스레 크게 들려왔다. 마치 큰불이라도 난 것처럼 긴박한 종소리였다. 나는 대문 밖으로 뛰쳐나갔다.

사람들이 보통문 쪽으로 구름처럼 밀려가고 있었다. 숭실학교 마당에도 군중이 꽉 들어찼는데 누군가가 큰소리로 외치면서 팔을 내둘렀다. 그러자 하얀 종잇장들이 사람들의 머리 위로 날렸다. 격문이었다. 그것을 주워든 사람들이 만세를 부르며 시청 쪽으로 밀려갔다. 나도 사람들 틈에 끼어 덩달아 쫓아갔다. 시청 앞에는 사람들이 장사진을 이루고 있었다. 그런 중에 만세를 부르며 밀려드는 사람들을 향해 일본 경찰의 소방차가 사정없이 물을 쏘아댔다. 군중은 악에 받쳐 더욱 기승을 부리며 몰려들었다. 그러자 이번에는 무장을 한 기마대가 총을 쏘아댔다. 그 순간 어떤 사람이 내 앞에서 털썩 쓰러졌는데 그의 목에서는 피가 콸콸 솟구치고 있었다. 나는 너무도 놀라운 광경에 부들부들 떨며 어찌할 바를 몰랐다. 온몸이 피에 젖은 채 고통스러워하던 동포의 모습은 그 후로 내 꿈속에 자주 나타났고, 나는 민족과 조국이 처한 운명을 어렴풋이나마 깨닫게 되었다. 이렇게 나의 유년 시대는 역사의 비극적 현장에서 영원히 작별을 고했다. 이날 아침 인실이를 업고 나간 어머니도 만세를 불렀고 원일 형도 이미 준비해둔 깃발을 들고 시위행렬에 끼었다. 후에 들었지만 평양 만경대의 가난한 초가집에서 태어나 어린 시절을 보내고 있던 소년 김성주도 만세 행렬에 끼어 보통문까지 왔다고 한다. 우리는 서로 지척에 있었던 것이다. 어찌 보면 그때 벌써 우리의 인연이 시작되었는지도 모른다. 그도 나처럼 난생처음으로 땅을 적시는 사람의 피를 보며 엄청난 충격을 받았다 한다. 맨손으로 만세를 외치는 평화적 시위행렬에 무자비하게 총칼을 휘둘러댄 짐승들에게는 물러가 달라고, 독립을 달라고 청원할 것이 아니라 무장을 통해 쟁취해야 한다는 그의 혁명지론은 어릴 적 3.1 만세운동의 현장에서 그가 생생하게 목격한 피의 교훈에서 출발하였던 것이다.

그 후부터 나에게는 세상이 달라 보였다. 세상이 달라진 것이 아니라 내가 별안간 철이 들었던 것이다. 불행은 아이들을 조숙하게 만든다. 어머니는 형과 나에게 일본식 교복을 입히지 않고 무명옷을 지어 입혔다. 좋은 옷을 입겠다고 투정 부릴 나이였으나 일본 것이라고 하니 멋진 세루 양복이 미워졌다. 그래서 나와 형은 오히려 무명옷을 즐겨 입었다.

내가 광성소학교 2학년에 올라갈 무렵 우리 집은 또다시 이사를 가게 되었다. 진실 누님과 성실 누님은 공부하러 이미 상해에 가 있었으므로 나와 원일 형, 인실이가 어머니와 함께 떠나게 되었는데, 아버지한테 간다는 것이 기쁘기는 했지만 한편으로는 정든 친구들과 헤어지는 일이 서운하기도 하였다. 마당에는 내가 정성 들여 가꾸던 참외넝쿨이 있었다. 참외를 먹고 뿌려놓은 씨앗에서 싹이 돋아났던 것이다. 넝쿨에는 아직 채 익지 않은 조막만한 개똥참외가 몇 개 달려 있었다. 이사를 간다니까 그냥 따먹기로 하고는 몇 개를 따서 그 중 한 개를 인실에게 주었다. 익지 않은 참외는 학질약처럼 썼지만 그래도 버리기가 아까웠다. '내가 키운 참외도 이제는 마지막이구나!' 하는 생각 때문이었을까?

내가 평양 땅을 다시 밟은 것은 그때로부터 70여 년의 세월이 흘러 백발이 되고 난 뒤였다. 그 어린 시절 추수감사절에 불렀던 노래가 생각난다. 여섯 살 때 남산재감리교회에서 임씨 성을 가진 소녀와 함께 불렀었는데, 임 소저와 손 서방이 대화하는 내용의 노래였다.

여보 착한 손 서방
왜 그러나 말하게
오늘 무슨 날인가
추수감사절일세
자네 무엇 드렸나
좁쌀 한 되 드렸네
인색하다 이놈아
흉년이라 말 말게

여보 착한 임 소저
왜 그러나 말하게
오늘 무슨 날인가
추수감사절일세
자네 무엇 드렸나
홍시 한 알 드렸네
남이 드린 것보고 인색하다 하건만
홍시 한 알 그것이 좁쌀보다 나은가
잉크나 한 병 잡수소.

노래가 끝나자 수백 명의 교인들 모두가 웃음바다가 되었다.

2. 아버지 손정도 목사

나는 난생처음 기차를 타고 먼 여행길에 올랐다. 어머니와 원일 형 그리고 나와 인실까지 모두 네 식구였다. 어머니는 엄중한 일경의 감시를 피해 은밀히 짐을 꾸리고 마음을 졸이며 기차를 탔지만 철없 는 나와 인실이는 아버지를 만나러 간다는 기쁨에 한껏 들떠있었다. 처음 타보는 기차여행은 철부지였던 우리에겐 무작정 신나는 일이기 만 하였다. 더구나 그때는 그 여행이 정든 고향 땅과의 기약 없는 이별 길이라는 것을 알지 못하였다. 그러나 열차가 덜컹하며 출발하는 순 간 나도 모르게 가슴이 철렁했다. 정들었던 것들과 헤어지는 것이 서 글퍼진 것이다. 선친들이 대대로 태를 묻어온 고향 '강서'와 지척에 있 던 평양은 나에겐 육신과 영혼 모두에 있어 오히려 진정한 고향이라 고 할 수 있다. 그곳엔 내 유년 시절의 모든 추억이 아로새겨져 있으 며, 또한 그곳에서 목격한 일제의 만행과 동포의 죽음이 나에게 조국 과 민족의 현실에 대한 어렴풋한 깨달음을 가져다주었기 때문이다.

나는 차창에 바투(바짝) 다가붙었다. 감탕*을 게바르며(처바르 며) 헤엄도 치고 팔뚝만한 붕어를 낚던 보통강이며 풀로 엮은 공을 차며 뛰어놀던 광성소학교를 다시 보고 싶어서였다. 그러나 내가 미 처 더듬어 볼 새도 없이 그 모든 추억들은 차창 밖으로 쏜살같이 사라 져갔으며, 그렇게 나의 유년 시절은 평양과 더불어 작별을 고했다.

기차는 눈발이 흩날리는 이국의 산야를 달리고 또 달렸다. 우리는

---

* 갯가나 냇가 따위에 곤죽처럼 풀어진 진흙.

예수를 믿기 전, 상투에 갓을 쓰고 과거시험을 보러 갈 당시의 청년 손정도

여행의 흥분이 사라지고 고단함에 눈꺼풀이 천근만근 무거워질 무렵, 마침내 길림에 당도하였다. 역에 내려서니 눈에 선 옷차림을 한 사람들의 낯선 말투가 위협적으로 들려왔고. 나와 인실은 겁에 질려 어머니 치마폭을 파고들었다. 한참을 기다린 후에 중국 옷을 입은 한 중년의 남자가 우리에게 다가왔는데, 이마의 흉터가 인상 깊은 그 사람은 원일 형과 나, 인실을 차례로 안아주었다. "어이쿠, 몰라보게 컸구나." 그 사람은 내 이마를 한 번 퉁겨주더니 눈물을 훔치며 서 있던 어머니에게 다가가 온화한 표정으로 무슨 말인가를 건넸다.

우리는 그가 몰고 온 마차에 올라탔다. 마차는 추위에 얼었다 녹은 탓에 질퍽거리는 길을 오랫동안 삐걱거리며 달렸지만 나는 무척 기분이 좋았다. 마차는 교외에 있는 어떤 교회 건물 앞에 멈춰 섰다. 그 옆에는 중국식 집 한 채가 잇달려 있었고 우리는 그 집으로 안내되었다. 나는 마차에서 내리다 미끄러져 돌바닥에 엉덩방아를 찧었다.

그때 역에서 나를 껴안아주던 사람이 다급히 안아 일으켜주며 "아프냐?" 하고 물었다. 참 친절하고 고마운 사람이구나 하는 생각이 들어 형한테 가만히 "저 아저씨 누구야?" 하고 물었더니 형은 깔깔 웃으며 "바보. 아버지야" 한다.

나는 그때 아버지의 모습을 처음 보았다. 내가 어렸을 때 망명길을 떠나가신 아버지였다. 아무리 봐도 어머니가 몰래 꺼내보곤 하시던 사진 속 아버지의 모습과는 어쩐지 달라 보였다. 사진에는 상투를 틀고 갓을 쓴 유학자 시절의 젊은 아버지 모습이 박혀 있었는데, 짙은 눈썹과 부리부리하고 열기를 뿜는 눈, 참으로 준수한 용모의 미남이었다. 아버지의 설교를 들었던 이들은 그 눈빛이 사람의 마음까지 꿰뚫어보는 듯하여 기가 질리곤 했다고 회상한다. 진짜로 성미도 불같으신 분이었다. 아버지는 평양에서 그다지 멀지 않은 강서군 증산면 오흥리에서 비교적 가세가 윤택한 유학자의 아들로 태어났다. 1902년 당년 20세였던 아버지는 평양으로 과거를 보러 가시던 길에 우연히 묵게 된 어느 목사님 댁에서 서구 문화와 기독교 교리를 접하게 되셨고, 그 새로운 학문에 몸이 떨릴 만큼의 감동을 받아 그 달음에 상투를 잘라버리고 양반집 울타리를 뛰쳐나와 진보적 사회사상과 신앙에 몸을 담으셨다. 이것만으로도 아버지의 불같고 진취적인 성격을 충분히 가늠할 수 있을 것이다.

선대와 달리 유학이 아니라 신학문의 길을 택한 아버지는 기독교인으로서, 또한 독립운동가로서 스스로 고난의 길을 걸으셨다. 내 고향 강서 땅에서는 우리 아버지를 비롯해 적지 않은 진보적 교인들과 애국적 독립지사들이 배출되었는데, 도산 안창호 선생은 룡강 태생이지만 강서와 한 지맥으로 잇닿은 서성 지방의 유명인사이다. 손정도 목사나 도산 선생이 배출된 곳이어서 강서가 유명해졌는지도 모른다. 일제의 경찰들은 이처럼 강서지방에서 유명한 독립운동가들이 특히 많이 배출되는 까닭을 이 고장에 남다른 정기가 있기 때문이라고 여겼고, 그것을 없앤다며 우리 고향 뒷산에 쇠말뚝까지 박아놓았다. 하지만 강서 사람들은 몰래 그 쇠말뚝을 뽑아 던진 후 명산의 정기를 되살려 달라고 신령님께 제사를 지냈다고 한다. 그래서인지 일본총독부에서는 강서경찰서에 제일 악랄한 경부들만 보냈으며, 원일 형도 그곳에 잡혀가 무지막지한 고문을 당하기도 했다.

1908년 평양 숭실중학을 졸업한 아버지는 그해 평양숭실전문학교에 입학해 다니시던 중 학업을 중단하고 서울로 올라가 감리교 협성신학교에 다니다가 졸업 전인 1910년 경술국치 전야에 진남포에 파송되어 그곳 교회를 맡으셨다. 다음 해에는 목사안수*를 받고 만주에 있는 동포들을 위한 순회선교사로 파송되었으며 하얼빈에서 본격적인 선교 사업을 펼쳤다. 만주에서의 선교 활동 중에도 줄곧 독립운동에 심혈을 기울였던 아버지는 독립군 양성을 위한 신흥무관학교 창립에 관여하였다. 1912년에는 30여만 명의 조선동포들이 거주하고 있던 연해주의 해삼위(블라디보스토크)로 가셨는데 아버지는 그곳에서 신채호 선생과 만나 교분을 맺었으며 그가 주관하던 「해조신문」** 발간에 참여하였다.

연해주에서의 이러한 분망한 활동 중에 가쓰라-태프트 밀약을

---

* 손정도는 당시 감리교의 목사안수제도에 따라 1911년 6월, 감리교연회에서 집사목사 안수를 받았고, 7년 후인 1918년 6월, 정동제일교회에서 개최된 미감리회연회에서 장로목사 안수를 받았다.
** 1908년 러시아 블라디보스토크에서 발행된 해외 한인 최초의 한글 신문.

통해 한일합방의 음모를 주도했던 가쓰라 다로(桂 太郎)의 러시아 방문이 알려지자 아버지는 그의 암살 임무를 맡아 조정환 선생과 함께 하얼빈으로 가셨다. 두 분이 그곳에서 가쓰라를 기다리며 기회를 노렸으나 가쓰라는 하얼빈으로 오지 않았고, 암살 임무에 실패한 아버지는 대련(다롄)으로 나왔다가 일경에게 체포되었다. 당시는 국내에서 테라우치(寺內正毅) 암살음모 사건이 있었던 관계로 일제 군경들이 눈에 핏발을 세우고 날뛰던 때였다. 체포된 아버지는 가장 가혹한 고문을 다 당하였으며 이마의 흉터는 그때 당한 고문의 흔적이었다. 그 후에 아버지는 진도로 유배를 가게 되었다.

진도 유배지에서 풀려나온 후 아버지는 서울 정동제일교회에서 3년간 담임목사로 일하셨는데 내가 태어난 것이 그 무렵이었다. 3.1운동 전야에 아버지는 교직을 이필주 목사에게 넘겨주고 평양으로 떠나셨다. 이필주 목사님은 3.1운동 때 독립선언서에 서명한 33인 중의 한 사람이다. 아버지도 실제로는 거기에 관여했으나 고종의 밀사인 의친왕을 파리에서 개최되는 만국평화회의에 파견하기 위한 사전 준비 임무 때문에 표면에 나서지 않으셨다 한다. 그때 의친왕과 함께 미국 유학을 했던 우리나라 최초의 여성 유학생인 하란사 여사가 동행하게 되었다. 의친왕과 하란사 여사는 변장을 하고 3등차에 앉아 압록강을 건넜으나 단동에서 일경에게 체포되는 바람에 그들의 파리 행은 성사되지 못하였다. 그 후 하란사 여사는 북경에서 한 연회에 참석해 음료수를 마시다가 즉사했다고 한다. 그 음료에는 일본 특무대가 넣은 독약이 들어있었다. 그러나 아버지는 일경의 눈을 피해 무사히 상해로 망명하게 되었다.

상해 망명시절은 아버지의 마음속에 치유되지 않는 상처를 남겨놓았다. 아버지는 상해임정(대한민국임시정부)의 사실상 창설자의 한 사람으로 1919년 4월 초, 상해에서 이광수 등과 함께 프랑스 조계지 금산부로에서 임시정부의 수립을 목표로 한 "임시의정원"을 조직하고 초대 부의장으로 취임하였다. 당시 의장으로는 이동녕 선생이 선출되었으나 얼마 후에 '대한민국 임시의정원'을 정식으로 출범했을 때는 아버지가 의장으로, 신규식 선생이 부의장으로 선출되었다. 그러니 실제로 의정원을 운영하고 그를 토대로 임시정부를 탄생시키는 데는 우리 아버지가 산파 역할을 하였다 해도 무방할 것이다. 그럼에도 불구하고 임정의 활동문제를 놓고 창조파와 개조파가 대립하고 알력이 표면화되자 아버지는 임정과 단호하게 손을 끊었으며, 그 때문에 임정 내에서 아버지의 활동을 왜소화하거나 심지어 묵살하는 사람들까지 있었다. 사실 그때 아버지는 상해임정 내의 이승만을 비롯한 친미사대주의자들이 외세에 아부하고 자주적인 독립운동을 방해하면서 분열책동을 일삼는 데 분개하여 신채호 선생과 함께 '반 이승만 선언'을 발표하고 결연히 상해를 떠나왔던 것이다.

게다가 아버지는 일본의 앞잡이였던 주 아무개의 음모로 당치 않은 모함까지 뒤집어쓰고 마음에 깊은 상처를 입었다. 당시 임시정부 안에는 일본의 앞잡이들이 침투하여 내부교란을 서슴지 않았다고 하였다. 내가 사진으로나마 기억했던 아버지의 모습을 전혀 알아보지 못한 것은 일제의 총리대신이었던 가쓰라 다로(桂太郎)의 암살미수 사건으로 체포되어 당한 고문의 흔적보다는 아버지의 침울한 눈빛 때문이었다고 생각한다. 마음속의 번민과 고뇌가 그 눈빛에 어리어 있었기 때문이다.

어느 날은 아버지가 나와 인실을 양 무릎에 앉히고 "너희들 이 세상에서 제일 무서운 게 무엇인지 아니?" 하며 수수께끼를 내셨다. 나와 인실이는 "호랑이, 뱀, 귀신" 하고 대답했으나 아버지는 틀렸다고 머리를 흔드시더니 "아니다. 제일 무서운 건 사람이다"라고 하시며 깊은 한숨을 내쉬었다.

아버지가 그런 말씀을 하신 데는 연유가 있었다. 아버지는 상해임정 내에서 평안도요 경상도요 하면서 지방색을 가르고 이편저편을 가르며 파벌싸움을 하는 것을 제일 역겹게 여기셨다. 조선왕조 수백 년 동안 네 갈래, 열 갈래로 나뉘어 당파싸움을 하다가 결국은 나라를 일본의 식민지로 만들었는데 이번에는 독립운동까지 망치려 든다고 몸서리를 치며 분개하셨던 것이다. 이런 아버지의 말씀을 가슴 깊이 새겼던 원일 형은 해방 후 남한에서 해군을 창설하면서 장병들의 신상카드에서 출신지란을 아예 없애버리기도 했다.

이렇게 임정 내부의 분열과 반목에 실망하신 아버지는 조국의 독립이 단기간에 성취될 수 없다는 생각에 우선 조선 사람의 힘을 길러야 한다는 나름의 계획을 품고 분연히 상해를 떠나 길림으로 가셨다. 그러한 계획의 실천방안으로 아버지는 만주와 상해 부근에 조선 동포들의 대규모 정착지를 마련하는 것을 가장 시급한 과제로 삼으셨는데, 그곳을 근거지로 힘을 길러 조국의 광복을 안아보자는 생각에서였다. 이러한 생각은 도산 선생의 실력양성론과도 상통하여 아버지는 1927년 봄에 선생 등과 함께 "농민합작사"란 반일단체를 조직하기도 하였다. 그 단체의 목표는 길림성을 중심으로 한 조선족 농민 대중의 반일 민족독립운동의 기초 건설과 민족의 대단결을 도모하는 것이었다. 즉 농민들의 생활조건을 개선하여 안정적인 생계를 확보하게 함으로써 그들이 보다 적극적으로 반일투쟁에 뛰어들게 하자는 것이다. 구체적으로는 취업과 물질생활 개선, 교육 발전, 보건위생 조건 개선 등의 세 가지 중점과업을 선정하여 추진하였다. 아버지는 이러한 목적을 달성하고자 송화강 일대를 중심으로 경박호의 방대한 수원을 이용한 대규모 수력발전 계획을 세운 후 중국 당국과 교섭하여 중국과 조선 민족이 공동으로 착수하기로 합의하였다. 또 외국의 자본과 기술을 끌어들이기 위한 방안도 모색하였으나 결국 그 사업은 일제의 방해와 파괴책동으로 시작도 못해보고 깨지고 말았다. 9.18 전에도 우리 아버지는 제 나름의 반일활동을 계속하였는데 고향에 있는 땅과 유산을 모두 처리한 돈으로 액목현(지금의 돈화, 교화)에 3천 일경(日耕)* 정도의 땅을 샀다. 그는 이렇게 해서 산지사방에 흩어져 헐벗고 살아가는 동포들을 한곳에 정착시켜 농사를 짓게 하면서 그들에게 반일사상을 고취하고 독립운동가들의 생활을 후원하게 하려 했던 것이다. 그러나 일제의 만주침략은 그의 이러한 구상을 사정없이 짓밟아버렸다.

아버지는 조국의 독립을 위해 몸도 마음도 가산도 다 털어 바쳤지만 결국 뜻을 이루지 못하고 1931년 2월 길림 동양병원에서 병사하셨다. 베이징에서 아버지의 부음을 받은 우리는 대성통곡을 하였으며 원일 형은 독일 화객선을 타고 망망대해를 항해하던 중에 소식을 듣고 오열했다. 그러나 형님과 나는 아버지의 장례식에도 참석하지 못했고 성묘 한 번 못했으며 또 아버지가 어째서 그렇게 급작스레 병사하셨는지도 알지 못한 채 인생의 황혼기를 맞이하였다.

---

* 1일경(日耕)은 요즘의 2400평(열 마지기)을 뜻한다. 사람 1명과 소 1마리가 하루 경작하는 면적을 말하며 고려 시대부터 조선 시대에 이르기까지 우리나라 민간에서 관행적으로 사용된 토지 측량 단위였다.

내가 아버지의 사망에 대해 보다 상세한 내용을 알게 된 것은 처음으로 평양을 방문하여 김일성 주석을 만났을 때였다. 오랜 세월이 지났지만 김 주석은 우리 집안에 대하여 참으로 애틋한 정을 가지고 있었다. 집에서 기르던 토끼를 잡아 두부를 넣고 맛있는 찌개를 끓여 주시고, 인실이 끊어온 쫀드기풀로 떡도 만들어 주셨던 어머니와 자신을 길림감옥에서 빼내주신 아버지에 대한 기억을 여전히 가슴 깊이 간직하고 있던 것이다. 김 주석은 나에게 "손정도 목사님은 나의 생명의 은인이시요, 손 목사가 아니었다면 길림감옥에서 나오지도 못했을 것이고 영락없이 일본 관헌에 인도되어 더 큰 곤경을 당했거나 죽었을 수도 있었을 것이오"라며, "그렇게 되었더라면 정말 항일 무장투쟁이고 뭐고 아예 이 세상에 김일성이도 없을 뻔했소"라고 말하며 호탕하게 웃었다.

김일성 주석이 길림에서 투옥되었을 무렵은 그 지역의 반일운동이 매우 활발했고 동북지방의 반동적인 군벌과 일제 사이의 밀약으로 공산주의 혁명가들과 조선인 독립운동가들에 대한 탄압이 극심해지고 있을 때였다. 이러한 시기에 아버지는 길림독군서(吉林督軍署)의 장작상을 만나 달래기도 하고 목돈도 찔러주면서 김성주의 석방을 위해 각방으로 힘썼다. 그때 중국 길림성에서 고관으로 있던 오인화 선생이 따라다니며 줄도 놓고 통역도 했다고 한다. 아버지와 최동오 선생 등이 그처럼 적극적으로 노력을 한 끝에 김성주는 다행히도 석방되었다. 김 주석은 그 일을 두고두고 잊지 못한 것이다. "감옥에서 나오는 길로 나는 우마항에 있던 목사님 댁에 찾아갔었소. 목사님께 인사도 드리고 길림 정세가 험악하니 빨리 떠나시라는 권유도 했었지. 그게 목사님과의 마지막 만남이었다오. 그러다가 간도 땅에서

손정도 목사의 유해가 매장된 길림성 북산 공원 묘지. 비석에는 '故 孫貞道牧師之墓'(고 손정도목사지묘)라고 적혀있다.

한창 무장투쟁 준비를 하던 때에 목사님이 급서하셨다는 소식을 들었지." 김 주석은 이렇게 회상하면서 나에게 아버지의 유해를 어디에 안장하였는지 물었다. "처음에는 길림성 동문 밖에 있는 봉천 사람들 장지에 초장을 했다가 길림성 북산 동쪽 기슭에 30평 정도의 땅을 사서 안장하고 비석도 세웠지요. 그런데 그 후에 알아보니 길림시가 커지면서 예전의 묘지구역이 도시로 개발되는 바람에 아버지의 묘소를 영영 찾을 수 없게 되었답니다"라고 대답했더니 김 주석은 적이 안색이 흐려지면서 "목사님의 유해라도 간수하고 있었어야 하는 건데…" 하며 못내 애석해했었다. 나중에 알려진 바에 의하면 김 주석이 애국열사릉을 건립할 때 다른 애국 열사들의 유해를 찾으면서 우리 아버지의 묘소도 길림에 그대로 있는지 알아보려고 관계자들을 길림까지 보낸 적이 있었다고 한다. 김 주석은 우리 아버지가 병환으로 고생은 하셨지만 입원한 당일로 작고하셨다는 사실이 뭔가 석연치 않다고 하면서 그게 일경의 음모가 아닌지도 모르겠다고 했다.

　나중에 나는 아버지의 사망과 관련된 일제 관헌의 자료 하나를 받아 보았다. 그것은 길림총영사 '이시이'가 1931년 2월 24일 일본 외무대신 '시데하라'에게 보낸 자료였다. 여기에 그 자료를 잠시 옮겨 본다.

요시찰 조선인 손정도 사망에 관한 건

본적: 조선 평안남도 강서군 증산면 오흥리
주소: 북평동성 금어호동 17호 아세아대약방 내 손정도
명치 15년 7월 26일생

우자는 대정 8년 3월 조선 내에서의 소위 독립요소에 관계하여 상해에 도주하여 동지에서 조선민족주의자들에 의해 조직된 임시정부 의정원 의장의 요직에 있으며 독립운동에 종사하다가 얼마 후 만주에 길림성기독교회(남감리파)를 조직하고 예배당을 설치하여 다년간 포교에 종사하는 한편 상해에 있는 안창호 일파의 흥사단에 가입하여 당 지방에 있는 민족주의자와 부단히 교류하며 조선독립운동에 대하여 종종 헌책해오던 자로서 작년에 가족과 함께 앞에 있는 주소지에 이주하였는데 본인은 만주에 있는 민족운동 부흥문제와 관련하여 고활신, 오인화 등으로부터 만주에 올 것을 독촉 받고 지난해 12월 10일경 다시금 길림에 와서 대동문 밖 대풍합 정미소에 체재하면서 민족운동에 대하여 동지들과 밀의를 거듭해오던 중 여러 해 앓던 고질(위궤양)이 도져 이달 19일 동양의원에 입원하여 그날로 사망하여 이달 22일 기독교 의식에 따라 장의를 치렀는데 장의 참가자로는 베이징에서 처(21일 도착)와 본적지에서 아우 손경도가 길림에서 오고 그밖에 봉천 백 목

사 이하 당 지방의 명망 있는 조선인 40명이며 유해는 우선 봉천회관(길림 소재)에 의탁하여 화골이 된 다음 조선에 개장하는 것으로 하다.

이 자료를 보고 나니 무언가 석연치 않은 점을 느꼈다. 사실 우리도 아버지의 급작스런 병사에는 무슨 까닭이 있을 것이라고 내내 생각해 왔는데 아버지가 입원한 곳이 길림에 있는 일본인 병원인 동양의원이었다는 사실을 알고 나니 그런 의혹은 더욱 커졌다. 밥을 먹으면서도 반일이요 눈을 감고서도 반일을 생각하던 분이 아무리 위급한 순간이었어도 스스로 일본인이 경영하는 병원에 갔을 리 없을 것이고, 만약에 갔다면 거기에는 어떤 음모나 계략이 있었을 것이라는 생각이다. 그처럼 아버지의 죽음에 관한 의혹은 세월이 흐를수록 커져갔으며 아버지의 곁을 지키지 못한 회한도 그에 비례하여 쌓여갔다. 하지만 세월이란 무자비한 것이어서 아버지의 동시대인들과 친지들마저 저세상으로 하나둘 떠나가자 이제는 아버지 손정도 목사의 이름을 기억하는 사람들조차 드물어졌다. 아~ 조국의 독립을 위해 불철주야 헌신하다 비명에 가신 내 아버지 손정도 목사의 고난에 찬 한평생이 정작 독립을 되찾은 오늘날 후손들에게 이렇게 쉽게 잊히고 마는 것인가! 자식 된 나로서는 참으로 가슴 미어지는 일이 아닐 수 없었다.

그렇게 아버지의 죽음에 대한 회한으로 늘 애달파 하던 중 몇 해 전에 오마하의 우리 집으로 역사학자인 강순응 교수가 불쑥 찾아왔다. 나는 강 박사와 시카고의 대학 시절부터 잘 아는 사이였다. 물론 그는 역사학도여서 서로의 관심 분야는 달랐으나 나는 그의 정직하고 곧은 성격에 매료되었었다. 강 박사는 50대까지도 총각 소리를 들

1947년에 찍은 가족사진. 맨 뒷줄 왼쪽 끝이 손원태, 네 번째가 작은 아버지 손경도, 오른쪽에서 두 번째가 형 손원일이다. 가운데 줄 왼쪽에서 세 번째가 어머니 박신일, 그 옆이 형수 홍은혜(손원일 처), 그 옆이 여동생 손인실이며, 맨 앞줄 학생들과 어린이들은 5형제(진실, 성실, 원일, 원태, 인실)의 자녀들이다.

으면서 분초를 아껴 학문탐구에 전념했던 진정한 학자였다. 그런데 시카고에서 헤어진 뒤 10년이 지나 갑자기 우리 집에 찾아온 강 교수는 다짜고짜로 녹화 테이프 하나를 꺼내들더니 함께 보자고 하였다. 북조선에서 만든 영화인데 우리 아버지 손 목사가 나온다는 것이었다. 아닌 밤중에 홍두깨라더니 영문을 알 수 없는 우리 내외는 그저 어리둥절할 뿐이었다. 이어 강 교수의 설명이 뒤따랐다. 이북이 고향인 강 교수는 벌써 여러 번 북조선에 다녀왔다고 했다. 그런데 그곳에서 영화를 보다가 손 목사님 얘기가 나오기에 그 녹화테이프를 가져왔다는 것이다.

테이프를 틀어보니 길림의 낯익은 풍경이 나오고 아직도 눈에 생생한 아버지의 예배당도 보였다. 이어지는 영상 속에는 콧수염을 기르고 양복 차림에 나비 넥타이를 맨 모습의 아버지도 나왔다. 모습이 전혀 닮지 않은 북조선의 배우가 아버지 역을 하고 있었다. 실제로 우리 아버지는 생전에 단 한 번도 콧수염을 기른 적이 없다. 그렇지만 그 장면을 본 순간 가슴이 뭉클하였다. 손 목사를 잊지 않고 있는 사람들이 있다는 사실 하나만으로도 그 영화는 내 마음에 충분히 감동을 주었던 것이다.

그러나 그 영화를 보고 나서 나는 새로운 의혹에 휩싸였다. 남한에서도 손정도 목사가 잊힌 지 오래인데 어떻게 모든 종교를 부정하고 탄압한다는 북조선의 공산주의자들이 손정도 목사를 잊지 않고 있는 것일까? 종시 풀 길 없는 의문이었다. 하지만 오랜 망설임과 고심 끝에 평양에 가보고서야 나는 그 의문을 풀 수 있었다.

김일성 주석이 손정도 목사의 애국심을 높이 평가하고 잊지 않고 있었기에 북조선 사람들도 모두 우리 아버지를 알고 있었다. 주석은 벌써 오래전부터 측근들에게 여러 차례 우리 아버지에 대해 말해주었고 역사학자들과 문필가들에게도 알려주었다고 한다. 더욱이 주석이 자신의 회고록 『세기와 더불어』에 '손정도 목사'라는 장(章)을 설정하고 우리 아버지의 애국심과 항일독립운동가로서의 공적에 대해 상세히 썼기 때문에 북조선에서는 우리 아버지가 잘 알려져 있었던 것이다.

애국심을 가장 고귀한 가치로 숭앙하는 북조선 사람들의 마음속에 손정도 목사는 주석의 생명의 은인이자 청렴결백한 기독교인으로서만이 아니라 투철한 반일애국지사로 살아있었다. 그래서인지 북조선 사람들은 생면부지인 나를 처음 만나면서도 마치 피붙이 혈육처럼 반가워하였으며 애국지사의 후손으로 공경해주기까지 하였다. 그 순수한 진심이 나를 몇 번이나 울렸는지 모른다.

나는 마음속 깊이 아버지의 삶에 자부심을 가져왔으며 나 역시 아버지의 그런 삶을 본받고자 노력해왔다. 물론 내가 나의 아버지로서만이 아니라 독립운동가로서의 손정도 목사를 이해한 것은 그가 세상을 뜨신 뒤였다. 철이 들어 조국의 고난이 나의 고난으로, 민족의 아픔이 나 자신의 아픔으로 되었을 때 나는 비로소 아버지가 걸었던 고행의 길을 이해하였으며, 미처 조국의 광복을 보지 못하고 돌아가신 아버지 생각에 수없이 통한의 눈물을 흘렸다.

당시는 '대동아전쟁'이 막바지에 이른 때인지라 많은 이들이 불안한 자신들의 앞날을 점지해 보러 관상쟁이를 찾아가곤 하였다. 나 역시도 세브란스의전 졸업반 때 친구들에게 이끌려 사주를 보러 간 일이 있다. 시내의 어느 골목에 들어가니 「관상대가」라는 간판을 붙인 기와집이 있었고 그 안에는 우리보다 한발 먼저 온 두 중년 신사가 앉아 있었다. 그중의 한 사람은 쌍꺼풀진 눈에다 코가 우뚝 선 미남형이었는데, 관상가는 그 잘생긴 신사에게 "당신은 도둑질을 좀 하겠소"라며 서슴없이 말하는 것이었다. 그 신사는 얼굴을 붉히며 자기가 만주국경 "연선"에서 밀수입을 한 일이 있다고 실토하였다. 첫 대면에 급소를 찌르는 것을 보니 그 관상가가 대단하게 생각되었다. 그런데 다음 차례로 들어선 나에게 그는 대뜸 유산을 많이 받겠다고 한다. 나는 아버지가 목사이고 가산을 다 털어 독립운동을 하느라 돈 한 푼 남긴 것이 없다고 말했다. 그러자 관상가는 재물만이 유산이 아니라 아버지의 정신과 덕성을 물려받은 것도 유산이라고 일러주었다. 나는 그의 말이 과히 싫지 않았다. 어찌 보면 아버지의 넋을 물려받으려는 것이 내 인생의 궁극적인 목표였는지 모른다. 어쨌든 내 마음의 하느님은 아버지였고 나의 신앙은 아버지의 애국정신이었다. 그러나 나는 아버지를 위해 그 무엇 하나 해드린 것이 없다. 그저 아버지를 존경하고 잊지 않았으며 아버지처럼 어디서 무엇을 하나 제 나라 제 민족을 위하는 깨끗한 마음으로 살려 했을 뿐이다. 그런데 나는 말년에 와서야 친아들인 나보다도 손정도 목사에게 더 극진한 사람이 있다는 것을 알게 되었다. 그는 바로 김일성 주석이었다.

3. 중국 길림(吉林)

　　길림은 중국 동북삼성 중의 하나인 길림성 소재지이다. 북쪽에는 현천령이 담벼락처럼 솟아 찬바람을 막아주고 송화강이 도시를 S자형으로 에워싸며 흐른다. 그래서 예로부터 물의 도시라고도 불러온 길림은 송화강을 젖줄기로 번창해왔다. 또한 용담산, 포대산, 북산공원, 강남공원과 같은 수려한 명승지들과 오랜 역사와 문화를 자랑하는 유적들이 많은 고색창연한 도시이기도 하다.

　　일제에 의한 조선의 강점 시기에 길림은 동북지역의 통치자인 '장작림'의 동생 '장자강'의 독군서가 있었고 봉계군벌의 중요한 요충지였다. 물산이 풍부하고 진보적인 사회사상가들이 많이 모여드는 곳으로서, 말하자면 중국 동북지역의 상해라고 할 수 있는 도시다. 특히 우리가 길림으로 이사할 무렵은 다양한 노선을 추구하는 조선의 독립운동가들이 그곳에 운집해 있던 시기로 한일합방 이후 민족운동사와도 깊이 연결되어 있다. 길림은 정의부 계통 독립운동가들의 본거지였고 참의부나 신민부의 거두들도 그곳에 자리를 잡고 있었다.

　　일본에 나라를 빼앗긴 후 살길을 찾아 고향을 떠난 조선 사람들은 대체로 길림을 통해 만주의 오지로 들어갔는데, 가던 도중에 길림에 주저앉은 사람들도 많았다. 이것이 독립운동가들이 길림을 본거지로 잡은 첫째 이유라 할 수 있다. 두 번째 이유는 길림이 교통의 요충지이면서도 남만주 철도와는 떨어진 곳에 위치하고 있어 일제나 당시 중국 정부의 영향력이 덜 미치는 지역이었기 때문이다. 그래서 길림은 옛날부터 수많은 비적의 소굴이기도 했다. 그리고 세 번째 이유는 조선인들의 정착 초기에는 길림독군인 장작상이 일본을 경계하여 항일투쟁을 하는 조선 독립운동가들을 호의를 가지고 대하였다는 점이다. 이런 연유로 많은 독립운동가들, 예를 들면 당시 정의부 중앙집행위원회 위원장이었던 현익철(현묵관)과 정의부 지방부 위원장 김이대, 군사부 위원장 이웅 같은 쟁쟁한 독립운동가들이 모두 길림에서 생활하고 있었다. 또한 군사부 1대장 안붕은 신개문 바깥 삼풍여관에, 2대장 장철호는 통천가에서 살았으며, 정의부 별동대 대장 이동훈과 당시 정의부 경부과장이었던 김구 선생*은 우리 집에서 숙식을 하였다. 이동훈과 김구 선생은 둘 다 강서지방 사람들로 아버지와 동향인이었다. 또한 정의부 경무주임 이옥천 선생도 거의 우리 집에서 살다시피 하였다.

길림 시절에 아버지와 아주 가까웠던 독립운동가들로는 우리집에서 숙식하시던 김구 선생 말고도 고원암, 오인화 선생 등을 들 수 있다. 고원암 선생의 본명은 고활신이고 평안남도 룡강군 사람이다. 그는 아버지보다 일곱 살 아래로 길림 우마항에서 살고 있었다. 고원암 선생은 한때 정의부 중앙위원이었고 '민족유일당' 조직부 집행위원을 거쳐 후에는 '조선혁명당' 집행위원회 위원으로 활약했으며 1930년 이후 공산주의자들과 손을 잡는다. 그와 더불어 이종락, 현정경, 차광수, 최창걸 선생 등이 국민부 내에서 좌파세력을 이루고 있었는데 이들이 후에 김성주와 합세하여 공산주의 운동으로 나가면서 동만(東滿) 지역에서 유격전쟁을 벌이게 된다.

오인화 선생은 평남 진남포 출신으로 아버지보다 아홉 살 아래인

---

* 백범 김구와는 전혀 다른 인물이다.

◀ 아버지 손정도 목사가 길림조선인교회를 담임하던 시절 저자의 집 골목. 왼쪽에 대문이 있다.

▶ 저자의 집 대문. 이곳을 통해 김성주(김일성)가 자주 놀러왔다.

아버지가 선교를 위해 진남포에 갔을 때 친교를 맺은 것 같다. 선생은 일찍이 반일투쟁에 나서 독립군의 군자금 조달책으로 활약하다가 일경의 체포령을 받았다. 그러나 다행히 재빨리 만주로 망명하여 궐석 재판에서 5년형을 언도받기도 했다. 그는 독립운동가들 속에서 유일하게 중국으로 귀화한 조선 사람이었다. 그가 중국 국적을 얻은 것은 일경의 체포로부터 보호받고 중국관청에 들어가 활동하기 위함이었던 것 같다. 선생은 길림성회 공안국 심판청 교섭서 통역으로 있으면서 중국인 거주 지역에 살았지만 실제로는 독립운동을 지원하고 있었다. 길림에 오셨던 안창호 선생이 체포되었을 때나 김성주가 길림 감옥에 투옥되었을 당시 모두 오인화 선생이 동분서주하며 줄을 놓고 손을 썼다. 1930년 가을에 길림독군에 체포되었던 고원암 선생도 오인화 선생 덕분에 석방될 수 있었다. 그렇게 오 선생은 독립운동을 위한 목적으로 귀화하고 중국관청에 고관으로 들어가 활약했던 분이다. 1927~1928년경에 만주 일대에서 장개석의 지령에 따라 조선인 구축운동이 벌어졌을 때 그것을 저지시킨 사람들 중의 하나가 오인 화 선생이다.

조선인 구축운동*이란 귀화하지 않은 조선 사람을 만주에서 쫓아내는 것이었다. 그때 만주로 들어간 수천수만의 동포들 가운데 서 중국에 귀화한 사람은 10%에 지나지 않았다. 그래서 살길을 찾아 만주로 들어갔던 대다수의 조선인들이 또다시 압록강 연안으로 쫓겨 나게 되었다. 이때 최동오 선생이 주동이 되어 조선 사람들의 권익을 옹호하기 위한 '동향회'를 조직했는데 오인화도 그 구성원 중에 한사 람이었다. 오인화 선생과 최동오 선생은 길림독군을 찾아가 조선인 동포 옹호투쟁을 벌였다. 그들이 얼마나 완강하고 끈덕지게 달라붙 었던지 결국 봉천독군은 조선 사람을 더이상 겁박하지 않겠다는 서 명을 하고야 말았다. 길림에 사는 동포들은 송사가 생기면 오 선생을 찾아가곤 하였고 그는 동포들의 일이라면 발 벗고 나서주었다. 그런 오 선생을 아버지는 친동생처럼 아끼고 사랑하셨다.

오인화 선생은 우리 아버지가 돌아가신 얼마 후에 길림 거류민회 에 침투해있던 일제의 주구 김정윤에게 암살당하셨다. 나는 지금도 치포(緇布, 검은 빛이 나는 베)를 입고 검은 족두리 모자(겉을 검은 비단으 로 싼 여섯 모가 난 모자)를 쓴 오인화 선생이 "손 형님 계시오?" 하며 우 리 집 방문을 열던 모습이 눈에 선하다. 선생은 설 명절 때면 나와 인 실에게 세뱃돈을 주곤 했는데 우리는 그 돈으로 사탕을 실컷 사먹기 도 했었다. 또한 총명하고 당찬 오 선생은 유머도 풍부하여 우리 집에

---

* 1927년부터 만주에서 시작된 조선인 구축(驅逐)사건으로 인해 촉발된 중국인의 조선 인 배척운동.

오면 늘 나를 무릎에 앉히시고는 "원태는 코가 낮아 야단났구나. 뒷간에 가서 코를 자꾸 잡아당겨라. 그러면 코가 커진다"라며 놀리셨다.

그 당시의 길림에는 민족주의 활동가들뿐만 아니라 공산주의 활동가들도 모여들었으며, 조선공산당 화요파와 서상파의 거두들이 모두 몰려와 세력 확장에 열을 올리고 있었다. 특히 당시 대동문 밖에 있는 유금천의 집에 유숙하고 있었던 독립군의 여걸 이장청은 화요파 공산당의 중심인물이었다. 한편 길림 통천가에 있는 정의부 2대장 장철호의 집에는 곁채에 신일용과 서중석이 거처하고 있었으며 신일용은 서상파 공산당의 거물급에 속했다. 장철호는 딸 하나를 데리고 홀로 지내는 윤 씨라는 여인과 재혼하였는데 그녀는 큰 기억자 집에서 살만큼 부유했다. 김성주가 길림에 왔을 때도 이 집의 곁채에 기숙하게 된다. 그야말로 길림이라는 큰 가마솥에는 각양각색의 주의자와 운동가들이 뒤섞여 저마다의 방식으로 조선독립을 부르짖고 있었다.

그 당시 길림에 살던 조선 사람들의 처지는 참으로 비참하고 어려웠다. 가난하고 힘없는 그들은 땅 설고 물 설은 그곳에서 어떤 보호도 받지 못한 채 중국 관원들이나 마적들의 횡포에 떨고 있었다. 농사를 짓자 해도 땅이 없었고, 장사를 하자 해도 밑천이 없었으며, 눈비를 피할 방 한 칸조차 얻기 어려운 형편이었다. 이러한 상황에서 길림으로 온 아버지는 선교 활동과 독립운동의 거점을 마련할 목적으로 다른 독립운동가들과 함께 송화강변에 감리교 교회를 세웠다. 교회는 벽돌로 지은 50평 규모의 예배당과 목사관 그리고 동포들의 자녀들을 교육하기 위한 유치원과 조선인 소학교까지 있었다. 당시 길림에는 강안거리 송화강 옆에 불란서 사람이 세운 천주교 교회당이 있었지만 중국 사람들이 주로 찾았고, 조선 사람들을 위한 예배당으로서는 우리 아버지 예배당밖에 없었다.

아버지는 이 교회당을 거점으로 동포들에 대한 선교와 계몽을 실행하고자 하였다. 교회에서는 주일학교를 운영하였는데 원일 형과 성주 형은 주일학교 강사로 활동했다. 나는 주로 원일 형이 강사로 있는 반에 속해 있었는데 주일학교에서는 예수의 교리보다도 이순신 장군 이야기나 조선역사 이야기를 더 많이 들려주었다. 그러고 보면 손 목사의 교회당은 독립정신을 키워주는 학당이자 동시에 만주일대에서 의지할 곳 없이 떠돌던 조선 사람들의 안식처이기도 하였다.

떠돌아다니는 이주민들, 쫓겨 다니던 독립운동가들, 살길이 막막한 사람들 등 별의별 사람들이 다 목사관에 찾아들어 구원을 청하였다. 아버지는 그들에게 정신적 후원은 물론 물질적 지원까지 아끼지 않았다. 우리 집 부엌에는 커다란 중국식 가마가 걸려있었는데 어머니는 거기다 밤낮으로 밥을 짓고 국을 끓여 찾아오는 이들을 배불리 먹이고 따뜻한 방에서 재워 보냈고 ,아버지는 그들에게 주머니를 털어 여비까지 보태주곤 하였다.

그 당시 아버지는 조선인 정착촌을 꾸미려는 계획에 집중하면서도 만주 일대의 최대 군벌인 장작상과 교섭하느라고 많은 돈을 뿌리고 있었다. 아버지는 적지 않은 유산을 상속받았으나 집안 살림을 위해서는 단돈 한 푼 쓰지 않았던 덕분에 우리는 어린 시절에 별로 배불리 먹어본 적이 없었다. 그 시절 종종 마른 빵을 물에 적셔 먹던 일이 지금도 기억난다. 그럴 때면 아버지는 우리들에게 "장작상과의 교섭이 잘되면 땅을 사서 조선 사람들의 생활 터전을 꾸리고 농사도 짓고 발전소 건설도 하여 잘살게 될 거야"라고 말씀하셨다. 참으로 큰 포부를 가지고 일에 매진하시던 아버지였다. 이렇다 보니 어머니는 궁색한 살림에 몇 푼이나마 보태려고 늘 정미소에 나가 뉘를 고르는 일을 하셨다. 나도 어머니를 도와 몇 번 정미소에 나갔는데 추운 겨울날 구부리고 앉아 뉘를 고르는 일이 쉽지 않았다. 내가 어머니에게 그 일을 그만두라 하였더니 어머니는 "어쩌겠니, 이렇게 해서라도 벌어야지. 너희 아버지 돈이란 이쪽 주머니로 들어왔다 저쪽 주머니로 몽땅 나가버리는걸" 하시면서 한숨을 쉬시곤 했다.

이렇듯 아버지 주머니의 돈은 빈한한 우리 동포들과 독립운동의 자금으로 흘러나갔다. 그 시절에 독립군들은 동포들에게서 군자금을 모으곤 하였는데 우리 집에도 군자금 청구서가 끝없이 밀려들었다. 청구서는 9×12cm 정도의 종잇장이었는데 정의부에서 발급하는 것이었다. 그렇지만 어머니는 무슨 수를 써서라도 군자금을 꼭꼭 바치곤 하였다. 당시의 목회자들은 대다수가 형편이 넉넉하지 못했지만 불타는 애국심으로 가산을 털고 몸을 던져 독립운동에 몰두하다가 일경에 잡혀 모진 악형을 당하거나 그 후유증으로 일찍 돌아가신 분들이 많았다. 그러나 독립운동가들의 이런 고난에 찬 삶과는 정반대로 일제의 주구들은 호의호식하며 잘 살았다.

약 70년 전에 미국으로 유학 갔던 젊은이들 중에 서로 사랑하던 남녀가 있었는데, 여자는 목사의 딸이었다. 그런데 유학이 끝날 무렵 남자의 부모에게서 편지가 왔다. 내용인즉 박사학위를 받으면 독립운동을 하는 가난한 목사의 딸과 결혼하지 말고 서울로 돌아와 부잣집 딸과 결혼하라는 것이었다. 남자는 부모의 말대로 사랑하던 애인을 버리고 서울로 돌아와 부잣집 딸과 결혼하였는데 그녀의 부모는 친일파였다. 이광수는 이 이야기를 바탕으로 유명한 연애소설을 썼지만 그는 사실과는 반대로 여자가 배신하는 것으로 묘사했다. 그런데 최근 한국의 어떤 언론사 설문조사에 따르면 여대생들의 결혼대상자로 목사가 으뜸이 되었다 한다. 교회가 한갓 돈을 버는 곳으로 전락했다니 하느님이 어째서 그런 일들을 모르는 체하시는지 알 수가 없다.

나는 아버지가 당신 주머니의 마지막 한 푼까지 독립을 위해 털어바친 청렴하고 애국적인 목사였던 것을 자랑으로 여긴다. 어머니 역시도 아버지를 자랑으로 여기셨고 모진 고생을 감내하면서 행복해하셨다. 손끝에 피가 맺히도록 일을 해 버신 몇 푼의 돈으로 아버지의 뒷바라지를 하고 자식들 공부시키면서도 가산을 독립운동에 깡그리 밀어 넣은 것에 대해 어떤 후회나 불평도 하지 않으신 것을 보면 어머니는 보통 여인이 아니었다. 아버지가 집 걱정을 하지 않고 독립운동에 전념할 수 있던 것은 오로지 이러한 어머니의 헌신적인 뒷바라지 덕이었다. 그러고 보면 어머니도 아버지와 함께 독립운동을 하신 셈이다.

김성주(김일성 주석)가 항일독립운동가들과 초기 공산주의자들, 각양각색의 애국지사들의 정치활동 무대였던 길림에 온 것은 1927년 정초였다. 그는 화전에 있는 독립군 간부학교인 '화성의숙'을 중퇴하고 새로운 활동무대를 찾아 길림에 온 것이다. 손 씨 가문과 김일성 주석과의 인연은 어찌 보면 필연이었다. 하루는 아버지가 어머니를 불러 앉히시더니 "친지의 자제가 길림에 유학을 왔다오. 그의 부친은 돌아가시고 홀어머니가 삯바느질로 근근이 학비를 마련한다는데 그게 몇 푼이나 되겠소. 우리 집에서 그의 학비 같은 것이랑 보태주고 각별히 돌봐주어야 하오"라고 말씀하셨다. 어머님은 몰래 한숨을 쉬었다. 그때 우리 집에서는 진실, 성실 누님이 유학 중이었고 원일 형은 문광중학을 다니며 기숙사 생활을 하고 있었다. 또한 나와 인실이 역시도 학생이었다. 이렇게 제 자식들의 학비를 대는 것만 해도 엄청난 돈이 들 형편이었지만 어머님은 "알겠어요" 하고 선선히 응낙하셨다. 그것이 우리 어머니 성품이었다.

나는 그때까지 아버지의 친지라고 하는 김성주의 부친 김형직 선생에 대해서는 전혀 알지 못했다. 아버지는 1882년생이시고 김형직 선생은 1894년생이라서 아버지가 열두 살이 많았으며 나이 격차에도 불구하고 김형직 선생은 우리 아버지와 평양숭실중학교 동문*이셨다. 그러나 학교를 중퇴한 후에 평양의 만경대에 있는 순화학교와 명신학교 등에서 교편을 잡았고 나중에는 만주 무송 등지에 병원을 차려 의사로 생활하면서 독립운동에 전념하였다. 선생은 일찍이 평양에서 조선국민회에 참여해 서선 일대의 선각자들을 묶어세웠을 뿐만 아니라 국내·외로 그 영향력을 확대하였는데, 그 일로 일제 경찰에 검거되어 모진 옥고를 치렀다고 한다. 결국은 그때의 고문 후유증과 그 후 일경의 추격을 받을 때 입으신 동상으로 32세라는 너무나 젊은 나이에 세상을 뜨셨다. 또한 선생은 만주의 무송 등지에서 활동할 적에 멀리 노령 연해주에도 다녀왔고, 상해에도 왕래했다고 하는데 아마도 그 무렵에 두 분이 상면해 함께 활동했던 것으로 여겨진다.**

---

* 손정도 목사는 22세가 되던 해인 1904년 평양숭실중학에 입학해 1908년에 졸업했고 김형직 선생은 17세가 되는 해인 1911년에 평양숭실중학을 입학했다. 이미 숭실중학 입학 전에 강반석 여사와 결혼식을 치루고 살림을 차렸으며, 이듬해인 1912년에 김성주(김일성)가 태어났다. 그렇기 때문에 손정도와 김형직은 같은 시대에 숭실학교를 다녔다고 볼 수 있다.

** '김일성 주석과 재미교포 손원태 박사의 담화록' 앞부분에 보면 "손 목사는 우리 아버지

내 기억 속에서 아버지 손정도 목사가 김형직 선생을 깊이 알게 되고 남다른 인연을 맺게 된 것은 1925년 길림에서 고려혁명당을 출범시키기 위한 회합이 열릴 때였다. 우리 예배당 담 너머로 요릿집이 하나 있었는데 아마 상호가 영남반점이었던 것 같다. 가끔씩 그 집 마당에서 꼬꼬댁하는 소리가 들리면 나는 담장 위로 기어 올라갔다. 비슷한 또래로 보이는 요릿집 일꾼 아이가 닭의 멱을 따는 광경을 보기 위해서였다. 그곳에 걸터앉은 나는 목이 잘린 닭이 피를 뚝뚝 흘리면서 푸드득거리며 온 울안을 돌아치는 모습에 소름이 끼쳐 온몸을 부들부들 떨면서도 끝까지 구경하곤 했었다. 바로 그 요릿집에서 고려혁명당*의 추진을 위한 민족주의자들의 회합이 열렸던 것이다.

그 당시 여러 지방에서 제각기 조선독립의 기치를 들고 일어섰던 독립운동가들은 투쟁 대오의 통일과 단합을 이루지 못하고 있었다. 이합집산의 과정을 끝없이 반복해온 그들은 독립운동 대열의 통일이 형식상 통합으로는 이루어질 수 없으며 반드시 이념의 통일이 우선되어야만 지속적이고 확고한 것으로 될 수 있다는 결론에 이르렀고, 그

와 친한 사이였습니다. 우리 아버지는 평양 숭실중학교에 다니실 때부터 손 목사를 잘 알고 있던 것 같습니다. (중략) 우리 아버지는 평양에서 '105인 사건' 때 일제경찰에 체포되었는데 그때 손 목사도 감옥에 잡혀 들어갔습니다"라는 대목이 나온다. 이어서 다음 페이지에는 "우리 아버지는 감옥에서 나온 다음 중강으로 가셨습니다. (중략) 아버지는 거기에서 오동진과 손 목사를 비롯한 여러 동지들과 연계를 가지고 활동하셨습니다"라는 김 주석의 구체적인 증언으로 보아 김형직과 손정도는 실제로 항일투쟁 활동을 같이 했다고 볼 수 있다. 또한 열여섯 페이지에는 "선생의 아버지는 내가 길림감옥에 갇혔을 때 나를 어떻게 하면 구출하겠는가 하여 속을 많이 태웠습니다. 손 목사는 우리 아버지를 보아서라도 나를 감옥에서 구출해야 하겠다고 생각하였던 것 같습니다"라는 증언을 보면 두 인물의 활동 시기와 지역 그리고 운동 방향을 감안할 때 자주 접촉해 연계활동을 했을 가능성이 매우 크다.

* 1926년 만주에서 조직되었던 독립운동정당.

리하여 정의부 내의 좌파세력이 주동이 되어 '고려혁명당'의 건설을 위한 모임이 길림에서 개최되었다. 여기에는 정이형의 '다물청년당'* 도 합당 의사를 표명하며 이 회합에 참여하였다 이 다물청년당의 세력은 꽤나 강력했는데 그런 그들도 독립운동 대오의 통일에 전적으로 찬성했던 것이다. 한편 천도교 내 좌파세력과 형평사(백정들의 회합체로 사원이 2만여 명이나 되었다)의 지도 인물들도 각각 서울에서 길림으로 왔으며 멀리 연해주에서까지 독립운동가들이 참여했다.

이 고려혁명당의 창당을 주도한 분들 중 한 분이 김형직 선생이며 그를 뒤에서 적극 뒷받침한 사람이 우리 아버지 손정도 목사이다. 김 선생은 그때 병환이 너무 심하여 지팡이를 짚고 가까스로 길림에 오셨다 한다. 그때 위원장으로는 신민부의 거두 양기택 선생이 선출되었는데, 그 당시 서울 자택에서 은신하고 있던 양 선생을 이장청이 서울까지 가서 모셔왔다고 한다. 김형직 선생은 고려혁명당의 출산에 마지막 힘을 깡그리 소모하시고 이듬해에 세상을 떠나셨다. 양기택 선생을 위시한 길림의 독립운동가들은 누구나 김형직 선생의 서거를 애석해하였으며 선생의 자제인 김성주에 대하여 각별한 애정을 기울였다. 길림에 온 김성주는 그의 부친의 친지들인 장철호, 오동진 그리고 아버지 손 목사의 주선으로 길림 육문중학교 2학년에 편입했다.

그처럼 아버지도 김성주의 길림 유학에 각별한 관심과 후원을 아끼지 않았다. 아버지는 장철호나 오동진의 집에 유숙하고 있는 김성주를 예배당 부속의 기숙사에 옮겨 살도록 주선도 해주시고 가끔씩 학자금도 보태주시곤 하였다. 기독교 목회자였던 아버지는 종교적인

---

* '다물'이란 고구려시대 방언으로 '다(모두) 무르다' '되물린다' '되찾는다'라는 순수한 우리말이며 이는 '광복'이란 뜻이다.

자선과 박애정신으로 교회당에 유치원과 조선인 소학교까지 차려놓고 언제나 가난한 동포 자녀들을 돕고 있었지만 그에 대한 관심은 일반적인 자선의 테두리를 벗어나는 것이었다. 아버지가 그를 총애한 것은 친지의 자제라는 이유도 있었지만 그보다는 김성주의 출중함을 아끼고 그의 장래를 기원하는 속 깊은 생각 때문이었을 것이다. 그때 길림에는 난다 긴다 하는 청년학생들이 많았고 아버지는 그들 모두를 소중히 여기며 후원하고 있었지만 길림에 온 지 얼마 안 되는 김성주를 소년회 회장으로 지목하신 것을 보면 그에 대한 기대가 상당하셨던 듯하다.

그 무렵 아버지를 비롯한 길림의 모든 독립운동가들은 심각한 고민에 빠져있었는데, 이는 일제의 침략이 가중되는 반면 독립운동은 날로 쇠진해가고 있었기 때문이다. 그들은 이런 사태를 관망하면서 새 방략을 모색하였고, 아버지는 천운의 혜택으로 일본에 무슨 천재지변이라도 생겨 민족의 장래에 서광이 비쳤으면 하고 밤낮으로 기원하였다.

청년들에게 민족의 장래를 기대했던 아버지는 진취적이고 새롭고 제 나름의 뚜렷한 지론을 가진 김성주를 놀라워하시었다. 산전수전 다 겪으신 탓에 나름 사람을 볼 줄 알았던 아버지는 김성주에게서 남다름을 보았고 그의 출중함을 대견해 하시었으며 어머니 역시도 그를 매우 사랑하였다. 아버지의 부탁도 있었지만 인정 많고 사근사근한 그의 성격에 매료되었던 것 같다. 어머님은 그가 집에 오면 기르던 토끼건 무엇이건 아끼지 않고 특식을 차려 먹였고 그와 마주앉아 당신의 속마음을 무람없이 털어놓곤 하였다. 그럴 때면 그는 어머님을 위로하고 기쁘게 해드렸는데, 그 때문인지 나는 김성주와 만나자

마자 혹해버렸다.

당시 우리 아버지 예배당 옆에는 삼풍장이라는 여관과 태풍합정미소가 있었다. 당시 삼풍장여관에는 이동화, 이동선 형제와 이경은이라는 소녀가 있었는데 이동선은 내 또래였고 이경은은 인실이의 소꿉친구였다. 우리들은 태풍합정미소 앞마당에 쌓여 있는 짚북데기에서 뒹굴며 놀기도 하고 북데기에 참새나 비둘기가 모여들면 그것을 고무총으로 잡느라 시간 가는 줄 몰랐다.

어느 날 내가 친구들과 짚북데기 속에서 정신없이 놀고 있는데 웬 중학생들이 지나가다가 우리를 보고 웃었다. 아마 지푸라기와 먼지를 뒤집어쓴 우리 몰골이 우스웠던 모양이다. "너 손 목사님네 둘째지?" 하며 그중 키가 크고 호리호리한 중학생이 내 곁으로 다가왔다. 미소 띤 환한 얼굴, 웃고 있는 두 볼에 움푹 팬 보조개와 하얀 덧니가 인상적이었다. 그때 어째서인지 나는 그 중학생이 어느 부잣집의 귀공자 같다고 생각하였다. 그만큼 그는 참으로 기품 있고 미목이 수려했다. 나를 알아보는 그가 누구인지 의아하기도 했지만 그 첫 만남은 까닭 없이 나를 기분 좋게 했었다.

4. 조선인길림소년회

어떤 사람들은 나에게 정색을 하며 "북의 김일성이가 10대의 소년기에 벌써 독립투쟁에 나섰다는 것이 사실입니까?" 하고 묻기도 한다. 그때마다 나는 서글픈 생각이 들곤 하였다. 그것이 제아무리 명백한 사실이더라도 민족분단의 현실이 낳은 이념적 편견의 장벽 때문에 "사실이다마디요"라고 한마디로 대답하기가 쉽지 않은 질문 이었기 때문이다. 더구나 이것은 인식의 문제가 아니라 체험의 문제 다. 안다는 것과 체득한다는 것 사이에는 엄청난 거리가 있는 것이다. 그 시대를 모르는 사람들, 그 고난의 시절을 체험해 보지 못한 사람들 에게 그것을 어떻게 단지 몇 마디 말로 설명할 수 있겠는가?

나는 항일독립투쟁에 평생을 바친 목사의 아들로 태어났다. 아버 지가 양반집 울타리를 뛰쳐나와 상투를 잘라버리고 목사가 되지 않 고 유학자로 벼슬이나 하면서 선친의 가산을 물려받아 편안히 살았 더라면 나는 전혀 다른 손원태가 되었을 것이다. 그러나 아버지는 목 사가 되었으며 그 당시의 많은 목회자들이 그러했듯이 애국으로 심 혼을 불태우며 반일투쟁의 길에 나섰다. 그러다 보니 내가 세상에 태 어나 보고 듣고 체험한 것은 식민지 노예로 살지 않으려는 민족의 저 항정신과 반일감정이요, 나라를 되찾으려는 애국지사들의 열망과 투 쟁의 현장이었다. 그것이 나의 인생관, 나의 넋과 인격에 어떤 영향을 주었는가 하는 것은 구태여 더 말할 필요도 없다. 더구나 3.1 만세운 동의 현장에 뿌려진 내 동포의 붉은 선혈은 망국노의 치욕과 비애를 어린 가슴에 화인처럼 찍어 놓았으며 아물지 않는 깊은 상처를 남겼다. 그 아픔은 길림에서 더욱 커져만 갔다. 고국을 떠나 머나먼 이국 땅에 쫓겨와보니 망국노의 슬픔이란 진실로 참기 어려운 것이었다. 언어와 풍습이 전혀 다른 사람들 속에서 살아가는 그 자체가 고통이었고, 그들의 멸시에 찬 눈빛과 무심히 내뱉는 말 한마디가 내 피를 왈칵 끓게 하는 치욕이었다. 길림에 사는 중국인 아이들과 조선인 아이들은 자주 패싸움을 하였다. 그 싸움의 시초는 대개 "왕궈누"(망국노라는 뜻), "꼬리빵즈"(고려의 후레자식이라는 뜻)라는 말 한마디였다. 조선 아이들은 그 모욕적인 말을 참을 수 없어 중국 아이들과 죽기살기로 싸웠다. 그러다 비라도 내리는 날이면 아이들은 밖에서 노는 대신 어느 집 골방에 모여앉아 떠나온 고향 이야기를 했으며, 그럴 때면 너나없이 눈가에 눈물이 맺히기도 했다. 이제 열두서너 살 된 아이들이 무얼 알아서 그랬겠는가? 불행은 아이들을 일찍 철들게 하였다. 그 시절에 우리는 아이들답지 않게 애절한 망향가를 부르곤 하였다.

> 이국에 철없는 아해들아 울지 말어라
> 마른 풀도 봄이 오면 꽃필 때 있으리
> 낙심하지 말아 부모 형제 자매여
> 우리 커서 나라를 찾으면
> 기쁨에 넘쳐난 마음으로
> 내 나라 돌아갈 때 있으리

이 노래는 나의 형 손원일과 박일파가 북산에 올라가 함께 지은 노래이다. 우리가 이러했으니 대대로 애국을 가보로 여기는 가정에

육문중학교를 다니던 교복 입은 김성주
의 모습. 훤칠한 미남형이며 준수한 체격
이었다.

서 태어난 이름난 독립운동가요 뼛속까지 투철한 반일투사였던 김형
직 선생의 손에서 성장한 김성주야 더 말해 무엇 하겠는가!

김성주는 나보다 두 살 위였고 원일 형보다는 세 살 아래였다. 나
이는 우리 또래였지만 그가 우리와 달랐던 것은 망국의 수난과 아픔
을 수동적으로 감내하려고만 하지 않았던 그의 저항정신이었다. 소
년 김성주는 나라를 잃은 비통함에 땅을 치고 앉아 있지만 않았고,
그 누가 내 나라를 대신 찾아주기만을 바라지도 않았다. 벌써 그 나이
에 자기 힘으로 빼앗긴 나라를 다시 찾으리라 마음을 다지고 행동에
나선 것이었다. 여기에 그의 남다른 점, 출중함과 위대함이 있다. 누
구나 알다시피 그저 머릿속으로 알고 있는 것과 자신이 직접 몸을 던
져 그 앎을 실천하는 것은 전혀 차원이 다른 이야기이다. 그의 이러한
실천적 삶의 자세가 같은 또래의 소년들이었던 우리의 운명을 하늘
과 땅만큼의 차이로 갈라놓았다고 할 수 있을 것이다.

김성주는 길림 시절에 이미 나라를 찾기 위한 실천 투쟁에 매진하
고 있었으며 그 투쟁 방략도 명백하였다. 나라를 찾자면 온 민족이

육문중학교를 다니며 길림소년회 모임을 주도하는 김성주의 모습(삽화)

하나로 뭉쳐야 한다. 맨몸의 조선이 막강한 무장력의 제국주의 일본
과 싸워 이길 수 있는 방법은 오로지 민족의 일치단결밖에 없으며 이
보다 더 큰 힘은 없다. 그는 이미 그 나이에 이런 이치를 깨닫고 있었
다. 길림의 독립운동가들은 소년들은 소년조직에, 학생들은 학생조
직에, 청년들은 청년조직에 뭉치도록 여러 가지 합법적, 비합법적 단
체들을 조직하였는데 그 하나가 '조선인길림소년회'였다. 나는 이 조
직에 직접 가담했던 회원이었기에 이에 대해 기억하는 대로 좀 더 자
세히 쓰려 한다.

　1927년 봄이라고 기억된다. 우리 가족이 길림으로 옮겨온 지 3년
정도 지났을 때였다. 나는 그때 길림현립소학교에 다니고 있었다. 평
양에서 광성소학교에 다닐 때는 1등도 하던 우수생이었던 내가 길림
에 와서는 중국말을 모르다보니 첫해에 낙제를 했다. 그러나 시간이
조금 지나 중국말도 배우고 이곳 풍습에 익숙해지자 차츰 성적도 올
라갔다. 그러던 4월 초, 어느 날 오후에 아버지 예배당에서 소년들의

손원태와 김성주가 다녔던 당시 길림 육문중학교 교정 모습. 손원일은 이미 길림 문광중학교에 다니고 있었다.

모임이 있다는 전갈을 받았다. 나는 학교에서 돌아오자마자 부리나케 밥을 먹고 예배당 마당으로 나갔다. 앞마당에는 벌써 많은 아이들이 모여 와자지껄하고 있었는데, 그중에는 내가 알만한 아이들도 있었지만 낯선 얼굴의 아이들도 많았다.

원래 길림에는 정의부 계통의 민족주의자들이 조직한 소년회가 있었다. 그런데 명색이 소년회지 가입된 아이들 수도 적었고 제대로 이끌어주는 사람도 없었기 때문인지 유명무실하였다. 그런데 아버지는 길림에서 활동하면서 그곳에 살고 있는 조선인 아이들의 교육에 대하여 각별히 관심을 기울였다. 아버지는 자금이 부족해 늘 쩔쩔매면서도 교회당 안에 소학교를 차려놓고 돈이 없어 공부하지 못하는 동포 소년 소녀들을 공부시켰으며 부속유치원까지 차려놓고 우리 아이들에게 어떻게든 제대로 된 교육을 받게 하려고 애썼다. 그것은 물론 종교적인 자선과 박애정신뿐만이 아니라 이국땅에서 내 민족의

직접 사진관을 찾아가 반제청년동맹 회원과 함께 사진을 남긴 길림시절 김성주의 모습(오른쪽). 사진에는 보조개가 잘 보이지 않으나, 손원태의 증언에 의하면, 실제로는 깊은 보조개가 있었다고 한다.

후대들을 잘 키워보려는 애국심에서 비롯된 것이었다.

성주 형도 이미 있던 소년회가 제구실을 못 하는 것을 보고 소년회 조직을 새롭게 갱신할 속궁리를 가졌던 것 같다. 그날 모임에는 소년, 소녀들뿐 아니라 부모들도 오고 독립운동가들도 많이 참가하였다. 모두들 우리를 축하해주러 온 것이었다. 그들은 강당에 들어와 소년들 뒤에 자리 잡았다. 잠시 후 장철호 선생과 우리 아버지 손 목사가 주석단에 나와 앉자 모임이 시작되었다. 주석단에는 김성주와 박일파 그리고 또 한 학생이 앉았던 것 같다. 개회사와 외빈들의 축사가 끝난 뒤 소년회 조직이 결성되었는데 육문중학교 재학생인 김성주가 회장으로 선출되고 이어서 위원들도 선출되었다. 만장일치로 회장이 된 김성주는 평안도 말씨가 간간이 비치는 유창한 말로 소년회 조직의 취지와 임무, 활동준칙 등을 개괄하고 나서 "빼앗긴 나라를 되찾기 위해 소년인 우리도 한데 뭉쳐 헌신분투하자"라는 짤막한 연설을 하였다. 이어서 조선인길림소년회의 강령과 규약이 발표되었고 부서들과 그 아래로 각종 활동반도 조직되었다. 조선인길림소년회는 치밀하고 효율적으로 짜인 조직이었다. 소년회라 하니 그저 애들이 모여서 병정놀이나 하며 노는 정도로 생각하는 이들도 있는데 그것은 완전히 잘못된 생각이다. 소년회에서 하는 일은 모두 목적이 있었고, 조직적이었다. 소년회 각 반은 매주 수행해야 할 과제가 있었고, 조직부서 위원들이 이것을 제대로 하나 못하나 검열하였다. 선전부에서는 강연회, 웅변대회, 독서발표회 등을 조직하거나 벽보 발간 등을 책임졌고, 문체부에서는 체육대회, 등산놀이 야유회, 공연활동 같은 것을 조직하였다.

우리는 학교에서 수업을 마치고 돌아오면 예배당에 모여 웅변대회도 하고 역사 이야기 모임이나 독서 발표 모임도 했는데 그 수준이 어지간히 높았다. 단발을 해야 하느냐 말아야 하느냐, 독립운동을 어떻게 해야 하느냐 하는 문제 등을 가지고 갑론을박하며 웅변모임 연단에 나가 열변을 토하던 일이 지금도 어제 일처럼 눈에 삼삼하다.

그해 봄에 나는 송화강에서 큰 횡재를 하였다. 겨우내 얼어붙었던 땅이 녹을 무렵의 송화강은 참으로 장관이었다. 크고 작은 얼음장들을 몰고 장장 천 리를 달려온 강물은 여기서 한숨을 돌리듯 유유한 흐름을 이룬다. '저 얼음장들을 타고 가면 내 고향 서해 바닷가에 갈 수 있을지도 몰라.' 나는 이런 허망한 공상을 하며 친구들과 함께 얼음장을 정신없이 따라다녔다. 그러다가 나는 얼음장에 치어 기슭으로 밀려나와 펄떡거리는 커다란 잉어를 발견하였는데, 내가 무작정 뛰어들어 낚아채니 얼이 빠져있던 잉어는 순순히 붙잡혔다. 어릴 적에 보통강에서 낚아낸 붕어와는 비교도 할 수 없이 컸다. 우리는 잉어를 나무막대기에 꿰어 메고 시내로 들어갔다. 오가는 사람들 모두가 신기한 듯이 우리와 물고기를 바라보며 "너희가 이렇게 큰 걸 잡았느냐?" 하고 묻는 바람에 나는 어깨가 으쓱해졌다. 그런데 그때 정미소 집 주인이 따라오더니 자기에게 팔라며 내주머니에 돈을 쑤셔 넣었다. 손을 넣어 만져보니 설 명절 때 오인화 선생이 나와 인실에게 주던 세뱃돈보다 더 많아 보였다. 내가 난생처음으로 직접 번 돈이었다. 나는 그 돈으로 책을 사서 도서관에 기증할 속셈이었는데 성주 형은 나에게 난생처음 제 손으로 번 돈인데 어머니에게 갖다드리라고 하였다. 그의 말대로 어머니에게 돈을 갖다드렸더니 어머니는 "우리 원태가 돈을 다 벌어오다니, 아버지보다 낫구나" 하시면서 여간 기뻐하지 않으셨다. 그날은 참말로 기분 좋은 날이었다. 이 사연을 듣고 아버지는 우리 도서관에 많은 책을 보내주었다. 그전에도 도서관에는 책들이 많은 편이었으며 나는 거기서 책을 많이 읽었다. 그것도 소년 회원이 된 덕분이었다. 그러나 뭐니 뭐니 해도 나에게는 송화강 건너 강남공원까지 갔던 원족, 용담산 등산, 북산공원에서 했던 군사놀이 등이 제일 재미있고 평생 지워지지 않는 추억거리로 남아있다.

길림의 송화강과 북산공원은 소년회 회원들의 다양한 모임 장소이자 즐거운 놀이터였다. 본디 길림에는 세 가지 자랑이 있는데 첫째가 물 자랑, 둘째가 산 자랑, 셋째가 고적 자랑이다. 물 자랑이란 다름 아닌 송화강을 말하는 것이다. 아버지 예배당에서 조금만 나가면 송화강이 있었는데, 그 물줄기는 도시 한쪽 변두리의 수십 리 어간을 에워싸고 흘렀다. 험한 산줄기를 따라 소용돌이치며 흘러오던 강물은 이곳 길림에 와서 폭넓고 유장한 흐름을 이루는데, 우리는 온 여름 내 여기서 멱을 감고 고기잡이나 물싸움을 하며 놀곤 하였다.

배를 타고 송화강을 건너가면 길림의 유명한 유원지인 강남공원이 있다. 나무가 무성하고 백화가 만발한 식물원과 동물원 그리고 갖가지 놀이기구가 있는 그곳에 들어가자면 우리에게는 만만찮은 입장료를 내야 했는데, 그 입장료 때문에 강남공원에 가보지 못한 아이들이 적지 않았다. 그런데 길림소년회가 출범한지 얼마 안 되어 우리는 그렇게나 가보고 싶던 강남공원으로 소풍을 가게 되었던 것이다. 우리는 며칠 전부터 들떠있었다. 드디어 기다리던 날이 오자 나는 어머니에게 졸라 점심밥을 불룩하니 싸가지고 아침 일찍이 예배당으로 나갔고 신이 난 회원들은 열을 지어 큰소리로 창가를 부르며 송화강 나루터로 향하였다.

2천만 동포 굳게 뭉쳐 조선독립 이루자
삼천리 무궁화 화원에 새나라 건설하자

누가 가사를 쓰고 곡을 붙였는지는 모르겠으나 가사의 이런 구절이 지금도 기억된다. 소년 회원들은 소풍을 갈 때나 등산을 갈 때면 늘 열을 지어 이 노래를 부르며 다니곤 하였다. 그렇게 노랫소리가 들리면 집집마다 문이 열리고 모두들 미소 띤 얼굴에 대견해하는 눈빛으로 우리를 오래도록 바라보았고, 그러면 우리는 한층 더 기세가 올라 목청을 돋우었다. 지금 생각하면 그것은 그 어떤 고난이나 핍박 속에서도 기죽지 않는 민족정신의 발현이었을 것이다. 햇빛에 반짝이던 연녹색의 나뭇잎들, 한 아름 꺾어오고 싶었던 식물원의 예쁜 꽃들, 신기한 놀이기구 등, 손에 손을 잡고 여기저기 몰려다니며 실컷 구경하고 난 우리는 파란 잔디가 깔린 공터에 모여앉아 수건돌리기며 술래잡기 놀이를 했다. 그중에서도 '땅'과 '바다' 편으로 나뉘어 상대방의 깃발을 서로 먼저 빼앗으려 아우성이던 전쟁놀이가 특히 재미있었던 기억이 난다. 그렇게 아무 근심 없이 동무들과 시간 가는 줄 모르고 뛰어놀던 그 시절이 지금도 너무나 그립다. 소풍을 마치고 돌아올 때 모두의 얼굴에 비춰들던 그 강남공원의 노을빛은 소년들의 마음을 얼마나 황홀하게 물들였을까?

5. 민족의 넋을 생각하다

나이가 들면 추억으로 산다고 한다. 나는 가끔 내 인생에서 봄날의 새싹처럼 청순했던 길림 시절을 더듬어 본다. 소년회장인 성주 형과 함께 운동회를 하거나 연단에 올라 웅변을 토했던 일, 내 주장이 옳거니 네 주장이 옳거니 하며 옥신각신 하던 일 등…. 그 순수하고 아름다웠던 시절의 추억들은 세파에 시달리며 각박해진 내 마음을 부드럽게 감싸준다. 그때마다 나는 스스로 묻는다.

그 시절은 내 삶의 여정 속에서 어떤 의미를 가지고 있는가?

우리는 이역만리 타향에서 간난의 삶을 살아가면서도 빼앗긴 조국과 두고 온 고향을 한시도 잊지 않았다. 아니 잊을 수도 없었지만 잊지 않기 위해 혼신의 노력을 다하였다. 비록 철없는 어린아이들이었지만 놀이를 하면 독립군 놀이를 하였으며 노래를 불러도 빼앗긴 나라를 찾자는 노래를 불렀다. 이런 상황에서 아이들을 조선 사람으로, 장래의 독립군으로 키우려는 독립운동가들의 노력은 대단했다. 아버지가 주도하여 세우고 여러 독립운동가들이 후원하고 있던 조선인 소학교에서는 조선말과 글을 가르쳤으며 조선 역사와 지리도 알려주었다. 교재도 자체적으로 만들었는데, 김성주 회장과 유길학우회 회원들이 이 교재의 집필에 참가했던 것으로 기억된다. 중국학교에서 공부하는 소년회원들도 조선 역사 공부를 많이 하였다. 그것은 주로 소년회에서 조직하는 이야기 모임이나 독서 모임을 통해 진행되었으며, 이런 모임들은 대체로 아버지의 예배당에서 열렸다. 물론 우리는 예배당에 모여 찬송가도 부르고 구약과 신약 성서 이야기, 유태 민족을 구원한 아브라함과 모세, 다윗에 대한 이야기를 들었다. 그런데 김성주 회장이 소년회를 주관하면서부터는 모세나 다윗이 아니라 우리나라의 구국 영웅인 을지문덕, 강감찬, 이순신 장군 등에 대한 이야기가 중심이 되었다. 지금도 그때 교실에서 열렸던 이야기 모임이 생각난다.

모임의 주제는 자기가 제일로 숭배하는 위인이 누구냐 하는 것이었다. 우리는 차례로 연단으로 나갔다. 길게 연설하는 아이도 있었고 "나는 손문을 존경한다", "나는 제갈량을 숭배한다"는 식으로 간단하게 말하는 아이도 있었다. 대체로 중국의 손문을 숭배한다는 아이들이 제일 많던 중에 드디어 김성주 회장이 연단에 올랐다. "나는 우리나라의 애국 명장들인 을지문덕, 강감찬, 이순신 장군을 존경합니다." 이렇게 말머리를 떼는 김성주 회장은 이를 데 없는 미소년이었고 누구나 매료될 수밖에 없는 기품이 있었다. 그날 김성주 회장은 우리에게 을지문덕 장군의 살수대첩, 강감찬 장군의 구주성 싸움, 이순신 장군의 명량해전 등에 대해 흥미진진하게 말해 주었다. 또 어느 때인가는 녹두장군 전봉준과 갑오농민전쟁에 대해서도 소상히 이야기해주기도 했다. 그때 들은 이야기는 지금도 생생히 기억난다. 이처럼 그는 우리 또래들보다 퍽 조숙하였으며 지적인 면에서도 출중하였다는 것을 부인할 수 없다.

한번은 조선인 소학교 역사교과서에 나오는 이순신 장군에 대한 이야기를 가지고 독서발표회를 가진 적이 있다. 소년회원들은 발표회 준비를 하느라고 우리나라 역사책을 많이 읽었다. 특히 그중에는 거북선에 대해 남보다 더 많이 알려고 독립군들을 찾아다니기까지 한 아이도 있었고, 어떤 아이들은 흙으로 거북선을 빚어보기도 하였다. 하여튼 저마다 재량껏 준비를 해가지고 발표모임에 참가했다. 연단에 나선 아이들마다 세계에서 처음으로 철갑선인 거북선을 만들어 왜구들을 쳐부수던 이순신 장군에 대해 자긍심을 가지고 목청을 돋우었다. 모임을 마감하는 발언에서 성주 형은 "임진 조국 전쟁에서 조국이 승리한 것은 이순신 장군이 명장이기도 했지만 그와 더불어 백성들이 한마음이 되어 나라를 위해 죽음도 불사하고 완강히 싸운 데 있다"라면서 우리도 이 교훈을 명심하고 나라를 되찾자고 힘주어 말하였다.

그 당시 황국신민화 정책을 펼치던 일본은 조선 사람들을 완전히 일본의 노예로 만들고자 일본의 귀신들을 섬기는 신사참배를 강요하고 조선 역사를 아예 말살시키려고 하였다. 심지어는 조선말과 글까지 없애려고까지 했던 것이다. 그런데 길림에서 우리는 이렇게 당당히 내 나라의 역사를 얘기하면서 민족적 자긍심을 높였고 어린 가슴속에 심어진 우리 민족의 넋을 지켜갔다. 이처럼 소년 회원들에게 민족의 넋을 심어주고 애국심을 키워주기 위한 또 하나의 교육 사업으로는 국어 강습을 들 수 있다. 그 당시 길림에 있던 소년 소녀들은 대부분 중국에서 태어나 조국 땅을 한 번도 밟아보지 못한 아이들이 많았고, 대다수가 중국 학교를 다니다 보니 조선말과 글을 모르는 아이들도 적지 않았다. 이런 사정으로 국어 강습이 조직되었던 것이다.

원래 예배당에서는 주일학교를 운영하고 있었다. 여기서는 기독교 교리도 가르쳤지만 주로는 조선의 역사와 문화에 대한 강의를 많이 하였다. 성주 형은 주일학교 강사였고 원일 형도 얼마간 강사로 활동하였다. 나는 원일 형이 강사로 있는 반에 속해 있어서 성주 형의 강의를 자주 접하지 못했지만 국어 강습은 이와 별도다 보니 강습이 열리는 첫날 함께 참석하게 되었다. "일본 사람들은 왜말과 글을 '국어'라며 우리말과 글을 쓰지 못하게 하는데, 우리는 여기에 굴복해서는 안 된다. 자기 말과 글을 지키는 것은 조선 사람의 근본을 지키는 것이다. 이런 배짱으로 일본에 맞서 나가자"라는 취지의 연설들이 있은 후에 강습이 시작되었다. 한 20여 일 정도 조선말 공부를 하고 나니 중국인 학교에 다니던 많은 아이들이 우리글을 읽고 쓸 수 있게 되었고, 당시 발행되었던 국문 잡지인 「어린이」를 볼 수 있는 수준까지 이르렀다. 하지만 국어강습의 가장 큰 성과는 언제, 어디에 살든 자기 민족을 잊어서는 안 된다는 정신을 가지게 된 것이라 하겠다.

여름방학 때는 소년 회원들이 동포들이 살고 있는 마을을 방문하여 조선말과 글을 가르치기도 하였다. 소년 회원들이 활동을 했던 마을 중의 하나로 길림 시내에서 서쪽으로 한 15리 정도 가면 육대문이라는 부락이 있었다. 그곳에는 중국인 토호 여섯 집이 살고 있었는데 각 집마다 큰 대문이 있어 그렇게 불렸다. 또한 그들과 함께 조선인 농가가 20여 호 있었지만 마을에는 조선인 소학교도 중국인 소학교도 없었다. 그래서 소년 회원들이 방학 때 그곳에 가 낮에는 농사일을 함께 하고 저녁에는 우리글을 가르친 것이다.

소년회에서는 연극 등을 통해 항일의식을 고양하기 위한 문화 활동도 활발하게 펼쳤으며, 민족이 단합하여 독립을 이루자는 주제의 '13도 자랑'이나 '단심줄' 같은 가무와 연극 등을 공연했다. 그중에는 내가 직접 출연한 연극도 있었는데, 그 연극은 한 독립군이 일제 밀정의 밀고에 의해 체포되자 그에 격분한 동료들이 밤에 밀정의 집에 뛰어들어 그자를 꽁꽁 묶어 놓고 문초를 하고 복수한다는 내용이었다.

그때 원일 형은 독립군으로 밀고자를 문책하는 역할을 맡아 제법 연기를 잘했던 것으로 기억한다. 나는 무대 뒤쪽에서 웅성웅성하는 군중의 역할에 불과했지만 내 일생에서 처음이자 마지막으로 나서본 연극무대였다. 또한 유길학우회 회원들인 중학생들이 출현한 〈안중근 이등박문을 쏘다〉와 같은 연극도 있었다. 이 연극은 길림 5중학교 강당에서 공연하였는데 인기가 대단하여 공연 때마다 초만원을 이루었으며, 나도 연거푸 세 번이나 관람했다. 그때나 지금이나 나는 안중근 선생을 조선의 위대한 애국자로 숭배한다. 특히 그 연극을 본 후에는 의사 안중근을 으뜸가는 남아대장부로 여기면서 그분처럼 의거를 단행하는 내 모습을 상상해보곤 하였다. 아버지가 일찍이 일본의 총리대신 가쓰라 다로의 암살미수 사건으로 감옥살이를 하고 곤욕을 치른 사실 때문에 더욱 그런 꿈을 꾸었던 것 같다. 나뿐만이 아니라 우리 형제들은 누님들로부터 시작해서 원일 형은 물론 막내 인실이까지 모두가 안중근을 숭배하고 있었다. 특히 상해에 유학하고 있던 진실, 성실 두 누님은 안 의사의 부인 김마리아 여사와 매우 가깝게 지냈다. 그때 두 누님은 중국인 거리에 셋방 하나를 빌려 자취를 하면서 아버지를 모시고 있었는데, 안 의사의 자녀들인 딸 현생과 아들 준생은 우리 누님들과 나이가 비슷하여 오빠, 언니, 동생 하면서 매우 각별하게 지냈다고 한다.

누님들은 우리에게 보내는 편지에 안중근 의사와 그의 유족들에 대해 여러 가지 사연을 소상히 써 보내곤 하였다. 그렇게 안중근 의사의 가족과 절친한 사이였기도 하고 나 자신이 안 의사의 장거를 애국심의 표본으로 여기고 있었기에 나는 연극을 보고 또 보았으며, 이토 히로부미를 격살하는 장면에서는 너무나 격동되어 나도 모르게 무대

손원태의 누나들과 여동생. 왼쪽부터 둘째 누나 손성실, 큰 매형 윤치창, 앉은 이가 큰 누나 손진실, 맨 오른쪽이 여동생 손인실(1932년 서울에서)

앞까지 나가곤 하였다. 그런 날 밤에는 꿈에서 나는 안중근이 되곤 하였다. 꿈속에서 "조선독립만세!"를 목이 터져라 외치다가 소스라쳐 깨면 내 잠꼬대에 놀라신 어머니가 근심스레 지켜보며 땀에 흠뻑 젖은 내 얼굴을 쓰다듬어주시곤 하였다. 이것이 나의 소년 시절이었다. 꿈을 꾸어도 일본을 물리치고 조선을 독립시키는 꿈을 꾸어온 그 시절에 보고 듣고 느꼈던 그 모든 것이 내 인생관과 인격의 형성에 미친 영향은 너무나 자명하다.

　나는 아버지가 항일독립운동가였던 만큼 집에서도 애국주의 교양 교육을 많이 받았다. 늘 집을 떠나 있다 보니 우리들을 앞에 앉혀놓고 직접 훈시를 하는 적은 매우 드물었지만 아버지의 고난의 삶 그 자체, 얼굴의 흉터며 고뇌에 찬 눈빛에서 풍겨지는 그 모든 것이 우리 가슴에 애국에 대한 진한 감정을 불러일으켰다. 더구나 길림 바닥에는 한 다하는 독립운동가들이 웅거하고 있어 만나는 사람마다 독립지사요, 모여서 하는 소리인즉 국권 회복과 독립운동 방략에 대한 논의였다. 이렇게 독립지사의 가정에서 자라고 또 독립운동가들 속에서 생활하여 온 탓에 나는 어릴 적부터 일본제국주의와 그에 아부하고 굴종하는 자들을 미워하였다. 이렇게 내 일생을 관철했던 반일애국의 정신은 조선인길림소년회에서 받았던 교육에 많이 감화된 것이라고 확신한다. 그리고 보면 김성주 형을 어찌 소싯적 벗이라고만 할 수 있겠는가? 그는 나에게 있어 친형이나 선배일 뿐 아니라 내 인생을 바르게 잡아준 스승이라고도 할 수 있다.

"사람이 세상을 살아가는데 있어서 무엇이 가장 소중한가?"라고 물어보면 그 대답은 사람에 따라 천차만별일 것이다. 누구는 "먹고 사는 것이 우선이니 돈이 가장 소중하다"라고 대답할 수도 있고, 또 누구는 부모님의 건강이나 처자식, 혹은 권력이나 지식을 내세울 수도 있다. 또한 성인들 중에 예수는 하나님을 사랑하고 이웃을 사랑하고 원수도 사랑하라 가르쳤고, 석가모니는 집착을 버리고 자비심을 가지라 하였으며 공자는 인(仁)을, 소크라테스는 '자기 자신을 아는 것'을 사람이 살아가는데 있어 가장 중요한 것으로 강조하였다. 물론 이러한 옛 성인들의 가르침이 그르지 않지만, 나는 사람에게 가장 중요한 것은 자기 조국에 대한 사랑, 조국에 대한 의무라는 길림 시절의 교훈을 언제나 첫 자리에 꼽는다.

조국이란 어머니와 같다. 설혹 내가 어떠한 처지에 놓이더라도 어머니를 버릴 수 없듯이 조국 역시 버릴 수 없으며, 우리가 어머니를 선택할 수 없듯이 조국도 선택할 수 없다. 또한 나를 세상에 낳아주신 어머니와 내가 하나이듯이 내 탯줄이 묻히고 나를 품어 길러준 조국과도 하나인 것이다.

1996년 앳된 모습의 16세 소녀 북조선의 계순희가 제26회 애틀랜타올림픽에서 유도계의 최강자로 알려진 일본 선수를 물리치고 금메달을 따냈을 때 남북의 동포 응원단 속에서 동시에 터져 나온 감격의 환호와 너나없이 서로 부둥켜안고 흘리던 눈물, 그것이야말로 진정한 민족정신의 발현, 민족의 넋이 뜨거운 눈물이 되어 흐른 것이 아니겠는가! 그렇다. 이렇게 우리의 가슴 속에서 언제나 조국은 하나였고 하나여야만 하는 것이다.

민족의 넋을 잃은 사람은 거세당한 짐승과 다를 바 없다고 나는 생각한다. 자기 민족에 대한 사랑을 고이 간직하고 어머니 조국 앞에 깨끗한 양심으로 의무를 성실히 이행하는 사람이야말로 가장 바르게 산 사람이라고 할 수 있을 것이다. 나는 베이징이나 상해에 살 때나 미국에서 살 때나 이 문제에 대해 깊이 생각하였으며, 민족의 넋을 잃지 않고 바르게 살아가려고 애써왔다. 그러나 이제 와 되돌아보니 늘 그렇게 하지는 못하였던 같아 부끄럽고 죄스럽기까지 하다. 도산 선생이 강조하신 무실역행(務實力行)의 의미가 새삼 되새겨지는 순간이다.

나는 해방 직후 얼마간 서울에 살다가 미국으로 이민을 와 벌써 45년 가까이 살고 있다. 1945년생인 맏이 정호로부터 시작하여 정국이, 영희에 이르기까지 세 아들딸은 말을 갓 배우기 시작할 무렵부터 미국에서 살다보니 우리나라 말을 온전히 익히지 못하였다. 물론 여기에는 아버지로서의 내 책임이 크다. 그러나 당시 나는 이런 문제를 놓고 별로 깊이 생각해보지 않았다. 그저 그들이 미국에서 나서 자라다보니 그럴 수도 있는 것으로 정당화하였던 것이다.

그런데 나는 이와 관련하여 심히 난처한 입장에 빠진 적이 있다. 다름 아닌 김일성 주석을 만났을 때였다. 김 주석은 내게 자식들이 몇이나 되며 뭘 하고 있느냐고 물었다. 그래서 나는 맏이 정호는 나처럼 병리학 의사로 일하고 있고, 둘째인 정국은 대학을 나와 현재 토목회사에서 일하고 있으며, 딸 영희는 예술대학을 나와 취업을 준비하고 있다고 상세히 얘기해 주었다. 그러자 김 주석은 2남 1녀면 참으로 이상적이고 또 맏이가 아버지의 뒤를 이어 의사로 일하니 얼마나 좋으냐며 다음번에는 아이들도 꼭 데려오라고 당부했다. 그래서 나는 그렇게 하겠노라고 답변을 했으나 막상 그들을 데려갈 수가 없었다. 아이들이 조선말을 모른다는 것이 마음에 걸렸기 때문이다. 게다가 정호와 정국은 둘 다 콧수염을 기르고 있었는데, 내가 북조선에 와보니 늙은 사람들조차 수염을 기르고 다니는 사람들이 거의 없었다. 이것도 마음에 걸리는 일이었다. 그러나 이런 내 속마음과 달리 나와 아내가 벌써 몇 번씩이나 평양에서 일국의 대통령 부럽지 않은 융숭한 환대를 받았다는 사실을 알고 있는 아이들은 자기들도 데려가 달라고 성화였다. 물론 금강산이나 백두산 등 말로만 들었던 북조선의 아름다운 산천도 몹시 가보고 싶어 하던 터였다. 하지만 아이들은 내가 왜 자기들을 선뜻 데려가지 못하는지 그 까닭을 알 리 없었다.

어느 해인가 내가 김일성 주석을 다시 만났을 때 그는 왜 이번에도 아들딸들을 안 데리고 왔느냐고 물었다. 나는 아이들의 일자리가 그다지 변변치 못한 데다 밥벌이 때문에 자리를 비우기 힘들어한다고 얼버무렸다. 주석은 미국 사회에서 살아가자면 그럴 수 있겠다고 하시며 한꺼번에 셋은 다 못 온다 하더라도 한 명씩이라도 데려오라고 따뜻이 일러주었다. 그래서 나는 힘을 얻어 "솔직히 말씀드려 그 애들이 조선말을 잘 모릅니다. 그것이 부끄러워 데려올 생각을 못합니다. 게다가 아들 녀석들이 콧수염까지 길러놔서 누가 아버지고 아들인지 혼돈될 것 같아 망설이는 중입니다"라고 스스럼없이 말씀드렸다. 그러자 김 주석은 "뭐? 콧수염까지 길렀소? 그것 참 희한하오. 그러나 그것 때문에 못 올 것은 없소. 그리고 조선말을 모르는 것도 탓할 일만은 아니라고 생각하오. 미국 땅에서 오래 살았으니 그럴 수도 있지 뭐"라며 선선히 이해해주었다. 그러면서도 주석은 다시 "그래도 한번 데리고 오시오. 조국이 어떻게 생겼는지 아이들 눈으로 직접 보게 말이오. 게다가 조선말을 모른다면 더욱 데려와야 하겠소. 자주 다니다 보면 자연히 말과 글도 배우게 될 게 아니요. 그러니 어려워 말고 데려오시오"라고 정중하게 권했다. 그 말에 나와 아내는 정말 감격하였고, 다음번에는 꼭 아이들과 함께 오겠다고 마음먹었다. 그러나 이런 나의 결심은 너무 때가 늦었다. 천만뜻밖에도 김일성 주석이 갑자기 세상을 뜨신 것이다. 결국 나는 주석께서 돌아가신 후인 그해 8월에야 아이들을 데리고 다시 평양을 방문했지만, 그의 생전에 아들딸을 인사시키려던 나의 희망은 이제 영원히 이룰 수 없게 되어버렸다.

나는 만수대에 올라 아이들에게 김 주석의 동상에 인사를 올리게 한 후 주석께서 생전에 하시던 말씀을 들려주려고 했지만, "너희들 우리말을 꼭 배워야겠어…." 이 한마디를 하고 나니 갑자기 가슴이 메어져 더 말을 잇지 못했다. 아이들은 이런 나의 마음을 헤아려 그곳에 머무는 동안 우리말을 배우기에 무척 열심이었다. 비록 서툴기는 했어도 우리말로 의사소통을 하려고 애를 썼고, 그래서인지 이내 간단한 말은 알아듣게 되었다. 한 번은 묘향산에 다녀왔을 때였다. 딸 영희가 숙소에서 마중하는 사람들에게 "묘향산에 잘 갔다 왔어요" 한다는 것이 그만 "묘향산에 잘 왔다 갔어요"라고 말하는 바람에 사람들이 폭소를 터뜨렸다. 나도 함께 웃었지만 그런 중에도 눈가가 젖어드는 것을 어찌할 수 없었다. 길림 시절에 그와 함께 우리말 공부를 하던 일이며, 아이들을 데려다 말도 배워주고 조국도 알게 하라던 주석의 생전 목소리가 귓전에 울려오는 듯해서였다.

철없던 그 시절이나 백발이 된 지금에도 나 자신을 일깨워주고 이끌어주는 스승을 가진 나는 세상에서 드물게 행복한 사람이라 하겠다.

6. 사진 속에 멈춘 시간

길림 시절을 생각할 때면 아무리 보고 또 보아도 싫증나지 않는 사진처럼 떠오르는 하나의 장면이 있다. 뜨겁게 내리쬐는 8월의 폭양, 번잡한 길림의 골목 한쪽에 쪼그리고 앉아 '장즈꿔즈'를 먹고 있는 나와 인실이를 정겹게 지켜보던 김성주 형의 환한 모습이다.

나는 헤어진 긴긴 세월 동안 성주 형이 보고 싶으면 사진첩을 들추고 몇 장밖에 남지 않은 길림 시절 사진을 꺼내보곤 하였다. 그러나 막상 성주 형의 사진은 없었다. 어째서 그의 사진만이 없는지 여전히 연유는 알지 못하였으나 어쨌든 그 사진들을 보고 나면 나는 눈을 감고 으레 그 장면을 떠올렸다.

1927년인가 그 이듬해인가의 어느 여름날이었다. 나는 인실이와 함께 성주 형이 살고 있는 하숙집에 놀러 갔다. 그곳이 아버지가 경영하는 예배당 부속의 하숙이었는지 아니면 어느 독립지사의 집이었는지는 잘 기억되지 않는다. 약속도 없이 불쑥 찾아갔는데 마침 성주 형은 하숙방에서 책상도 없이 맨 방바닥에 엎드려 수학 문제를 풀고 있었다. 얼마나 열심히 공부를 하던지 열어놓은 방문으로 한참을 들여다보는데도 우리의 기척을 느끼지 못하자 인실이가 참지 못하고 까르르 웃어댔다.

어렸을 때부터 야무지고 활달했던 인실이는 키도 나와 엇비슷했고 제 나이 또래보다 조숙했다. 동무인 황귀헌과 단짝이 되어 소년회 일에도 아주 열성이었고 집안의 막내로 응석도 잘 부렸지만 어머니의 일도 곧잘 도우며 언제나 집안에 웃음꽃을 피게 하는 아이였다.

그런데 인실이와는 달리 나는 어렸을 때 겁이 무척 많았다. 밤이면 양철로 된 우리 집 지붕 위에서는 뭔가가 굴러 떨어지는 것처럼 "똑 똑, 스르륵…" 하는 이상야릇한 소리가 나곤 했는데, 평소 귀신 이야 기를 자주 들었던 나는 그 소리에 머리카락이 쭈뼛하였다. 그런데다 하필 우리 집 뒷간은 울안을 빙 돌아 제일 으슥한 곳에 있었기에 밤중 에 뒷간에 가는 일이 겁 많은 내겐 여간 곤혹스럽지 않았다. 그런 때 면 인실이가 나를 동무해주곤 했는데, 그래서 내가 자기 말을 안 들으 면 "오빠 뒷간에 안 데리고 갈 거야" 하고 을러대기도 했다.

인실의 웃음소리에 성주 형은 깜짝 놀라며 일어났다. "아, 원태랑 인실이가 왔구나!" 형은 펼쳐놓았던 책을 거두며 어서 들어오라고 반 기었다. 나와 인실은 얼른 들어가 휑뎅그렁한 방안을 휘휘 둘러보았 다. 서가는커녕 앉은뱅이책상조차 없었고 다만 구석진 곳에 책이 가 득 쌓여 있었을 뿐이다. 나는 괜히 공부를 방해하지 않았나 하여 머뭇 거리는데 형은 제 편에서 "그러지 않아도 공부하기 싫었는데 너희들 참 잘 왔어" 하며 진짜로 반가운 표정이었다. "웅? 성주 형도 공부하 기 싫어하는 때가 있어요?" 하고 묻자, 형은 "공부하기 좋아하는 사람 이 어디 있어. 나도 수학 문제 같은 걸 깐깐이 푸는 게 제일 질색이야" 하며 싱긋 웃었다. 형이 웃을 때면, 볼에 움푹 패던 보조개와 살짝 드 러나는 덧니가 참으로 매력적이었다.

성주 형은 우리에게 대접할 게 없나 하며 방안 여기저기를 뒤적거 렸다. 포개놓은 신문지를 들치니 빵 부스러기가 있었지만 거기에는 우리보다 먼저 온 손님인 개미들이 새까맣게 몰려들어 오글거리고 있었다. 그 바람에 인실이가 또다시 까르르 웃어댔다. 성주 형도 피식 웃으며 "우리 바람이나 쐬러 나갈까?" 한다. 우리는 너무 좋아 입이 함박만 해졌다. 성주 형은 양손에 나와 인실의 손을 꼭 잡고 거리로 나갔다. 말할 수 없이 즐거웠다. 소년회 모임이나 여럿이 모여 놀이를 할 때도 자주 만나긴 했지만 이렇게 오붓하게 거리를 거닐기는 처음 이었다. 늘 성주 형 곁에 있고 싶어 했던 나는 괜히 어깨에 힘이 들어 가는 기분이었다.

인실이도 기뻐서 까치걸음을 하였다. 단발머리에 꽃문양이 있는 원피스 차림이었던 인실이는 얼마 전까지만 해도 머리를 길게 땋아 늘이고 있었다. 그런데 소년회에서 단발을 해야 할지 말아야 할지에 관한 토론회가 있었고, 소년회 간부였던 황귀헌이 먼저 머리채를 뭉 텅 잘라버리고 단발을 하였다. 시원해 보이고 간편해서 좋았다. 하지 만 독립운동가들이 주관하는 그 학교에서는 여학생들의 머리채를 조 신 민족의 상징처럼 중히 여기며 단발을 하는 것을 엄하게 다스렸었는 데, 상해음악전문학교에 유학 중이던 둘째 누님이 방학을 맞아 길림에 왔을 때 인실의 머리채가 촌스럽다고 싹둑 잘라버렸던 것이다. 단발은 인실의 당찬 성미와도 잘 어울렸고 모습도 더욱 활기차 보였다.

그때 우리가 거닐었던 거리는 번화가가 아니라 비교적 한적한 골 목이었다. 그러나 구멍가게들이 촘촘히 들어서 있고 사탕수수나 얼 음과자 장수 등이 길게 늘어앉아 있어 사람들이 항상 붐비는 곳이다. 사탕 장수는 사탕을 이알저알 입안에 넣고 녹이다가는 꺼내놓고 팔 아먹곤 하였는데 우리는 그것도 모르고 좋다고 사먹곤 하였다. 노상 에는 바로 요리한 음식을 파는 매장도 여럿 있었다. "우리도 뭘 좀 먹 을까?" 하더니 성주 형은 주머니의 돈을 털어 쟝즈궈즈 세 그릇을 샀 다. 쟝즈궈즈는 밀가루를 반죽해 연하게 부풀린 다음에 꽈배기처럼 기름에 튀겨 달달한 콩국과 함께 먹는 전통적인 중국 음식이다. 지금도 중국 어디를 가나 길거리에서 사람들이 쟝즈꿔즈를 먹는 모습을 쉽게 볼 수 있다.

우리는 어느 집 담장 밑에 쭈그리고 앉아 쟝즈꿔즈를 먹었다. 쟝즈꿔즈를 콩국에 담았다 입안에 넣으면 달고 고소한 맛이 혀까지 녹이는 듯하였다. 인실이도 맛있게 먹어댔다. 그때 그것이 얼마나 맛있었던지 나는 훗날 김일성 주석을 생각할 때면 늘 길림의 거리에서 셋이 웅크리고 앉아 쟝즈꿔즈를 먹던 일을 회상하곤 하였다.

우리가 베이징에 살 때였다. 아버지가 돌아가신 뒤 우리는 매우 어렵게 살았다. 그런데 하루는 아버지의 친구 되시는 분(김현택 의학박사)이 우리 집에 찾아왔다. 그분은 나와 인실을 데리고 음식점으로 가시더니 이것저것 주문해 많이 먹으라고 하셨다. 그때 속에 고기가 들어간 빵이 나왔는데 그것이 무척 맛있었다. 배를 곯았으니 더욱 맛있었을 것이다. 나는 문득 길림에서 성주 형이랑 쟝즈꿔즈를 사먹던 일이 떠올라 콧마루가 시큰해졌다. 그 쟝즈꿔즈의 맛은 얼마나 좋았던가! 그때는 배고픔 때문이 아니라 행복해서 맛이 각별했다. 아버지가 계셨고 성주 형도 곁에서 우리를 지켜보고 있었던 시절이기 때문이다. 그러나 '이제 아버지도 돌아가시고 성주 형도 만나볼 길이 없구나!' 하는 생각이 들자 내 마음속엔 한없는 쓸쓸함이 밀려들었다.

1986년, 나는 아내와 친구들이랑 함께 베이징 관광을 간 적이 있다. 명색은 관광이었지만 북으로 가는 길을 트자는 속생각도 있었다. 베이징은 세월과 함께 엄청나게 달라져 있었다. 나는 거리에 나가 쟝즈꿔즈를 파는 곳을 찾아다녔다. 길림 시절에 성주 형과 함께 그렇게 맛있게 먹었던 쟝즈꿔즈가 생각났기 때문이다. 거리의 여기저기를 한참 헤매다가 드디어 어느 매점에서 마침내 그것을 살 수 있었다.

그런데 어쩐지 맛이 달라진 것 같았다. '이게 그전에는 그렇게 맛있었던가? 아마도 성주 형이 사주었으니 그렇게 맛있었겠지!'라는 생각이 들었다.

길림의 쟝즈꿔즈로부터 60여 년의 세월이 흐른 뒤 처음으로 김일성 주석에게 편지를 쓸 때 나는 이 추억을 함께 적었다.

> 제가 소학교를 다닐 때 주석께서 저를 데리고 나가 '쟝즈꿔즈'를 사 주시던 때를 생각하면 그리운 마음 금할 수 없습니다. … 길림 제4성립중학교 1학년에 다닐 때 당시 육문중학교 학생이던 성주 형 하숙집을 방문한 적이 있습니다. 그때 수학 문제를 풀고 계시던 형이 저를 반갑게 맞아주시던 그때의 모습이 아직도 눈에 선합니다….

그 후 평양에서 김일성 주석을 처음으로 다시 만난 날, 나는 스스럼없이 쟝즈꿔즈 얘기부터 화제에 올렸다. 김일성 주석도 그때의 일이 생각나신 듯 "그렇지 그런 일이 있었소. 맞소" 하시며 기뻐하셨다. 순간 나는 마치 소년 김성주와 함께 길거리에서 쟝즈꿔즈를 먹던 어린 시절로 돌아간 기분이 들었다. 그래서 "그때의 쟝즈꿔즈가 다시 먹고 싶습니다. 언제 다시 한번 사주시지 않겠습니까?"라며 백발의 노인으로 어울리지 않는 응석까지 부리며 청을 했다. 느닷없는 나의 요청에 주석은 너그러이 웃으시며 말했다. "사주지, 다시 한번… 아니 내가 대접하겠소. 다음번에 오면 말이요. 그때 내가 우리 동무들에게 쟝즈꿔즈 만드는 법을 알려주어서 한번 대접하도록 하겠소." 주석께서는 마침 생각이 난 듯 '삥땅글라'도 말씀하셨는데, '삥땅글라'란 산열매인 찔광이에 사탕물을 올린 것으로 가느다란 나무막대에 꿰서

파는 음식이다.

쟝즈꿔즈와 삥땅글라는 잊을 수 없는 길림 시절을 추억하게 하는 그리운 이름들이었다. 이 대화 한마디로 이제는 한 나라의 국부가 된 김 주석과 백발의 늙은 병리학자인 나는 홍안 소년의 푸르던 시절로 되돌아갔다. 그 자리에서 주석께서는 끝없는 추억에 잠기셨다.

… 나도 손 목사 댁에 여러 번 갔었소. 손 목사와 선생의 어머니가 나를 극진히 대해주었던 일을 생생히 기억하오. 지금도 나는 선생의 어머니가 해준 쫀드기떡이 생각난다오. 어느 날 내가 신영근과 같이 손 목사의 집에 가니 선생의 어머니가 북산공원에서 손인실이 뜯어온 쫀드기풀로 만든 떡이라면서 먹어보라고 하였소. 내가 맛있다고 하니 선생의 어머니는 평양 모란봉에 가면 쫀드기풀이 많다고 알려주기까지 했다오. 쫀드기풀은 잎에 보드라운 잔털이 있는데 냄새도 없고 독도 없소. 해방 후에 선생의 어머니가 해주신 말씀이 생각나서 내가 사람들에게 쫀드기떡을 만들어 보라고 했더니 전혀 모르더이다. 나는 선생의 어머니가 해준 쫀드기떡을 먹어본 다음에는 60여 년이 지나도록 그 떡을 먹어보지 못했소….

이른 봄에 남 먼저 솜 옷입고 나온 건
쫀듯쫀듯 쫀드기떡 쳐 먹는 풀이지.

주석은 우리 어머니가 즐겨 불렀던 이 노래마저 외우며 그 시절을 그립게 추억하였다. 그리고는 자리에 함께했던 사람들을 둘러보며 다시 말씀을 이었다.

손 목사의 집에서는 집안에 토끼를 놓아길렀었소. 흰토끼, 검은 토끼를 비롯해 여러 색깔의 토끼가 있던 것으로 기억하는데, 한 번은 신영근과 같이 들렀더니 선생의 어머니가 토끼를 잡아 두부장을 해주었지. 토끼고기를 넣고 만든 두부찌개가 별미였는데 닭고기 요리와 다름없었소. 나는 선생의 어머니가 토끼고기를 넣고 만든 두부장을 두어 번 먹어보았다오. 그래서 또 해방 후에 그 일이 생각나 우리 사람들에게 토끼를 집안에 놓아 길러보라고 하였더니 그들은 지린내가 나서 못 기르겠다고 했는데 선생 집에서는 어떤 방법으로 토끼를 집안에 놓아길렀는지 모르겠소. 게다가 나는 또 선생 집에 가서 까나리 반찬을 먹은 일도 있소. 그 당시에 중국 동북지방에서 까나리를 먹어본다는 것이 쉬운 일이 아니지요. 장철호 선생의 집에 가서도 까나리를 먹었는데 그 집에서는 내가 까나리 반찬을 좋아한다는 것을 알고 내가 가면 자주 그것을 내놓곤 하였지요.

주석은 어쩌면 그렇게도 오래전 일을 생생하게 기억하고 있는지, 마치 그 시절이 눈앞에 있는듯하였다. 그래서 참 기억력이 좋으시다고 말씀드렸더니 그는 "어떻게 그 시절을 잊어버리겠소. 그 어렵던 시절에 서로 위해주던 그 마음들을 눈을 감을 때까지 잊지 못하지요"라고 하였다. 팔십 고령이라 하지만 여전히 정정한 주석의 눈에 처연한 빛이 스쳤다. 비록 그 시절의 추억이 담긴 사진들은 세월을 못 이겨 씻겨 누렇게 변했지만 서로를 진정으로 위해주던 인정의 아름다움만은 그처럼 푸르게 되살아났던 것이다. 나의 눈가에서는 감격의 눈물이 흘렀다.

주석을 만난 그날 밤이었다. 숙소에서 저녁식사를 마치고 쉬고 있던 참에 갑자기 연락이 왔다. 내일 아침식사를 하지 말고 기다리라는 것이다. 그래서 다음날 아침식사를 미루고 기다리는데 한 어른이 주석께서 보낸 쟝즈꿔즈를 가지고 일찌감치 우리 숙소로 찾아왔다. 그렇게 나는 60여 년 만에 길림 시절의 그날처럼 쟝즈꿔즈를 달게 먹었다. 또 그날 이후 우리가 금강산 구룡연을 탐승하는 길에서는 뜻밖에도 뻥땅글라까지 맛보게 되었다. 주석께서 우리가 구룡연 오르는 길에 맛볼 수 있게 뻥땅글라를 만들어 보내라고 하셨다는 것이다. 나와 아내는 길림 시절의 원태와 인실이처럼 손에 뻥땅글라 꼬챙이를 들고 맛있게 먹으며 구룡연을 올랐다. 나는 그때 '인실이도 이 자리에 있었으면 얼마나 기뻐했을까?' 하는 생각이 들었다. 기실은 주석이 나에게 우리 일가의 안위를 물을 때 인실이의 안부도 궁금해하시면서 나의 80세 생일을 평양에서 차려주겠으니 그때 인실이도 올 수 있으면 함께 오라고 하셨던 것이다. 내가 평양을 다녀온 소식은 이미 서울에도 알려졌고 인실은 나의 평양 체류를 수록한 비디오테이프도 보았다 한다. 인실 동생의 남편 문병기 씨의 팔순 생일을 미국에서 차렸었는데, 그때 나는 인실을 만나 북에 갔던 얘기를 소상하게 들려주었고, 주석이 그들 내외에게 보내는 인사도 전하였다. 주석은 그후 인편을 통해 인실에게 옥돌로 만든 신선로를 선물로 보내주었다. 갑자기 무슨 마련이 없었던 동생은 자기가 읽던 『생명 혜택에의 초대』*라는 장수요법을 소개한 책 한 권을 보내드렸다 한다. 주석은 그 책을 매우 반갑게 받고서는 자신도 거기에 있는 비방대로 해보겠다고 말씀하셨다.

---

* 일본 나고야소재 豫防醫化學研究所의 로버트 조 박사와 칸즈 다쯔이시 박사가 저술해 편집한 소책자. 암을 비롯한 불치병 치료에 대한 처방전이며 이 소책자의 한글 번역자는 朴台錫이다. 김주석의 건강을 염려한 손인실의 배려심이 엿보인다.

7. 도산 안창호 선생 석방운동

길림 시절의 가장 큰 사변은 도산 안창호 선생의 길림행과 체포, 석방운동이었다. 선생은 우리 아버지와 매우 절친한 사이였다. 룡강과 강서 태생인 그들은 당대로서는 관서지방의 명문가 후손들이었다. 짐작컨대 안창호 선생과 우리 아버지는 그전부터 아는 사이였겠지만 직접 함께 사업을 한 것은 아버지의 상해 망명 이후였을 것이다. 상해임정(대한민국임시정부) 의정원 의장이었으며 후에 교통 총장을 지낸 아버지와 상해임정에서 내무 총장, 노동국 총관 등을 지낸 안창호 선생은 아주 각별한 사이였다.

1917년 8월, 아버지는 안창호 선생과 함께 발기인 78명의 일원으로서 대한적십자회를 발족시켰다. 아버지는 이때 이희경에 뒤이어 대한적십자회의 제2대 회장을 지냈다. 대한적십자회는 박애주의 정신을 망각하고 한낱 제국주의의 도구로 전락한 일본적십자사의 죄상을 성토하며 국내에서 기독교계를 중심으로 상해임정 및 독립운동 단체들과의 긴밀한 연계 속에 반일투쟁을 적극 지원하였다. 또한 독립적으로 국제적십자연맹에 가입하기 위해 다양한 노력을 기울이기도 했다.

아버지 손정도 목사는 안창호 선생이 조직한 흥사단과도 깊은 연계를 맺었다. 원래 흥사단은 구한말에 민족운동과 신문화운동을 전개하던 신민회의 후신으로서 1913년 미국 LA에서 조직된 민족혁명 수양단체였다. 이는 안창호 선생의 헌신적인 노력에 의하여 이루어진 것이다. 선생은 임정 내무 총장이 되어 상해에서 활동하면서 흥사

도산 안창호 선생과 손정도 목
사(오른쪽)

단 운동을 계속하였는데, 이때 우리 아버지에게 흥사단에 입단할 것
을 권고하였다 한다. 또 아버지는 아버지대로 안창호 선생의 흥사단
에 각별한 관심을 갖고 있었으며 이러한 연계를 통하여 1922년에 흥
사단에 입단하고, 안창호, 차리석, 주요한, 이규서 등과 함께 5명으로
구성된 흥사단 극동임시위원부 부원으로 선출되었다. 흥사단 극동임
시위원부는 매월 단보를 발행하여 흥사단의 정책과 소식을 전하는
한편 일반 교포 계몽에도 주력하였다.

　아버지가 상해를 떠나 길림으로 온 후에도 안창호 선생이 중국 동
북 각지에서 독립운동을 전개하였던 만큼 두 사람 사이의 연계는 끊
어지지 않고 면면히 이어졌다. 나는 길림 시절에 우리 집에 오셨던
도산 선생을 몇 번 뵌 적이 있다. 아버지는 선생이 오시면 밤새워 얘
기를 나누시다가 동이 틀 무렵이면 "어! 날이 밝았나" 하시며 일어서

앞줄 가운데(왼쪽 네 번째)가 안창호 선생, 그 오른쪽이 손정도 목사이고, 둘째 줄 맨 오른쪽이 김구 선생, 4열 맨 왼쪽 콧수염 기른 이가 여운형 선생이다.

시곤 하였다. 두 분은 벽에 금을 그어가며 태극권 연습에 열중하기도 했다. 안창호 선생을 생각할 때면 지금도 잊히지 않는 것이 길림에서 시국대강연을 할 때의 일이다.

1927년 2월이라고 기억된다. 도산의 시국대강연은 길림성 밖에 있는 대동공창에서 열렸다. 사방을 벽돌담장으로 둘러쌓은 대동공창은 가마니와 새끼를 꼬는 기계, 벼 탈곡기 등을 생산하는 제법 규모가 있는 공장으로 농민들에게 메밀가루도 빻아주고 괭이나 호미 같은 농기구들도 빌려주었으며 그곳 주인은 최일이라는 조선동포였다.

강연회는 창고로 쓰던 건물 안에서 열렸는데 20평방미터 정도의 넓이로 앞뒤에 문이 하나씩 있었다. 창고 안에는 높이 1미터 정도의 연단과 그 오른편으로 계단이 세워졌고, 연단 아래는 긴 나무의자가 줄줄이 놓여 있었는데 향긋한 송진 냄새가 풍기는 것을 보니 새로 만든 것 같았다. 나는 일찍감치 강연회 장소로 가서 맨 앞에 자리 잡았다. 나보다 먼저 자리를 잡은 이는 태풍합정미소 경영주의 한 사람인 최만영 선생이었다. 그의 곁에 앉은 나는 몹시 흥분해 있었다. 안창호 선생이 너무도 유명한 인사이기도 했거니와 아버지의 절친한 친구이고 내 머리를 쓰다듬어 주거나 코를 잡아당기기도 하셨던 분이기에 더욱 그랬을 것이다. 잠시 후에 강연회장은 사람들로 빼곡히 들어찼다. 한 사오백 명 정도가 들어차니 의자에 앉지 못한 청중은 벽에 붙어서거나 바닥에 주저앉을 정도였다.

조선 수탈의 첨병이었던 식산은행에 폭탄을 투척하고 자결한 의열단 나석주 의사의 추도식을 겸한 이날의 행사에는 정의부, 신민부, 참의부의 거두들을 비롯하여 남북 만주의 독립운동자들과 유지들, 길림에 있던 조선인 상공업자들과 청년 학생들이 대거 집결하여 강연장은 청중으로 초만원을 이루었다. 지금 기억하건대 아버지는 당시 길림을 떠나 액목현에 가계셨던 관계로 이 집회에 참석하지 못했다.

도산 선생의 연설이 시작되자 청중은 숨을 죽이고 경청하였다. 선생은 조선 민족의 장래 문제를 놓고 강연하였는데 우리나라 민족주의 운동의 곡절 많고 쓰라린 실패의 역사를 개괄하고 나서, 우리가 여기서 어떤 교훈을 찾고 어떤 방략을 세워나가야 하겠는가 하고 날카로운 질문을 제기하였다. 나는 물론 소학교 학생에 불과했기에 그분의 연설 내용을 다는 이해할 수 없었다. 그때 나를 사로잡은 것은 연설 내용보다는 선생의 얼굴 표정과 목소리, 거기서 풍겨지는 그 무엇이었다. 그의 웅변에는 사람의 마음을 움켜잡는 그 어떤 신비로운 힘이 있었다. 나는 그 힘이 일제의 압제와 수탈에 고통받고 있는 내 민족, 내 동포들에 대한 가슴 저린 절절한 사랑에서 나왔을 것이라고 생각한다.

1920년 상해임시정부에 도착한 이승만 환영회 행사(정면 가운데 서 있는 사람들 왼쪽부터 손정도 목사, 이동녕, 이시영, 이동휘, 이승만, 안창호, 박은식, 신규식, 장붕 선생)

우리 아버지도 설교를 잘하셨다. 앞서 말했던 하란사 여사를 비롯해 아버지의 설교에 감화된 이들이 수없이 많다. 나 역시 아버지의 설교를 듣기 좋아했는데, 한번은 아버지가 정동제일교회에서 설교하실 때 아버지의 목소리를 듣다가 스르르 잠든 적이 있었다. 그때 아버지의 목소리는 구슬픈 노랫가락 같았다. 아버지의 마음속 깊은 슬픔이 듣는 이들의 심금을 울려주었을 것이다. 도산 선생의 연설도 그러하였다.

선생의 연설을 듣노라니 나는 갑자기 목 놓아 울고 싶어졌고 가슴을 쥐어짜는 듯한 아픔이 밀려들기도 했다. 도산 선생은 독립운동의 방략으로 분산적인 일시행동을 피하고 통일적인 장기투쟁을 준비해야 한다는 취지의 말을 하였던 것으로 기억된다. 또한 그는 말하기를

1921년 1월 1일 상해임시정부 임시의정원 신년축하식 기념 사진(앞줄 왼쪽 세 번째가 김구, 제2열 왼쪽부터 이규홍, 김철, 신익희, 신규식, 이시영, 이동휘, 이승만, 손정도, 이동녕, 남형우, 안창호 등)

지금 형편에서 분산적인 무장투쟁만으로는 독립을 이루기 어렵고 전 민족이 하나로 뭉쳐서 끈기를 가지고 실력을 양성해야 하는 바, 말하자면 미국이나 프랑스 같은 강대국들에서 차관을 얻어다 경박호에 수력공업을 건설하고 만주에 있는 한인들의 농업을 장려하는 등 조선독립의 경제적 근간을 마련해야 한다고 하였다. 청중들은 박수갈채로 그의 연설에 호응하였다. 나는 충분히 이해를 하지는 못했어도 그의 논리 정연한 달변에 넋이 나갈 정도로 매료되었다. 그의 연설 자체에 대한 감탄이기도 했지만 그것이 바로 우리 아버지 손정도 목사와 함께 추진하고 있는 사업이라는 데서 더욱 그러했을 것이다.

그런데 이때 뒤쪽에서 웅성웅성하는 소음이 들렸다. 청중들은 못마땅해하며 뒤를 돌아보았다. 당시 어떤 중학생이 연단으로 나가 선생의 연설 탁자 위에 종이쪽지 같은 것을 놓고 내려가던 생각이 난다. 도산 선생은 그것을 펼쳐보더니 한동안 말씀이 없으셨고, 청중도 무슨 일인가 하여 숨을 죽였다. 후에야 알게 된 일인데 그 쪽지는 김성주 형이 도산 선생에게 제출한 의견서였다고 한다. 뒤쪽에 앉았던 일부 청년 학생들에게는 선생의 연설이 불만이었던 것 같다. 그때는 이미 일제가 조선을 강점한 후 벌써 15년의 세월이 지난 때였다. 그동안 조선의 애국자들은 각양각색의 수단과 방법을 통해 일제와 맞서왔었다. 대국들에 청원도 해보고 만국평화회의에 가서 할복을 하기도 했으며, 침략의 원흉을 저격하거나 총을 들고 무장투쟁도 벌여 보았다. 그러나 일본은 물러가기는커녕 날이 갈수록 득세하여 이제는 중국의 동삼성(지린성, 랴오닝성, 헤이룽장성) 지역까지 넘겨다보게 된 것이다. 조선 사람이 있는 곳에는 그 어디에고 일본 경찰이 없는 데가 없었다. 그들은 용정에도 훈춘에도 돈화에도 있었으며 독립운동가들과 애국자들을 감시하며 박해하였다. 탄압은 날이 갈수록 극심해졌고 매일처럼 동포들의 붉은 피가 땅을 적셨다.

이렇게 되자 독립운동가들 속에서 동요가 생겼고 투쟁 방략에 대해 갑론을박하며 서로 대립하였다. 이런 중에 안창호 선생을 비롯한 중도파들은 외세에 대한 기대를 버리지 않으면서도 민족 자체의 실력을 배양하는 방안을 대안으로 내세웠다. 말하자면 당장에 힘이 없으니 장기적으로 힘을 길러 일제와 맞서보자는 것이다. 아버지도 점차 이런 주장으로 기울었다고 할 수 있다. 아버지가 액목현에서 벌여 놓은 일은 모두 이런 실력배양론에 뿌리를 둔 것이었다. 그러나 이런 투쟁노선은 당시 청년세대들의 정세 인식과는 맞지 않았다.

후에 우리가 소년회에서 독립운동방략을 놓고 웅변모임을 할 때

이준의 방법이냐, 안중근의 방법이냐, 아니면 안창호의 실력배양론이냐를 놓고 토론을 벌인 적이 있다. 그때 김성주 회장은 "이준의 방법도 아니고 안중근의 방법도 아니며, 실력배양론도 옳지 않다. 산업과 교육을 진흥시켜 조선 민족의 실력을 배양한다고 하는데 나라를 통째로 빼앗긴 조건에서 그것이 실제적으로 가능한가? 소학교 훈도들까지 칼을 차고 일본말 교육을 시키는데 교육은 어떻게 진흥시키고 수력발전소는 어디에다 건설한단 말인가! 또한 외세에 의존하는 것은 망국의 지름길임을 역사가 증명했고, 이준 선생이 피로써 교훈을 남겼는데도 여전히 열강의 원조로 독립을 이룰 수 있다는 생각이 과연 타당한 것인가?"라며 열변을 토하였다. 성주 형은 도산 선생의 강연 때에도 이와 같은 문제들에 대해 서면질의를 제기했다고 한다. 그러나 도산 선생은 질의서 내용을 청중에게 알리지 않았고 그에 대한 대답도 하지 못하였다. 갑자기 제기된 질문이라 그랬을 수도 있지만 시간적으로도 대답할 여유가 없었다. 바로 그 몇 분 후에 경찰이 들이닥쳤기 때문이다.

그날 길림독군서에서는 수백 명의 헌병과 경찰을 동원해 강연회장 안을 엿보고 있다가 앞문과 뒷문으로 불시에 쳐들어왔는데, 내가 언뜻 돌아보니 뛰어든 경찰들 중에는 일본 사람 같이 생긴 자도 있었다. 그자는 연단으로 올라가 도산 선생의 팔을 묶으려 하였다. 이때 여자 독립군 이장청이 강단 위로 뛰어올라 가더니 그를 밀쳐 넘어뜨리고는 선생에게 빨리 뒷문으로 빠지라고 권했다. 그러나 선생은 태연한 자세로 서 있었으며 포승줄을 묶어도 저항하지 않았다. 경찰은 이장청도 함께 포박하려 하였다. 그러나 이장청이 "내 몸에 손대지 마!" 하며 서릿발 같은 목소리로 외치자 포승줄을 묶으려던 경찰은 한순간 주춤했다.

이장청은 당시 길림 일대에서 '만록총중 홍일점'으로 불리던 유일한 여성 독립군으로 대단한 여걸이었다. 그는 단발을 하고 독립군의 푸른 군복을 입은 채 총을 차고 말을 타고 다녔으며, 우리 집에도 자주 왕래를 했다. 특히 우리 어머니가 그를 좋아했는데, 무엇보다 그가 집에 오면 팔소매를 걷어붙이고 부엌일도 곧잘 도와주었기 때문이다. 나는 그때 이장청이 우리 형님을 마음에 있어 하지 않았나 하는 생각도 잠시 했었다.

그렇게 이장청이 혼자서 경관들과 싸우고 있을 때 최만영 선생은 날더러 연단에 올라가 도산 선생을 풀어주어라 하였다. 당황한 나는 옆의 계단으로 올라갈 생각을 못하고 꽤 높은 연단을 버둥거리며 기어올랐다. 그런데 경찰이 나에게도 포승줄을 채웠다. 주석단에 앉아 있는 사람이건 아래에 있던 청중이건 마구 잡아가는 판이었다. 경찰들은 사람들을 무작정 포박해서는 강당 밖으로 밀쳐냈다. 그렇게 해서 나도 끌려가고 있는 중에 최만영 선생이 어린애를 왜 잡아가느냐고 들이대자 경찰도 무안했는지 슬그머니 나를 놓아주었다. 풀려난 조금 후에 다시 들어가 보니 강연회장 안은 난장판이었으며, 마루 위에 구겨진 종잇장들이 여기저기 흩어져 있기에 몇 장을 집어 읽어보았다. 아직은 어렸던 내 생각에도 경찰 당국이 알아서는 안 될 글들이 쓰여 있었고 그중에는 애국가 가사도 보였다. 그것들을 주섬주섬 집어 들고 텅 빈 강당에 홀로 서있자니 어린 마음에도 울분이 치솟아 올라 견딜 수 없었다.

이 사건은 일본제국주의자들이 독립운동 탄압을 목적으로 의도적으로 계획한 사건이었다. 독립운동의 거두인 안창호 선생이 길림의 동포들을 대상으로 반일강연 활동을 벌인다는 정보를 받은 일제의 길림영사관과 조선총독부 경무국 특파원은 이 사실을 급히 조선총독부에 타전하였다. 총독부 경무국에서는 길림성 성장 장작상에게 정치범의 체포와 인도를 요구하는 한편 평안북도 경찰부의 경찰관 수십 명을 길림으로 출동시켰던 것이다. 내가 경찰들 중에서 일본 사람을 발견한 것은 잘못 본 것이 아니었다.

그날 중국 경찰이 강연회장에 출동한 것은 마쯔야 협정에 따른 것이었다. 1925년 6월 만주군벌인 장작림과 조선총독부 경무국장 마쯔야 사이에 맺어진 이 협약은 만주에 있는 공산당과 조선독립군 세력을 제거하기 위해 중국 치안당국과 일제 경찰이 상호협력한다는 것이었다. 이를 구실로 총독부 경무국은 중국 당국에 도산 선생의 강연회를 기회 삼아 공산당과 독립운동가들을 일망타진하라고 요구했던 것이다. 이처럼 일본 경찰이 만주 땅까지 넘어와 독립운동가들을 마구 체포해갔던 이 사건은 길림뿐 아니라 동삼성에 살고 있는 동포 대중의 크나큰 격분을 불러일으켰다.

이 소식을 접한 아버지는 액목현에서 서둘러 길림으로 달려와 길림독군서로 장작상을 찾아가 만났고, 봉천에 가서 장학량을 만나 안창호 선생의 석방을 위해 조치를 취해줄 것을 요청했다. 그 일과 관련하여 당시 길림독군부에서 통역으로 일하고 있던 오인화 선생도 중개자 역을 맡아 여러모로 애를 썼다. 또한 당시 중학생이던 김성주 형도 안 선생의 석방을 위해 최선을 다하였다. 그는 아버지를 찾아와 "안 선생의 석방을 위해서는 중국 당국과 교섭도 하고 돈도 찔러주는 것이 필요하지만 보다 더 확실한 방법은 대중의 압력을 가하는 것"이라는 의견을 제시했고, 아버지와 다른 독립운동가들도 그의 의견을 받아들였다.

　얼마 전에 나를 찾아왔던 한 기자가 "김일성 주석이 안창호 선생 석방운동에 역할을 했다는 것이 사실이냐?"라는 질문을 했었다. 아마 그때 중학생이었다는 김 주석이 무슨 영향력이 있어 그럴 수 있겠는가라는 의문이 생겼던 것 같다. 질문을 던진 기자로서는 그때의 길림 형편을 알지 못하니 그럴 만도 했다. 하지만 당시 길림에서는 민족주의 세력도 강했고, 공산주의 세력도 무시할 수 없었지만 무엇보다 강했던 것은 청년 학생 세력이었다. 그곳에는 다양한 합법적, 비합법적 청년운동조직들이 활성화되어 움직이고 있었으며, 바로 그런 청년운동의 핵심이 김성주였다. 성주 형은 도산 선생의 석방운동 때도 소년회와 학우회 성원들, 청년 학생들을 조직해 항의시위를 벌였었다.

　이 석방운동에는 청년 학생들뿐 아니라 체포된 이들의 가족과 대동공창, 정미소 노동자들, 주변 농촌의 조선 사람들에 이르기까지 모든 계층이 참가했다. 이렇게 대중적 항의운동이 세차게 벌어지자 당황한 중국 경찰은 대부분의 사람들을 3일 후에 석방했으나 안창호, 오동진, 현익철, 김이대, 김동삼 등 42명은 계속 가두어두었다. 그러는 사이에 일제 경찰이 그들을 넘겨줄 것을 요구했으나 길림경찰서장은 대중의 압력에 굴복해 거절할 수밖에 없었다.

　안창호 선생의 체포 소식에 상해임정(대한민국임시정부)은 베이징과 길림독군서에 항의서를 제출하고 즉시 석방할 것을 촉구하였다. 이렇게 각계의 활발한 연대활동이 벌어지자 중국 당국은 결국 도산 선생을 구금 21일 만에 석방하였고, 이 일이 있은 후 아버지는 성주 형에 대해 더욱 각별한 애정을 보이셨다. 나중에 아버지가 성주 형을 길림소년회 회장으로 천거하신 것을 보면 그가 민족 독립운동의 대들보가 될 것임을 어느 정도 예견하셨던 것 같다.

사건 이후에 나는 도산 선생을 북경에서 한 번 다시 뵈었는데, 그 후의 소식에 의하면 도산 선생은 상해의 일본 조계지에서 체포되어 서울로 호송되었다 한다. 내가 베이징과 상해를 전전하다가 서울로 돌아갔을 때는 오랫동안 옥고에 시달리던 도산 선생이 이미 돌아가신 뒤였다. 내가 전해들은 바에 의하면 일경은 옥에 갇힌 도산의 음식에 유리 가루를 섞었다 한다. 그렇지 않아도 본래 위궤양으로 고생하시던 선생이 이것을 견디어낼 수가 없었고, 결국 도산 선생은 자신의 가슴을 움켜쥐고 "소화 이놈! 소화 이놈!" 하며 돌아가셨다는 것이다. 일경은 그의 옥사가 알려지면 심상치 않은 일이 생길까 봐 선생의 시신을 아무도 보는 이 없는 어둑한 새벽에 슬그머니 망우리고개의 공동묘지에 묻어버렸다 한다.

아버지 손정도 목사도 도산 선생도 일제의 악랄한 음모에 의해 피를 토하며 한을 품고 저세상으로 가셨다. 그리하여 도산 선생이 그렇게나 애착을 갖고 열변을 토했던 실력배양 독립론은 이제 아득한 우주 공간에 메아리로 남았을 뿐이었다. 더불어 '길림의 강연회 당시 성주 형이 제기했던 질문에 대한 선생의 대답은 과연 어떠했을까?'라는 나의 궁금증도 무의미해졌다. 선생이 돌아가실 무렵 만주 일대에서 전개된 독립운동은 필연적으로 게릴라전을 중심으로 하는 무장투쟁의 방향으로 갈 수밖에 없었기 때문이다.

해방 후에 보니 도산 선생이 세웠던 흥사단에는 친일파들이 많이 가담하여 애국자인 체 위장하고 있었다. 흥사단은 인격 수양을 통해 민족독립과 부흥의 기초를 닦고자 만들어졌는데 일제에 부역한 자신들의 죄과를 덮기 위해 흥사단에 가입한 친일파들이 도산 선생의 뜻을 실천하지 않고 오히려 자신들의 입신과 출세의 수단으로 이용하고 있다는 말을 들었다. 만약 도산 선생이 하늘에서라도 이 사실을 아신다면 얼마나 통곡하실 것인가?

내가 50년대에 시카고에 갔을 때 교회에서 동향인(同鄕人) 박렬 영감을 만났는데, 그는 도산의 딸이 도박장에서 일한다고 말해주었다. 나는 그녀를 만나보려고 박 영감을 따라 그곳에 찾아갔다. 도박장으로 들어가는 철창문 앞에는 사나운 셰퍼드가 지키고 서 있었고 도산의 딸은 그 옆에서 돈을 받는 일을 하고 있었다. 나를 만난 그녀는 자신의 아버지 도산 선생이 독립운동을 하느라 집안을 제대로 돌보지 못해 식구들이 말 못 할 정도로 고생을 겪었다고 하면서 눈물을 흘렸다. 나는 그녀에게 위로의 말 한마디라도 해주고 싶었으나 입안에서 맴돌았을 뿐, 그저 마음속으로 자식들이 아버지 도산을 잊지 않기를 바랐다. 한편 도산의 아들인 필립 안은 미국 할리우드에서 영화배우를 한다는 이야기를 들었으며, 선생의 여동생인 안신호 여사는 독실한 기독교 신자였지만 해방 후 남포시 여맹에서 중임을 맡아 일하였다고 한다. 그 후 북에 가보니 안창호 선생의 고향마을은 그의 호를 달아 도산리로 명명되어 있었고, 평양 교외에 있는 애국열사릉에는 안신호 여사의 묘소가 안치되어 있었다.

2장

추억의 시간과
전설의 시대

― 김일성 장군의 항일무장투쟁에 대한 증언

1. 인생의 갈림길

내가 길림에서 소년 김성주와 함께 지낸 것은 불과 2년 남짓한 세월이었고, 80여 년의 인생길에서 그 시절은 짧았던 여름밤의 꿈처럼 나를 스쳐 지나갔다. 하지만 나의 세계관, 인생관은 모두 그 짧았던 길림 시절에 뿌리를 두었고 내가 그곳을 떠난 후에도 평생 나의 운명을 지배했다. 그리고 이제 그런 내 운명의 첫걸음을 함께했던 길림 시절의 소중한 벗들은 저마다의 길을 걸어갔다. 나는 나대로, 원일 형은 원일 형대로, 귀헌이나 동선이네들은 또 그들대로….

어느 날 아버지는 원일 형과 나, 인실 동생을 불렀다. 우리는 아버지 앞에 나가 무릎을 꿇고 나란히 앉았다. 그때 침통한 안색의 아버지께서 우리에게 하시던 말씀이 아직도 귀에 쟁쟁하다.

너나없이 독립을 바라지만 일본이 곧 망하고 독립이 성취되지는 않을 것 같다. 그렇다면 우리는 상당 시간 나라 없는 백성으로 떠돌지 않을 수 없다. 또 천대도 따르기 마련이다. 어쩔 수 없이 떠돌더라도 천대는 받지 말아야 하는데 그러자면 개개인의 실력을 갖추어야 한다. 더욱이 앞으로 전개될 과학

사회, 산업사회에서는 실력이 가장 중요하다. 우리는 이미 늦었다. 그러나 너희들은 각 분야에서 실력자가 되어야 한다. 그것이 조선 독립을 앞당기는 최선의 길이라고 나는 생각한다.

고개를 숙이고 묵묵히 듣고 있던 나는 가슴이 섬찟하여 아버지를 쳐다보았다. 늘 정기가 번쩍이던 아버지의 눈빛은 흐려있었다. 나는 아버지가 퍽 늙으신 것을 새삼스레 깨달으며 가슴이 쓰려왔다. 늘 집을 떠나 독립운동과 전도 사업에 몰두하시다보니 자식들에 대해 관심을 둘 여유가 없었던 아버지였다. 그리고 잠시 함께 계실 때에도 이렇게 진중한 훈계조로 말씀하시기는 드물었다. 아버지가 모처럼 우리를 앉혀놓고 그런 훈계를 하신 데는 깊은 속생각이 있었다고 본다.

일본제국주의는 날이 갈수록 승승장구하며 중국 대륙 깊숙이까지 손을 뻗쳐왔고 당장이라도 전쟁이 터질 것 같은 일촉즉발의 시기였다. 반면에 독립운동은 나날이 기울어져가고 있었으며, 대다수의 독립운동가들에게는 조국의 광복이 더더욱 묘연한 것으로 생각되었다. 그럴수록 아버지는 독립군의 빈약한 무장투쟁보다는 장기적인 안목에서의 실력배양이 독립을 위한 타당한 걸음이라고 보셨고, 그래서 자식들에게 자기 분야의 전문성을 갖춘 실력자가 되는 길을 권고하셨을 것이다.

결국 이렇게 되어 우리 형제들은 독립운동의 최일선이 아니라 학교에 머물게 되었다. 맏누님* 진실은 미국으로 유학을 갔고, 둘째 누님 성실은 중국 남경에서 음악공부를, 원일 형은 항해학을 전공하고,

---

* 맏누이.

나는 소주의 동오대학에서 의학 공부를 하였다. 원일 형은 원래 수재 형이었으나 체육을 좋아하고 운동에 열을 내다보니 공부에는 별로 마음을 두지 않았었다. 그러나 아버지의 훈계에서 충격을 받은 후로는 마음을 가다듬고 학업에 전념하여 어렵잖게 수석을 따냈다. 처음엔 의사가 될 생각을 했다가 단념한 형은 상해의 부두 풍경에 매료되어 해군이 될 포부를 안고 남경의 국립중앙대학 농학원 항해과에 입학했다. 이것을 계기로 형의 한 생은 바다와 연결되어 결국은 한국 해군의 창설자로서 초대 해군참모총장이 되었으며, 독일 화객선을 타고 세계를 돌아다니며 중국어, 영어와 함께 독일어를 익힌 인연 덕에 후일 대한민국의 서독주재 대사를 지내기도 했다.

나도 아버지의 훈시를 새기며 불행한 우리 민족을 위해 학문으로서나마 무언가 보탬이 돼보겠다는 속생각을 굳혔다. 그러던 중 우리 가족은 신병에 걸린 둘째 누님 때문에 길림을 떠나 봉천으로 가게 된다. 그때 누님은 학업을 중단하고 길림의 집에서 정양*을 하고 있었는데 좀처럼 차도가 없어 큰 병원에서 입원치료를 받아야 할 참에 둘째 자형이 될 신국권 씨가 봉천의 동복대학병원에 입원하도록 주선해주었던 것이다. 신국권 씨는 당시 그 대학에서 체육 주임교수로 있었다. 그런 연고로 우리 식구는 봉천으로 이사하여 그곳 대학관사에 거처하게 되었고, 그 후 봉천에서 다시 베이징으로 이사하였다. 아버지는 베이징에 와서 거처도 잡아주고 나와 인실을 학교에 입학시킨 후 당신이 벌여놓은 일들을 마무리하고자 다시 길림으로 가셨다.

그런데 길림으로 떠난 지 얼마 후에 아버지에게서 편지가 왔다.

---

* 정양(靜養)이란 몸과 마음을 안정하여 휴양을 한다는 뜻.

거기에는 자식들에게 보내는 당부가 적혀 있었는데, 공부를 잘해서 민족을 위해 일하라는 내용이었다. 또한 아버지는 편지 말미에 "우리 민족에게 희망이 왔다. 중국 당국에서 한인들이 농토를 사서 조선인 부락을 꾸리고 농사를 지을 수 있게 허락하였다"라고도 쓰셨다. 아마도 아버지가 조선인 정착촌을 꾸리기 위해 장작상, 장학량과 1년 넘어 교섭하여 오던 일이 성공하신 모양이었다. 아버지는 희망에 넘쳐 계셨다. 그런데 그것이 아버지의 마지막 편지였다. 아버지는 그렇게도 당신이 심혈을 바쳐왔던 사업을 마무리하시지 못하고 우리한테로 돌아오시지도 못한 채 급작스레 병사하셨던 것이다.

그러고 보면 그 편지는 아버지가 자식들에게 남기신 유언이 되어버렸다. 그때 나는 중학교를 졸업할 무렵이었다. 하루는 어머니가 "장차 어느 대학에 가려는가?" 하고 물으셨다. 나는 공과나 건축을 했으면 한다고 대답하였다. 그러자 어머니는 "공과나 건축을 배우면 일본 사람 밑에서 하지 않느냐, 아버지의 뒤를 이어 목사가 되는 것이 어떠냐?"라고 하셨다. 어머니는 자식들 중에서 누구 하나는 아버지의 뒤를 이었으면 하는 바람이 있으셨고 내성적인 내가 그중 안성맞춤이라고 점찍으셨던 것 같다. 그러나 나는 목사가 되는 것을 원치 않는다고 말씀드렸다. 그 이유를 딱히 설명할 수 없으나 '설교로써 무엇을 이룰 수 있겠나?' 하는 의혹이 사라지지 않았기 때문이다. 어머니는 더 이상 강요하지 않으셨다. 다만 "네 생각이 그렇다면 의사가 되는 것은 어떠냐? 의술로 불쌍한 사람을 도울 수도 있으니"라고 하셨을 뿐이다. 그렇게 해서 결국 나는 소주의 동오대학 생물학부에 입학하여 의학예과 과정을 수료하였다.

그 무렵에 나는 상해 「대공보」에서 김성주 형의 길림 시절 이

항일무장유격대를 이끌던 김성주(맨 왼쪽), 그 옆은 중국인 계청(季靑)이며, 그 옆은 최현(崔賢)과 안길(安吉)이다. 계청은 그 후 시세영(柴世榮)과 함께 일본군 간첩으로 오해받아 1944년 9월 소련군 내무부에 체포되어 1955년까지 풀려나지 못했다.

후의 소식을 알게 되었다. 신문 한 면에 걸쳐 만주에서 무장투쟁을 벌이는 김일성 빨치산의 항일운동이 상세하게 언급되어 있었기 때문이다.

'성주 형은 끝내 그길로 갔구나!' 그날 밤 나는 만주의 눈보라 치는 벌판에서 풍찬노숙하는 그이를 생각하며 푹신한 침대가 편치 않아 뜬눈으로 지새웠다.

길림의 소년 혁명가 김성주는 자신의 길, 조국광복을 위한 무장투쟁의 험로를 걸었다. 그것은 길림 시절에 이미 결정된 그의 삶의 지향점이었고 필연적인 귀결이었을 것이다. 하지만 나는 여기서 길림 시절 김성주의 생애와 활동, 그가 지향했던 삶과 실천에 대해 모든 것을 쓸 수는 없다. 물론 소년회 모임에서 자주 만나긴 했어도 그는 소년회의 회장일 뿐 아니라 유길학우회도 주관했고, 반제청년동맹과 공산주의 청년동맹을 조직하는 등 많은 비밀사업을 하였기에 활동의 폭과 심도가 대단히 넓고 깊었을 것이고, 평범한 학생이었던 나로서는 그이의 그런 활동을 직접 접할 수 있는 처지가 아니었기 때문이다. 하지만 길림을 떠나온 이후 성주 형에 대해 풍문으로 들었을 뿐이었던 나는 해방 후 서울에 머물고 있을 때 최일천 선생이 쓴 『해외조선 혁명운동소사』를 우연히 보게 되었다. 최일천 선생은 우리가 길림에 살 때 오동진의 서기로서 정의부 계통의 독립운동가들과 함께 활약한 분이다. 그는 우리 집에도 가끔 다녔는데, 지성적인 외모에 신사다운 품격으로 나의 뇌리에 인상 깊이 남아있다. 해박한 지식 청년인데다 문장가인 그를 아버지 역시도 존중하였다. 나는 그가 쓴 책이기에 단숨에 읽었다. 거기에는 다음과 같은 대목이 있었다.

김일성(본명 김성주)은 길림에서 소년운동 지도자의 일인으로 1년 여유의 시일에 심혈을 짜내었다. 사회적 의식이 싹트기 시작한 김일성의 순진한 심리에는 고민의 파동이 일어났다. 당시 민족주의 운동 선상에는 과거의 애국주의적 경향에서 혁명적 단계에로 추향하는 기운이 능숙하였을 뿐 아니라 모든 민족주의 운동단체는 단일전선 결성의 촉진에 마력을 가하여 정의부를 중심으로 협의회, 촉성회의 이론적 대립은 이 전선의 결성에 발전을 의미하였다.

타방 사회주의운동도 화요의 김찬, 서울의 신일용, 상해의 구자영을 영도자로 대두하였다. 소년 김일성의 머리는, 아니 학생 김성주의 의식은 이 두 사회적 경향에서 비판을 요하게 되었고 자기의 독자적 발전이 있음으로써 장래의 목적 달성을 기할 수 있음을 깨달았다. 혁명적 열정에 불타는 김일성에게는 천지간 삼라만상이 모두 동지요 지도자인 듯하였다. 그러나 이 소년의 뜻을 몰라주는 당시 사회가 몹시 서글펐다. 사실에 있어 신사조의 전환기에 있는 김의 주위에 가장 가까운 사회적 현상은 이를 이해하기까지는 거리가 있었던 것이다.

김일성은 자기의 시련과 함께 이상 실현에 필요한 무대와 동지를 찾았다.

김에 대한 기대와 이 단체의 운동은 실로 대단했다. 열의인, 정의인인 김일성에게 대한 민중의 지지도 컸다. 아니 지지라기보다 19세 소년 혁명가 김일성은 완전히 민중의 친애하는 아들로서의, 동생으로서의 사랑을 받았고 또 김은 그들 민중에게 대하여 진심으로 봉사할 것을 심약하였다.

동지들은 그의 장래를 기대하는 마음으로 "일(一)성(星)"이라는 아호의 선물을 주었다. 조선 사회의 효성이 되어달라는 것이다. 이로부터 김은 "일(日)성(星)" 또는 "일(一)성(成)"으로 명명하였다.

1931년 만주사변이 발발하자 김일성은 오랫동안의 침묵을 깨트리고 동천에 높이 솟은 샛별과도 같이 일본제국주의의 근본적 타도와 동방 약소민족의 해방을 위하여 기치를 선명히 하고 나타났다.

참으로 미래가 촉망되는 소년운동 지도자로서 두각을 나타내던 길림 시절 김성주의 품격과 활동, 고민과 모색의 세계를 길지 않은 문장에 뚜렷이 그려낸 명문이었다. 이 구절을 읽고 또 읽을수록 나는 길림 시절에 김성주를 형님처럼 따랐고 늘 그 곁에 있고 싶어 했지만 실제로는 그의 세계를 전혀 이해하지 못하였다는 생각이 들었다. 그래서 잊혔던 그때의 일들을 하나하나 다시 떠올리자 그제야 비로소 그의 모든 행동과 행적들이 뚜렷한 의미를 가지고 새롭게 다가왔다.

성주 형과 함께하던 시절, 길림 5중학교 강당에서 상연 중이던 연극 〈안중근 이등박문을 쏘다〉를 보고 돌아오던 길이었다. 소년회원들은 김성주 회장을 에워싸고 떠들썩거리며 밤길을 걸었다. 모두들 어지간히 흥분되어 있었고 중구난방으로 안중근 의사 같은 애국지사가 많으면 조선독립이 빨리 올 것이라고 열을 올렸다. 그때 김성주 회장이 "물론 안중근 의사가 애국자이고 영웅이지만 그가 적용한 투쟁 방법은 찬양할 수 없다. 개인 테러로는 안 된다, 이등박문을 없애 버리니 또 다른 이등박문이 나타나지 않았는가?"라는 취지의 얘기를 하던 것이 생각난다.

그는 기성세대의 고루한 활동에서 허점을 찾고 새로운 길을 모색 하고 있었으며, 안중근 의사를 존중하면서도 그의 투쟁 방식은 찬성 하지 않았다. 그렇다고 상해임정이나 다른 기성세대의 인물들이 주 장하는 것과 같은 외교 활동에 기대를 걸지도 않았고, 안창호 선생이 나 우리 아버지 등이 제창한 실력배양론을 추종하지도 않았다. 그러 한 시대착오적 노선이나 몇몇 지사들의 소영웅적인 투쟁과 같은 방 략으로는 결코 독립을 성취하지 못한다는 것이 그의 지론이라 하겠 다. 김성주 아니 김일성은 길림 시절에 벌써 미래의 투쟁 방략을 뚜렷 이 세워가고 있었다. 그때 그는 "제갈량 전법"이나 "손자병법" 같은 책을 아주 열심히 탐독하였는데 이는 이후로 그가 이끌었던 유격전 의 실행을 위한 준비였던 것이다.

이처럼 원일 형과 성주 형은 같은 시대, 같은 공간에서 함께 청소 년 시절을 보냈지만 훗날 보여준 두 사람의 정치적 이념과 행보는 정 반대의 길을 걸었다고 할 수 있다. 말하자면 길림 시절은 그 두 사람 의 운명에서 갈림길이었다. 그러나 그들이 애국심에 불타던 길림 시 절을 똑같이 잊지 못하는 것을 보면 그 갈림길은 늙으신 어머니가 밤 새워 기다리는 고향으로 가는 길이기도 할 것이다.

원일 형은 서울을 떠난 지 16년 만에 우리 가족을 보기 위해 다시 돌아왔을 때 종로경찰서에 끌려가 심한 옥고를 치렀다. 일경에게 상 해임정의 비밀요원으로 의심받고 구속된 것이다. 그들은 무고한 형 을 종로에서 평양으로, 강서경찰서로 끌고 다니며 갖은 고문을 다하

다가 반 주검을 만들어놓은 채 길가에 내쳤다. 극악무도한 일본제국
주의자들로부터 받은 이 터무니없는 고난은 아버지의 의혹에 찬 죽
음과 더불어 형으로 하여금 더더욱 일본에 대한 적개심을 갖도록 만
들었다. 이런 투철한 반일감정은 독재자 이승만 정권이 붕괴된 후
5.16 군사쿠데타를 통해 정권을 강탈한 박정희 일파가 형님을 자기
편으로 끌어들이려 했을 때 단호히 거절한 데서도 뚜렷이 나타났다.

군사정변으로 정권을 가로챈 박정희 세력이 전 국민적인 반대에
도 불구하고 일제의 조선침탈을 부정하는 매국적인 한일협정을 강제
로 추진하는 모습을 역겹게 생각했던 원일 형은 안 그래도 마뜩치않
던 박정희 세력에 완전히 등을 돌렸다. 사실 박정희로 말하자면 일본
의 만주국 신경사관학교*에 입학하기 위하여 혈서로 견마지로의 충
성을 맹세했던 자로서, 졸업 후에는 일본 관동군에 복무하면서 독립
운동가들과 항일유격대를 토벌하는 데 앞장섰던 대표적인 반민족적
친일매국노였다.

박정희는 정권을 잡은 후 역시 같은 친일파였던 정일권을 형에게
보내 "외무부장관을 맡아 달라…", "국무총리로 영입할 의향이다"라
는 등의 감언이설로 설득하려 했으나 형은 단호하게 거절하였다. 적
어도 친일세력과는 어떤 경우에도 손을 잡지 않는다는 것이 그의 평
생 지론이었기 때문이다. 이 사실을 놓고 서울의 유력 신문들이 일제
히 "감투를 싫어하는 손원일 씨"라는 기사를 냈다는 것은 세상이 다
아는 사실이다.

하지만 그런 원일 형이 김일성에 대하여 그리고 북조선에 대하여

---

* 1939년 만주국 수도 신경(新京)에 설치된 만주국의 육군사관학교.

어떤 생각을 하고 있었는지 나는 잘 알지 못한다. 다만 내가 해방 직후 서울에 살고 있을 때 형한테 잠시 들린 적이 있는데, 그때 형 집에서는 길림 시절의 친지들이 모여 분단의 비극을 예비하던 남북의 급박한 정세에 관한 이야기들이 오가고 있었다. 거기에는 안봉의 사위로 길림 육문중학과 문광중학에서 영어를 가르쳤던 김강과 길림소년회에 적극적으로 관여했던 박일파도 있었다. 백계 러시아인에게 러시아어를 배운 박일파는 후에 북조선으로 들어가 톨스토이의 『전쟁과 평화』, 『부활』과 같은 명작을 우리말로 번역하는 데 큰 몫을 했다. 당시 원일 형은 그의 월북에 반대하지 않았다. 아마 당시에는 원일 형이 김일성 주석, 즉 길림 시절의 김성주에 대해 알지 못했거나 혹 알았더라도 북조선의 상황이나 그에 대해 특별히 부정적 태도를 갖고 있지는 않았던 것으로 짐작된다. 물론 그 후 두 사람이 민족상잔의 비극적 무대에서 운명적으로 맞선 것은 역사가 익히 밝히고 있는 바이다.

소년회 회원이었던 황귀헌도 중국 연변에서 살다가 김일성 주석을 찾아 평양으로 갔고, 길림 시절 문광중학에서 원일 형보다 한 해 아래 학년이었던 최덕신 장군도 김 주석의 품에서 인생행로의 닻을 내렸다.

나 손원태도 멀고 먼 길을 에돌아 인생 말년에 마침내는 김일성 주석을 찾아 평양으로 갔다. 주석을 만났을 때 나는 평소에 품고 있던 생각대로 "저는 항일무장투쟁 일선에 나서지 못했지만 주석께서 우리 민족을 위하여 일생을 바치신 데 대하여 머리를 숙입니다"라고 말씀드렸다. 그러자 주석은 호탕하게 웃으며 "누구나 다 빨치산이 될 수는 없소. 총 들고 싸운 사람만이 애국자는 아니지요" 하면서 그 험한 시절에 일제에 굴종하지 않고 애국의 넋을 잃지 않았다면 그런 사람도 곧 애국자라고 말해주었다.

泰山不讓土壤 태산은 토양을 빼앗지 않는다
河海不擇細流 하해는 미세한 흐름을 택하지 않는다

그렇다. 흩어진 흙덩이는 태산의 품에 안기고 저마다 흐르던 강물은 마침내 바다의 품에 안긴다. 민족애야말로 갈라진 우리를 하나로 품어주는 태산이고 바다인 것이다. 기나긴 세월, 서로가 각자의 길을 걸으면서도 김일성 주석과 나를 끝내는 이어준 것은 바로 그 민족애이리라!

2. 상해 「대공보」에 실린 글

내가 상해에서 동오대학을 다닐 때인 1939년경이라고 기억된다. 어떤 이들은 강소성 소주에 있던 동오대학을 어떻게 상해에서 다닐 수 있었는지 의문을 품을 수 있다.

그 무렵은 중국을 침략하기 시작한 일제가 이미 화북과 화남의 적지 않은 지역을 차지했을 때였다. 일본군이 강소성 소주를 점령하기 위해 공세를 펼 때 나는 그곳의 동오대학 의학예과에 다니고 있었다. 동오대학은 일본군의 공격을 피해 안휘성으로 옮기게 되었다. 그러나 나는 안휘성으로 따라가지 않고 상해로 돌아와 자형 신국권 씨가 교편을 잡고 있는 교통대학에서 1년간 공부하였다. 그런데 그 후 안휘성에 있던 동오대학이 상해로 옮겨왔기 때문에 나는 다시 동오대학에 다니게 되었던 것이다.

일본군에 쫓겨 다니던 동오대학은 상해로 와서 대륙상장(상업을 하던 큰 집)에 방을 빌려 교실로 썼는데, 그것도 동오대학과 호강대학, 성요한대학 등 세 대학이 번갈아 가면서 수업을 해야 하는 형편이었다. 당연히 운동장이 있을 리 없었지만 마침 그곳에 권투도장이 있어 그 참에 잠시 권투를 배웠던 기억이 있다.

파쇼 독일의 폴란드 침공에 뒤이어 무솔리니의 이탈리아가 알바니아를 병합했다는 소식과 일본군이 남창을 점령한데 뒤이어 해남도(하이난섬)에 진주했다는 소식이 전해지며 거리의 민심이 흉흉해졌다. 이제 일본이 중국의 전 영토를 삼켜버리는 것도 시간문제인 것 같았다. 이처럼 급박하게 몰아치는 정세의 전개에 조선인이든 중국

1943년 초 여름 동북항일연군교도려대 간부들과 함께 찍은 김성주 대장(앞줄 오른쪽에서 두 번째), 세 번째가 여단장 주보중, 그 옆은 주보중의 부인 왕일지. 1940년 12월에 김일성(김성주)이 이끈 1로군 부대와 2, 3로군 부대 조직이 재편성되었고, 1942년 8월에는 소련 극동군과 함께 다시 정식 개편된 부대였다.

인이든 우려하지 않는 사람이 없었다. 기세등등한 일본군이 중국 대륙의 절반 가까이를 삼켜버리고 동남아까지 움켜쥐려는 판이니 이제 내 조국 조선의 독립은 아예 가망 없는 것으로 여겨져 가슴이 답답했다.

신국권 씨와 결혼한 성실 누님의 신혼집에서 기숙하며 대학을 다니고 있던 어느 날이었다. 나는 수업을 마치고 돌아와 탁자 위에 놓여 있는 신문이랑 잡지들을 뒤적거리다가 그만 깜짝 놀랐다. "김일성과 항일투쟁"이라는 큰 제목이 달린 기사가 눈에 띄었기 때문이었다. 그것은 상해에서 발간된 영문판 「대공보」 3면에 실린 기사였다. 나는 한참만에야 정신을 가다듬고 신문을 읽어내려갔다. 거의 한 면 전체에 걸친 기사에는 수천 명의 항일유격대와 함께 용감무쌍하게 반일투쟁을 벌이고 있는 김일성 장군의 무훈이 매우 상세히 소개되어 있

김일성은 만주 일대에서 항일 빨치산 활동을 벌이느라 부인 김정숙과 함께 줄곧 야영에 머물렀다. 두 사람은 부부의 관계를 넘어 충실한 전우였다고 한다.

었다. 오래전 일이라 누가 쓴 기사인지는 기억나지 않으나 중국 관내 신문에 김일성 장군의 경력과 반일항전의 세세한 내용이 그처럼 대서특필된 기사를 나는 그때 처음 보았다. 중국 사람들까지 내놓고 격찬하는 항일전의 영웅 김일성 장군이 길림 시절의 벗이었던 김성주 형이라고 생각하니 어찌나 반갑고 감개무량한지 마음을 진정할 수 없었다. 더구나 그 면의 아랫단 한 모퉁이에는 내가 잘 아는 독립군 여걸 이장청도 소개되어 있었기 때문에 감격은 더욱 극에 달하였다. 안창호 선생 강연 때 경관들이 달려들자 비호처럼 연단에 뛰어올라가 도산을 막아서던 그녀의 당찬 모습을 내 어찌 잊을 수 있겠는가! 꿈에도 잊을 수 없었던 그리운 사람들의 소식이 그 한 장의 신문에 실려 있었으니 반가운 소식이 한꺼번에 날아든 셈이었다. 나는 너무나 기쁜 나머지 성실 누님께 달려갔다.

김일성 부대가 함경남도 보천보(普天堡)를 습격한 사건을 속보로 낸 동아일보 1937.06.05 호외(號外)
기사(왼쪽)와 같은 날 보천보 습격사건에 대한 제2 호외 기사 속보(오른쪽). 당시 국내외 언론들은 이
사건을 연일 대서특필했다.

"길림 시절 내 친구 김성주가 신문에 났어요. 김일성 장군이 바로 우리 소년
회 회장이던 김성주예요. 누님도 아실 터인데. 우리가 천주교 성당 마당에
서 정구를 할 때 리드하시던 이 있잖아요."

나는 난생처음으로 수다스럽게 말을 이어갔다.

"아참, 누님도 보셨을 텐데, 아버지 예배당에서 우리가 공연 연습할 때 풍금
반주를 해주던 분, 그가 김성주 지금의 김일성이에요."

나는 그때 인실이와 함께 이중창으로 불렀던 노래를 누님 앞에서
다시 부르기까지 하였다. 그것은 연극 중에서 어머니와 아들이 대화
하며 부르는 노래였다. 그 가사가 지금도 기억된다.

아들: 어머니, 아버지는 어디 가셔서 이렇게 오래도록 안 오시나요. 학교에
　　서 오는 길에 철없는 아우 아버지 보고 싶어 웁니다요.

어머니: 아버지는 먼 곳에 가 계시니라. 거기 가서 우리 동포 가르치신다.

얼마 있어 기를 들고 오실 터이니 그때까지 공부 잘하고 기다리어라.

아들: 멀데야 얼마나 멀겠습니까. 서백리아 만주리아 빈들인가요. 어디든

지 아버지 계신 곳 찾아가 기를 들고 함께 돌아오겠습니다.

나는 성주 형의 풍금 반주에 맞춰 부르던 그 노래를 종일토록 흥얼거리며 그리운 길림 시절을 더듬어 보았다. 그 시절에 나는 그 노래의 가사를 어머니와 내가 대화하는 것처럼 생각하며 특히 좋아했었다. 그런데 오랜만에 다시 부르다 보니 그 노래는 필경 성주 형이 자기 어머님께 맹세를 다지는 노래였다는 생각이 들었다. 독립운동가인 아버지 김형직 선생의 뜻을 이어 기어이 나라를 되찾아 깃발을 들고 돌아오겠다는 그의 굳센 결의를 자신의 어머님께 보여주는 노래였던 것이다. 그런 그가 자신의 결의대로 저 사나운 만주벌판에서 일본제국주의에 맞서 피 흘려 싸우고 있다고 생각하니 나도 모르게 감동의 눈물이 솟구쳤다.

만주벌판을 신출귀몰 주름잡으며 곳곳에서 왜놈들의 군대와 경찰들을 쳐부수던 유명한 빨치산 김일성에 대한 이야기를 접한 것은 상해 「대공보」의 기사를 보기 한참 전이었다. 1930년대 후반기에 들어서면서 김일성 장군의 이름이 자주 신문에도 실렸고, 사람들의 화제에도 많이 올랐다. 그러나 나는 처음에는 그 김일성 장군이 길림의 김성주임을 알아채지 못했다. 그런 나에게 이 사실을 알려준 이는 백범 김구 선생과 이름이 같았던 김구(백송) 씨였다. 그분은 아버지와 동향인 강서 사람으로 상해임정에 함께 관여했으며 나중엔 길림에서 독립운동도 함께 하셨다. 김구 선생은 아버지가 돌아가신 후에도 우

리 집에 자주 오셨고, 우리를 각별히 돌봐주곤 하셨다. 우리가 베이징에서 살 때였다. 하루는 그분이 집에 오셨는데 나에게 귓속말로 놀라운 소식을 들려주었다.

"길림서 너희들 소년회 회장하던 김성주 그 사람이 만주에서 군사를 일으켰다. 김일성 장군이 그 사람이야. 손 목사님이 사람을 빗보지 않으셨어. 큰일할 대목감이라 하시더니…."

나는 가슴이 두근거렸다. '성주 형이 기어코 게릴라전을 시작했구나! 독립군이 쇠잔해가는 걸 그리도 가슴 아파하시던 아버님이 이 소식을 들으시면 얼마나 반가워하시랴!' 싶었다. 그러나 그때는 어째서 김성주가 김일성이라는 다른 이름으로 불리게 되었는지 그 까닭을 알 수가 없었다. 다만 자형인 신국권 씨와의 우연찮은 대화 속에서 김일성 장군이 틀림없는 길림의 김성주임을 확인했을 뿐이다.

나처럼 나이 든 사람들은 다 알고 있겠지만 신국권 씨는 우리 민족이 식민지 노예살이를 하던 그 시절에 축구계의 스타로 알려진 분이다. 중국 사람들은 신국권 씨를 축구왕이라고 불렀다. 내가 원일형을 쫓아다니며 맨발로 풀로 엮은 공을 차던 시절에 신 씨는 온 중국을 들었다 놓았던 축구의 귀재였다. 처음으로 내가 그를 본 것은 평양의 숭실학교 운동장에서였다. 그 당시 꽤나 이름났던 숭실학교의 운동장에서는 해마다 경평축구대항전이 열리곤 했었다. 어느 해인가는 평양과 경성이 맞서 승부를 겨루는 참에 신국권 씨가 상해축구팀을 이끌고 와 친선경기를 하였는데 내 또래 조무래기들까지도 부모님을 졸라 구경 갈 정도로 인기가 많았다.

신 씨는 구척장신으로 신사의 풍모를 가진 애국심 강한 분이었다. 그의 본래 이름은 기준이었으나 나라의 권리를 되찾는다는 의미에서 국권으로 이름을 고쳤다고 한다. 그이가 우리 둘째 누님을 알게 된 것은 조선팀을 이끌고 상해에 원정경기를 하러 갔을 때였다. 그러나 그때는 서로 인사만 나누었을 뿐이고 본격적으로 사귀게 된 것은 그가 체육 주임교수로 일하던 동북대학병원에 누님이 입원하고 있었을 때로 기억된다. 봉천(심양)에 있던 동북대학은 만주 군벌인 장작림이 세운 학교로 그가 폭사한 뒤에는 아들 장학량이 이어받아 운영하던 동북지방 인재양성의 본산이었다. 자형이 된 신국권 씨가 교수로 있을 때는 장학량의 동생인 장학명이 운영하고 있었는데, 그는 신국권 씨와 상해 교통대학 동창생이었다. 이런 인연으로 미국에서 체육학을 전공한 후 연희전문학교에서 체육교사로 있던 자형은 동북대학으로 옮겨오게 되었고, 자연스레 장학량과도 친분이 맺어지게 되었다. 그때 당시 장학량은 9.18 사변 후 동북 3성을 버리고 관내로 물러나 실지 회복의 꿈을 간직한 채 만주 땅으로 돌아갈 날만 기다리고 있던 상황이었다.

그때는 조선 사람이나 중국 사람 모두가 반일감정이 극에 달한 상태였기에 국민당의 장개석이 적극적인 항일투쟁을 하지 않고 일본의 중국 침략을 사실상 방치하고 있는 것에 대하여 노골적으로 불만을 표시하던 때였다. 그렇기 때문에 연안의 중국 팔로군이든 만주의 조선 빨치산이든 항일무장투쟁 조직들의 승전 소식이 들려올 때마다 모두가 기뻐하였다. 상해 「대공보」가 김일성의 투쟁에 대하여 대서특필한 것도 이런 시대적 요청과 시정 여론의 반영이라 하겠다. 장학량 가문도 예외일 수 없었다. 그들이 어찌 만주 일대에서의 항일운동에 대해 무관심할 수 있었겠는가? 그래서인지 자형과 장학량 간의 대화에 어쩌다 김일성의 이름이 오르내리자 장학량은 "그 김일성이 손 목사가 삼촌한데 석방을 부탁했던 길림의 육문중학교 학생이라던데…"라고 말하며 우리 자형을 쳐다보더라는 것이었다. 물론 자형은 김성주에 대해 전혀 몰랐으니 그가 학생운동을 하다가 투옥되었을 때 아버지가 장작상과 교섭하여 빼내준 사실 등은 당연히 알지 못했을 것이다. 그러나 어쨌든 아버지가 동북의 왕가인 장씨 가문과 교제를 하는 데는 이미 그들과 교분이 두터웠던 자형(姉兄) 신국권 씨의 역할이 컸을 것이라 믿는다. 둘째 누님과 신 씨는 아버님께서 돌아가신 이후에 결혼식을 치렀지만 신 씨의 사람됨을 진작 알고 계시던 아버지는 생전에 이 결혼을 쾌히 승낙하셨다.

이야기가 옆길로 새긴 했으나 나는 자형이 이렇게 무심코 전한 말을 통해 김일성이 길림의 김성주가 틀림없다는 생각을 굳히게 되었던 것이다. 그런데 그 후에 나는 다시 「경성일보」에서 보다 확실하게 사실을 알게 되었다.

정확한 연도는 기억되지 않으나 '보천보' 전투가 있은 이후에 「경성일보」가 "보천보를 들이친 장본인이 누구냐?"라는 제하의 글을 실었었다. 물론 김일성 빨치산을 폭도나 공비로 몰아붙이는 글이었다. 그 기사에는 "부자 2대 불령"이란 소제목하에 김일성은 본명이 김성주이며 평안도 출신이라는 것, 나이는 대략 27세가량이고 부친은 김형직이라는 것이 언급되어 있었다. 그런데 상해 「대공보」에서 또다시 김일성의 상세한 투쟁 소식을 보게 되었으니 나의 감격이 어떠했겠는가! 나는 '성주 형이 자기 힘을 키워 빼앗긴 조국을 찾아야 한다더니 끝내 군사를 일으켜 일본제국과 맞서 싸우는구나!'라고 그이의 굳센 의지에 새삼 탄복하며 이 생각 저 생각으로 밤새 잠 못 들고 뒤척였다. 그러다 새벽녘에야 겨우 잠이 들었지만 이번에는 꿈속에서마저 다시 뒤척이게 되었다.

어느 방안에 조선의 13도가 모두 그려진 지도가 걸려있었고, 그 13도에 불이 다 켜지면 조선이 독립되는 날이라고 생각한 나는 이제나저제나 불이 켜지기만을 기다리고 있었다. 그런데 좀처럼 켜지지 않는 불 때문에 마음을 졸이고 있던 어느 순간 북쪽의 백두산 꼭대기에서 불빛이 반짝거리더니 갑자기 내리치는 천둥벼락과 함께 불빛도 사라지고 나도 문득 잠을 깼다. 일어나 보니 창밖에는 장대비가 쏟아지고 있었고, 꿈을 깬 나는 속절없는 허탈감에 탄식만 삼켰다. 그 후 나는 잠자리에 누울 때마다 '오늘 밤에 또 그 꿈을 꾸었으면…' 하고 바라면서 꿈속의 조선 지도에 불이 다 켜지는 날에는 조선 독립이 꼭 올 것이라 믿었다.

이처럼 일본이 우리 조선 민족을 말살하려 온갖 만행을 저지르고 있을 때 절망에 울던 민족과 동포들에게 장군의 존재는 정녕 유일한 희망의 별이요, 빛이었다. 나는 그때 「대공보」를 읽고 조만간 조국이 독립되리라는 희망을 굳건히 하게 되었다. 우리 세대만이 아니라 나라의 독립을 위해 고심참담한 노력을 기울였으나 그 어떤 열매도 얻지 못했던 아버지 세대의 독립운동가들도 김 장군에게 큰 기대를 걸었다.

후에 들은 이야기지만 중국 관내에서 싸우던 김구나 김원봉 선생 같은 이들도 김일성이 이끄는 항일유격대가 압록강을 건너가 조국 땅 보천보를 습격하여 왜경을 사살하고 동포들의 항일 의지를 크게 북돋았다는 소식을 듣고 더없이 기뻐하였다 한다. 그들은 자신들이 주관하는 신문 「전도」(前途: 앞길)에 "조선무장독립운동의 희소식"이라는 표제 밑에 보천보 전투에 대한 상보를 크게 실었다. 평양에 가서 여운형 선생의 둘째 따님인 여연구 여사를 만났을 때 그녀는 나에게 여운형 선생이 보천보 전투 소식을 듣고는 보천보로 달려가 현지에서 이 사실을 확인하였다고 말해주었다. 해방 후에 여운형 선생과 김구 선생이 김일성 주석을 찾아가 함께 조국의 통일을 논의한 것은 이미 항일유격대 시절부터 두각을 나타낸 백두산의 청년 영웅에 대한 촉망과 기대, 신뢰에 뿌리를 둔 것이라 생각한다.

얼마 전 평양을 들렀을 때, 나는 인민대학습당에서 1937년 9월 3일자 「신한민보」에 실린 가사를 읽고 다시 한번 큰 충격을 받았다. 김일성 장군의 이름을 크게 싣고 두 면에 걸쳐 그의 행적과 유격대 활동에 관해 소개한 장문의 기사였다. 「신한민보」는 샌프란시스코의 교민단체인 국민회에 의해 1909년 2월에 창간된 교포신문이다. 이 「신한민보」에 그 당시 이미 김일성에 관한 기사가 실려 미국의 동포사회에까지 널리 알려졌다는 사실 자체가 놀라운 것이었다. 그 신문은 미국 LA에 있는 홍동근 목사가 가져왔다. 언젠가 평양을 들렀던 홍 목사가 「신한민보」에 실렸던 김일성 장군에 대한 기사를 읽은 기억이 있다고 말하자 그곳 관계자들이 신문을 꼭 찾아 보내줄 것을 부탁했고, 홍 목사는 그 신문을 찾느라 고생을 많이 했다고 한다. 게다가 겨우 찾아낸 신문도 종이가 다 삭아있어서 그것을 복사하느라 어지간히 품을 들였는데, 그리 어렵게 찾아낸 신문을 받아들고 기뻐하는 사람들 앞에서 홍 목사는 김 주석의 생전에 그 자료를 찾아오지 못한 아쉬움으로 눈물을 글썽였다고 한다. 아무튼 홍동근 목사가 참으로 소중하고 훌륭한 일을 해냈다. 아래에 그 「신한민보」 자료의 일부를 적어본다.

한중련합 의용군 한인부대 제3사장 전일성 장군 룡 같이 날고 범같이
비략활동

중왜대전 풍운중 한국 독립군과 중국 의용군과 연합활동으로 인하야 만주
왜적의 형세가 흔들리는 긴요소식은 본보 전호에 이미 기재하였다. 이제 최
근 천진통신을 의지하건대 그 보도가 자못 소상없이 아래와 같은대 한중의
용군에 가장 용맹스럽게 쌈 잘하는 군사는 한인 전일성 장군(내지신문과 기
타 한국 측의 소식을 의지하건대 간도를 근거하고 활동하고 김일성 씨의 무
장부대가 있어 지나 6월에 국경을 넘어 갑산 보천보를 습격하야 왜군경의
간담을 떨어뜨렸고 그후에도 동군의 행동이 동아일보와 기타 신문에 자주
보도되었대[본보 7월 29일호 참죄. 그러나 중국방면의 소식은 모두 전일성
이라고 하는데 어림컨대 중국에서는 김씨가 희성임으로 김을 전으로 오전
한 것인가 한다) 통솔하에 전혀 한인으로 편성한 제3사단이라 한다.

의용군의 동북에 있는 활동은 범위가 몹시 넓고 또 특별한 조직적 세력하에
있어서 확실히 큰 세력을 가졌는데 그들의 생활과 활동의 방식은 모다 동방
무협 영웅의 정신과 특색을 가졌음으로써 그들의 용감스럽게 날고뛰는 이
야기는 오직 우리들만 이야기하는 가운데 그 광렬을 느낄 뿐 아니라 적방의
왜놈들도 또한 칭찬하는 것이다…
쏘련 군사가의 관측은 "만일에 일조에 중일양국이 정식 선전하면 일본이 만
주 한모퉁이의 의용군을 당해내려도 군사 20만을 가져야 한다"고 한다. 그
말을 믿을 수 있다고 하면 그들의 실력이 몹시 위대한 것이 아니냐.

홍동근 목사는 그러한데 나는 오랜 세월이 지난 오늘까지도 생생히 기억하며 그토록 감동을 받았던 "김일성과 항일투쟁"이라는 기사가 실린 상해 「대공보」를 찾지 못하고 있다. 늦었지만 이제라도 그것을 꼭 찾아보려 한다. 한편 그 기사의 하단에 함께 실렸던 독립군 여장부 이장청 여사에 대해서는 더 이상 소식을 알 길이 없다가 북조선을 방문하고 나서야 그 후의 행적을 알게 되었다.

당시는 한편으로 독립운동가들은 물론이고 일반 동포 백성들에 대한 일제의 탄압이 극에 달한 데다 한 몸이 되어도 부족할 독립운동 대열의 내부에서도 암투로 인한 분열이 일어나던 때였다. 아버지가 생전에 그렇게 우려하던 파벌다툼이었다. 심지어는 운동가들끼리 서로 밀고하고 사살하는 일까지 있었다고 하니 이미 독립운동의 운명은 대세가 기울어질 대로 기울어진 형편이었다. 이장청 여사의 운명도 이런 상황에서 벗어날 수 없었다. 그녀가 아무리 투철한 애국심과 바위 같은 굳센 의지를 지녔다 해도 안팎으로 출구가 없었으니 서산일락의 길을 걷지 않을 수 없었으리라. 막다른 골목에 이른 그녀는 결국 숨어있던 중국인의 다락에서 그 집 안방으로 내려와 나이든 중국 사람의 아내가 되고 말았다 한다. 한때 '만록총중 홍일점'으로 찬양받던 이장청의 독립운동 비사는 이렇게 막을 내린 셈이었다.

독립운동의 대열에서 물러나 이국땅 산중의 초당에서 은둔생활을 하는 이장청을 더는 기억하는 사람이 없을 성싶었다. 그런데 놀랍게도 김일성 주석만은 그녀를 잊지 않고 있었다. 주석은 강탈당한 조국의 독립을 위해 꽃다운 청춘을 아낌없이 바친 이장청이 만년에나마 독립된 조국 땅에 살다가 고향에 묻히고 싶어 하던 그녀의 소원을 헤아려 중국 당국과 교섭하여 그녀를 평양으로 데려왔다 한다. 80객이 되어 조국의 품으로 돌아온 독립군 여걸은 김일성 주석의 극진한 보살핌 속에서 여생을 마무리하였다. 나는 평양에 갔을 때 신미리에 있는 애국열사릉에 가서 이장청의 묘소를 찾아보았다. '독립지사 이관린(이장청)'이라고 쓴 묘비 앞에 섰노라니 반세기전 상해「대공보」에서 그녀에 대한 기사를 읽던 일이 아련히 떠올랐다. 이후의 소식을 전혀 들을 길 없어 그저 속으로 '만록총중 홍일점'은 쓰러져 버렸나보다 생각했는데, 이장청은 어머니 조국의 품 안에 고이 잠들어 후대들의 가슴속에 여전히 '만록총중 홍일점'으로 영원히 남아있었다.

그 후 김 주석의 탄생 80돌을 맞아 평양에 갔을 때 나는 주석의 생신을 축하하기 위하여 중국 서안에서 왔다는 이장청의 아들딸들을 만나보게 되었다. 나는 그때 남다른 감회에 젖어 흘러간 세월을 돌이켜 보았다.

일본제국은 기세등등하여 동양 천지를 집어삼키려고 날뛰는데 독립운동의 대오는 날로 쇠락해가던 그때, 만약 김일성 장군의 무장투쟁이 없었더라면 독립투쟁에 꽃다운 청춘을 아낌없이 바친 이장청의 애국이 무슨 수로 빛을 낼 수 있었고, 그녀가 어찌 광복된 조국 땅에 묻힐 수 있었으랴!

3. 나가사키 감옥에서

상해에서 대학을 다닐 때 나는 김호문이라는 조선 청년과 알게 되었는데 그는 나와 왕래가 잦았다. 어느 날 내가 그에게 "서울에 계신 어머님을 한 번 가서 뵙고 싶으나 일본말을 모르는 나로서는 도저히 혼자 갈 용기가 나지 않는다"라고 했더니 그는 서울에 사는 자기 형이 상해에 왔다 돌아갈 때 같이 가면 좋을 거라고 하였다. 그래서 나는 1940년 정월 초하루 날 김호문의 형을 따라 상해에서 배를 타고 떠났다.

일본 큐슈의 나가사키에 당도했을 때였다. 배에서 내리자마자 검문하던 일본 경관이 뭐라고 한마디 하더니 다짜고짜 나를 경찰서로 끌고 가려고 했다. 영문을 몰라 그대로 서 있었더니 경관은 사나운 눈초리로 나를 아래위로 훑어보고는 뭐라고 한마디를 내뱉었다. 나는 그 경관이 내 몰골을 보고 경멸하는 줄 알고 모욕감에 얼굴이 붉어졌다. 기실 나는 상해를 떠날 때 겨울 외투가 없어 자형의 옷을 빌려 입었는데, 옷이 너무 커 외투 자락이 땅에 끌릴 정도였기에 아마도 내 몰골이 그리 썩 좋아보이지는 않았을 것이다. 그런 상황에서 일본말을 모르는 내가 자신의 묻는 말에 제대로 대답을 못하자 경관의 눈빛이 사나워졌던 것이다. 지금 생각해보니 당시에 그 경관이 나에게 내뱉었던 말은 아마 "교만한 녀석"쯤이나 되었을 것 같다.

경관은 나를 감방에 가두었다. 해방 후에야 알게 된 일이지만 나를 데리고 간 김호문의 형은 경성에 있는 일본경찰서의 앞잡이였으며, 김호문 역시도 상해 일본영사관의 앞잡이였다. 감방은 음침하고 냉기가 있어 이불을 두르고 앉아 있어야 할 형편이었다. 나는 매일 오전 열시쯤 불려나가 큰방 한가운데 있는 의자에 앉아 한 시간가량 심문을 받았다.

"남경군관학교에는 언제 갔었느냐?"
"상해 임시정부에서 무슨 임무를 받았느냐?"
"너 공산당이지?"

참으로 어처구니없고 종잡기 어려운 질문이었다. 그런 중에도 다행히 중학교, 대학교 때 항일 시위운동에 참가한 일은 묻지 않았다. 사실 내가 길림에 간 지 얼마 안 되어 학생 시위운동이 벌어졌는데, 시위운동의 구호는 "타도 일본제국주의", "타도 매국노"였다. 일제와 일본에 매수된 중국 고관들을 규탄하는 시위였다. 베이징의 회문중학을 다닐 때는 일본상품 배척운동이 격렬하였었는데 나는 학우들이 일본 물건을 쓰지 않도록 감시하는 역할을 했었다. 독일 천주교인들이 경영하던 보인대학의 생물학과에 잠간 적을 두었을 때에는 1학년 학생회장으로 선출되었다. 그 당시 대학에는 각 학과에 회장, 부회장이 있었으며, 각 대학에 학생회가 있었고, 그들이 베이징 총학생회를 이루고 있었다. 이 총학생회가 주동이 되어 베이징의 대학, 중학, 소학교 학생들이 전부 떨쳐나선 반일 시위운동이 벌어졌다. 슬로건은 물론 타도 매국노, 타도 일본제국주의였다. 여학생들이 더 열렬하였다. 한 여학생이 전차 꼭대기에 올라가 연설을 하다가 총에 맞아 죽는 광경을 보자 나의 피는 더 끓어올랐다. 날아드는 총알도 무서운지 몰랐다. 많은 학생이 희생되고 부상당하였다. 일주일 후 희생자들의 추도식에 갔더니 큰 교실 벽에는 죽은 학생들의 피 묻은 교복이 나란히 걸려 있었다. 내가 소년 시절부터 일본제국을 미워하고 타도 일본제국주의를 부르짖으며 일본상품 불매운동에 나섰던 것으로 보면 경찰이 나를 체포 고문할 만도 하였다. 그들이 이 사실을 알았더라면 아마도 나에게 더한 악형을 가했을 것이다. 그러나 이에 대해서는 알지 못했는지 그들은 뚱딴지같은 심문만 연일 계속해댔다. 내가 일본말을 못하니 조선말을 할 줄 아는 형사가 주로 심문하였고, 때로는 중국말을 하는 형사나 영어를 하는 형사가 번갈아가며 심문하였다. 어느 날에는 계급이 높은 자가 나를 심문하였다. 나는 매일 같이 받는 판에 박힌 질문이 역겨워 대답조차 하지 않았다. 그랬더니 그자는 막대 봉으로 내 정수리를 힘껏 내리쳤다. 나는 정신이 아찔하여 의자 밑에 꼬꾸라졌다. 까무러쳤던 것이다. 얼마 후에야 어렴풋이 정신이 들었다. 몽롱한 안개 속에 잠겨있는 기분이었고, 과거의 일이 몽땅 사라져 버린 것같이 아무것도 생각나지 않았다. 감방은 창문이 없어 낮인지 밤인지조차 알 수 없었는데 그런 괴괴하고 음침한 무덤 같은 방에 홀로 갇혀 있자니 두렵고 답답한 심정은 말로 형용하기 어려웠다. 그나마 내 감방 창살 너머의 복도 벽에는 둥근 시계가 걸려 있었는데, 그 시계가 내 유일한 친구가 되었다. 나는 초침이 째깍대는 소리를 따라 마음속으로 '일초, 이초, 삼초…' 시간을 헤아리며 무료함을 달랬다. 시계는 우정 게으름을 피우며 느릿느릿 가는 것 같아 얄밉기도 하였다. 그러거나 말거나 시계는 제 나름대로 하루 종일 째깍댔다. 문득 어렸을 때 부르던 노래가 생각났다.

똑딱똑딱 저 시계 놀지를 말라고

똑딱똑딱 저 시계 항상 말하네

나는 그 노래에 새로운 가사를 달아 끝없이 불러보았다.

똑딱똑딱 저 시계 잊지를 말라고
똑딱똑딱 저 시계 곱씹어 말하네….

밤이 되면 나는 꿈을 기다렸다. 꿈속에서는 보고 싶고 그리운 사람들을 마음대로 만날 수 있기 때문이었다.

하얀 벽으로 둘러싸인 방 한가운데에 검은 의자가 놓여 있다. 나는 의자에 앉아 유리로 만든 문이 있는 앞쪽 벽을 바라보고 있다. 그때 키 큰 사람이 소리 없이 들어와 내 손목을 잡아끌며 문밖으로 나간다. 밖에는 파란 잔디밭 한가운데 화강석을 깐 길이 뻗어있다. 우리는 그 길로 걸어간다. 조금 가니까 깨끗한 냇물이 왼편에서 바른편으로 흘러간다. 그 사람은 나를 안더니 내 발을 흐르는 물속에 담가주었다. 그리고는 다시 나를 안아 올려 솜처럼 푹신한 잔디밭에 내려놓는다. 키 큰 사람은 유백색 옷을 입었고 머리는 길게 길렀는데 얼굴은 젊지 않았다. 아버지인가? 아니면 누굴까? 몹시 궁금해 하는 참에 그는 어디로 사라졌는지 다시는 보이지 않았다….

나는 꿈에서 본 이가 누구였을까 하고 곰곰이 생각해보았다. 침대 막대 봉으로 얻어맞은 후에 정말 기억이 모두 사라졌는지 그 누구의 얼굴도 떠올릴 수 없었다. 그렇게 허탈함과 좌절감 속에서 한 달가량 지났을 때 안개 속을 헤치며 어렴풋이 떠오르는 모습이 있었다. 웃을 때마다 양 볼에 보조개가 패는 김성주의 모습이었다. 그다음에 떠오르는 것이 두 볼이 사과알 같은 황귀헌이었고 동선이었다. 그렇게 망각의 심연에 떨어졌던 그때 어째서 성주 형의 모습이 먼저 떠오른 것일까.

이런 이상한 꿈을 꾼 다음날 일본 형사는 나에게 비밀이라고 하면서 이제 일주일 후면 서울로 이송될 거라고 알려 주었다. 나가사키 감옥에 갇혀 있은 지도 4개월이나 지난 때였다. 그의 말대로 일주일 후에 나는 시모노세키에서 배를 타고 부산에 당도하였다. 그리고는 다른 형사에게 넘겨져 경성으로 가는 기차에 태워졌다.

한참을 가던 중 나를 인계받은 형사가 말을 먼저 시작했다. "나는 상해 임시정부에서 일하다 체포되어 서울에서 감옥살이를 치르고 석방 후 지금은 일본경찰서에서 일하며 밥벌이를 하고 있습니다. 내가 임시정부에 있을 때 손정도 목사를 퍽 존경하였습니다. 임시정부에는 파벌싸움, 지위 다툼 등 문제가 많았습니다. 손정도 목사님은 파벌에 관계하지 않았고 오직 독립운동에만 열중하였습니다…." 나에게 반말을 하지 않는 것을 보면 그 사람은 과연 아버지를 존경했던 모양이라고 생각했다.

경성의 동대문경찰서에 도착했을 때는 밤 1시경이었다. 그 형사는 나를 다른 경찰관에게 넘겼고, 그는 나를 구류장에 집어넣더니 창살문을 닫았다. 거의 20년 만에 찾아온 나를 조국은 이렇게 맞이하였다. 보고 싶고 가고 싶어 눈물 흘리며 그리던 조국은 통째로 일본 감옥이 된 셈이었다. 나는 심장을 쥐어뜯는 아픔을 느끼며 시멘트 바닥에 엎어졌다. 협심증이 시작되었던 것이다. 악형과 영양 부족, 운동 부족이 겹쳤던 나가사키 감옥에서의 4개월은 나에게 각기병도 덤으로 남겨주었다.

내가 모처럼 어머니를 만나러 오다가 감옥행을 하였다는 소식에 온 집안이 들끓었다. 모두들 나를 석방시키기 위해 동분서주하였다. 진실 누님과 윤치창 자형이 힘을 많이 쓴 것 같았다. 또 윤치호, 유억겸 선생 등이 일본 관원들 중에 아는 사람이 적지 않아 여러모로 손을 써주었고, 이렇게 되어 나는 1년 만에 가석방으로 풀려나게 되었다. 그러나 매일 아침 10시가 되면 관할 경찰서에 출두하라는 명령을 받았다. 잠깐 집을 떠나도 일거일동을 경찰서에 보고하고 허락받아야 하였다. 결국 나는 작은 감옥에서 큰 감옥으로 옮겨 앉은 셈이었다. 보이지 않는 사슬은 여전히 내 몸을 칭칭 감고 있었고 그것이 나라를 잃은 사람의 비참한 운명이었다.

나가사키 감옥에서 시작된 협심증은 그 후 나의 생명을 빼앗아갈 뻔도 하였다. 늘 가슴이 답답하고 압박감이 나타나기 시작했다. 아침에 깨면 한잠도 못 잔 것처럼 고단하고 학교에 가서도 졸 때가 많았다. 세브란스병원 내과의의 진찰도 받아 보고 미국 유학 시에도 진찰을 받아 보았으나 이상이 없다고 하였다. 하지만 심장의 압박감은 계속됐다. 그렇게 약 30년이 지나 미국에서 심장내과 전문의의 진찰도 받고 "트레드 밀" 검사까지 했으나 정상으로 나타나 협심증이 아닌 것으로 알고 있었는데 1985년 정구를 치다가 갑자기 심장에 심한 통증이 와서 병원으로 실려 가게 되었다. 안지오그램을 해보았더니 우측 관상동맥이 99%나 막히고, 좌측 지류는 70%로 좁아진데다가 심장 후면 근육이 상하여 굳은살이 되다 보니 박동을 못한다고 하여 지체 없이 관상동맥 수술을 받게 되었다. 아마 그때 심장 수술을 하지 않았으면 나는 죽었을 것이다. 나가사키의 검은 마수는 끈질기게도 내 생명을 노리고 따라다닌 셈이다.

　일생동안 나는 세 번 죽을 뻔한 적이 있었다. 한 번은 1942년 여름 강원도 송전 바닷가에서 물에 빠진 사람을 구할 때이고, 그다음은 1947년 의학교 동창 다섯 명이 소록도에 문둥병 환자들 진료를 하러 갔을 때였다. 홍필훈, 신광선, 조민행, 최선학, 나 그리고 이화여자대학 교수 한 분이 동행했던 생각이 난다. 진료가 끝난 후에 수영을 하고 있는데 갑자기 세찬 조수에 말려든 나는 깊은 바다로 떠내려갔다. 쪽배 위에 먼저 올라간 친구들이 밧줄을 던져주었기 망정이지 나는 영락없이 저세상으로 갈 뻔하였다. 구사일생이었다. 세 번째 죽음의 위기는 내가 전혀 눈치를 채지 못하고 벗어난 사건이다.

　1945년 의학교를 졸업하고 세브란스병원에서 각 과를 돌며 수련의를 할 때였다(영어로는 Rotating Intern-ship이라 부른다). 외과에서 환자의 병력서를 쓰고 있는데 의과 1학년 학생이 책자 한 권을 가지고 나를 찾아왔다. 그것은 일본경찰서 고등계의 비밀서류로 독립운동 관계자들의 명부였다. 손정도, 안창호, 오동진, 김구, 김규식, 신채호 등등 수천 명의 독립운동자들과 함께 김성주, 손원일, 손원태의 이름도 적혀 있었는데, 우리 세 사람의 이름 옆에는 "미검"이라고 적혀 있었다. 부친이 일제 치하에서 경성의 일본경찰서 서장으로 있었던 그 학생이 말하기를 "일본 당국에서 이 명부에 적힌 사람들을 1차, 2차, 3차로 나누어 사형을 시키기로 결정했었다"는 것이다. 나는 1차로 사형시킬 그룹에 속했는데. 손정도 목사의 아들이니 그럴 만도 하였다. 죽인 후에는 거리에 파놓은 방공호에 묻어버리기로 계획했다고 한다. 그 당시 큰 거리 옆에는 5인 정도가 들어갈 방공호가 많이 있었다. 그 학생의 말에 의하면 제1차 제거 대상에 포함된 사람들은 3개월

내에 없애버리기로 했다고 한다. 그러고 보니 8.15광복이 몇 달만 더 늦어졌어도 나는 길가의 방공호에 매장될 뻔하였다. 그렇지 않아도 해방되기 약 3개월 전부터 기모노 차림에 지팡이를 짚고 우리 집 앞을 산보하던 수상한 사람이 있었다. 나는 살기를 띤 그 사람의 눈빛을 몇 번 마주치고 나서는 불안에 몸을 떨곤 하였다. 그저 나를 감시하는 구나 생각했는데 그 사람이 나를 죽이려고 한 형사였는지도 모를 일이었다.

나는 1942년 세브란스의전에 입학하였다. 그런데 1945년경 일년 선배인 김모 동문이 가끔 나를 찾아와 이상한 질문을 하곤 하였다. 중경 임시정부에서 연락이 왔느냐, 임시정부에서 독립군이 밀입국하였다는데 만나보았느냐 등 상상하기 어려운 질문을 하곤 하였다. 나는 점차 김 선배가 일본 경찰의 앞잡이가 아닌가 하고 의심을 하게 되었다.

1945년 8월, 드디어 일본이 연합군에 항복했다는 소식이 전해진 며칠 후, 같은 학교를 다녔던 이화덕 동창이 나를 찾아와서는 느닷없이 사죄를 한다고 하였다. 나는 어리둥절하였다. 그는 일본 형사로부터 손원태의 일거일동을 감시하라는 지시를 받은 적이 있다고 하였다. 이외에도 몇 사람이 더 있었다는 사실을 나는 후일에야 알게 되었다. 그들은 중국 상해에서 대학을 다닐 때 나를 자주 찾아왔던 김호문과 정주구였다. 두 사람은 연희전문을 다녔다고 하지만 믿음이 가지 않았다. 김호문은 미남형으로 많은 상해 여성들의 흠모를 받기도 했는데 수영을 잘하는 덕에 상해여자체육전문학교 수영장에서 어떤 중국 여학생과 친분을 가지게 되었다. 그 여학생의 부친은 중국 정부의 고관이었다. 김호문과 여학생은 결혼하지 않고 동거를 하였다. 김호문은 일본군이 상해에 상륙했을 때 중국 애인의 부모를 따라 중경으로 갔다. 한편 그 당시 김구 선생과 임시정부 임원들도 중경으로 피난을 갔었는데 김호문은 그곳에서 김구 선생과 친분을 갖게 되었다고 한다. 나는 깜짝 놀라지 않을 수 없었다. 일본영사관의 앞잡이가 상해 임정의 수반과 친분이 있었다니….

나는 해방 후 서울 명동거리에서 우연히 정주구와 마주치게 되었다. 해방 후에도 일본의 앞잡이들이 그처럼 뻔뻔하게 거리를 활보하고 정부에까지 침투하여 권세를 누렸던 것은 오로지 권력에 집착하며 친일파와 타협했던 이승만과 미군 군정의 씻지 못할 역사적 죄과라고 생각한다.

4. 인연을 만나다

동대문경찰서 유치장에서 석방은 되었으나 나는 조롱에 갇힌 신세였다. 종일 집안에 갇혀 있어야 했기 때문이다. 더구나 매일 아침 경찰서에 출두해야 하는 일은 질색이었다. 나는 어떻게 하면 외국으로 도망갈까 하고 기회만 엿보았다. 한발 앞서 상해로 간 원일 형한테로 가려고도 생각하였다. 그런데 경찰서에서는 어떻게 그 기미를 알았는지 나를 호출하더니 종이 한 장을 내보였다. 거기에는 "서울 밖에 못 나간다, 사람들 모임 장소에 못 간다, 매일 아침 10시 출두하라" 등 출옥 후 준수사항이 적혀 있었고 나의 손도장이 찍혀 있었다.

이렇게 탈출계획까지 틀어지고 보니 미칠 지경이 되었다. 의학 공부를 계속하자 해도 일본말을 모르니 어쩔 수 없었다. 그때 진실 누님이 나에게 일본말을 배우기 위해 동경에 유학 가겠다고 하면 어떻겠느냐고 의견을 내었다. 아닌 게 아니라 상해가 안 된다면 동경이든 어디든 이 새장 안에서 벗어나는 것이 절실했다. 그런데 불온딱지가 붙은 나는 자력으로 서울 지경을 벗어날 방도가 없었으며, 결국은 또 한 번 사돈 어르신 집안의 도움을 받아 겨우 동경행의 허락을 얻어냈다. 그때 어머니는 혜화동에 살고 계셨다. 자형이 그곳에 집 한 채를 마련해 주었다 한다. 집을 지을 때만 해도 혜화동은 수풀 속에 범이 새끼를 칠 정도로 인적이 드문 곳이었는데 그 후로 점차 집들이 많이 들어섰다. 그중에는 고관들 집도 제법 있었는데 그들은 일본 옷을 입고 일본 말을 하며 일본 사람 행세를 하였다.

나는 와세다대학 국제학원 일본어 강습소에 입학하였다. 이 학원은 미국에서 태어난 일본인 2세들에게 일본어를 가르치기 위해 세운 학원이었다. 여기서 2년간을 공부했는데 그동안에 나를 연모하는 처녀가 있었다. 그녀는 하와이에서 태어난 일본인 2세로 꽤나 예쁘고 상냥했다. 그러나 나는 그녀가 나를 좋아하는 줄을 전혀 모르고 있었다. 그저 공부와 운동에만 관심을 가졌을 뿐이다. 그때나 지금이나 내가 가장 좋아하는 것은 운동이었다. 정구도 치고 스케이트도 탔다. 그런데 한번은 나와 한 책상에 앉은 중국 학생이 앞 책상에 앉은 그 여학생을 눈짓으로 가리키며 나에게 "저 처녀가 널 사랑하는 것 같아" 하고 귀띔하였다.

나는 무슨 소릴 하느냐고 놀라서 그를 바라보았다. 나 같은 샌님을 누가 좋아하랴 싶었다. 그런데 중국 친구의 말로는 내가 운동을 잘해서 여학생들 속에서 꽤 인기라는 것이다. 그는 다시금 앞 책상의 하와이 태생 처녀를 가리키며 말했다. "널 몹시 연모하고 있어. 그래서 난 그녀와 데이트를 하고 싶어도 못한다." "아니야, 나하고는 아무 관계없어." "이런 바보" 하고 그는 나를 놀려대었다. 가만히 생각해보니 그 말에 일리가 있는 것 같았다. 그녀는 늘 내 앞 책상에 앉거나, 어디 여행이라도 갈 때면 꼭 자리를 잡아놓고 찾곤 하였다. 극장표를 두 장 사 가지고 와서는 함께 가자고 하거나 중국 음식을 먹으러 가자고 청하기도 하였다. 그러나 나는 그녀가 나를 사랑한다고 생각하기보다는 경찰이 나에게 붙인 밀정이 아닐까 하는 의심을 품고 있었다. 형사가 일본까지 따라와 나를 감시하고 있었기 때문이다. 그래서 그녀를 경계하며 유심히 살펴보았는데 밀정 같지는 않았다. 그녀의 맑은 눈동자는 정말 연정에 불타고 있는 것 같았지만 불행히도 내 마음에는 도무지 사랑의 감정이 솟아나지 않았다.

노후의 손원태 박사 내외가 1995년 8월 재미 연세대 의대 동창회 세미나에 참석한 모습

　어느 겨울날 나는 외투 주머니에 손을 찌른 채 고개를 푹 숙이고 도서관으로 가고 있었다. 그런데 갑자기 보드라운 손이 내 외투 주머니로 쑥 들어왔다. 머리를 들어보니 그녀가 정겨운 눈빛으로 나를 바라보고 있었다. 내 마음속에서는 전쟁이 붙었다. '손을 빼라고 할 것인가, 손을 잡아줄 것인가? 빼라고 하면 모욕이 될 텐데….' 나는 그녀의 손을 슬쩍 스쳤다가는 얼른 외투 주머니에서 손을 꺼냈다. 그녀의 예쁜 눈에 금새 눈물이 가득 찼다. "일본 여자라고 그러죠?" 그녀의 눈은 그렇게 말하는 듯했다. 그랬을까? 어째서 사랑을 하지 못하는지 나도 설명할 수 없었다.

　어느 날 여행을 가느라고 기차를 탔는데 그녀가 또 내 곁에 와 앉았다. 그때 어떤 사람이 발을 밟았는지 그녀는 엉겹결에 "아야!" 하고 소리쳤다. 나는 깜짝 놀랐다. 일본 사람은 "아이땃"(あいたっ) 그러지

"아야"라고는 하지 않기 때문이다. 그녀가 조선 사람일지도 모른다는 생각이 들었다. 그래서 그녀에게 "너는 조선 사람인 것 같아" 하고 말해주었더니 그녀의 눈빛이 빛났다. 며칠 후에 그녀는 나에게 와서 할 말이 있다는 쪽지를 써놓고 친척이 살고 있다는 와카야마현으로 떠났다. 그러나 나는 그녀가 돌아올 때까지 기다리지 않고 서울로 돌아왔다.

서울로 돌아온 후 종종 그녀를 생각할 때면 그녀가 나에게 무슨 말을 하려고 했는지가 몹시 궁금했지만 그보다 더 풀길 없는 의문은 그렇게 예쁘고 다정스런 여성이었는데 나는 어째서 끝내 그녀를 사랑하지 못했을까 하는 것이었다. 실없는 소리겠지만 청년 시절에 소위 자유연애라는 것을 해보지 못했던 것이 조금은 안타깝기도 하다. 물론 이후로도 주변에서 나를 연모하는 여인들이 없던 것은 아니지만 그 누구의 애틋한 정도 상처 입은 내 마음의 우울과 고뇌를 씻어주지는 못하였다.

나라를 빼앗겼던 우리의 청년 시절은 너무나 불우하였다. 그 시절 청년들에겐 얼마나 비극적인 에피소드가 많았는지 모른다. 대다수 청년들이 징병으로 대동아전쟁의 불구덩이로 끌려 나갔다. 일본 앞잡이들은 기세가 등등하여 조선 청년들을 샅샅이 뒤져 전쟁판으로 떠밀었다. 애국정신을 가진 청년들은 자기 민족을 노예로 만든 일본 제국주의를 위해 목숨을 바치는 것을 원치 않았기에 징병을 피해 숨어 다니는 청년들이 많았다. 그렇게 피해 다니던 한 청년이 서울 종로 거리에서 일본 형사에게 발각되었다. 청년은 일본 형사를 피하려 화신백화점으로 뛰어 들어갔다. 그러나 뒤쫓아 오는 형사의 추격을 피하다보니 백화점 옥상 꼭대기에 이르게 되었고 더 이상 피할 곳이 없

었다. 청년은 백화점 옥상에서 투신하고 말았다. 죽을지언정 일본제
국의 총알받이가 되지는 않겠다는 애국지심의 표시였다. 나는 동아
일보에 난 이 기사를 읽고 경의를 표하는 뜻으로 그가 투신한 화신백
화점에 가서 머리를 숙였다. 이런 훌륭한 조선 청년들이 많았으면 우
리의 독립은 빨리 성취되었을 것이다. 나라를 빼앗기고 민족이 일제
의 노예가 되어 수난을 당하니 청춘도 난도질당하는 세월이었다. 그
런 시절에 아무리 청춘이라지만 연애니 사랑이니 하는 단어는 너무
도 어울리지 않는 사치였다.

그런 비극적인 에피소드들은 내 마음속에 깊은 상처를 남겼다. 나
는 더욱 말이 없어졌고 만사에 심드렁해졌으며, 서른 살이 되도록 장
가들 생각도 하지 않았다. 어머님은 퍽이나 늙으셨다. 귀밑머리가 희
어진 어머니가 구붓하신 모습으로 동자질(부엌에서 밥 짓는 일을 낮잡
아 이르는 말)하는 것을 보면 어머님을 위해서라도 결혼을 해야겠구
나 생각은 하면서도 그 어떤 여인에게도 연정을 느낄 수가 없었다.

그 시절에 어느 잡지엔가 이런 만화가 실렸었다. 의대생인 한 남
자를 숱한 여자들이 줄줄이 따라오며 나에게 장가들라고 소리치는
만화였다. 젊은 남자들은 모두 대동아전쟁터로 끌려가고 의학교에만
겨우 몇몇 남학생들이 남아있었던 것이다. 세브란스의전에 다닐 때
나에게도 청혼자들이 꽤 많았다. 그중에 기억되는 최예순이라는 이
화여전 교수가 있었다. 그녀는 강서 태생으로 우리 아버지와 동향인
이었는데, 미국 유학을 하고 돌아온 신여성의 샛별이라 할 수 있었다.
그녀는 손원태와 결혼하면 뒷받침을 잘하여 손을 유명한 사람으로
다듬어 내세우겠노라고 우리 누님에게 말했다 한다. 하지만 그런 말
도 그 당시 나에겐 다 심드렁하였다. 그러다가 한 처녀가 내 삶에 뛰

어들었다. 의전 졸업반이니 1944년경이라고 생각된다. 하루는 어머니가 치과에 다녀오더니 당신 마음에 꼭 드는 처녀가 있더라면서 나보고 자꾸 선을 보고 오라고 성화였다.

"선을 보았다가 마음에 없으면 어쩝니까?"
"싫으면 그만두는 거지."
"선까지 보고야 어떻게 거절합니까? 거절하면 그녀의 마음이 아플 거 아녜요."

그 말에 어머니는 기가 차서 "내가 숙맥을 낳았나보다" 하셨다. 어머니가 너무도 낙심하시기에 나는 내키지 않는 걸음으로 문제의 치과병원으로 찾아갔다. 정말 하얀 위생복을 입은 도화빛 얼굴의 처녀가 상냥하게 나를 맞이하였다. 그녀는 이화여전에 다니고 있었는데 과외시간에 오빠가 경영하는 치과병원에서 간호사 노릇을 하고 있었다.
　　그리 미인은 아니었지만 오뉴월 풋과일처럼 싱그럽고 맑은 살결에 홍조를 띤 미소로 단장한 복스럽고 사랑스런 모습이었다. 한마디로 복술 강아지처럼 귀여운 여성이었다. 나도 은근히 마음에 들었지만 어머님께서 더욱 마음에 들어 하시니 그 뜻을 좇기로 하였다. 결국 나는 어머님이 반한 처녀를 얻은 셈이다. 그가 지금의 나의 아내 이유신이다.
　　그녀는 평양 상수구리 태생으로 어린 시절을 보낸 집은 보통강에서 멀지 않은 곳에 있었다 한다. 그녀의 부친도 기독교인이었는데 평양 장대재에 있는 장로였다. 아내는 나보다 9년 아래이니 내가 평양을 떠난 후에 내 유년의 추억이 새겨진 고향의 같은 흙을 밟고 다녔을 것이다. 어쨌든 우리는 평양이라는 한 고장에서 소꿉시절을 보낸 셈이다.

이유신과의 약혼 시절에 있었던 이야기다. 나는 동기인 김종한, 이돈석과 같이 휴양 차 강원도 통천군에 있는 송전 바닷가에 간 적이 있다. 그곳엔 자형 윤치창의 별장이 있었다. 그런데 친구들과 휴양을 하고 있던 어느 날 저녁 누군가 조심스레 문을 두드리는 소리가 들렸다. 그러더니 다시 잠잠해졌다. 그래서 내가 잘못 들었나 하였는데 이번에는 꼬꼬댁꼬꼬댁하는 닭울음소리가 들렸다. 웬일인가 하여 문을 열어보니 뜻밖에도 그녀가 사과처럼 발그레한 얼굴을 한 채 손에는 푸드득거리는 살아있는 닭이 든 보퉁이를 들고 있었다. 철원에 있는 친가에 다니러 갔다가 돌아가는 길에 들렀는데, 시골에서 딱히 보낼 만한 것이 없으니 사위될 사람에게 몸보신이나 하라고 닭 두 마리를 보냈다고 한다. 숙녀의 체면 같은 것은 개의치 않고 살아있는 닭을 안고 찾아온 그녀가 무척이나 고맙고 사랑스러웠다. 한 줄기 따스한 온기가 폐허 같았던 내 가슴을 부드럽게 쓰다듬는 것 같았다. 이유신에 대한 나의 애정은 그때부터 시작되었는지 모른다.

나는 그녀를 데리고 바닷가로 나갔다. 파도가 끝없이 밀려왔다 밀려가는 은빛의 백사장엔 달빛이 교교하였다. 나는 무슨 말을 해야 좋을지 몰랐다. 영화나 소설 같은 것을 보면 이럴 때 여자를 포옹도 해주고 키스도 해주던데 나는 도무지 엄두가 나지 않았다. 나는 고개를 숙이고 걸으며 앞에 돌멩이라도 있었으면 하였다. 그녀가 혹 돌부리에 걸려 비틀거리면 자연스럽게 부축해줄 수 있을게 아닌가. 그러나 그 넓은 백사장엔 잔돌 하나 없었다. 소나무 숲에 이르자 드디어 나는 용단을 내려 그녀의 손을 잡았다. 우리는 바닷가에 나란히 앉았다. 바닷가의 여름밤은 서늘하였다. 그녀는 추웠던지 내 곁에 바싹 다가 앉았다. 나는 내 온기로 그녀를 덥혀주려 지그시 포옹하였다. 우리는 행복했었다. 후에 아내는 그때 온몸이 솜처럼 녹아들더라고 실토하였다.

그러나 그 행복도 한순간이었다. 난데없이 검은 제복의 경관이 우리 앞에 떡 버티고 서더니 "일어나. 가자" 하며 차갑게 내뱉었다. 우리는 영문도 모른 채 어떤 경비초소 같은 데로 끌려갔고 심문이 시작되었다.

"어디서 온, 무슨 사람들인데 밤 깊도록 바닷가에 앉아 있는가?"
"제국 군인들이 미군과 결사전을 하고 있는 비상시국에 연애는 뭐 말라죽은 연애야."
"저 앞바다에 미군 잠수함이 드나드는데 너희들이 무슨 신호를 했지?"

참으로 기가 막혔다. 우리는 거기서 온 밤을 놀림당하고 단련을 받았다. 그들은 내가 윤치창 별장에 있다는 것을 확인하고서야 태도가 달라졌다. 이 사건으로 봄기운이 돌던 내 가슴은 다시금 얼어붙었다.

1991년 5월, 내가 평양에 갔을 때였다. 김일성 주석의 권유로 나와 아내는 그렇게도 가보고 싶어 했던 세계의 명산 금강산에 가게 되었다. 우리 일행을 태운 차는 원산을 지나서부터 바다를 옆에 끼고 곧게 뻗은 고속도로를 따라 기분 좋게 달렸다. 나는 그때 차 안에서 송전 바닷가에서 벌어졌던 잊지 못할 사랑의 로맨스를 이야기하였다. 그런데 차가 한참 더 달리더니 갑자기 멈춰 섰고, 우리를 안내하던 최 선생이 "잠깐 쉬어 갑시다!" 하였다. 절간에 간 색시는 중이 시키는 대로 하랬다고, 모든 것을 친절하고 박식하며 유머도 풍부한 최 선생의 말대로 따르던 우리는 아무 생각 없이 차에서 내렸다. 아마 좀 쉬어가려나 보다 생각하고 있던 참에 최 선생이 주위를 한번 살펴보라고 이른다. 굵직굵직한 소나무가 빼곡히 차 있는 백사장이 무척 낯익어 보였다.

"아! 송전 바닷가!" 아내가 먼저 탄성을 울렸다. 나는 아내의 팔을 끼고 천천히 소나무숲 우거진 백사장을 거닐었다. 파도가 흰 갈기를 휘날리며 우리의 발목을 얼싸안는다. 47년 만에 다시 밟아보는 송전 바닷가였다. 잊을 수 없는 옛사랑의 추억을 간직한 바닷가의 풍경은 그렇게 오랜 세월이 흘렀어도 예나 다름이 없었다. 다른 것이 있다면 그때는 고즈넉했던 바닷가가 지금은 해수욕을 즐기는 많은 사람들의 밝은 얼굴과 소나무 숲속에서 손에 손을 잡고 춤추며 노래하는 청춘들의 명랑한 웃음소리가 들린다는 점이었다. 나는 아내의 어깨를 힘주어 끌어안았다. 그때 못해 주었던 포옹이다. 내 어깨에 기대는 아내의 머리는 백발이었다. 그 풍성하고 칠흑 같던 사랑하는 이의 머리카락은 모두 어디로 갔을까, 청춘은 그렇게도 쓸쓸하게 가버리고 말았던가!

"당신 생각나세요? 우리 결혼식 날 일 말예요." 아내의 목소리다. 하마터면 이유신과의 인연을 망쳐버릴 뻔했던 일이 바로 결혼식 날에 있었다. 우리는 1944년 가을에 결혼하였는데, 처가 쪽 잔치를 하러 철원으로 가던 날이 마침 추석 무렵이라 전차와 기차가 몹시 붐비었다. 가까스로 전차에 매달려 역에 당도하니 철원 가는 기차가 떠날 시간이 임박했었다. 나는 다급함에 덤벙대다가 그만 철원 반대쪽으로 가는 열차에 올라탔다가는 열차가 출발할 때야 사태를 깨닫고 뛰어내렸다. 그러나 움직이는 열차를 따라잡는다는 것은 여간 힘든 일이 아니었다. 열차를 놓치면 거기에 탄 신부도 영영 놓칠 것만 같아 미칠 지경이었다. 그야말로 젖 먹던 힘까지 다 짜내어 간신히 난간을 잡고 올라섰다.

"다행히 중학시절에 우승컵까지 탄 육상선수이고 빙상선수였기 망정이지요, 복스러운 유신 씨를 허망하게 놓칠 뻔했습니다."

내 말에 모두들 한참을 즐겁게 웃었다.

"지금 생각하면 참 후회스러워요. 왜 젊은 시절을 그렇게 수도승처럼 보냈지? 연애를 실컷 해보았을 걸 그랬습니다."

내가 이렇게 너스레를 떨자 아내는 샐쭉해서는 "나는 평생에 남자란 당신 한 사람뿐이었어요" 한다. 우리는 은혼식, 금혼식을 지낸 오늘까지 비둘기처럼 오순도순 다정스레 살아왔다. 인생에 있어서 이것만큼 행복한 일도 달리 없을 것이다. 아내도 나의 이런 장난스런 탄식이 속절없이 흘러간 청춘에 대한 아쉬움이라는 것을 물론 잘 안다. 철창에 갇힌 수인에게 어찌 푸르른 청춘이 있을 것이며 아름다운 사랑의 스토리가 있을 것인가! 나라를 잃은 탓에 청춘도, 사랑도 짓밟혔던 우리 세대였다.

'아, 금빛 모래밭을 수놓은 저 푸르른 청춘들이여!' 나는 그들에게 다시는 우리와 같은 불행이 없기를 마음속으로 빌면서 우리 부부가 인연의 첫발을 내디뎠던 송전 바닷가를 떠났다.

5. 역사의 진실을 밝히고자

　서울 혜화동 우리 집 마당에는 플라타너스 한 그루가 자라고 있었다. 그것은 어머니가 베이징에서 고국으로 돌아올 때 떠가지고 온 나무였다. 멀고도 고달팠던 귀향길에 어머니가 다른 세간보다도 그 나무 한 그루를 더 소중히 챙겨가지고 온 데는 그럴만한 사연이 있었다.

　길림서 살던 우리 가족이 봉천을 거쳐 베이징으로 이사 갔을 때 아버지는 우리에게 새 집을 주선해주고 나와 인실을 학교에 입학시킨 다음 당신의 일을 마무리하기 위해 다시 길림으로 떠나가셨다. 그때 떠나시기에 앞서 아버지는 집 마당에 나무 한 그루를 심어주셨다. 줄기가 내 손가락보다도 더 가는 어린나무였다. 아버지는 그 가냘픈 나무를 조심스레 심으시면서 "이 나무가 자라서 제법 그늘을 던질 때면 우리 원태나 인실이도 어른이 되었겠구나" 하시고는 어머니에게 아이들도 잘 키우고 나무도 정성껏 기르라고 당부하셨다. 그러나 아버지는 다시는 집으로 돌아오시지 못하였다. 비록 아버지는 그렇게 영영 돌아오시지 못했지만 봄이 되면 그 나무에서는 파란 새싹이 움텄고 아기 손바닥만한 부드러운 잎사귀들이 햇빛에 안긴 채 반짝거렸다. 그런 사연을 담은 나무이기에 고국으로 돌아올 때 아버지의 시신을 모셔올 수 없었던 어머니가 기어코 수고스럽게 떠가지고 오셨던 것이다.

　혜화동에 살 때도 어머니는 그 나무를 애지중지 가꾸셨다. 겨울이 되면 짚이나 새끼줄을 얽어 얼지 않게 옷을 입혀주었고 여름에는 시원한 나무그늘 밑에 앉아 일감을 잡곤 하였다. 아버지가 그리울 때면 그 나무를 어루만지며 하염없이 생각에 잠기는 어머니였다. 우리는 그 나무를 '어머니 나무'라고 불렀다.

어느 해 봄에 나는 나무 밑동에 회칠을 하다가 무심결에 1945년 이라는 글자를 썼다. 그대로 가면 꼭 조선독립이 올 것 같은 예감이 들었기 때문이다. 신문 등에서는 일본이 태평양 전쟁에서 연전연승 하고 있다 떠들어대고 있었지만 패전의 조짐이 너무도 뚜렷해 그 선전을 믿는 사람은 아무도 없었다. 그러나 나를 늘 감시하고 있는 형사가 보면 내 마음속을 알아차릴 것 같은 생각이 들어 1945년이라는 글자 위에 '어머니 나무'라는 글자를 슬쩍 덧써놓았다. 한데 우연인지 필연인지 나의 예감은 맞아떨어졌다. 1945년 8월 15일, 광복의 날이 마침내 오고야 말았던 것이다. 무조건 항복을 알리는 일본 천황의 떨리는 목소리가 방송으로 나온 후에 참으로 기괴한 일이 많이도 벌어졌다.

우리 집이 있던 혜화동 일대에는 총독부 패거리들이 적지 않게 살고 있었다. 그 속에 섞인 조선 사람들 중에는 집도 일본식으로, 옷도 일본 옷으로, 음식도 일본식으로 먹으면서 완벽한 본토 일본인 행세를 하는 뼛속까지 친일파인 매국노들이 있었다. 그들은 모범적인 황국신민으로 신문에까지 소개된 사람들이었다.

어머니는 '애국반'이라는 데서 반상회를 할 때면 늘 참석하지 않고 버티셨다. 친일파들이 일본 옷을 입고 와 일본말로 지껄이며 까불거리는 꼴이 보기 싫었기 때문이다. 그런데 일본이 패망했다는 소식이 전해지자마자 그자들은 갑자기 바지저고리로 바꿔 입고 거리에 나와 "조선독립만세"를 부르더니 이제는 우리 어머니에게 절까지 하러 오는 희한한 일이 벌어진 것이다. 일본이 패망하는 날을 보지 못하고 한을 품고 가신 아버지 생각에 나무 밑동을 끌어안고 눈물짓던 어머니는 갑자기 반일독립운동가의 미망인에게 절을 하러 찾아오는 친일파들을 보자 억장이 무너져 가슴을 치며 한탄하셨다.

그자들의 영악한 변신술은 귀신도 혀를 내두를 지경이었다. 그런 사람들이 한둘이 아니었다. 미군이 남한에 진주하자 어제는 문턱이 닳도록 총독부를 들락거리던 자들이 오늘은 미군 군정청을 뻔질나게 드나들더니 어느새 미국인들과 피를 나눈 형제로 둔갑했다.

열혈지사들의 피와 땀, 희생과 고행의 대가로 36년간의 일제 통치는 종식되고 광복의 날이 왔으나 그 환희와 열광도 한순간이었다. 외세에 의한 민족분단이라는 새로운 비극이 시작되고 미군이 진주한 남한에서는 친일세력이 득세하여 오히려 애국자들을 박해하는 주객전도의 어이없는 상황이 펼쳐졌던 것이다. 당시 친일파들에 대한 극렬한 배척 분위기 때문에 북조선에서 배겨날 수 없었던 일제의 주구들이 죄다 남쪽으로 밀려 내려오다 보니 서울은 누가 애국자이고 매국노인지조차 구분하기 어려운 복마전을 이루고 있었다.

그런 상황에서 김일성 장군이 평양에 입성하였다는 소식이 서울 장안에 파다하게 퍼졌다. 주로 좌익계 신문들이 그 소식을 대서특필하였는데 그런 속에 엇갈린 풍문, 흉흉한 소문도 들려왔다. "평양에 입성한 김일성 장군이 새파랗게 젊은이라더라", "우리가 아이 적부터 동에 번쩍, 서에 번쩍 신출귀몰한다는 김일성 전설을 들었으니 나이로 보면 수염발이 허연 노장일텐데 그렇게 젊을 수가 있나" 하는 것이 주된 화젯거리였다. 일반인들의 상식으로는 그만한 명성을 얻자면 적어도 상당한 나이가 있어야 되리라고 생각했던 것 같다.

나는 속으로 '김일성 장군이 30여 세의 젊은이라면 길림의 김성주가 틀림없을 것이다'라고 생각하면서도 직접 만나보질 못했으니 딱히 그렇다고 단정하지는 못했다. 보천보 전투를 지휘한 김일성 장군은 어느 전투에선가 전사하고 딴사람이 그 이름으로 행세한다는 소문도 있어 불안하기 그지없었다.

그 무렵 나는 세브란스의전을 졸업하고 모교에서 해부학 강의를 맡아 하고 있었는데, 그때 시카고에 있는 노스웨스턴대학(Northwestern University)에서 박사학위를 받은 김명선 선생도 그곳에서 생리학 교수로 교편을 잡고 있었다. 무슨 연유인지는 몰라도 그는 해방되기 직전에 감옥에 갇힌 적이 있었다. 그분은 내 아버지 손정도 목사에 대한 얘기를 자주 하였는데, 아마 그이도 독립운동을 한 애국자였음에 틀림없을 것이라 짐작만 하였다. 그런 분이 나에게 "Dr. 손은 부친이 유명한 독립운동자이고 김 장군은 손의 친구이니까 미국 가서 한 2년 공부하고 오면 앞으로 세브란스에서 중요한 역할을 하게 될 거야" 하고 내놓고 말하는 것이었다.

김 선생은 김일성의 항일투쟁에 대해 잘 알고 있으면서도 말하지 않았다. 나는 김성주, 즉 김일성 장군이 나의 어릴 적 친구라는 것을 누구에게도 말한 적이 없는데 그가 어떻게 그 내막을 아는지 모를 일이었다. 그래서 당신이 그걸 어떻게 아느냐고 물었더니 김 선생은 마치 자신이 나에 대해 모르는 게 없다는 듯 의미심장하게 웃을 뿐이었다. 그 이상은 더 말하려고 하지 않았고 나도 더 캐묻지 않았다. 김 장군이 틀림없는 길림 시절의 나의 친구 김성주라는 것을 확인할 수 있는 것만 해도 나는 더 바랄 것이 없었기 때문이다.

그러나 김일성 장군에 대한 낭설은 좀처럼 사라질 줄 몰랐는데, 그런 말을 하는 사람들을 보면 예외 없이 일본에 붙어먹던 사람들이

1945년 10월 14일, 평양 기림리 공설운동장에서 열린 '김일성 장군 환영 평양시민대회'에서 30만 명이 넘는 인파가 운집한 가운데 연설하는 김일성. 그 당시 기준으로 가장 많은 인파로 기록된다.

김일성 장군 환영대회. 맨 오른쪽은 준비위원장 고당 조만식 장로, 그 왼편은 소련 레베데프 소장

◀ 30만 명이 넘는 평양시민들이 운집한 가운데 연설하는 김일성

환영대회 연단에 선 김일성이 청중들을 응시하고 있다.

환영대회를 마친 김일성이 고향 평양 만경대를 방문해 마을 사람들과 기념 촬영하는 장면(앞줄 오른쪽 세 번째가 김일성)

환영대회를 마친 김일성이 평양 만경대 고향집을 방문해 집안 어른들과 함께 찍은 사진(왼쪽부터 할머니 리보익, 김일성, 할아버지 김보현, 고모 김형실)

었다. 당시 남한 정권을 틀어쥔 이승만 씨는 일본은 치지 않아도 북조선은 치겠다는 등의 기괴한 자신의 주장을 신문에 싣기까지 하였다.

나는 원일 형의 집에 갔다가 미 군정청에서 육군 고문으로 있던 미국인 프라이스 대좌를 만나 이야기를 나눈 적이 있다. 그는 맥아더가 필리핀에 있을 때 그 밑에서 일한 적도 있다고 하였다. 그런데 그가 나와 무슨 이야기를 나누던 중에 "이승만 씨가 자꾸만 북과 전쟁을 하겠다고 하는데 야단났다"고 하던 말이 지금도 기억에 생생하다.

일제의 조선강점기 동안 미국에서 유유자적하며 지내던 이승만의 독립운동이란 기껏해야 종잇장 청원이나 구걸 외교였다. 그런 그가 해방 후에는 친일파, 매판자본가들을 긁어모아 자신의 정치적 기반을 삼았다. 당연히 그에게는 조선과 만주의 국경 일대에서 무장투쟁으로 일제에 항거했던 애국자들이 정치를 하는 북이 눈의 가시 같았을 것이다. 무언가 뒤가 켕기는 그들이고 보면 목숨을 걸고 항일투쟁을 한 사람들의 위상을 허물어보려고 낭설을 퍼뜨리는 짓도 서슴지 않았을 것이다.

나는 서울에서 사는 것에 숨이 막혔다. 물론 정치와 권력의 깊은 이면을 알지 못했던 순진한 의학도였기도 하지만 친일로 부역하던 자들이 해방 후에도 득세하여 독립운동가들과 애국자들을 모함하는 꼴을 차마 눈 뜨고 볼 수 없었기 때문이다. 아첨할 줄 모르고 어느 편에 줄을 설 줄도 모르는 내 성격으로서는 이런 복마전 속에서 배겨낼 수 없을 것 같았다. 그때 마침 진실 누님이 내가 미국 유학을 가도록 주선해주었다. 세브란스의전에서 세 사람이 선발되어 유학을 가게 되었는데 나도 그중의 한 사람으로 포함되었던 것이다.

조국을 떠난 우리 일행은 1949년 여름에 샌프란시스코에 도착하였고, 한 달 동안 영어를 배운 후 시카고에 있는 노스웨스턴대학에 입학하였다. 나는 그곳에서 의학대학 의학원생으로 병리학, 해부학, 생리학, 약학을 공부하였으며, 카운티 병원에서 4년간 더 병리학 공부를 하여 병리학 전문가가 되었다. 이 시절 나의 가장 중요한 목표는 명실공히 실력 있는 병리학자가 되어 조국과 민족을 위해 이바지하겠다는 것이었다. 나는 그 실력을 어떤 권모술수나 요행수를 바라지 않고 피나는 노력과 성실성으로 얻고자 하였다.

언제인가 미국에서 세브란스의전 동창회가 열린 적이 있었다. 나도 그 파티에 참가하여 수십 년 전의 학우들과 반가운 상봉을 하였다. 뭐니뭐니해도 동창들과의 만남처럼 즐겁고 유쾌한 일도 많지 않을 것이다. 모두 술이 거나하여 옛 시절을 추억하고 있을 때 낯이 익은 두 후배가 나를 찾아왔다. 세브란스의전에서 해부학 강의를 할 때 청

강했던 학생들이었다. 그들은 내가 강의 첫 시간에 학생들에게 한 말을 잊을 수 없다고 하면서 내가 했던 말을 그대로 외우는 것이었다.

> "… 여러분은 의학교를 졸업하고 의사가 되면 환자의 병을 치료하는 임무를 가진다. 의술은 사람의 생명을 다루는 인술이다. 그래서 정직하게 공부해야 한다. 절대로 컨닝하지 말라. 의사 공부할 때 컨닝을 하면 의사가 되어서도 컨닝을 하게 되고, 의사 공부할 때 정직하지 못하면 정직하지 못한 의사가 될 것이다. 그런 의사의 손에 생명이 맡겨진다는 것은 생각만 해도 무서운 일이다…"

내가 그때 수강생들에게 그런 말을 하였던 것이 생각난다. 그들은 계속해서 "선생님이 컨닝하지 말라고 해서 정말 혼났어요. 그래서 시험을 칠 때마다 하느님께 시험 잘 치게 해달라고 열심히 기도드렸죠. 그런데 하느님도 시험에선 꼼짝 못 하는 모양이에요" 하면서 웃어댔다. 그들이 내 말을 귀담아 들어준 것이 참 고맙기만 하였다. 그때 내 강의를 들은 학생들은 후에 보니 모두 정직한 의사들이 되었다.

내가 그들에게 한 말은 나 자신에 대한 요구이기도 하였다. 노스웨스턴대학에 다닐 때였다. 나는 다른 학생들처럼 교수를 찾아가 이런저런 잔심부름 등을 하며 학문을 익히는 이른바 '서비스'라는 것을 할 줄 몰랐다. 그래서 늘 교수가 학생인 나를 찾아오곤 하였다. 나를 담당한 교수는 아주 권위 있는 해부학과의 주임교수였다. 해부학 학회에서 격렬한 논쟁을 하다가도 이분이 한 번 결론지으면 논쟁은 끝이 나곤 하였다. 그 교수님이 늘 내가 연구하고 있는 방에 찾아와 문을 똑똑 두드리고는 "너 아직도 거기 있느냐?"라고 하면서 문틈으로 종이쪽지를 떨어뜨리고 가시곤 하였다. 그 종이쪽지에는 내가 참고해야 할 문헌들이 가득 적혀 있었으며, 내가 병리학과로 갈 때는 내 추천장을 써주셨다. 수많은 추천장 중에 그런 훌륭한 추천장은 처음 본다고 병리학과 교수가 말하였다.

상해에서 동오대학에 다닐 때였다. 나는 심한 몸살로 물리학 시험에 응시하지 못했다. 그런데 물리학 교수님은 나에게 "네가 시험을 치지는 못했지만 85점을 주기로 했다. 왜냐하면 너는 숙제를 내주면 다 해오지는 못해도 늘 제힘으로 해오곤 하였기 때문이다. 다른 애들은 남의 것을 베끼기 때문에 한 학생이 틀리면 다 틀리곤 하지만 너에겐 그런 것이 없었다" 하시는 것이었다. 교수는 나의 정직성에 높은 점수를 매긴 것이다. 사실 생각해보면 학생의 정직성과 성실성을 높이 사준 그 교수님이 훌륭한 분이었다. 그러나 세상은 그렇게 공정하지만은 않은 것 같다.

몇 해 전에 내가 베이징에 관광을 다녀왔을 때였다. 세관에서 물건 산 것을 다 기록하라고 종이 한 장을 내주었다. 400불 이상의 돈을 쓰면 세금을 물게 되어있다고 하면서 다른 사람들은 적당히 맞춰 써넣었는데 순진하게도 나는 모두 적어 넣었다. 결국은 관광객 중에서 나 혼자 벌금을 물게 됐다. 정직해서 이로울 때도 있지만 오히려 불리할 때도 있는 것 같다. 세상사란 참 오묘하기 그지없다.

또 1975년에는 남한을 방문하였다가 거짓이 진실로 둔갑하는 사태를 보고 망연자실했던 적도 있다. 해방 직후에 도미하여 그때까지 한 번도 고국에 다녀오지 못한 나였다. 어머님이 별세하신 때에도 가보지 못하였다. 인실 동생이 그립고 조카들도 몹시 보고 싶어졌다. 그래서 벼르고 벼르다가 서울행을 하게 된 것이다.

그 사이 많은 것이 달라진 서울이 나를 맞이하였다. 해방 직후의 서울은 참으로 빈곤하고 보잘것없던 낙후된 도시였지만 그런 중에도 도시 곳곳에 은은하게 배어있던 고유한 조선의 향취는 전혀 찾아볼 수가 없었다. 그런데 조금도 달라지지 않은 것이 있었으니 친일분자들이 여전히 득세하고 있다는 사실이었다. 하긴 일본군 장교로 있으면서 수많은 독립군과 동포들을 학살했던 박정희가 대통령 권좌에 앉아 있었으니 더 이상 무슨 말을 하겠는가! 그런데 나는 신문을 뒤적거리다가 깜짝 놀랐다. 신문에는 "진위 김일성 열전"이란 제목의 글이 연재되어 있었는데, 차마 가슴이 떨려 글자를 가려 읽을 수가 없었다. 이른바 '김일성 가짜설'을 갖은 궤변을 동원해 논증한 글이었다. 갓 해방이 되었을 때 나는 그러한 낭설을 듣고 무척 가슴이 아팠다. 그러나 시간이 가면 그런 낭설들은 밝은 햇빛 속에 스러져버리는 안개처럼 될 것이라 믿고 미국으로 갔었다. 시간이 지나면 모든 거짓은 밝혀지고 숨겨졌던 진실이 드러나리라 확신하고 있었기 때문이었다. 반드시 그래야만 참된 역사일 것이다. 그런데 해방된 지 근 30년이 지났는데도 이 남한 땅에서는 진실이 아예 사라져버리고 허위와 기만이 독재체제와 어용언론들의 막강한 비호와 지원을 받으며 진실로 군림하고 있는 것이었다. 역사의 위조자들은 자신들의 거짓에 정당성과 신빙성을 부여하기 위하여 온갖 역사적 왜곡과 진정한 애국지사들에 대한 중상모략을 서슴지 않고 있었다.

그들의 주장에 따르면 우리나라 민족해방운동 역사에서 김일성이라는 이름으로 행명한 사람이 적어도 너덧 사람이며, 1937년 보천보를 습격해 일제의 간담을 서늘케 하였던 김일성 장군은 그 후 일제와의 격전에서 전사하고 다른 사람이 그의 이름으로 행세하였다는 것이다.

그러면서 지금 북조선의 김일성은 바로 그 진짜 김일성 장군 밑에 있던 사람으로서 해방 후 소련이 김일성이라는 이름으로 내세운, 말하자면 가짜 김일성이라는 주장을 빠뜨리지 않았다. 그들은 이러한 거짓 가설을 입증하기 위해 "김일성 사살설"부터 시작하여 당시 신문잡지들에 난 이러저러한 기사들과 추측자료들을 교묘하게 짜 맞추어 제법 그럴 듯한 논거를 꾸며대기도 하고 얼토당토않은 증인들을 내세우기도 하였다. 기가 막혀도 이보다 더 기가막힌 일이 어디 있을까 싶었다.

그나마 다행이었던 것은 이 후안무치한 역사 위조범들도 일제 식민지하의 암흑 같은 세월 속에서 김일성이라는 이름이 겨레 동포들에게 무한한 용기와 신념을 불어넣었던 원천이며 상징이었다고 쓸 수밖에 없었다는 사실이다. 이것을 보면 우리 민족의 역사 속에 깊이 새겨진 김일성 장군의 영상만은 어찌할 수 없었던 모양이다. 그러니 우리 민족의 영웅이 김일성 주석이라는 사실은 뼛속까지 친일분자인 남한의 권력자들에게는 더더욱 복통이 터지는 일이었고, 어떻게든 김일성 주석의 명망을 헐뜯으려고 어용 사가들을 동원하여 감히 그 따위 짓을 하였던 것이다.

평생 남을 속여 본 일이 없고 모욕해본 일이 없는 나는 이 엄청난 사태 앞에서 분노로 치를 떨었다. 물론 나는 6.25 전에 도미하여 남한의 실정과는 시공간적으로, 정신적으로 멀리 떨어져 있었기 때문에 이러한 역사왜곡이 이른바 이남 정계와 학계에서 일어나고 있다는 사실을 거의 모르고 지냈었다. 더구나 그러한 낭설이 있다는 것을 풍문에 듣기는 했어도 길림 시절의 김성주에 대한 정이 남달리 두터웠고, 김일성 장군에 대한 경모심이 너무나 신성한 것이었기에 설마 이렇게 엄청난 역사 조작이 있을 줄은 꿈에도 생각하지 못했던 것이다.

그런데 그들의 글을 읽어보니 초보적인 상식도 없는 사람들의 무식하기 짝이 없는 글이었다. 이는 당장 몇 가지 문제만을 이야기해보아도 알 수 있다. 그들은 벌써 1920년대부터 김일성 장군의 이름을 지닌 인물이 독립운동을 벌인 것처럼 쓰고 있고 일본사관학교 출신의 어떤 인물을 내세우기까지 하였는데, 그 당시 독립운동의 거두들이 활약한 길림에서 어린 시절을 보낸 나는 전혀 그런 소문을 들은 적이 없다. 만약 그때 벌써 그런 인물이 있었다면 우리 아버지가 모를리 없고 안창호 선생이 모를 리 없으며, 그 쟁쟁한 길림의 독립군 거두들이 모를 리 없었을 것이다. 김일성의 이름이 사람들의 입에서 입으로 옮겨진 것은 1930년대 초, 즉 김성주가 항일유격대의 총성을 울린 때부터이다. 이것은 더 논의할 여지도 없는 것이다. 당시 역사의 체험자, 목격자, 증언자로서 나는 이것을 당당히 증명할 수 있다.

다음으로는 김일성 장군의 사진을 두고 벌어지는 논란이다. 그들은 김일성 주석이 서로 다른 시기에 서로 다른 배경에서 찍은 사진을 놓고 다른 사람이라고 주장하고 있다. 나도 역시 그 사진을 보았다. 거기에는 길림 시절의 모습을 담은 사진과 만주에서 항일유격대를 이끌 때의 사진도 있었고 해방 후에 찍은 사진도 있었다. 무장투쟁을 할 때는 얼마나 모진 고생을 겪었는지 본래의 모습을 전혀 알아보기 힘들 정도였다. 그러나 나는 그 서로 다른 사진 속에서도 꿈에도 잊을수 없었던 성주 형의 모습을 분명히 알아보았다.

나는 가슴이 아파서 울었다. 빼앗긴 나라를 찾자고, 망국노가 된 백성을 도탄에서 구원하자고 그렇게도 모진 고생을 했던 그이였다. 그래서 그렇게 모습조차 알아보기 힘들 만큼 풍상에 시달렸던 이를 나라와 백성은 어떻게 되든 일제에 부역하며 오로지 자기 일신의 안

해방 이듬해인 1946년에 찍은 김일성의 가족 사진. 왼쪽부터 김정숙, 김정일, 김경희, 김일성, 김만일. (맨 오른쪽은 아이를 돌보는 보모)

락과 영달만을 추구하던 자들이 감히 헐뜯으려 달려들다니! … 하느님은 과연 무엇을 하고 계시는지. 어째서 이런 악인들이 세상을 활보하게 하는지 알 수 없는 노릇이었다. 나는 의사의 직분에 충실할 뿐 남의 말이나 정치 같은 데는 개입하려 하지 않았다. 그러나 김일성 주석과 관련된 이 문제에 대해서는 강 건너 불구경하듯 할 수는 없었다. 기억도 생생한 김일성 주석과의 어린 시절 인연이 깊은 나로서는 이 문제가 그 어떤 학술상의 문제나 정치적인 문제이기에 앞서 인간 양심과 관련되는 하나의 도덕적인 문제인 것이다.

그러나 나는 당장 어떻게 해야 좋을지 몰랐다. 미국에 사는 의사에 불과한 나는 이러한 허위날조를 국가의 정책으로 추진하고 있는 남한의 엄청난 권력과 맞설만한 아무런 방도도 없었다.

이제 박정희의 최측근으로 오랫동안 권력의 핵심인 중앙정보부장을 지냈던 김형욱이 쓴 글을 잠시 인용해본다. 이 글은 이미 여러 언론을 통해 널리 알려져 있는 것이다.

… 전직 대한민국의 중앙정보부장이었던 내가 이런 발언을 한다면 소스라치게 놀라는 사람이 많을 것이다. 그것이 비록 당장은 충격파를 가져올 수 있으나 장구한 민족사의 체계로 보아서는 오히려 바람직할 수도 있다. 나는 자신을 말한다면 해방 전에 25세의 약관의 김일성이 항일 무장게릴라전을 지휘하였고 한때는 중국 공산당 만주지역의 동북항일군 소속으로 압록강 및 두만강 연안에서 항일운동에 헌신하고 있었다는 것을 알고 있었다. 비록 규모가 작기는 하였으나 그가 함북의 길주, 명천 등지의 남산군에 상당한 조직을 가지고 있었고 보천보 전투를 지휘한 사실도 알고 있었다.

이처럼 반공을 국시로 내걸고 정권의 위기 때마다 수많은 국민을 간첩으로 조작했던 정권에서 무소불위의 막강한 권력을 휘두르던 중앙정보부장도 감히 부정하지 못했던 역사적 사실이 바로 김일성 장군의 항일투쟁이었다. 그런데도 어쩐 일인지 김일성은 가짜라는 대목이 이승만 정권 이래 남한 반공교육의 가장 핵심적인 선전도구가 되어있다. 이것은 박정희의 공화당 정권이 들어서면서 더욱 강화되었다.

극렬한 반공 정권의 핵심인물도 바꾸지 못한 저 거대한 역사왜곡의 음모를 나 같은 일개 시민이 어떻게 바로잡을 수 있으랴 싶기도 하였다. 그러나 나는 이제 나의 작은 목소리로라도 진실을 알리자고 결심했다. 한 사람을 일깨워주고 또 한 사람에게 설명해주노라면 열 사람이 백 사람을, 백 사람이 천 사람을 일깨워주게 되리라 생각했기 때문이다.

그런데 이 무렵에 나는 하와이 대학의 교수인 최영호 박사가 보낸 편지를 받게 되었다. 최 교수는 경상도 영천 출신으로 나하고는 그전에도 약간 면식이 있었으며, 서울에서 공부한 후 미국 하버드 대학원에서 박사학위를 받고 하와이에서 사학과 교수로서 조선 근대사와 현대사를 전공하고 있던 분이다.

편지의 내용인즉 자기가 시카고에서 대학을 다닐 때 내가 김일성의 항일투쟁에 대하여 말한 적이 있는데, 그에 대해 아는 대로 좀 더 상세히 편지로 알려달라는 부탁이었다. 나는 최 교수가 문의한 내용에 대해 알고 있는 그대로를 적어 보내주었으며, 그 후에 그가 쓴 "김일성의 기독교적 배경"이라는 글이 출간되었다. 그는 그 글에서 "북의 김일성 주석이 길림 시절의 김성주라는 것을 확인해줄 수 있는 사람이 있다. 그는 네브래스카 오마하에서 살고 있는 손원태 박사다"라고 하면서 다음과 같이 계속하였다.

> 손 박사에 의하면 1927~1928년에 육문중학교를 다니면서 교회에서 한때 주일학교 선생을 맡기도 한 김성주라는 이름의 젊은이가 현재 북조선 최고의 권력자 김일성이라고 믿고 있다(김성주는 김일성의 본명이다). 손 박사는 그 젊은 김성주가 한인공동체 특히 젊은이들 사이에서 매우 적극적이었으며 또 아주 강한 리더십 능력을 보여주었다고 한다.
>
> (최영호, 『한국독립전쟁사』, 30쪽)

최영호 교수의 글이 발표된 다음 오마하에 있는 병리학 의사 손원태가 김일성 주석의 어릴 적 친구라는 것이 더 널리 알려지게 되었다. 그 이후로 나에게 많은 사람들이 직접 찾아오거나 또는 전화로 김일성 주석이 실제 그때의 그 역사적 인물이 맞는지 물어왔다. 나는 그들에게 이렇게 말해주었다.

"북의 김일성 주석은 길림 시절의 김성주이고 그가 바로 민족의 암흑기에 수많은 전설을 남긴 민족의 영웅, 조선의 애국자인 그 김일성 장군입니다. 이 엄연한 역사적 사실을 가짜라고 위조하는 자들은 예외 없이 그가 일제 침략자들을 반대하여 싸울 때 일본놈에게 붙어먹고 산 친일파, 매국노들이거나 그 후손들이지요."

그러나 백문이 불여일견이란 말이 있다. 단 한 번이라도 평양에 가서 김일성 주석을 만나 어릴 적 우정을 확인한다면 그것은 천 마디 백 마디의 말을 대신할 수 있을 것이다. 어떤 일이 있어도 민족과 후대들에게 역사의 진실을 밝혀야 한다. 이러한 소임을 맡을 수 있는 사람은 나 하나뿐이라고 생각하였다. 말하자면 나는 역사의 판관으로 될 중임을 맡게 된 셈이었다. '꼭 평양으로 가서 김일성 주석을 만나야겠다. 이것이 내가 그에게 인간적, 도덕적 의무를 다하는 길이며, 조국과 민족을 위해 할 수 있는 최대의 애국일 것이다'라고 생각한 나는 평양으로 가리라는 결심을 굳혔다.

6. 평양으로 가는 길

내 어릴 적 모든 추억이 깃들어 있는 그 유정한 도읍은 어쩌면 나의 고향이나 다를 바 없었다. 자고로 강서나 룡강 사람들은 저들을 평양 사람으로 자처하는 것을 매우 자연스럽게 여겼다. 더욱이 평양은 부친이 목회자로서의 첫걸음을 시작했던 곳이고, 또한 내가 기나긴 타향살이에 앞서 마지막으로 밟아본 고국 땅이기에 어쩔 수 없이 가슴 짜릿한 향수를 불러일으키는 곳이기도 했다. 그러나 뭐니뭐니해도 평양이 늘 그립고 생전에 다시 한번 가보고 싶었던 것은 그곳에 김성주 형이 있기 때문이었다. 어쩌면 그것이 나로 하여금 항상 평양을 잊지 못하게 만든 진짜 이유인지 모른다. 진실을 말하건대 나는 평생을 두고 그분을 그리워했고 저세상으로 가기 전에 꼭 한 번 다시 만나보기를 일구월심 원했었다. 그것은 내 마음의 명령이었다.

내가 기어이 평양행을 단행한 또 하나의 이유는 민족과 후대 앞에서 진실을 밝혀야 한다는, 내 스스로 짊어진 역사의 중임 때문이다. 이것은 인간적, 도덕적 의무감이며 양심이 나에게 내린 지령이었다. 그러나 정작 실행하려니 내 발목을 잡아당기는 장애물이 한두 가지가 아니었다. 가장 큰 걱정은 공산체제의 북조선에서 미국 시민인 손원태의 청을 받아주겠는가 하는 것이었다. 또한 김일성 주석의 옛 벗이기는 하지만 나는 결코 공산주의 이념에 동의하는 입장은 아니었다. 게다가 친형인 손원일 초대 해군제독이 이승만 정권 말기에 국방부 장관까지 지냈으니, 남북이 정치적, 군사적으로 크게 대립되어 있는 상황에서 그의 친동생인 나를 북조선에서 반기겠는가 하는 것도 큰 걱정거리였다. 아무리 생각해도 전혀 가늠이 되지 않았다. 더구나 나는 북조선이 제일 멀리하며 가장 큰 민족적 증오의 대상인 미국 시민이 아니던가!

이 엄청난 정치적, 이념적, 풍토적 제약에 비해볼 때 김일성 주석과의 소싯적 벗이라는 사실은 너무나 미약하고 사사로운 인연의 고리라 하겠다. 물론 나는 김일성 주석을 만나보아야겠다는 생각을 하면서 겪었던 온갖 심적 고뇌를 여기에 다 토로할 수는 없다. 그러나 나는 이러한 모든 장벽을 대담하게 뛰어넘어 평양에 가서 김 주석을 만나볼 것을 다시 한번 굳게 다짐하였다.

때는 1980년대 중반기였다. 내 나이는 어언 80 고개를 넘고 있었고, 이제 더는 주춤거릴 시간적 여유가 없었다. 망향의 한을 품고 저세상으로 가고 싶지는 않았다. 게다가 나의 이러한 결심을 더욱 부채질한 것은 미국에 사는 많은 동포들이 평양을 오가고 있다는 사실이었다. 그들은 결코 북조선에서 혁명가나 애국자라고 할 수 있는 가문 출신이 아니었고 그들의 정치적 견해도 딱히 친북적이라고 할 수는 없는 사람들이었다. 그러나 그들은 아무런 제한도 받지 않고 평양을 다녀왔고 또 다녀와서는 북의 실정에 대해 좋은 이야기를 많이 하였다.

마침 그때 위스콘신주립대학에서 교편을 잡고 있던 강순웅 교수가 집에 찾아왔다. 그는 북조선에 세 번째로 갔었는데 이번에는 그가 50줄에 들어서야 결혼한 미국인 부인까지 함께 다녀왔다는 것이었다. "고향으로 신혼여행 다녀온 셈이죠." 고지식하고 정직한 강 교수는 무척 격앙되어 있었다. "그 따스한 고향 인심은 조금도 변한 것이 없더라고요. 시골에 가니 돼지도 잡고 굉장히 반겨주더군요. 육신만 돌아오고 넋은 거기에 남겨둔 것 같네요. 손 선생도 고향이 이북이

죠?. 한번 다녀와요" 하고 강 교수는 진심 어린 권고를 했다.

그러나 나의 평양행은 다른 특별한 의미를 담고 있다. 강 교수의 이북 방문은 고향 친지들을 만나보기 위한 것이지만 나는 평양 방문 목적을 그렇게 세울 수 없었다. 내가 평양에 기어이 가고자 하는 것은 고향과 친지들에 대한 향수에서 비롯된 것이 아니라 김일성 주석을 직접 만나보기 위한 것이기 때문이었다. 그것이 실현될 수 없다면 단순한 고향 방문에 불과할 것이고, 나는 그렇게 가고 싶지는 않았다. 물론 강서나 평양 인근에 먼 친척들이 있기는 하겠지만 고향을 떠난 지 70여 년이 되는 나로서는 불원천리 찾아보아야 할 만큼 애틋한 혈육은 없었다. 그래서 나의 평양 방문은 남들보다 몇 곱절 더 어려운 고비를 넘겨야 했다.

내 고충을 들은 강 교수는 그럴 수 있겠다고 수긍하며 김 주석께 직접 편지를 써보라고 권하였다. 세계적으로 명망이 높은 분이기에 함자만 밝혀도 틀림없이 전달될 것이라고 하였다. 나는 귀가 솔깃하였고, 결국 며칠 밤을 고민해가면서 김일성 주석에게 보내는 편지를 썼다. 김 주석과 나 사이의 인연과 거기에 얽힌 추억들을 요약하여 적은 후 꼭 한 번 찾아가서 뵙고 싶노라고 적었다. 겉봉에는 '북조선 김일성 주석 앞'이라고 썼다.

답신이 있기를 학수고대하였으나 몇 달이 지나고 해가 바뀌었어도 종내 무소식이었다. 결국 처음에 택한 이 방도는 아무런 결실 없이 끝나고 말았다. 그래서 나는 평양으로 갈 수 있는 지름길을 찾아보려고 이번에는 베이징으로 갔다. 명색은 관광여행이었지만 사실은 평양으로 가는 길을 열어보려는 생각에서였다.

나는 동행인들이 만리장성 구경을 떠날 때 몸이 불편하다는 구실을 대고 일행과 떨어졌다. 그리고는 장학량의 고문을 당했던 이의 아들인 왕복시의 안내를 받으며 택시를 타고 베이징에 있는 북조선 대사관을 찾아갔다. 나는 그곳 서기관에게 김일성 주석과의 인연을 말해주고는 꼭 평양에 가서 그분을 만날 수 있도록 도와달라고 부탁하였다. 내 말을 들은 대사관원은 눈이 휘둥그레졌다. 미국에서 왔다는 백발의 늙은이가 김일성 주석을 안다면서 상면을 요청하는 것이 그로서는 너무나 뜻밖이었기 때문이다. 게다가 그는 나뿐 아니라 아버지 손정도 목사에 대해서도 잘 몰랐고, 당연히 김일성 주석과 나 그리고 아버지와의 그 깊은 연고에 대해서도 알 수 없었다. 참으로 엉뚱해 보이고 당황스러운 방문객이었음에도 불구하고 베이징의 북조선 대사관원은 내 말을 매우 신중히 듣더니 최선을 다해보겠노라고 대답하였다. 그래서 나는 "손정도의 둘째 아들이 이 글을 씁니다"라고 시작하는 편지를 다시금 김일성 주석에게 썼다. 그런데 거기서도 아무 소식이 없었다. 후에 들은 바에 의하면 그 편지도 어째서인지 김 주석에게 정확히 전해지지 못하였다. 1991년 5월 평양에 가서 김일성 주석을 만났을 때 위의 사연을 말하였더니 주석은 "아니, 나는 그런 편지를 하나도 받지 못했소"라고 하는 것이었다. 베이징의 계획마저도 결실을 맺지 못하였지만 나는 평양 방문의 꿈을 버릴 수 없었다. 자의 반 타의 반으로 짊어진 역사적 소임을 이행하지 못한 채 무슨 변고라도 생기면 어쩌나 하는 생각에 나의 초조감은 극도에 이르게 되었다. 그런데 때마침 최덕신 장군이 우리 집을 찾아왔다. 최덕신 장군은 원일 형과 길림 문광중학 동창으로 해방 후에 형과 함께 군에서 요직에 있었으며, 형과 서로 허물없이 지내던 각별한 사이였다. 그러나 나와는 별로 교우가 없었다. 내가 오마하에 살고 있다는 것을 어떻게 알고 찾아오게 되었는지 처음에는 의문이었다.

장군은 자신이 북조선에 갔었던 이야기를 들려주었는데, 나의 아버지 손정도 목사가 나오는 영화를 본 이야기며, 김일성 주석을 상면했을 때의 이야기 등을 자세히 말해주었다. 주석은 최 장군에게 손 목사와 원일 형 이야기를 하다가 "손정도의 둘째 아들이 미국에 산다기에 김성락 목사에게 알아봐달라고 부탁하였는데 소식이 없다"는 말을 하였다고 한다. 그래서 최덕신 장군은 미국에 돌아온 후 여러 곳으로 내 행방을 탐문하다가 마침 김구 선생과 함께 독립운동을 했던 이병현 의학박사를 만나 내 소식을 알게 되었다는 것이다.

주석도 나를 찾고 있었다는 소식을 들으니 눈물이 솟았다. 그동안 애를 태웠던 일에 대한 설움이기도 하고 마침내 소원하던 바가 이루어진 기쁨의 눈물이기도 하였다. 그런데 어째서 여러 번 편지를 보냈는데 화답이 없는지 모를 일이었다. 그간 있었던 일의 자초지종을 들은 최 장군에 의하면 미국과 북조선 간에 체신협정이 없기 때문에, 편지가 직접 평양으로 갈 수도 없거니와, 또 미국의 우체국 직원들은 내가 북조선(North Korea)이라고 분명히 썼지만 그저 Korea라고만 여기고 십중팔구 남한으로 보냈을 것이라 하였다.

듣고 나니 충분히 가능한 일이었다. 나는 다시 한번 편지를 써서 인편에 보내기로 하였다. 마침 홍동근 목사가 평양을 몇 번 다녔다는 소식을 듣고 그분에게 부탁하기로 하였다. 먼저 부인 홍정자 씨에게 말하였더니 얼마 후 홍 목사가 흔쾌히 부탁을 들어주겠다고 하였다. 나는 다시금 김일성 주석에게 장문의 편지를 썼다.

김일성 주석님께

중학교 시절 함께했던 김일성 주석님 그리고 길림소년회 회원들과 헤어진 지도 어언간 60여 년이 흘러갔습니다. 오랜 세월이지만 저는 김 주석님과 회원 동무들을 항상 기억하고 있습니다. 이동선, 황귀헌, 최진무 그리고 길림 감리교학교에서 한글을 가르치시던 박용원 선생이 생각납니다. 저는 1923년 평양 태생인 이유신과 결혼하여 지금 두 아들과 딸 하나를 두고 있습니다. 제가 소학교를 다닐 때 김 주석님께서 저를 데리고 쟝즈꿔즈를 사주시던 때를 생각하면 감사한 마음 지금도 금할 수 없습니다. 소년회원들이 송화강을 건너가 모래터에서 양편으로 갈라져 '봤다-땅' 하던 그때가 수일 전 같이 생생합니다.

김 주석님께서는 육문중학교에 다니시고 저는 제4성립중학교 1학년에 재학할 당시 김 주석님 댁을 방문하였을 때 수학문제를 풀고 계시던 주석님께서 저를 반갑게 맞아주시던 그때의 모습이 아직도 눈에 선합니다.

소년회원들이 북산공원에 모여 김 주석님께서 독립운동에 대해 말씀하시던 그때의 일이 어제 같은데 벌써 60여 년 풍상이 지나갔습니다.

굶주리면서도 독립운동을 하던 그 나날이 저에게는 제일 기쁘고 보람찬 시절이었습니다.

희생적으로 독립운동과 항일투쟁을 벌이시던 분들을 생각하면 눈물이 흐르고 또 흐르며 지금 이 편지를 쓰면서도 저는 눈물을 금할 수 없습니다. 숭고한 정신으로 후대들을 위하여 독립에 일생을 바쳤건만 오늘에 와서 이 복잡한 인간 사회에 친일파, 기회주의자들이 하는 행동을 보면 한심하기 그지없고 실망스러울 따름입니다.

저의 부친인 손정도 목사가 길림에서 계속 독립운동을 하시다가 가족도 못

보시고 길림성에서 세상을 떠나신 것을 김 주석님께서도 잘 아실 줄로 믿습니다.

저는 소주 동오대학 의학예과를 마치고 1940년 정월 초 일본 나가사키 감옥에서 악형을 당하고 감옥살이를 하고는 경성 일본 감옥으로 이송되어 1년 만에 가석방되었지만 매일 아침 10시면 일본경찰서에 출두하라는 명령을 받고 고통과 압박감에 심장이 나빠져 5년 전에 심장수술을 하고서야 건강이 어지간히 회복되었습니다.

북경에서 대학 시절 중국 학생들의 항일운동이 격렬하였습니다. 저는 그때 생물학과 회장으로 있으면서 북경학생회 감찰부장으로 일하였으며 일본상품 배척운동에도 참가하였습니다. 북경학생회에서 항일시위운동이 심했고 "타도 매국노", "타도 일본제국주의" 등 구호를 외치며 시가행진을 하다가 중국 경찰과 포대에 의해 사살당한 학생들만 하여도 수십 명에 달하곤 하였습니다.

1938년 아니면 1939년에 상해 대공보 영자신문 한 면에 "김일성과 항일투쟁"이라는 제목으로 수천 명의 독립군 전사를 거느리고 항일투쟁을 용감하게 벌이고 계신다는 김 주석님을 찬양하는 기사가 크게 실렸었습니다. 주석님에 대한 훌륭한 기사를 읽고 얼마나 감탄하고 감사를 올렸는지 모릅니다. 나라를 위하여, 후손의 장래를 위하여 일하시는 분들께 감사를 드립니다.

우제 손원태 드림

나는 그때 이 편지와 조국 방문 신청서를 로스앤젤레스에 있는 홍동근 목사에게 주었는데 목사는 그것을 평양으로 가는 선우학원 박사가 인솔한 축하단 편에 부탁하였다고 한다. 나는 조국방문단 신청서에 주석을 만나기 위해 평양을 방문하려 하며 부인과 동료 네 명을 데리고 가겠다고 하였다.

후에 알게 된 일이지만 주석님께서는 내가 보낸 편지를 받고 매우 반가워하셨으며, 곧 나를 초청하도록 필요한 수속을 밟아줄 것을 관계자들에게 지시하였다고 한다.

1991년 4월 하순의 어느 날 봄빛 짙은 정원에서 일하던 중 김일성 주석이 나를 초청한다는 전갈을 받았다. 순간 나는 온몸의 긴장이 풀려 들고 있던 전정 가위를 떨어뜨리며 털썩 주저앉고 말았다. 편지를 보내놓고도 과연 내 신청서가 받아들여질지 의혹을 품으며 온몸이 욱신거릴 만큼 신경을 곤두세워온 나로서는 그처럼 수월하게 평양으로 가는 길이 열리고 보니 그만 긴장의 밧줄이 한꺼번에 풀린 것이다.

이렇게 나는 그토록 바라던 평생의 소원이 이루어져 말할 수 없을 만큼의 행복감과 희열을 한껏 느꼈지만 한편으로는 또 다른 고민을 안게 되었다. 주석께서 나를 알아보시기는 할지, 정사가 바쁘신 그분이 과연 시간을 내어 나를 만나주실지, 북조선의 동포들은 나를 어떤 감정으로 받아들일지, 또한 그곳에 살고 있는 처남과 친척들은 제대로 만나볼 수 있을지 등등. 나는 오만가지 생각으로 또다시 잠을 이루지 못하였다. 그중에서도 가장 큰 고민은 내가 북조선의 현실을 옳게 이해하고 편견 없이 평가할 수 있겠는가 하는 것이었다. 물론 나는 주석께서 계시는 평양에 가서 그분이 행하는 정사를 직접 눈으로 보고 나름의 판단을 하고 싶었다. 그러나 한편으로는 북조선 사회에 대한 그러한 평가와 판단이 오히려 북조선에 대한 서방 진영의 왜곡된 선전도구로 이용될 수 있다는 걱정도 들었다. 특히나 소위 객관성으로 포장된 서구식 합리주의 사고방식에 오래도록 젖어있던 나이기에 더욱 그랬다.

이러한 고민들 속에서 나는 본연의 양심과 이성을 확실히 간직하는 도덕적 순결을 끝까지 고수해야 한다는 것을 깊이 깨달았고 반드시 그렇게 할 것을 마음속으로 거듭 맹약하였다. 이것이 김일성 주석을 만날 날을 기다리면서 내가 쌓은 사상적, 도덕적 자아 수양 과정이었다고 말할 수 있다.

드디어 평양으로 출발하는 날이 왔다. 나는 아내와 두 조카들, 뉴욕에서 목사로 일하는 이학모, 피아니스트인 이학순과 그의 남편인 폴란드계 미국인 피아니스트 체스터를 데리고 평양 방문의 길에 올랐다. 오마하를 떠난 우리는 LA에서 비행기를 갈아타고 곧바로 태평양을 횡단하여 도쿄의 나리타공항에 내렸다. 거기서 다시 일본 항공편으로 베이징에 도착하자 벌써 입국사증이 마련되어 우리를 기다리고 있었다.

1991년 5월 11일, 나는 맑게 개인 하늘로 날아올라 마치 천국에라도 가는 듯 부푼 마음을 안고 압록강을 넘어 조국 땅에 들어섰다. 일곱 살 때 쫓기듯 봇짐을 꾸려서 떠났으니 물경 70여 년 만에 다시 찾아오는 걸음이었다. 떠날 때는 제국군대의 군홧발 아래 누렇게 말라가던 내 조국 땅이, 다시 돌아온 오늘은 푸릇푸릇한 새싹들로 곱게 단장되어 있었다. 멀리 서해로 흘러가는 강줄기도 보이고 규모 있게 정리된 상점들도 끝없이 펼쳐져 있다. 비행기가 평양비행장 가까이에서 기수를 낮출 때에는 큰길로 다니는 자동차 행렬과 논밭에서 일하던 사람들이 손을 흔드는 모습도 눈에 들어왔다. 활주로에 착륙하는 순간 내 입에서는 "드디어 왔구나!"라는 탄성이 저절로 나왔다. 그렇다. 나는 오랜 세월이 흐른 뒤에 먼 길을 돌아 드디어 평양에 발을 디딘 것이다.

평양의 날씨는 따스하였다. 석양이 비긴 비행장은 오가는 사람들로 붐볐다. 누가 어떻게 우리를 맞이할 것인가….

비행장에는 당 역사연구소의 최진혁 선생이 나와 있었다. 우리는 서로 초면이었지만 오래도록 부둥켜안고 놓을 줄을 몰랐다. 평양 사람들은 우리를 참으로 각별하게 맞아주었다. 우선은 비행장에서 평양 도착을 기념하여 사진 몇 장을 찍었다. 우리를 마중한 최 선생은 김일성 주석께서 나의 소식을 받고 매우 기뻐하였으며, 우리가 도착하기를 무척이나 기다리고 계신다는 반가운 소식을 전해주었다. 그리고 주석은 매우 건강하다고 말해주었다.

비행장을 떠나 시내로 들어서는 길에서 나는 티 없이 맑고 깨끗한 고향의 공기를 한껏 들이마셨다.

아, 정녕 여기가 그토록 꿈에 그리던 내 조국, 고향땅이로구나!

우리 일행은 얼마 전에 새로 지었다는 패널식 벽면의 현대식 건물인 서재동 초대소로 안내되었다. 나와 집사람은 18호 동에 여장을 풀었고 함께 온 일행은 옆에 나란히 붙어 있는 19호 동에 투숙하였다.

홍안의 소년 시절 쫓기듯 떠났던 평양을 70여 년 만에 다시 찾은 첫날 밤, 여기에 오기까지 가졌던 온갖 의구심과 번다한 상념들이 깡그리 사라져버렸다. 나는 마치 어머니 품속에 안긴 아이처럼 마음이 편안하여 아무런 시름없이 혼곤히 잠들었다. 그것은 오랜 시간의 비행기 여행에서 오는 피로 때문만이 아니었다. 나는 파도 사나운 머나먼 타향의 바다를 건너 드디어 이곳, 추억 속의 등대가 불빛 반짝이는 내 고향 항구에 닻을 내린 것이다.

아~ 그토록 그리웠던 어머니 품속 같은 조국의 포근한 밤이여!

3장

김일성 주석을
다시 만나다

1. "어데 가 있다가 이제야 왔소"

1991년 5월 15일, 평양에 도착한 지 나흘째. 눈을 뜨자 정향꽃 진한 향기가 온 방안을 휘감아 돈다. 내 가슴은 마치 첫사랑 그녀의 손을 처음 잡을 때처럼 두근거렸다. 그날 김일성 주석을 만나러 간다는 전갈을 받았을 때 나는 적잖이 흥분했고, 그토록 고대하던 주석과의 상봉이 그렇게 빨리 이루어지는 데 놀라지 않을 수 없었다. 미처 마음의 준비도 할 사이 없이 급작스레 닥쳐온 상봉의 순간이었다.

평양 중심부를 벗어나 교외로 들어선 자동차는 매우 빠른 속도로 달렸다. 물론 우리로서는 어디로 가는지 알 길이 없어 그저 차창 밖으로 만화경처럼 스쳐 지나가는 높고 낮은 산들을 보며 침묵에 잠겼다. 한참을 달려 어느 깊숙한 산골짜기에 접어든 차는 서서히 속도를 줄이더니 산뜻한 건물 앞에 멈춰 섰다.

인공호수를 마주하고 있는 그곳 주위에는 수려한 아름드리나무들이 울창하였고 공기는 무척이나 상쾌했다. 너무나도 아름다운 풍광에 압도된 우리는 안내하는 분을 따라 조심스레 정문으로 들어서

다가 문득 걸음을 멈추었다. 저만치 앞에서 김일성 주석이 홀에 나와 우리를 기다리는 것이 아닌가.

나는 그분을 바라보았다. 먼발치에서도 주석이라는 것을 이내 알아볼 수 있었다. 80이 다 되었지만 정정하고 세련미 넘치는 그이는 활달한 걸음새로 내 쪽으로 오더니 문득 걸음을 멈추고 나를 이윽히 바라보았다. 나 역시 묵묵히 그이를 바라보았다.

나는 어린 백양나무처럼 호리호리한 몸매의 미남이었던 길림 시절 그의 모습을 떠올렸다. 그러나 세월의 풍상은 미목수려했던 그의 모습을 많이도 바꾸어 놓았다. 백두산의 살을 에는 눈바람에 씻겨 철색이 도는 얼굴, 거칠어진 살결, 무심한 세월이 얹어준 앞이마의 백발. 하지만 나는 변모한 그의 얼굴 속에서도 길림 시절의 그 준수한 모습을 찾아보고도 남음이 있었다.

김일성 주석도 백발이 성성해진 모습의 내 얼굴에서 어릴 적 '형님, 형님' 하며 졸졸 따라다니던 소싯적 원태의 모습을 찾아보려는 듯 눈길을 떼지 않는다. 문득 그의 우렁찬 목소리가 울렸다.

"아, 원태! 얼굴이 생각나."

나는 마치 먼 하늘에서 울리는 듯한 웅글은 그의 목소리를 들으며 엎어지듯 주석 앞으로 다가갔다. 주석은 두 팔을 벌려 나를 안으며 갈라진 목소리로 말하였다.

"어데 가 있다가 이제야 왔소."

나는 너무도 가슴이 벅차 인사말 한마디 변변히 못하고 그저 울고만 있었다. 주석은 크고 부드러운 손으로 내 얼굴을 감싸 쥐고는 그윽한 눈으로 바라보았다.

부석부석한 눈이며 어린 시절 어머니가 애정의 표시로 쥐고 흔들어대던 개발코, '무언단'이라는 별명을 듬직하게 지켜준 입술과 인정 넘치던 그 눈빛.

'아! 저 원태는 평생을 두고 그 정을 그리워했고 그 사랑을 받으려 이렇게 달려왔습니다.'

마음은 이렇게 말하고 있었으나 터져 나온 것은 울음이었다. 그는 하얗게 세어버린 나의 백발을 크고 부드러운 손으로 어루만지며 물었다.

"어떻게 머리가 그렇게 세어졌소?"

어찌나 다정스럽게 얘기하는지 나는 마치 그 옛날의 길림 시절로 되돌아간 듯이 응석기를 섞어 스스럼없이 말하였다.

"주석님과 헤어진 다음 줄곧 주석님을 그리다보니 이렇게 되었습니다."
"고맙소, 고맙소."

그의 눈가에 문득 물기가 어린다. 그 이상 무슨 말이 더 필요했으랴! 주석의 그 한마디가 지난 60여 년 기나긴 이별의 세월에 담긴 만가지 사연을 모두 눈 녹듯 사라지게 했다. 그제야 나는 주석 옆에 서

1991년 5월 15일. 주석궁 접견실에서 61년 만에 상봉한 후 길림 시절을 회고하기 위해 관련 서류를 주시하는 김일성 주석과 손원태 일행(왼쪽에서 첫 번째가 강석숭 당역사연구소장, 두 번째가 손원태, 세 번째가 김일성, 네 번째가 길림 시절 소년회원이던 황귀헌, 맨 오른쪽이 손원태의 부인 이유신)

61년 만에 첫 상봉을 마친 후 손원태 박사 내외에게 점심식사를 접대하는 김일성 주석. 식사 후 김 주석과 손 박사는 첫 번째 담화를 했다(두 사람은 손원태의 첫 방북 기간 중 모두 세 차례에 걸쳐 집중 담화를 가졌다).

있는 사람들에게 눈길을 돌렸다. 거기에는 노동당 역사연구소의 강석승 소장과 길림 시절 나와 같이 소년회원이었던 황귀헌이 함께 서 있었다.

"원태 동무, 이게 얼마만이에요" 하며 내 손을 덥석 잡는 황귀헌은 길림 시절 동그란 얼굴이 무척이나 귀엽고 활달했던 소녀였다. 그런 그녀가 벌써 80을 내다보는 할머니가 되어 내 앞에 나타났다. 제 늙은 것은 못 본다고 그녀를 보니 '세월이 많이도 흘렀구나!' 하는 생각이 새삼스레 들었다. 만리타향 이국의 하늘 밑에서 빼앗긴 조국의 흙 내음을 못내 그리워하던 소년 소녀가 80줄의 노인이 되어서야 다시 만난 것이다. 그런데도 동무라고 불러주니 그 천진했던 어린 시절로 되돌아간 느낌이었다. 우리는 함께 그 시절의 동무들을 추억하였다.

"인실이는 어떻게 지내요?"

황귀헌은 길림 시절 절친한 동무였던 인실의 안부부터 물었다. 나는 인실이가 남조선에 살고 있으며, 대한적십자회의 부총재 일을 맡아 한다고 말하고는 다시 주석을 바라보았다.

"주석님, 우리가 길림에서 함께 지낼 때 주석님이 나와 인실이를 데리고 거리에 나가 쟝즈꿔즈를 사주시던 일이 지금도 잊히지 않습니다."

"손인실이 생각은 나. 그는 나한테 손정도 선생의 심부름을 많이 다녔소. 쟝즈꿔즈라는 것은 유포와 콩국인데 그것을 사줬던 생각은 잘 안 나는데. 하여간 같이 다니던 생각은 나오."

길림 시절 아버지 손정도 목사의 심부름으로 감옥에 있던 김성주(김일성)의 옥바라지를 했던 손인실의 가족사진. 노년의 김일성은 손인실에게 옥돌로 만든 신선로를 선물했고, 손인실은 이에 대한 답례로 질병 치료와 장수 비법에 관한 책자를 보냈다(앞줄에 손인실과 남편 문병기, 뒷줄은 아들 문재현과 딸 문성자).

주석은 비상한 기억력을 가지고 있었다. 솔직히 말해서 나는 길림에 함께 살고 있던 동무들에 대하여 별로 기억하는 것이 많지 않았다. 이름도 많이 잊었고 그들의 세부적인 신상 같은 것은 더욱더 기억에 삭막하였다. 그래서 주석에게 보낸 편지에도 황귀헌을 황귀환이라 쓰기도 했었다.

"참 내가 길림에서 축구를 하다가 다툰 적이 있는 삼풍여관집 큰아들 이동선이 생각납니다"라고 말하자 주석은 "삼풍여관집 큰아들은 이동선이 아니고 이동화야. 이동선이는 그 집 둘째 아들이지 뭐"라고 깨우쳐주었다. 나는 그날 내가 오랜 세월 소중히 간수하고 있다가 평양으로 가지고 간 길림조선인학우회 관계자들이 찍은 사진을 보여주었다.

주석은 사진을 받아들고 몹시 반가워하며, 이건 박일파, 여기 선 건 김강이 하면서 그들에 대해 뚜렷하게 기억하였다. 물론 원일 형과 상월 선생, 육문중학교의 이광한 교장에 대해서도 떠올렸다. 또 나는 그에게 길림 송화강 건너 강남공원에 소풍을 갔을 때 사진을 찍던 일 이 기억나는지 물었다.

"기억나오."
"그런데 이 사진에 왜 주석님의 모습이 없는지 모를 일입니다."

나는 주석의 모습이 보고 싶을 때마다 이 사진을 꺼내보곤 하였 다. 그런데 어쩐 일인지 어느 사진에나 주석의 모습만은 보이지 않았 다. 나는 그 이유를 알 수 없었다. 그런데 주석이 그 사유를 설명해주 었다.

"나는 그때 사진을 안 찍었소. 용담산에 갔을 때에도 당신네가 사진을 찍었 지만 나는 피해 달아났었소. 사진 찍는 것을 내가 피했지. 그때 나는 학우회 와 소년회를 통해 합법적인 활동을 하면서도 실제로는 비밀공청사업을 하 였기 때문이오. 그래서 농촌에 많이 나가 있었소. 북산공원에 소년운동가들 을 모아놓고 독립운동에 대한 연설을 하던 생각도 나오. 혁명 활동을 하다 보니 되도록 사진을 찍지 않았소."

길림 시절의 그에 관해 너무도 많은 것을 몰랐던 나는 그저 넋을 놓고 우러를 뿐이었다. 추억은 끝이 없었다.

▲ 1991년 5월 31일, 방북 체류 중 금강산 여행을 다녀온 손원태 내외와 이들을 접견하는 김일성

▶1991년 6월 2일, 세 번째 담화를 위해 주석궁을 방문한 손원태 박사를 영접하는 김일성

1991년 5월 31일, 김일성 주석과 두 번째 담화를 하는 손원태 내외. 매우 화기애애한 분위기에서 진행됐다.

"주석님, 길림에 있을 때 주석님은 마치 학이 닭의 무리 속에 있는 것 같았습니다. 한마디로 잘생기고 보조개까지 있어 정말 매력이 있었답니다."

내가 이렇게 말하자 주석은 호탕하게 웃으며 "감사합니다"라고 하였다.

이렇게 나는 그가 미소를 지을 때마다 양 볼에 우묵하게 패던 보조개를 다시 보면서, 내 일생에 주석을 알게 된 것이 얼마나 큰 복이냐는 생각이 새삼 우러났다.

주석은 우리 일행을 오찬회장으로 안내하였다.

"차린 것은 없지만 많이 드시오."

주석은 우리의 접시에 맛있는 음식을 손수 집어 놓아주며 거듭 권하였다. 맑은 술이 찰랑찰랑하도록 담긴 술잔을 든 채 주석은 우리 아버지 손정도 목사에 대한 이야기로부터 쌓이고 쌓였던 회포의 실타래를 풀어나갔다.

"손정도 목사는 나의 생명의 은인입니다."

벌써 10대의 소년 시절에 혁명의 길에 나선 주석이 한 세기가 저물어가는 오늘까지 걸어온 장구한 인생행로에서 알게 되고 도움을 받은 사람들이 어찌 한둘이겠는가. 그 기나긴 세월에 비해 볼 때 길림 시절은 그야말로 짧은 한순간이었다.

그때 우리 아버지가 주석을 위해 해드렸다면 얼마나 위해 드렸으랴. 하지만 오늘까지도 손씨 집안의 가장이었던 아버지에 대한 추억과 변함없는 감사의 정을 간직하고 있는 주석의 인품 앞에서 나는 절로 머리가 숙여졌다. 그 한마디는 한없이 따스한 그의 인간적 품성을 어떤 말보다 큰 감화력을 가지고 드러내 주는 것이었다.

주석은 상월 선생이나 육문중학교의 이광한 교장, 최동오 선생 등 수많은 사람들에 대하여 회고하였는데 마치 방금 전에 있었던 일을 회상하는 듯 생동하고 정확하였다.

"참. 그때 내가 원태네 집에 가서 먹어본 쫀드기떡이 정말 맛이 있었소. 인실이가 북산공원에 가서 쫀드기풀을 뜯어오면 원태 어머니가 쫀드기떡을 해주곤 하셨지. 그 어머니 사랑이 지극하였소. 내가 가면 집에서 기르던 토끼를 잡아 두부찌개를 해주던 일도 잊을 수가 없소."

주석은 원일 형에 대해서도 회상하였다.

"내가 육문중학교를 다닐 때는 그가 길림 문광중학을 다니었지."

그는 원일 형이 상해에 공부하러 갔던 일에 대해서도 모두 알고 있었다. 이처럼 길림 시절 동무들에 대한 오랜만의 회상 끝에 김일성 주석은 내가 평양에 오게 된 경위에 대해서도 자세히 물었다. 그래서 베이징대사관에 갔던 이야기를 하자 "대사관 사람들이 떨떨했소. 내막은 몰라도 보고를 해야지… 사람과의 관계인데"라고 하였다. 내 편지가 평양에 와 닿기 전에 주석도 나를 찾고 있었다 한다. 주석은 김성락 목사가 왔을 적에 혹시 나와 동생 손인실의 생사 여부를 알고

손원일 제독의 가족사진. 뒷줄 왼쪽부터 시계방향으로 손원일, 아내 홍은혜, 맏아들 명원, 둘째 아들 동원, 어머니 박신일, 맏딸 영자의 모습. 이후 아들 창원이 태어났으나 맏딸 영자와 막내아들은 어린 나이에 세상을 떠났다. 과거 김성주와 손원일은 손정도 목사가 목회하는 길림조선인교회를 함께 다니며 각각 주일학교 반사(교사)를 하며 아이들을 가르쳤다.

있는지 물어보았는데 그가 모르더라는 것, 후에 알아봐 주겠다고 하더니 소식이 없었다는 것 등을 말해주었다.

그다음 해가 주석 탄생 80돌이기 때문에 나는 "주석님 탄생 80돌 기념일에 다시 오겠습니다"라고 하자, 그는 "고맙소. 꼭 오시오" 하며 요즘은 옛날 친구들이 많이 찾아와서 좋다고 하였다. 이때 옆에 있던 아내가 "주석님께서 큰일을 하시니까 모두들 더 뵙고 싶어 하는 거지요"라고 하였다. 주석은 아내의 말을 가볍게 받았다.

"큰일이란 거야 인민들이 하는 거지요. 인민들이 하는데 우리가 한몫 거들었을 뿐이지."

예사롭게 하는 그의 말이 내 가슴을 울렸다. 주석의 몸에 밴 '이민위천'(以民爲天)의 정치철학을 생생하게 보여주는 명언이라 생각되었다.

주석은 인민들의 힘이 무궁무진하다고, 사람은 능히 하늘을 이길 수 있다고 하면서, 혁명 활동의 초기에 일부 사람들이 러시아에 유학을 가라고 권고할 때 자신은 인민들 속에 들어가 그들을 교양하고 묶어 세우는 일부터 하였다고 말했다. 그의 화제는 자유분방하게 여기저기로 흘러갔다.

큰 나라들의 틈새에 끼어 살면서도 어떻게 사대주의를 배격하고 제힘으로 살아오고 있는가에 대해서도 말하였고, 세계 여러 나라 사람들이 와보고 경탄하는 서해갑문을 어떻게 제힘으로 일으켜 세웠는가에 대해서도 이야기해 주었다.

그 말씀에서 젊어서부터 나라와 민족을 위해 고생 많았던 그가 고령에 이르렀음에도 인민을 위해 모든 심혈을 다 바치고 있음을 알게 되었다. 그래서 우리가 주석에게 "평생에 참으로 많은 고생을 하셨습니다"라고 말씀드리자, 그는 "고생이야 말할 것도 없지. 고생을 안 했다면 거짓말이요. 고생하는 사람이 있어야 하오. 고생하는 사람이 있어야 백성이 편안하지"라고 하였다.

민족의 어버이로서의 그의 품격, 그의 인생관이 함축되어 있는 그 말을 들으며 나는 왜 온 나라 인민이 그를 친어버이로 받드는가 하는 대답을 단번에 찾게 되었다. 내가 평양을 찾아온 것이 얼마나 잘한 일인가! 나는 지레짐작했던 것보다 이곳에서 더 큰 것을 얻게 될 것이며 내가 되찾으려는 진실이 조국과 민족을 위한 나의 최대 공헌이 될 수 있으리라는 예감이 들었다.

퍽이나 시간이 흘렀다. 주석은 우리에게 자주 오라고 거듭거듭 당부하며 말을 이었다.

"이제는 매해 올 수 있지 않겠소? 여비만 대고 오면 되지. 밥은 내가 먹여주겠소. 오면 밥은 내가 대접할 테니 휴양 삼아 오시오. 지금 동무들은 모두가 새 사람들이어서 말동무가 안 돼. 오래간만에 왔는데 대접을 잘못할까봐 근심이 되오. 이 사람들이야 밤낮 붙어있을 수 있지만, 우리가 서로 헤어진 지는 61년이 되지 않소? 이제 우리가 살아야 10년을 더 살겠나…."

그 말씀 후에 나는 "주석님, 손금을 좀 봅시다"라고 청했는데, 주석은 나의 엉뚱한 청에 웃음을 지으며 손금도 볼 줄 아느냐고 하였다.

그래서 내가 "네, 그전에 일본에 가서 공부할 때 도서관에서 손금과 건강이라는 책을 읽은 적이 있습니다. 손금을 통해 건강에 대해서 설명한 책에 호기심이 생겨 여러 번 읽은 적이 있습니다" 하고 대답하는 중에 곁에 있던 아내가 "주석님, 이 양반이 고운 처녀들 손을 잡고 싶으면 손금을 봐주겠노라고 하는데 모를 소리입니다" 하고 깎아내렸다.

주석은 큰소리로 웃으며 하여간 난생처음 손금을 봐주겠다는 사람이 나섰으니 좀 봐달라고 하며 내 앞에 손을 내밀었다. 깊은 산골짜기와 같이 쭉쭉 뻗은 손금이 과연 범상치 않았다. 천하명인의 손금임에 틀림없었다. 내 입에서는 제법 점쟁이 같은 말투가 흘러나왔다.

나는 그의 손을 쥔 채 "주석님, 손금이 참으로 희한합니다. 우선 명금이 이렇게 쭉 뻗었으니 만년장수하실 겁니다. 그리고 이건 대통령 금입니다. 대통령 금이 이렇게 좋으니 주석님께서는 앞으로도 만백성의 칭송을 받을 것입니다"라고 얘기하였다.

"그것 참, 대통령 금이 다 있소?"

주석은 즐겁게 웃으며 나를 바라보더니 나직이 말하였다.

"고맙소."

이 고지식한 손원태가 갑자기 점쟁이 흉내를 내는 이유를 그가 왜 모르랴. 어렸을 때처럼 응석을 부리고 싶어 한다는 것을 그도 곧 알아 챈 것이다. 모르는 사람은 불손하다고도 생각할 그 응석 속에 이 손원 태가 오랜 세월 간직해온 그리움과 정이 엉켜있다는 것을 그도 너무 나 잘 알고 있었다. 또 그 응석 속에 그에 대한 나의 뜨거운 존경심 그리고 주석의 모든 일이 잘되기를 바라는 진정이 어려 있음을 그도 감득한 것이었다. "고맙소!" 주석은 다시금 되뇌며 말을 이었다.

"앞으로 10년 동안 매해 만납시다. 그래 함께 이야기나 하면서 세월을 보내
고… 가기 전에 다시 만날 작정이요."

그래서 내가 "주석님이 바쁘실 터인데 우리 때문에 어떻게 따로 또 시간을 내시겠습니까"라고 말하자 주석은 "바쁘다는 것은 거짓말 이요. 만나기 싫으면 바쁘다고 하지" 하며 웃었다. 나와 아내의 눈길 이 서로 부딪쳤다. 물기 오른 아내의 눈은 '참 진실하고 소박하신 분 이네요!'라고 말하는 듯했다.

그날 밤 나와 아내는 오래도록 잠들지 못했다. 정향꽃 향기 진하게 풍기는 정원을 오래도록 거닐며 그저 이날 있었던 일들을 되새기고 그 의미를 음미해 볼 뿐, 나도 아내도 아무 말이 없었다. 우리네 인생에 이렇듯 정신과 감정, 심혼이 승화되는 날이 몇 번이나 있을까 싶다.

하지만 이런 날은 그 누구에게나 있는 것이 아니다. 분에 넘치게도 나는 김일성 주석으로 말미암아 이렇듯 인생의 마지막 절정에서 다시 올 수 없는 행복한 시간을 맞이하게 된 것이다. 아내는 나의 부푼 감정을 깨칠세라 조용히 내 손을 쓰다듬으며 속삭였다.

"당신이 왜 평생을 두고 그렇게나 김일성 주석을 그리워했는지 이제는 알 것 같아요."

2. 친형님의 심정

1991년 내가 평양을 처음으로 다녀온 다음 미국과 남한에서는 일대 파문이 일어났다. 오마하의 손원태가 김일성 주석의 어릴 적 동무이고 60여 년 만에 평양에서 다시 만나 그의 융숭한 대접을 받았다는 사실이 주석과 찍은 사진과 함께 신문에 대서특필되었던 것이다. 이 일로 하여 나는 일약 유명인사가 되었고 사람들의 화제에 오르게 되었다. 신문사 기자들이 잇달아 나를 찾아왔다. 졸지에 나는 언론의 관심과 호기심의 대상이 되어버린 것이다. 더구나 주석이 자신의 회고록에 아버지 손정도 목사에 대하여 써주었기 때문에 나는 더욱 널리 알려지게 되었다.

어쨌든 이렇게 김일성 주석이 자신의 어릴 적 벗인 나를 반갑게 맞아준 사실은 다른 몇 백, 몇 천 마디의 말보다도 주석의 독립운동과 관련한 내 주장의 진실성을 확인시켜주는 더욱 유력한 증거가 되었다.

1991년 9월 5일 동아일보 미주판인 「미국동아」, 「동아 데일리뉴스」는 "김일성은 진짜 독립운동가였다"라는 제목을 달고 내가 그를 만나고 온 사실을 특집기사로 실었다. 그것은 김일성 주석을 처음으로 만났을 때 찍은 사진과 주석이 묘향산에 가 있는 우리 부부를 찾아왔던 때 찍은 사진을 싣고 그 위에 "손 옹과 김 주석", "김 주석은 아직도 손 목사의 은혜 잊지 못해", "상상외로 건강한 김 주석, 오히려 손 옹에게 건강진단 권유", "나는 이용당한 것이 아니라 사실을 얘기했을 뿐이다" 등등의 중간 제목과 해설을 달아 한 면을 꽉 채운 기사였다. 이렇게 되자 남한에서 김일성 가짜설을 퍼뜨리던 자들이 아주 싱

세 번째 방북 중이던 1993년 6월 25일, 손원태와 야외에서 재회하는 김일성의 모습

겁게 돼버렸다.

　이처럼 역사의 진실은 어느 때든 밝혀지기 마련인 것이다. 어떤 의미에서는 그들의 중상모략이 거꾸로 김일성 주석이 절세의 애국자 임을 세상에 널리 알려준 꼴이라고도 할 수 있다. 손바닥으로 햇빛을 가리려 하다니 그게 될 법이나 한 말인가?

　또한 미국 「월 스트리트저널」에서는 "두 친구 중 한 사람은 의사 가 되고 한 사람은 독재자가 되었다"라는 제목으로 나의 평양 방문 소식을 실었다. 나는 그 기사를 보고 쓴웃음을 지었다. 그네들이 김일 성 주석에 대해 무얼 아는 게 있다고 제멋대로 붓질을 해대는가 싶었 기 때문이다. 하긴 전혀 딴 세계에서 사는 그들이 어찌 북조선을 알 수 있으며 김일성 주석의 정치를 이해할 수 있겠는가? 사실 나도 처 음 평양행이 결정되었을 때 북조선 사람들이 '나를 어떻게 대해줄까'

하는 걱정에 며칠을 고민하기도 했으니 그들의 무지스러운 기사를
이해할 만도 하다. 하지만 그때의 내 걱정은 부질없는 노파심이었다.
내가 평양에 도착하자 김일성 주석뿐 아니라 평양 사람들도 한결같
이 나를 반갑게 맞아주었기 때문이다. 북조선의 신문과 텔레비전이
나의 평양 체류 소식을 크게 소개하였기에 공화국의 어느 곳을 가거
나 나를 모르는 사람이 거의 없을 정도였다. 인파로 붐비는 속에서도
사람들은 나를 알아보고 인사를 하였다. 나는 그것을 금강산에 가서
도 묘향산에 가서도 보았으며, 또한 송도원의 백사장에서도 마찬가
지였다. 북조선의 어느 고장, 어느 집을 가나 이 손원태는 그네들의
반가운 손님이요, 친지였다. 김일성 주석의 손님은 다 우리 집 손님이
고 주석이 이 손원태를 만나 기뻐하니 그의 자식들인 자기들도 기쁘
기 그지없다는 것이었다. 아마 이런 특별한 체험은 주석을 아버지로
모시고 한가정이 되어 사는 공화국에서만 할 수 있을 것이다.

아내는 "이곳 선생들은 어쩌면 그렇게 친절하고 좋은 분들일까요.
한분 한분이 다 인격자들이에요. 아가씨들은 또 얼마나 순박해요?"
라고 말하며 감동을 금치 못하였다. 나는 아내에게 그 이유를 이렇게
설명했다.

> "당신이 언젠가 자식들은 아버지를 닮는다고 했지? 그러니 여기 사람들은
> 모두 김일성 주석을 닮을 수밖에 없겠지."

나는 세 자식을 키우면서 애들에게 매질이나 욕설을 한 적이 단
한 번도 없다. 아이들이 모두 품행이 단정해서 둘째 정국이의 고등학
교 졸업식 때는 내가 '시카고의 아버지'로 당선된 일도 있으며, 그때

아내가 나에게 자식들은 아버지를 닮기 마련이라고 하였던 것이다.

공화국에 대해서도 그렇게 말할 수 있다. 김일성 주석이 그렇게 인정 있고 훌륭한 분이니까 인민들도 모두 고운 마음씨를 가진 인격자들이 되었을 것이다. 우리는 그처럼 평양의 풍토와 인정에 푹 빠져버렸으며 다시 평양을 방문했을 때는 마치 내가 계속 평양에 살고 있던 것 같은 느낌이 들 정도였다. 그때는 김일성 주석의 탄생 80돌을 맞이하는 큰 국가적 명절을 앞둔 때라 온 나라가 명절을 맞이한 것처럼 들떠있었다.

우리는 평양에서 좀 떨어진 온천군에 여장을 풀었는데, 주석이 친히 정해준 숙소였다. 그곳은 옛날 행정구역으로는 룡강군에 속한 이름난 온천지대로, 숙소에는 온천욕탕이 갖추어져 있어 나는 때 없이 온천욕을 할 수 있었다. 우리가 어떻게 되어 이런 곳에 숙소를 정하게 되었는가를 나는 주석을 만났을 때 상세히 알게 되었다.

그것은 4월 22일이었다. 주석은 우리를 오찬에 초청한 자리에서 다른 나라의 정부 수반급 인물들과 당수들이 많이 와서 초대소가 긴장하게 되었다며 "손님이 4,800명, 예술단이 2,000명이 되는데 숙소를 배치하다 못해 나한테까지 제기되었소. 그래서 내가 손원태 선생은 내 손님인데 내가 쓰는 온천을 쓰도록 하라고 하였소"라고 말해주었던 것이다. 이어 주석은 그곳 온천이 식염온천인데 그런 온천 신세를 진다는 게 쉽지 않다, 바닷물인데 라듐이 있다, 라돈온천은 관절염에도 좋고 신경통에도 좋다고 하면서 한 달 있어도 좋고 두 달 있어도 된다고 하였다.

그가 자신이 쓰는 온천을 우리에게 내준 걸 보면 나를 어떤 의례적인 손님이 아니라 친동생으로 여긴다는 것을 가슴 깊이 느낄 수 있었다.

탄생 80돌을 맞는 주석을 처음 만났을 때 나는 주석에게 대원수 칭호를 받으신 데 대해 축하를 드렸다. 그는 자신이 운동을 적당히 하니 건강이 좋다고 하며, 나에게 정구도 치고 걷기운동도 하고 자전거 타는 운동 같은 것을 해서 늙지 않도록 하라고 일러주었다. 이어 주석은 느닷없이 "가만, 손 선생이 올해에 몇 살이라고 했지?"라고 물었다. 그래서 내가 78세라고 말하자 "그렇지, 나보다 두 살 아래였으니까… 내후년이 팔갑이지. 다시 한번 말하지만 그때에 꼭 오시오. 내가 팔갑상을 잘 차려 드리겠소. 약속대로 조국에 와서 팔갑을 쉬시오. 아들딸들도 다 데리고 오고 친척들도 다 데리고 오고 그리고 손 선생이 아는 사람들을 다 데리고 와서 평양에서 팔갑을 잘 쉬도록 합시다. 내가 형님이 되어 동생의 생일상을 잘 차려주겠소"라고 했다. 그 전 해에 처음 왔을 때도 내 팔갑상을 자신이 차려주겠다고 하더니 다시금 약속하는 것이었다. 주석이 하는 그 말에 우리 부부는 다시금 감격하여 거듭 고맙다는 인사를 하고 꼭 그렇게 하겠노라고 하였다. 오찬까지 끝내고 헤어질 때 주석은 느닷없이 언제쯤 돌아가겠는가고 물었다. 내가 세금을 처리할 일도 있고 또 집을 너무 오래 비워두어서 5월 말쯤 돌아가겠다고 말하자 좀 서운해하며 이렇게 말하였다.

"미국에 꼭 가야 하겠소? 이제는 늘 이렇게 한 해에 한 번씩 와서 말동무나 하면 좋지 않소. 서로 만나서 옛말이나 하면서 지냅시다. 하나는 미국 이야기를 하고 하나는 조선 이야기를 하면서 말이요."

그는 이제는 김정일 지도자가 기본문제를 다 맡아주고 자신은 대외

사업을 비롯한 몇 가지 일만을 보기 때문에 여가가 좀 있다고 하였다. "주석님께서 오래오래 건강하셔서 지도자분의 사업을 잘 보살펴주셔야지요"라고 아내가 말씀드리자 나도 한몫 끼었다.

"주석님은 만년 장수하셔야 합니다. 만년 장수하실 수 있다는 것이 손금에 다 나타나 있습니다."

내가 이렇게 말하자 주석은 "손금은 어떻게 되어 그렇게 잘 보오?"라고 물으며 환하게 웃었다. 그날 주석을 만나고 온 다음 나는 낮에 있었던 일들을 곰곰이 되새기다가 "미국에 꼭 가야 하겠소?" 하던 주석의 물음을 두고 깊이 생각하게 되었다. 그 말의 진의를 새길수록 나는 그가 매우 심중한 문제에 직면하고 있다는 것을 온몸으로 느꼈다. 그래서 나는 그날 저녁 아내와 함께 오래도록 그 문제를 놓고 상의하였다.

내가 "주석의 말씀은 이 손원태가 언제나 당신 곁에 있었으면 좋겠다는 뜻 아니겠소?"라고 말하자 아내는 한걸음 더 나가서 "그것만이 아닌 것 같아요. 당신이 여기 와서 사시다가 고향 땅에 묻히라는 뜻입니다"라고 했다. 나는 그제야 주석이 나에게 바라는 것을 보다 깊이 새기게 되었다. 그 후부터 나는 주석이 혹여 또다시 내 의향을 물으면 어떻게 대답을 할 것인가를 놓고 많은 생각을 하게 되었다. 나로서는 평양에 영원히 눌러살아야겠다는 생각을 해본 적이 없었기 때문에 첫걸음에는 더 말할 것도 없고 두 번째로 평양을 방문하면서도 나 자신이 그런 문제에 부딪치리라고는 생각조차 하지 못하였던 것이다. 물론 그날 주석이 단지 오래간만에 만난 친구와 헤어지고 싶지 않은 마음에 그런 말을 한 것인지도 모른다. 그러나 주석의 그 소박한 말 속에서 이 손원태에 대한 정이 너무도 절절히 느껴져 결코 가볍게 대할 수가 없었기에 아내와 진지하게 의논해 보았던 것인데 아내는 생각 외로 순순히 마음의 결정을 내렸다.

> "우리가 평양에 와서 산다면 주석님께서 대단히 기뻐하실 테지요. 그래서
> 그분이 그런 말씀을 하신 거라고 생각해요. 그분께서 우리가 평양에 와서
> 살다 죽기를 바라신다면 평양에 오는 거지요. … 그저 미국에 있는 자식들
> 한테 마음대로 오갈 수만 있다면 다른 걱정은 없겠는데….”

나는 아내의 말이 옳다고 생각하였다.

허리가 동강난 조선의 북과 남에 서로 다른 사회제도가 있고 또 상당한 대결국면이 거의 반세기가량 지속되고 있지만 사실 나는 정치적 입장을 갖고 어디를 지지하거나 반대한 적이 한 번도 없다. 그저 조국의 이러한 비극적 분단상황을 가슴 아파하며 빨리 통일의 날이 오기만을 바라왔을 뿐이었다.

미국에서의 나의 생활은 어느 모로 보나 안정되어 있었다. 나는 정치적 이유로 핍박을 당한 일도 없이 당당한 미국 시민권을 가지고 살고 있었으며 경제적으로도 궁핍하지 않았다. 일생을 병리학 의사로 살아왔던 만큼 대단한 치부의 기회나 가능성은 없었지만 그래도 살만한 집도 있고 자동차도 있고 70에이커 정도의 임야도 있다. 어떤 사람들은 내가 너무 고지식해서 돈벌이할 줄 모른다느니 쓸모없는 풀밭을 사가지고 앉아있다느니 하지만 나는 공기 좋고 한적한 야산에 집을 지어놓고 그 야산을 가꾸며 여생을 보내는 데서 인생의 낙을

찾고 있다. 나는 내 땅 근처로 도시가 확장되거나 고속도로라도 새로 뻗어 일확천금하기를 바라거나 꿈도 꾸지 않으니 이 생활환경이나 처지를 극적으로 바꿔야겠다고 생각한 적은 단 한 번도 없었다.

그러나 사람은 빵만으로는 살 수 없는 것 같다. 나에게도 고국에 대한 향수가 있으며 나이가 들수록 그것이 더 짙어가는 것을 어쩔 수 없었다. 그렇다고 오래된 미국 생활을 정리하고 그전에 내가 살았었고 지금도 인실 동생이나 조카들, 친지들이 살고 있는 서울이나 남한 땅 어디에 가서 정착해야겠다는 생각은 단 한 번도 하지 않았다. 왜냐하면 그곳에서는 친일파와 매국노들이 득세하여 온갖 부귀와 영화를 누리면서 지난날 조국의 독립을 위해 피 흘려 싸운 이들을 모욕하고 있기 때문이었다. 그래서 언젠가 주석이 내게 남한에 가서 살 생각은 없느냐고 물었을 때 나는 단호하게 "생각해본 적이 없습니다"라고 대답하였던 것이다. 그렇다고 딱히 평양에 가서 살았으면 하는 생각도 하지는 않았었는데 평양에 와서 김일성 주석을 만난 다음부터는 우리 부부의 마음이 온통 평양으로 쏠리고 말았다.

아내와 나는 오마하에 돌아오면 평양 방문 이야기로 세월을 보냈고 다시 그곳으로 갈 차비를 하면서 늘 흥분 속에 살았다. 그곳에는 인간 손원태를 속속들이 이해해주며 이미 작고하신 아버지와 어머니, 형을 대신하여 나를 동생처럼 지극히 사랑해주는 주석이 있기 때문이었다. 인정은 천금으로도 못산다고, 그런 주석이 바라는데 내 무엇을 주저하며 망설이랴! 나는 김일성 주석 곁에서 형님, 동생 하며 지낼 수만 있다면 안정된 미국의 생활터전을 미련 없이 버리고 태평양을 건너겠다는 결단을 내렸다. 그러나 한편으로는 '평양에 영주하게 되면 남한에 사는 인실이한테는 가볼 수가 없겠구나' 하는 생각 때문에 가슴이 아팠다.

그때로부터 한 두어 주일쯤 지난 5월 7일에 주석은 옥류관으로 나를 초대하였다. 그 유명한 평양냉면을 본산지인 평양 옥류관에서 직접 맛보라는 애정 어린 초청이었다. 그날 주석을 다시 만난 자리에서 나는 "주석님, 이제 우리 부부는 평양에 와서 주석님 곁에서 살겠습니다"라고 말하였다. 그러자 주석은 "아 그래, 손원태 선생이 평양에 와서 살겠다면 좋은 일입니다. 나는 찬성입니다"라고 하며 못내 기뻐하는 것이었다. 나는 조국에 와서 살겠다는 나의 말이 김일성 주석에게 그렇게 큰 감동을 줄지 전혀 몰랐다. 물론 내가 그렇게 말하면 반가워하리라는 생각은 했지만 주석이 그토록 반갑게 받아들이리라고는 미처 생각지 못했던 것이다.

"선생이 조국에 오면 나에게는 좋은 말동무가 생기게 되는데 그렇게 되면 나는 선생과 옛말을 하면서 오래 살 수 있소. 나에게는 지금 말동무를 해줄 사람이 없소. 여기에 나이 많은 사람들이 있기는 하지만 그들은 다 그전에 내 밑에서 일하던 사람들이라 말동무가 안 돼. 나와 말하기를 어려워 해. 그렇다고 젊은 사람들과 말하자고 해도 말이 잘 통하지를 않아. 선생이 조국에 오면 나와 같이 낚시질도 하고 사냥도 합시다. 사냥을 할 줄 모르면 내가 가르쳐주겠소."

이때 아내가 마음속에 근심하고 있던 바를 살짝 내비쳤다. 바로 미국에 있는 아들딸들을 보고 싶을 때 자유롭게 왔다 갔다 할 수 있겠는지 하는 문제였다. 그러자 주석은 그 자리에서 즉시 답해주었다.

"그것은 걱정하지 마시오. 부인이 여기에도 친척이 있고 남한에도 있고 또 미국에 자식들도 있는데 필요할 때 미국에도 왔다 갈 수 있고 남조선에도 갔다 올 수 있습니다."

결국 우리가 마음속으로 걱정하던 문제는 이제 하나도 남지 않게 되었다. 내가 한결 가벼워진 마음으로 주석에게 평양에 우리 부부가 살 수 있는 초가집 한 채만 마련해달라고 부탁하자 주석은 "우리나라에는 초가집이 없소. 농촌에도 다 문화주택만 있으니 그것만은 힘들 것 같구려"라고 말했다. 그래서 나는 다시 "주석님, 그건 아닙니다. 초가집이 없는 게 아닙니다. 제가 만경대에서 보니 초가집 한 채가 있었습니다"라고 웃으며 말하자 주석 역시 웃으면서 "그건 안 돼. 저 사람들이 그것은 내놓지 않아"라며 당역사연구소의 강석승 소장과 최 부소장을 가리켰다.

사실 나는 그날 너무도 즐거운 김에 만경대에 있는 초가집을 달라고 한 것인데 그 집으로 말하면 김일성 주석이 탄생한 역사의 집이며 공화국은 물론 온 세상 사람들이 매일같이 찾아오는 성지이다. 말하자면 기독교에서의 예루살렘이나 이슬람교에서의 메카나 메디나 같은 곳이요, 불교에서의 룸비니나 부다가야 등과 같은 곳이라 할 수 있다. 이러한 성지를 감히 내달라고 하였으니 아무리 농담이었다 해도 지나친 응석이 아닐 수 없었다. 그러나 주석은 그런 나를 투정질하는 막내동생처럼 사랑스러워하였다. 오랜 세월을 풍광도 풍습도 전혀 다른 이국땅에 살면서 애정에 주려온 이 손원태의 마음을 이해해준 것이리라. 김일성 주석은 나의 어깨를 정답게 두드리며 말을 이었다.

"손 선생이 조국에 오면 내가 좋은 집을 하나 마련해주고 대접도 잘하겠소. 그리고 내가 짬짬이 선생 집에 놀러도 다니겠소. 그때 무얼 대접하겠소?"

그러자 아내는 이내 "제 있는 힘껏 주석님을 대접하겠습니다. 언 감자국수는 자신이 없으나 평양냉면을 대접하겠습니다" 하고 말하였다.

"그래그래, 냉면도 좋고 온면도 좋소. 부인이 지은 것이라면 다 맛있을 것이 분명하오."

주석은 우리에게 많이 들라고 하며 오늘은 국가주석이 연회를 차리는 식으로 좀 많이 차렸지만 앞으로 우리가 평양에 살게 될 때면 국가주석이 아니라 김성주가 손원태를 만나는 것으로 하고 대접하겠다고 하였다. 내가 그 말에 찬동하자 주석은 매우 기분이 좋은 듯 옆에서 시중드는 젊은 비서에게 들쭉술 한 잔만 더 부으라고 하였다. 그러자 그 젊은 비서는 그의 건강을 염려하여 "안 됩니다" 하고 딱 잡아떼는 것이었다. 주석은 손자를 얼리듯 "두세 잔은 일 없어. 기분이 좋아서 그래" 하고 사정하였다. 꼭 할아버지와 손자 사이였다. 나는 그것이 부러워 다시 용기를 내어 말하였다.

"주석님, 주석님께서 저를 손원태 선생이라고 하니 제 어딘가 거북스럽습니다. 그리고 저 또한 주석님이라고 매번 부르자니 어째 좀 멀어지는 느낌입니다. 그래서 제가 이제부터는 그저 형님이라고 하려고 합니다. 그러니 주석님께서도 저를 그저 친동생처럼 원태라고 불러주십시오."

이에 주석은 "감사하오, 나도 같은 생각이요. 그럼 이제부터 손원태, 김성주라고 부르도록 합시다"라고 하고는 그 후부터 나를 만날 때마다 "원태, 그간 잘 있었나. … 건강은 어때" 하고 친동생을 대하듯 하였다. 그러나 외려 나는 "형님"이라는 소리가 바로 나오지 않았다. 주석과 단둘이 있을 때라면 혹 그렇게 부를 수도 있겠지만 내가 주석을 만날 때마다 관계 부문 선생들이 따라다니고 기자들이 지켜보니 도무지 그렇게 부를 수가 없었던 것이다. 그래서 나는 "김성주 형"이나 "성주 형"하는 식으로 불렀다. 그렇게 부르자니 나는 정말로 다시 길림 시절의 어린아이로 되돌아간 듯했다. 내 인생에 이런 꿈같은 날이 있을 줄을 어찌 알았으랴!

시간이 퍽이나 흘러 헤어질 때가 되었다. 주석은 나에게 연급을 얼마나 받느냐고 물었다. 내가 6,000불 정도 된다고 하였더니 그는 "그게 작은 돈이 아니지" 하며 깊은 생각에 잠기었다. 그러면서 다시 "내가 오란다고 하여 억지로 와서는 안 되오. 꼭 마음에 있어 와야 하오. 한 달에 6,000불이면 적은 돈이 아니야, 그것을 타 먹어야지. 서둘러 오려고 하지 말고 그 돈을 타 먹다가 비행기 타기가 정 힘들어질 정도 되면 와서 여기에 묻히오"라고 따뜻이 말하였다.

나처럼 평범한 인간에 대해서조차 이렇게 존중해주고 강요나 억지가 전혀 없는 이를 감히 '독재자'라 부르는 사람들이 있다니.

그날 밤 나와 아내는 당분간 미국에서 좀 더 살기로 의견을 모았다. 그리고 그곳에서 김일성 주석과 북조선에 대한 모든 왜곡된 사실들과 정보, 의견들을 바로잡는 일을 좀 더 열심히 하다가 끝내 기력이 떨어지면 그때 다시 평양에 돌아와 이 땅에 묻히자고 약속하였다.

3. 산속의 백악관

김일성 주석이 나에게 좋은 집을 한 채 마련해주겠다고 한 때로부
터 한 해가 지나 내가 다시 평양에 갔던 1993년 6월 어느 날이었다.
하루는 최 선생이 저녁식사를 마친 다음 " 손 선생, 이제 새 집으로
이사를 갑시다" 하는 것이었다. 아무런 사전예고도 없었고 날도 저물
었는데 이사를 가자고 하니 나는 어안이 벙벙해졌다. '벌써 우리가 들
집을 다 지었단 말인가?'

지난해 주석이 내가 살 집을 지어주도록 집터를 마련하고 건설 일
꾼들을 붙여 착공한 것을 보고 갔지만 아무리 공사를 빨리한다 해도
벌써 집이 완공되었을 리는 만무했다. 그러나 어쨌든 주석의 손님으
로 와있는 우리로서는 최 선생이 시키는 대로 급하게 짐을 꾸려 이사
를 하지 않을 수가 없었는데, 그때까지 우리 부부는 평양 도심에 있는
서재동 초대소의 18호 동에 기거하고 있었다.

우리를 실은 자동차는 불빛이 명멸하는 도시 한복판을 지나 교외
의 고속도로로 들어섰다. 한참을 달리던 차가 어디선가 천천히 속도
를 늦추더니 주변에 나무가 빼곡히 늘어선 좁은 도로로 들어섰다. 비
록 밤이기는 하지만 깊숙한 산속으로 들어가는 것이 틀림없었다.

드디어 우리 앞에 불이 환히 켜있는 집 한 채가 나타났다. 밤이어
서 집의 전경이나 주변을 다 알아볼 수는 없었지만 집이 꽤 크다고
하는 것만은 대번에 알았다. 2층집이었다. 어둑어둑한 넓은 숲속에
저 혼자 대낮처럼 환하게 불을 밝히고 있는 그 집은 마치 숲속의 신비
한 궁전처럼 보였다.

세 번째 방북(1993년 6월 24일) 기간 중 주석궁 영빈관으로 초청한 손원태 내외를 맞이하여 기념 촬영한 김일성

차에서 내리자 집 관리인인 듯 나이 지긋한 분과 곱게 생긴 젊은 처녀가 우리를 반갑게 맞아주면서 그곳이 우리가 살게 될 집이라고 말해주었다. 우리는 큰 응접실과 침실이 갖추어져 있는 한 방으로 안내되었다. 후에 안 것이지만 그 방은 다른 나라 대통령이나 수상이 올 때 제공되는 방이었다. 남향으로 앉은 집은 그 규모가 큰 것은 말할 것도 없고 건물 내·외부의 건축 예술적인 짜임새도 대단하였다.

나는 황홀감에 빠진 채 그곳 관리인들을 따라 1층과 2층의 여러 방을 돌아보았다. 거기에는 부통령급이 든다고 하는 방을 비롯하여 십여 개의 방이 갖추어져 있었다. 다른 방들은 나에게 손님으로 온 사람들을 위하여 쓸 수 있도록 내정되어 있었으며, 한편에는 당구장과 탁구장, 큰 회의실이 별도로 있었다. 현관에 들어서면 널찍한 홀 한편에 설치된 수조에 크고 작은 금붕어들이 노닐고 있었고, 피아노 와 그 밖의 오락기구들도 갖추어져 있었다. 식당 또한 얼마나 큰지 어지간한 연회 같은 것은 쉽사리 치를 수 있을 정도였다.

"이 집 전체가 손 선생님의 것입니다."
"그러고 보면 나는 하룻밤 사이에 큰 부자가 된 셈입니다. 미국에서 이런 집 을 한 채 마련하자면 몇백만 불은 있어야 할 것입니다."

하지만 그것은 내가 아직 집안만을 돌아보고 한 말이었다. 그때로 서는 집주변이 어떻게 꾸며져 있는지를 다 모르는 채였다.

나는 김일성 주석이 마련해준 평양 '내 집'에서의 첫날밤을 아주 달콤한 꿈속에서 보냈다. 내 집이라 그런지 처음부터 정이 푹 들면서 마치 오마하의 집에서 자는 것처럼 편안했다.

아침 일찍이 일어난 나는 서둘러 밖으로 나갔다. 집 밖의 정경을 보고 싶어서였다. 그런데 어젯밤에 도착했을 때는 어두워 몰랐는데 집 앞에는 물이 가득 찬 큰 인공호수가 있었다. 알고 보니 우리는 어 젯밤 그 인공호수의 둘레를 돌아 집 앞에 이른 것이었다. 호숫가에는 벌써 최 선생이 나와 있었다.

호숫가에서 집을 바라보니 그 큰집과 주변의 풍경이 한눈에 안겨 왔다. 집은 백색의 2층 양옥으로 외부장식도 훌륭했으며, 마당에는 잣나무, 전나무를 비롯한 상록수들이 푸르렀고, 갖가지 꽃이 향기를 뿜고 있었다.

"참으로 멋지고 훌륭한 집입니다. 이 집이야말로 말 그대로 백악관이네요. 나는 진짜 백악관의 주인이 된 셈입니다."

내가 이렇게 말하자 최 선생이 사실 이 집은 다른 나라 대통령들이 올 적에 그들의 숙소로 쓰던 영빈관 중의 하나라고 말해주었다. 내 짐작에도 이 집은 김일성 주석이 매우 요긴하게 쓰던 특별 가옥임에 틀림없다고 생각했다.

"그렇게 놓고 보면 이 손원태가 대통령이 된 셈인데 너무 과분합니다. 아니 대통령은 고사하고 말단 관직 한 번 맡아본 적 없는 평범한 의사에 불과한 사람인데…"

내가 이렇게 말하자 최 선생이 웃으며 말을 받았다.

"뭘 그렇게까지 생각하실 것 있습니까. 이제껏 여기 와서 대통령 대우를 받았는데요. 그저 어느 나라 대통령이라는 직함만 없었을 뿐이지요. 그럼 이제부터는 손 선생이 어느 나라 대통령이라고 이름을 달아봅시다. 내 생각에는 '오마하 대통령'이 어떻습니까. '네브라스카 대통령'이라고 할까요?"

그 말에 우리 모두가 웃었다.

오마하는 미국 미주리 강변에 위치한 내가 살고 있는 도시 이름이고, 네브라스카는 그 도시가 속해 있는 주의 이름이다. 그러니 굳이 이름을 짓자면 그렇게 할 수밖에 없어 나는 "그럼 좋다, '오마하 대통령'이라고 하자"고 했다. 혹 미국의 오마하 시장이 좀 신경을 쓸지도 모르지만 평양에서만 '오마하 대통령'으로 불리니 별로 세력다툼을 할 일은 없을 테니 말이다. 이렇게 되어 나는 '백악관에 들어앉은 오마하 대통령'이 되었다.

그렇게 이런저런 즐거운 이야기로 아침시간을 보내면서도 나는 어떻게 우리가 그렇게 빨리 이 집으로 오게 되었는지 그 사유를 여전히 모르고 있었다. 나중에야 알게 된 우리의 이사 과정에 대한 상세한 내용을 아래에 적어본다.

그것은 1년 전 일이다. 김일성 주석이 나에게 좋은 집을 한 채 마련해주겠다고 말한 며칠 후, 나는 최 선생과 함께 만경대가 지척에 바라보이는 대동강 기슭의 어느 야산에 올랐다. 그 산의 왼편으로는 대동강이 감돌아 흐르고 있었으며 강 쪽으로 향한 나지막한 지세의 골짜기였다. 삼면이 산으로 둘러싸여 있고 한 면만 강 쪽으로 열려 있었다. 무엇인가 긴요한데 쓰려고 마련해둔 자리 같았다. 최 선생 말에 의하면 바로 이 자리에 우리 집을 새로 지어주도록 주석이 분부하셨다는 것이다. 그래서 나에게 위치나 지세가 마음에 드는가를 알아보고 따로 반대가 없으면 공사를 착공하겠다고 했다.

나는 산 정상에 올라가 일대를 내려다보고 또 강기슭에서 올려다도 보면서 그곳을 여러 면으로 세세히 살펴보았다. 그러면서도 한편으로는 이곳에 우리가 살 집을 지어 주석에게 부담을 드리는 것이 옳은가 하는 생각을 하였다. 어쨌든 지세는 마음에 들었다.

며칠 후 최 선생이 나를 백두산건축연구원으로 안내하기에 따라가 보니 그곳은 공화국 최고의 수준을 자랑하는 굴지의 건축설계 기관으로 유능한 설계 일꾼들이 모인 강력한 연구 집단이었다. 그 유명한 평양의 주체사상탑이나 개선문, 만수대의사당이나 인민대학습당 같은 모든 기념비적 건물의 설계를 주로 그곳에서 맡아 설계했다고 한다. 연구원을 돌아보고 나니 간단치 않은 설계 집단이라는 생각이 들었다.

우리를 안내하던 실장 선생이 설계도면 하나를 꺼내놓으며 한번 보라는 것이었다. 지형도 위에 몇 개의 건물을 앉히도록 되어 있는 설계 시안이었다.

"이것이 손원태 선생네 집을 지어드릴 설계 시안입니다."

실장 선생은 이렇게 말하며 설계 시안에 대해 상세하게 설명을 해 주었다. 그에 의하면 우리 부부가 들게 될 주 건물과 아들딸들이 오게 되면 들게 될 별채 건물 그리고 좀 떨어진 곳에 손님이 찾아오면 들게 될 세 번째 건물을 앉히게 되어있었고, 정구장, 수영장, 온실, 낚시터 등 갖가지 시설이 마련되어있었다.

설계 시안을 본 다음 우리 셋은 다시 자동차를 타고 현장에 나가 보았다. 현장에서 실장 선생은 땅을 밟아가며 "바로 여기가 손 선생의 집이 앉을 지대입니다. 또 여기가 아들딸들이 들 집자리구요…" 하는 식으로 자세하게 설명해 주었다. 지대가 지대인 만큼 통째로 큰 건물을 앉히지 않고 지세에 맞게 자그마한 패널식 건물을 앉히도록 되어 있었다. 말하자면 우리가 그때 들어있었던 서재동 초대소와 같은 형식이라고 할 수 있다. 그 후 나는 김일성 주석을 다시 만나게 되었는데 이때 그 설계 시안과 각 건물의 건축 시안을 보며 주석이 물었다.

"어때 원태, 현지에 나가보니 집 지을 자리가 마음에 드는가?"

나는 참 좋은 자리더라고 말하고는 그곳을 우리 집 자리 말고 좀 더 긴요한 일에 쓸 수도 있지 않겠느냐고 덧붙였다.

"자리야 물론 명당자리지. 내가 아끼던 곳이네. 그런데 거기에다가 다른 건물을 짓겠다고 해서 내가 못하게 했지. 결국 그렇게 보면 원태가 올 것을 생각해서 남겨둔 것으로 된 셈이네."
"고맙습니다."

나는 이렇게 인사를 한 다음 "주석님, 제가 저 건축 시안을 하나 미국으로 가져가도록 해주십시오. 집에 있는 아내에게 보여주고 싶습니다"라고 말하였다.

"그렇게 하오. 그거야 어려울 게 없지…."

이렇게 되어 나는 미국으로 올 때 그 건축 안을 가지고 왔다. 그다음에 평양에 갔을 때 대동강변의 내 집을 짓는 건설현장에 다시 가보니 벌써 말끔히 정리된 터 위에 기둥이 박히고 집이 한참 올라가고 있었다. 건설 일꾼들은 이 집이 김일성 주석의 옛 벗인 손원태가 살 집이라고 하면서 일손을 다그치고 있었다. 내가 그들의 수고를 치하해주자 그들은 다음해 이맘때쯤이면 들 수 있게 집을 잘 지어놓겠다고 하였다. 조금 후에 내가 건설현장 앞 고속도로를 줄지어 달리는 자동차들을 물끄러미 바라보자 이를 눈여겨보던 건설책임자인 듯한 사람이 다가왔다. 그는 내게 고속도로의 소음을 막기 위해 차단벽을 쌓을 것이라 거리에서 잘 들여다보이지도 않고 소음도 안 들릴 것이라고 하면서 집 뒤와 옆의 산을 따라 울타리도 칠 것이라고 말해주었다. 나는 그저 고맙기만 했다. 그러나 나는 이때에도 내 성미대로 한마디 말을 덧붙이는 것을 잊지 않았다.

"다 좋은데 한 가지가 더 있으면 좋겠습니다."

내가 이렇게 말하자 사람들은 모두 의아한 눈길로 나를 바라보았다. '빼놓은 것 없이 모든 구색을 다 갖추도록 설계되었는데 무엇이 모자란다는 것일까?' 하며 무척 궁금해하는 눈치였다.

"다른 것이 아닙니다. 내가 이 좋은 집에서 어찌 그저 놀기만 하겠습니까? 일할 수 있는 곳을 만들어줬으면 합니다. 자그마한 뙈기밭에다가 좋기는 닭 장 같은 것이나 하나 덧붙여 지어줬으면 합니다."

모두가 즐겁게 웃었고 그건 힘들 것이 하나도 없다고 하면서 내 의견을 지지하였다. 우리는 즉시 그 자리에서 닭장은 어디에 앉히고 뙈기밭은 어디에 앉혀 마늘이나 부추 같은 것을 심어 먹을지 결정하였다.

사실 우리가 살게 될 집과 관련된 이야기는 대강 이러한 내용이다. 그런데 이렇게 새 집이 한참 만들어지고 있던 때에 갑자기 우리는 궁전 같은 전혀 딴 집으로 이사하게 된 것이었다. 사실 우리가 '산속의 백악관'으로 이사를 하게 된 것에는 대동강의 그 집보다 더 깊고 뜨거운 사연이 담겨 있다.

하루는 김일성 주석이 김정일 영도자하고 내가 들게 될 집에 대한 말을 나누게 되었다고 한다. 그때 김정일 지도자는 대동강에 짓는 새 집은 아무리 빨리 서둘러도 완공까지 시간이 적지 않게 걸릴 것이고, 또 집만 덩그러니 지어놓고 들라고 하면 내가 처음처럼 계속 번화한 도시 중심의 초대소에서 분주하게 지낼 터인데 그러지 말고 이미 지어놓은 초대소들 중에서 좋은 집을 골라 들게 하면 어떻겠는가고 주석에게 말하였다고 한다. 이 말을 들은 주석은 그의 의견을 받아들이고는, 그렇게 되면 모든 일이 다 쉽게 풀릴 수 있다며 좋아했다. 사실 나의 80세 생일을 새 집에서 차려주려고 했는데 훌륭한 연회장이 달린 초대소 한 동을 내준다면 걱정할 게 없다면서 기뻐하였다는 것이다.

사실 대동강가의 새 집은 주민들 거주지로부터 너무 멀리 떨어져 있어 집을 다 지어놓은 다음에도 전기로부터 상수도, 하수도 같은 부대시설을 다 갖추자면 상당히 많은 추가 공사가 필요했다. 그렇게 되면 어쩔 수 없이 시간을 더 들이지 않을 수 없는 것이다. 새 집을 지어준다고 하면서 오래 끌게 되는 것은 바람직하지 않다는 판단이 우세하였다. 말하자면 80이 다 된 손원태를 놓고 집을 오래도록 짓고 있을 수만은 없다는 것이었다. 주석과 김정일 영도자가 얼마나 사려가 깊은지를 새삼스럽게 느끼게 되었다. 이렇게 되어 1993년 6월 말에 우리 부부는 대통령관저에 맞먹는 새 집으로 옮겨가게 되었으며 명실상부한 대통령 대우를 받게 되었다.

내가 평양에 와서 알게 된 바지만 김일성 주석께서는 항일무장투쟁에 참가한 투사들에게 이 나라의 부총리급 대우를 해주도록 하였다고 한다. 나는 그것을 황귀헌의 집에 가보고 알았다. 길림소년회 회원이었던 그는 호화 주택에서 부총리급 대우를 받으며 편안히 여생을 보내고 있었고, 또한 최덕신 선생 댁에 가서 유미영 선생을 만나보니 그 역시도 높은 예우를 받으며 살고 있었다. 그런데 직접 항일무장투쟁에 나선 적도 없던 내가 이렇게 그들보다 더 좋은 예우를 받고 있으니 이 얼마나 과분한 일인가? 나는 금강산과 묘향산에 갔을 때에도 전에 캄보디아의 시아누크 공이 들었다는 영빈관에 머물렀었다.

우리가 새 집으로 옮겨간 지 얼마 되지 않은 7월 어느 날이었다. 김일성 주석이 친히 우리가 들고 있는 집을 찾아주었다. 서둘러 달려나가보니 주석은 삼복의 뙤약볕이 뜨겁게 내려쬐는 앞마당에 서 있었다. 그동안 우리가 평양에 올 적마다 주석이 여러 번 찾아주었지만 그날은 드디어 내 집에 주석을 모시게 되었으니 그 기쁘고 고마운 마음을 어찌 말로 다 표현할 수 있겠는가?

"집이 어떤가, 마음에 드시나?"

주석은 우리의 인사를 받고 이렇게 물었다.

나와 아내가 서로 다투어 집이 너무 화려하여 무어라 감사를 드렸으면 좋을지 모르겠다고 하자 그는 "집이 마음에 든다니 됐소. 여기는 공기 좋고 건강에도 아주 좋은 지대"라고 하면서 그래서 자신이 특별히 여기에 집을 마련하였다고 하였다. 주석은 "그래 어떻소. 집을 새로 지은 것보다 못하지 않지?" 하고 다시금 물었다.

나는 평소에 품고 있던 생각대로 나라와 민족을 위해 이렇다 하게 한 일도 없는 내가 이렇게 좋은 집을 쓰고 살자니 송구스럽기 그지없다고 말하였다. 주석은 나를 물끄러미 바라보다가 천천히 걸음을 옮기며 혼자소리처럼 말하였다.

"나야 손 목사님 은혜가 크지. 그런데 나는 목사님을 위해 무엇 하나 해드린
게 없소."

그 말이 어찌나 절절하게 울렸는지 나는 가슴이 뭉클해졌다. 그러
고 보면 주석이 나에게 쏟아붓는 사랑은 그저 옛 벗에 대한 우애만이
아니었다. 언제인가 주석은 우리 아버지의 급작스런 병사에 대한 의
문을 말하다가 그렇게 나라의 독립을 위해 애쓰다가 비명에 간 분들
이 많다며, 안창호 선생도 일제가 감옥에서 밥에 유리 가루를 섞어
먹여 죽였다고 하였다. 그래서 자신은 그런 애국지사들의 친지나 혈
육을 만나게 되면 갑절로 마음이 더 쓰인다고 하면서 그들을 잘 돌봐
주는 것이 먼저 간 독립지사들에 대한 자신의 예의라고 말하였다.

실제로 공화국에서는 안창호 선생의 누이동생, 양세봉 선생의 자
제, 이준 선생의 후손들이 다 주석의 극진한 보살핌 속에서 우대를
받으며 살고 있었다. 그러고 보면 주석의 인정이 얼마나 깊고 넓은
가? 지구상의 모든 강줄기들을 다 받아들이는 바다에나 비길 수 있으
리라.

이날 주석은 응접실에 앉아 이야기를 계속하다가 자리에서 일어
섰다. 아내가 "저희들이 집주인인데 주석님께 무어라도 대접을 드려
야겠는데…" 하면서 몸 둘 바를 몰라 하자 주석은 "걱정하지 마시오.
내 또 오겠소. 그때 대접을 받읍시다"라며, "이젠 가겠다"고 하였다.
그래서 우리는 다음번에 주석께서 다시 오시면 정말 대접을 잘 해드
리리라 마음속으로 생각만 하게 되었다.

그러나 결국 우리는 주석에게 시원한 냉면 한 그릇 변변히 대접하지 못하였다. 주석이 그 이듬해 5월 다시 한번 우리 집에 왔을 때도 그저 마당에서 나를 자신의 차에 태우고 떠났기 때문에 아무런 대접도 못했던 것이다. 그때만 해도 나는 언제인가 주석이 다시 우리 집을 찾게 되면 소박하나마 정성을 다해 대접하리라 마음먹었었다. 그러나 그런 날은 결국 오지 못하였다. 그날이 주석이 우리 집을 찾은 마지막이 되었기 때문이다.

김일성 주석이 나에게 훌륭한 저택을 마련해주었다는 소문은 그 후 미국 땅에도 파다하게 퍼졌다. 그것은 주석이 우제 손원태를 극진히 사랑해주고 있다는 또 하나의 뚜렷한 증표로 되었다. 그러나 사람들은 그 집이 얼마나 멋지고 훌륭한지를 제대로 알 수는 없었다. 우리 맏며느리 집안의 사돈 어르신들도 마찬가지였다. 뉴욕에 사는 공달화 씨는 우리가 좋은 집을 한 채 받았다고 하니 그저 노인 내외가 편안히 살 수 있을 정도의 집이려니 생각하였던 것 같다.

그들이 내 80세 생일에 평양에 왔었는데 그중에는 우리 아들딸들과 사돈인 공달화 씨 부부 이외에도 뉴멕시코에 살고 있는 류재명 씨도 함께 있었다. 그때 공달화 씨가 하던 말이 잊히지 않는다.

"사돈, 나는 김일성 주석께서 사돈에게 집을 한 채 마련해 주셨다기에 그저 그렇게만 생각했지요. 미국에서 살만한 집을 마련하려면 적어도 수십만 불이 드니 그저 적당한 집 한 채만 마련해준대도 대단한 것이라고 말입니다. 그런데 와보니 정말 대단합니다. 나뿐 아니라 그 누구도 사돈이 이토록 크고 호화로운 저택을 받은 줄은 모르고 있답니다. 참 그리고 보면 사돈에 대한 김일성 주석님과 김정일 지도자분의 사랑과 배려가 대단한 것입니다."

공달화 씨가 미국에 돌아와 평양의 우리집에 대한 이야기를 널리 알린 덕분에 나는 더욱 유명해지게 되었다.

내가 김일성 주석에게 받은 것은 헤아릴 수 없이 많다. 처음에 갔을 때는 친히 자신의 함자가 새겨진 고급 금시계를 비롯한 진귀한 보석 등 수많은 선물을 보내주었다. 거기에다가 새로이 받은 훌륭한 저택까지 더하면 내가 한평생 벌어들인 것보다 더 많은 것들을 주석이 일순간에 안겨준 셈이다.

김일성 주석이 돌아가신 다음 내가 다시 평양을 방문하였을 때 김정일 지도자는 그 집이 주석이 나에게 물려준 유산이나 같다고 하면서 그 유산을 잘 관리하고 쓰면서 대를 넘겨줄 것을 간곡히 말하였다.

앞에서도 말했지만 우리 아버지는 모든 가산을 독립운동을 위해 쓰셨기에 우리에게는 땡전 한 푼 남기지 않으셨다. 그런데 김일성 주석은 우리 아버지를 대신하여 나에게 이렇게 귀중한 유산을 남겨준 것이다. 그러고 보면 내가 손정도 목사 같은 아버지의 아들이기에 주석의 귀중한 유산의 상속자가 된 것인지도 모른다.

이제 나는 그런 물질적 유산과 더불어 사람으로서 평생 지녀야 할 숭고한 도덕과 의리가 어떤 것인지를 자신의 모범으로 가르쳐준 주석의 고귀한 교훈을 보다 값진 정신적 유산으로 함께 물려받았다.

4. 민족자주정신의 상징

평양에 도착하여 김일성 주석을 만난 다음 나는 평양에 오기를 정말 잘했다는 생각을 몇 번이고 하였다. 모든 것을 제 눈으로 보고 듣고 판단할 수 있었기 때문이다. '백문이 불여일견'이라는 말은 백번 지당한 말이다.

내가 평양으로 떠날 때만 해도 적지 않은 사람들이 주석이 나를 알지도 못할 것이고 만나주지도 않을 것이라면서 빈손으로 돌아오기 십상일 것이라고 충고 반, 예언 반의 말을 했다. 또 어떤 사람들은 폐쇄적인 공산국가인 공화국에 가면 내가 보고 듣고 말하는데 상당한 제약을 받을 것이라고 귀띔하기도 하였다. 물론 나는 평양에 가서 전혀 새로운 현실에 부딪혔고 그로 인해 한동안 어리둥절했던 것도 사실이다. 하지만 그것은 내가 말과 행동에서 어떤 구속을 받았거나 북조선이 정말 폐쇄적인 독재국가였기 때문이 아니라 미국이나 서방세계에서 듣던 것과는 모든 것이 전혀 달랐기 때문이었다.

물론 공화국은 미국처럼 부유한 나라도 아니고 서방식 자유가 범람하는 나라가 아니라는 것은 분명하다. 그러나 나는 처음 도착 때부터 그 어떠한 구속이나 제약도 받지 않았다. 위로는 주석의 따뜻한 환대가 있었고, 아래로는 우리 부부를 안내하고 접대하는 사람들에 이르기까지 주석의 절친한 벗에 대한 융숭한 대접이 뒤따랐을 뿐이다. 내가 정말로 거북한 것이 있었다면 그들이 이렇게 늘그막에 용단을 내려 찾아간 나를 더 잘 환대해주고 위해주자고 무진 애를 쓰는 모습이었다.

나는 평양에 도착하자마자 내 집에 왔다는 느낌이 들 만큼 마음이 확 풀렸으며 고향의 맑은 공기와 향긋한 흙 내음, 사람들의 따뜻한 정을 한껏 누렸다. 확언하건대 평양에서 이 손원태는 손님이 아니라 제집 사람으로 간주되었고, 그래서 무슨 일에든 격식에 얽매일 필요가 없었다.

나는 조국을 잃고 세상을 떠돌며 살다가 80객이 다되어 찾아온 제 집, 제 고향이 얼마나 좋은가를 새삼 깨달으며 눈물도 많이 흘렸다. 그런데 나처럼 오랫동안 객지생활을 하던 사람이 제 집에 돌아왔을 때 무엇을 제일 가슴 아파하겠는가? 물론 그것은 가난일 수도 있고 집안이 화목하지 못한 것일 수도 있다. 그러나 무엇보다 가슴 아픈 것은 제 집 사람들이 남의 수모를 받으며 기를 펴지 못하고 사는 모습이리라.

내가 일곱 살 때 조국을 떠나면서 본 것은 일제의 총질과 칼부림 밑에서 기를 펴지 못하고 사는 나의 겨레였다. 해방 후 서울을 떠날 때 본 것도 미국의 군정 통치 속에서 그들의 눈치를 보며 사는 나의 동포였다. 솔직히 말해 나는 평양으로 오면서 이것을 제일 두려워하였다. 그것은 내가 서방의 거짓 선전을 귀에 못이 박이게 들어왔기 때문이다.

김일성 주석에 대해서도 엇갈린 평가들이 많았다. 미국의 「뉴욕타임스」는 "조선은 20세기의 영웅을 낳았다"고 주석을 찬양하였으며, 세계의 크고 작은 신문 방송들이 20세기의 주목되는 정치가로 김일성 주석을 소개하였다.

그런데 한편에서는 이와는 정반대로 그에 대한 비난과 폄하의 평가도 많았다. 물론 주석의 정적들이 좋은 말을 할 리는 만무할 것이다. 나는 그런 공론들을 믿지는 않았지만 주석의 정치를 제 눈으로 보지 못한 처지고 보니 내가 무슨 주장을 하든지 그것을 뒷받침할만한 어떤 객관적인 자료나 근거도 준비된 것이 없었다. 그래서 어떤 때는 혼자서 끙끙 앓기도 하였으며, 그럴 때마다 평양에 가서 내 눈으로 직접 확인해보겠다는 생각이 들었다. 그것이 나의 평양 방문을 부추긴 가장 중요한 배경이라고 할 수 있다.

그러나 나는 평양 길에 오르면서도 불안감을 누를 길이 없었다. '북조선이 정말 소련이나 중국의 틈바구니에서 놀아나는 위성국이라면, 남쪽 출판물들이 흔히 쓰는 북괴라는 말이 실상이라면 어쩌나….' 이런 생각들이 나를 괴롭혔던 것이다. 만약에 진실로 그렇다면 나는 평생 방황하던 정신을 깃들일 제집을 영영 찾지 못하게 될 것이 아닌가! 만약 그렇게 된다면 그것은 내 인생의 너무나 비극적인 사태였다.

그러나 나에게는 이국땅에서도 조선 사람으로 살아온 나의 민족적 넋을 깃들일 집이 있었다. 그 집은 그리 가난하지도 않았다. 서방의 일부 돈푼이나 있는 자들처럼 흥청망청 살 만큼은 아니더라도 그 집에서는 식구 모두가 평등하게 나누며 소박한 삶을 살았다. 그 집은 무엇보다 가정이 화목하였다. 주석을 어버이로 모시고 대식구가 한마음이 되어 서로 위해주고 사랑해주는, 말 그대로 성서 속의 천국에나 있을법한 나라였다.

그러나 무엇보다 나를 기쁘게 한 것은 공화국이 민족적 자존심을 지니고 자주적으로 존엄을 지키며 사는 것이었다. 나는 이것이 김일성 주석이 시종일관 견지해온 정치이념과 통치방식에 의해 이루어진 결실이라는 것을 알게 되었다. 또한 평양을 자주 오가면서 김일성 주석이 내놓은 주체사상에 대하여서도 알게 되고, 그이가 그리고 공화국이 지향하는 민족적 자주노선을 이해하게 되었다. 나는 소박하나마 이 문제에 대한 나의 견해를 피력하고자 한다.

내가 김일성 주석을 처음 만났을 때였다. 그는 그 자리에서 혁명과 건설에서 사대주의를 반대하고 민족자주의 주체를 세우는 문제에 대해 잠깐 언급하였다. 그 문제에 관해 일부러 말하려고 해서 한 것이 아니라 이 이야기 저 이야기를 나누는 사이사이에 나온 말이다. 그러나 나는 그런 단편적인 말 속에서도 주석의 정치이념과 통치방식을 충분히 파악하고 느낄 수 있었다.

우리가 길림 시절의 추억을 회상할 때였다. 주석은 자신이 길림과 그 주변에서 혁명운동을 할 때 소련 유학을 권고받았던 일에 대해 회상하였다.

"그때 사람들이 나보고 소련으로 유학을 가라고 했소. 앞으로 조선독립을 위해서 한몫하자면 소련에 가서 공산주의 이론을 배우고 와야 한다는 것이었소. 하지만 그때 나는 아직 젊었지만 조선 독립은 조선 사람 스스로의 힘으로 해야 한다는 생각을 가지고 있었기에 소련 유학을 거부하였소. 그때 나에게 유학을 권고하는 사람들에게 나는 '안 간다, 조선 사람이 조선 혁명을 하는데 무엇 때문에 소련에 가겠는가? 조선의 혁명을 이루려면 조선에서 배워야 한다. 참고할만한 이론은 맑스-레닌주의 책을 보면 된다. 모스크바에 가면 러시아파가 되는 것밖에는 할 것이 없다'고 말해주었소."

나는 이런 말을 들으면서 주석의 독특한 사고방식에 대해 놀랐다. 그 시절에 공산주의를 지향하는 사람들은 대체로 러시아에 가서 공부하는 것을 일종의 통과의례처럼 여겼을 정도였기 때문이다. 중국 공산당 지도자들의 대부분도 거의 다 프랑스나 러시아에 가서 공부한 사람들이라는 것은 너무나 잘 알려진 사실이다. 그런 때에도 주석은 조선 혁명을 하자면 조선에서 배워야 한다는 생각을 하였으니 그의 정치이념은 철저히 자기 민족에 대한 사랑과 자부심에 뿌리를 둔 것이라 해야겠다.

김일성 주석은 그날 사대주의에 대해서도 말하였다. 평양을 찾아오는 외국 인사들이 주석에게 "동구라파가 소련에 대한 사대주의를 하다가 다 망했는데 어떻게 되어 조선은 버티고 있는가?"라는 질문을 종종 한다는 것이다. 이어서 주석은 "우리가 버티고 있는 것은 사대주의를 하지 않고 주체를 세우고 자기식으로 혁명하기 때문이지요. 그래서 사람들이 우리나라에 와보고는 다 우리가 하는 식으로 자주적으로 하겠다고 합니다. 우리 자주적으로 혁명을 한 것이 옳았다는 것이 동구라파가 망한 다음에 더 뚜렷이 드러나게 되었소. 낮은 산이 있어야 비로소 높은 산을 알 수 있다는 원리와 같소."

그 말을 듣노라니 나는 옛날 소학교 1학년 책에 있던 문구가 생각나서 중국말로 "따거우 툐이툐우, 쇼우거우 툐이툐우"라고 하였다. 그러자 주석은 "큰 개가 뛰면 작은 개도 뛴다는 뜻이지"라고 그 말의 뜻풀이를 하며 웃었다. 말하자면 큰 나라가 하는 것을 그대로 모방하는 나라는 그 어떤 입장이나 의견도 스스로 가질 수 없고, 또한 제 나라를 건설하는 데서 줏대 없이 바람 부는 대로 휩쓸리다가 망할 수밖에 없다는 것이다. 주석은 이어 말하였다.

"중국은 넓은 땅을 가지고 혁명을 하면서 러시아를 교조적으로 따랐소. 이를테면 대국이 대국을 숭배하였던 셈이지. 그중에도 특히 인텔리에 대한 문제를 잘못 다루었는데, 문화대혁명 때 그들이 고초를 많이 당했소. 하지만 우리는 그런 식으로 하지 않았지. 오히려 우리는 인텔리를 혁명의 동력으로 보았고, 그래서 당 마크에도 망치와 낫과 함께 붓을 그려 넣었던 것이오. 우리 당내의 종파분자들은 이 김일성이가 고집만 부리고 자기 식대로 한다면서 소련식이나 중국식으로 해야 한다고 했지만 나는 그렇게 하지 않았지. 낫과 망치가 두들겨 패는 데는 제격이듯이 빨치산 투쟁을 한 사람들이 총은 잘 쏘지만 인텔리를 우리 편으로 하지 않고 어찌 혁명을 하겠는가 말이오? … 모택동의 서기 왕병남이 해방 후에 우리나라에 왔다가 몇 해가 지나 문화대혁명 뒤에 다시 왔었는데, 그때 나에게 '김일성 주석의 낫과 망치, 붓은 창조적일 뿐 아니라 현명한 조치'라고 말하더군."

이 말은 나에게 많은 것을 시사해주었다. 말하자면 공화국이 어떻게 소련이나 중국 같은 사회주의 강대국들의 틈바구니에서 그 어디에도 기울어지지 않고 자기 식대로 사회주의 건설에 나서고 있으며, 그것을 추동하는 원천적인 사상과 힘이 무엇인가를 보여주는 것이었다. 그것이 바로 김일성 주석의 자주사상이요, 자주노선이다.

공화국에는 단 한사람의 외국 군대도 없으며, 공화국의 정치에 대해서는 그 누구도 이래라저래라 하지 못한다. 다른 것은 다 제쳐놓더라도 동구라파 사회주의 나라들은 소련이 좌지우지하여 결국 그 나라들을 위성국으로 삼았지만 공화국에 대해서는 그렇게 하지 못하였다. 당시 사회주의 국가들 간의 협력기구로 군사적으로는 바르샤바조약이 있었고, 경제적으로는 쎄브(COMECON: 코메콘)가 있었으나 공화국은 그 어디에도 속하지 않고 자기 힘만으로 국방력을 건설하였으며 자력갱생하여 자립경제를 건설하였다.

김일성 주석은 이날 자력갱생에 대하여 서해갑문 건설과정을 실례로 들어 말하였다. 미국의 한 자본가가 평양을 방문했을 때 서해갑문을 보고는 누가 설계했고 자금은 어떻게 조달했느냐고 묻기에 모두 자신들의 힘으로 했다고 하니 곧이듣지 않더라는 것이다. 나는 그후 공화국의 현실을 보다 구체적으로 직시하면서 김일성 주석의 자주적인 정치이념과 독자적인 정치방식에 대하여 더욱 깊이 인식하게 되었다.

평양의 한복판인 대동강 기슭에는 세계에서 제일 높은 석탑인 주체사상탑이 솟아있다. 낮이나 밤이나 세상을 밝히는 주체의 봉화가 타오르는 이 기념비는 공화국의 정치철학인 주체사상의 빛나는 상징이다.

'혁명과 건설의 주인은 인민대중이며, 혁명과 건설을 추동하는 힘도 인민대중에게 있다는 사상' 혹은 '자기 운명의 주인은 자기 자신이며 자기 운명을 개척하는 힘도 자기 자신에게 있다는 사상'으로 알려진 주체사상은 김일성 주석의 삶을 관통하고 있는 정치철학임과 동시에 공화국의 국가이념이기도 하다. 언젠가 남북을 모두 다녀간 한 미국 기자는 남조선에는 철학이 없지만 북조선에는 자기의 철학이 있다고 말하였다. 철학이 없는 민족은 얼이 없는 민족이며 앞날이 없는 민족이다. 나는 주체사상이 전체 조선 민족이 가지게 된 민족 철학이라 말하고 싶다. 왜냐하면 주체란 곧 애국의 상징이며 애국의 집대성이기 때문이다. 나라와 민족의 자주성을 생명처럼 여기고 나라의 번영을 위해 모든 것을 다하게 하는 사상이 주체사상일진대 이것이 참다운 애국이 아니고 무엇이겠는가! 김일성 주석은 조선 민족 제일주의를 강조하며, 이것은 모두 주체사상과 일맥상통되어 있는 것이다.

모든 민족들이 자기 민족의 우월성을 말하는 것은 보편적인 행위다. 오랫동안 미국에 살면서 나는 앵글로색슨족의 실용주의에 대해서 많이 들었고 그것을 어느 정도 긍정하기도 한다. 일본 사람들은 그들대로 야마토 민족의 우월성을 이야기하고, 중국 사람들은 또 그들대로 중화 민족의 우월성을 선전하며, 러시아 사람들 역시 마찬가지다. 그러나 이러한 민족적 우월감은 다른 민족에 대한 배타주의, 침략과 억압을 정당화하는데 이용되기도 한다. 히틀러에 의하여 주창된 게르만 민족 우월주의가 인류에게 얼마나 많은 해를 끼쳤는가?

처음에 나는 조선 민족 제일주의에 대하여 그 본질을 똑똑히 파악하지 못하였다. '어찌 조선 민족이 세상에서 제일이다는 생각만으로 긍지와 자부심이 생길 수 있겠는가?'라는 의구심을 가졌던 것이다. 후에 가서야 나는 그것이 예로부터 슬기롭고 용감한 조선 사람이 제 힘을 믿고 일떠서서 남만 못지않게 살아야 한다는 뜻이며, 김일성 주석의 자주사상의 또 하나의 표현으로 된다는 것을 인식하게 되었다.

사실 우리 민족에게는 역사적으로 사대주의가 많았고 큰 나라를 맹목적으로 추종하려는 현상이 좀처럼 없어지지 않았다. 어떤 사람들은 이것을 큰 나라의 틈바구니에 끼어있는 우리 민족의 지정학적 숙명으로 치부하거나 태생적 민족성으로 몰아붙이는 사람도 있다. 그러나 사대주의가 우리 민족의 선천적인 사상이나 이념으로는 될 수 없다. 이는 국력이 강성하던 고구려의 역사를 미루어보아도 능히 알 수 있다.

나는 1993년 6월 어느 날 주석과 함께 유람선을 타고 남포로부터 대동강으로의 긴 여정을 뱃길로 간 적이 있다. 주석은 그때 나에게 "손 선생, 떡보에 대한 이야기를 들어보셨소?" 하더니 옛이야기 하나를 들려주었다.

"옛날에 중국 사람들이 조선을 속국으로 보았소. 그래 사신을 보내어 무엇인가 강박하려고 하면서 조건을 걸었지. 그것은 조선 조정 사람이 사신과 실력경쟁을 해서 지게 되면 자기들의 요구를 들어줘야 한다는 것이었소. 그런데 조선 조정에서 그 문제를 놓고 몹시 걱정하고 있던 참에 마침 떡보라는 사람이 나서서 자기가 한 번 중국 사신과 맞서보겠노라 하였다오. 그런데 그는 압록강에서 고기잡이를 하던 일자무식의 백성일 뿐 중국 사신과 학문으로 맞설만한 위인이 전혀 못되었소. 그러나 나서는 사람이 그 말고는 없으니 조정에서는 울며 겨자 먹기로 그를 내보낼 수밖에… 이렇게 해서 떡보는 매생이*를 타고 압록강에 나가 중국 사신이 건너오는 것을 맞이하게 되었다오.

얼마 후 멀찌감치 압록강 건너편에 나타난 중국 사신은 조선 사람들이 뭘 얼마나 아는가를 알아볼 심산으로 오른손으로 동그라미를 그려 보였소. 그것은 '하늘은 둥글다'라는 것을 아느냐는 질문이었지. 하지만 떡보는 중국 사신이 그린 동그라미를 자기가 떠나오기 전에 먹은 떡이 둥근 것이냐고 묻는 것으로 짐작하고는 두 손으로 네모를 만들어 보였소. 그런데 중국 사신은 이것을 '땅은 네모나다'는 뜻으로 받아들이고 조선 어부가 어찌 '천원지방'이라는 오묘한 이치를 알고 있을까 놀라며 눈이 휘둥그레졌다오. 그리고

---

* 노로 젓게 돈 작은 배

이어서는 손가락 셋을 들어 보였소. 말하자면 '삼황'을 아느냐는 질문이었지. 그러나 삼황을 알 턱이 없는 떡보는 이번에도 그것을 떡을 세 개 먹었느냐고 묻는 것으로 생각하고는 손가락 다섯 개를 펼쳐 보였지. 헌데 그것을 본 중국 사신은 더욱 놀라며 떡보가 이미 '오제'까지 알고 있구나 생각했소. '오제'란 고대 중국 전설에 나오는 황제들이지요. 이렇게 되자 중국 사신은 결국 조선에 건너올 생각을 그만두고 돌아가고 말았다고 하오. 압록강에서 고기잡이하는 사람까지 '천원지방'이나 '삼황오제'를 알고 있으니 진짜 조선 조정에서 보낸 관리를 만나면 자기가 견디기 힘들 것이라고 생각했기 때문이지. 비록 우스개소리지만 조선 사람들이 그만큼 머리도 좋고 용감하다는 것을 보여주는 이야기라오.”

주석의 그 말은 “비록 조국을 떠나 오래도록 타국에서 살고 있더라도 언제나 조선 사람의 근본과 자부심을 잃지 말라”고 나를 깨우쳐 주는 이야기였을 것이다

주석은 옛날의 떡보와 같이 총명했으나 무식했던 조선 사람들에게 자기 힘을 믿고 자기 손으로 살기 좋은 조선을 일으켜 세워야 한다는 자긍심과 사명의식을 심어주었다. 그리하여 그 인민들이 분연히 깨우치고 일어나 결국은 세계 어느 나라도 얕보지 못하는 강대한 조선을 건설하였던 것이다.

5. 이민위천(以民爲天)

내가 평양에 가서 처음으로 또한 제일 많이 들었던 한자성어가 있었는데 그것은 '이민위천'이라는 말이었다. 말하자면 백성을 하늘처럼 섬긴다는 뜻이다. 주석은 이 '이민위천'이 자신이 평생 간직해온 좌우명이었다고 회고록에 썼다.

사실 주석을 만나보니 그는 일찍이 만주광야에서 '백두산의 호랑이'로 불리던 항일무장투쟁의 용장이었지만 아무리 봐도 인위적인 위엄같은 것은 전혀 안 보였고, 온 나라의 크고 작은 일을 도맡아 속을 썩이는 마치 한 가정의 어버이 모습이었다.

나는 이러한 주석을 직접 만나보고 또 그가 실시하는 정사를 보면서 '이민위천'이야말로 주석의 평생의 좌우명임에 틀림없다고 생각하였다. 물론 정치 일선에 서 있는 사람들치고 백성을 위한다고 말하지 않는 사람이 어디 있겠는가? 동서고금의 그 어떤 통치자도 항상 자기를 선정을 베푸는 왕이나 대통령으로 자부하였고, 민의에 의하여 권좌에서 쫓겨난 경우에조차도 자기는 한평생 백성을 위하여 공명정대한 정사를 베풀었고 그래서 태평성대를 이루었었다고 내세웠다.

기독교적인 정치철학이나 불교이건 이슬람교적이건 또 동방의 유교적인 정치이념과 방식에 있어서도 임금은 언제나 옳은 정사를 베풀고 백성을 사랑해야 한다고 하였다. 이것은 군주제나 공화제, 자유민주주의 체제나 독재체제 할 것 없이 한결같은 정치이념, 통치방식이라 할 수 있다. 미국의 예를 든다면 워싱턴에 있는 백악관의 첫 주인이 된 존 아담스가 "나는 이 집과 이 집의 후세들에게 복을 줄 것을 하느님께 빈다. 그러나 오로지 정직하고 지혜로운 사람만이 이 집의 주인으로 되기를 요한다"라고 한 말도 그것을 잘 보여준다.

미국의 16대 대통령이었던 아브라함 링컨이 1863년 11월 그 유명한 게티스버그에서 행한 연설에서 '국민의, 국민에 의한, 국민을 위한' 정치를 펴겠다고 한 것은 "나는 모든 힘을 다하여 내가 할 줄 아는 일, 내가 할 수 있는 일을 할 것이다. 나는 끝까지 이렇게 해나가려고 한다"고 한 그의 말과 더불어 링컨식 '이민위천'의 정치이념을 대표하는 말로써 유명하다. 하긴 어떤 정치가든 모두 만백성을 위하여 자기의 모든 것을 다하겠노라고 하느님 앞에서 맹세하고 선서하였다. 그들이 그렇게 한 것은 대체로 진심이라고 보아야 하겠지만 후세의 사가들을 두려워했기 때문일 수도 있다. 그래서 흔히 말하기를 "현명한 치자는 목전의 정적보다 후세의 사가를 더 두려워한다"고 하는 것이리라.

나는 역사를 깊이 아는 사람이 못되지만 모든 통치자들이 '이민위천'의 정치철학을 옳게 수행한 것은 아니라고 생각한다. 그러나 주석을 만나보고서는 진실로 이 사람이야말로 만백성을 위하여 한 생을 고스란히 바친 인민의 수령, 나라의 어버이라고 확신하였다.

주석은 정말 '이민위천'을 좌우명으로 80 평생을 살아왔다. 나는 이것을 직접 경험하고 관찰한 대로 증명해보려고 한다.

어떤 재미동포는 평양에서 제일 처음으로 눈에 띄는 것 중의 하나가 정치구호가 많고 꽃이 많은 것이라고 하였다. 과연 평양은 녹음이 우거지고 꽃이 만발한 공원 속의 도시였고, 넓게 트인 시원한 거리를 궤도전차가 오가고 있었는데, 그 차량들의 옆면에는 모두 '인민을 위하여 복무함'이라는 문구가 붙어 있었다. 참으로 좋은 뜻의 구호였다.

그런데 내가 평양에 가보고 제일 강렬하게 느낀 것이 그 구호가 한갓 정권이나 정부 혹은 체제의 정당성과 우월성을 과시하기 위한 선전용 문구에 그치는 것이 아니라 이 나라의 기본적 정치이념이자 국민 생활의 모든 분야에 깊이 배어있는 정치풍토라는 것이었다.

내가 아내와 함께 평양에 처음 왔을 때였다. 평양 태생인 아내는 고향의 놀라운 변모에 어리둥절하였다. 그녀가 태어난 집은 보통강이 그다지 멀지 않은 곳에 있었다고 하는데 그 시절에 토성랑으로 불리던 보통강변이 너무도 몰라보게 변모되어 자기가 나서 자란 집이 있던 곳을 종시 찾지 못하였다. 그저 예나 다름없이 서 있는 보통문을 보고서야 대체로 그 어디쯤 된다는 것을 짐작했을 뿐이었다.

다음으로 우리가 평양의 중심가에 서 있는 인민대학습당에 갔을 때였다. 학습당을 돌아보고 누대에 올라 평양의 전경을 바라보던 아내가 문득 "이 자리가 옛적 우리 아버지가 다니던 예배당이 있던 자리네요!" 하며 반기었다. 그래서 안내하는 이에게 물어보니 거기에 확실히 예배당이 있었지만 전쟁때 폭격 세례를 받아 파괴되어버렸다고 한다. 전후에 도시 복구를 위한 건설 사업이 시작되어 새 집들이 많이 지어질 때도 그 자리는 오래도록 공터로 남아있었는데, 그것은 주석이 평양의 중심부인 그 자리를 아끼며 어떤 건물을 앉힐 것인가에 대해 깊이 생각하였기 때문이라는 것이다.

대체로 다른 나라 도시들의 모습을 보면 그런 도시 중심부에는 정부청사나 대통령궁 같은 통치와 관련된 기관의 건물을 앉히는 것이 상례이다. 모스크바의 크렘린이나 워싱턴의 백악관 같은 것이 다 도시 중심부에 자리를 틀고 앉아 위엄을 보이고 있다.

당연히 평양에서도 그곳에 정부청사나 주석궁 같은 것을 앉혀야 한다는 논의가 있었지만 주석은 바로 그 자리에 인민대학습당을 세우자는 안을 내놓았다고 한다. 정부청사가 아니라 온 나라 인민이 다 와서 학습하는 거창한 교육문화기관인 인민대학습당을 세우자고 한 사실 하나만으로도 주석의 '이민위천' 사상이 정치에 어떻게 구현되는가를 생동하게 보여주는 사례이다.

수만 평방미터의 건평에 최신식 설비를 갖추고 하늘 높이 솟아있는 인민대학습당은 단순한 도서관이 아니라 전 인민이 자유롭게 왕래하며 자기계발을 위해 학습하는 종합적인 교육 교양 기지라고 한다. 나와 아내는 새삼 생각에 잠겨 합각지붕에 푸른 기와를 인 이 웅장하고 독특한 건축미를 가진 학습당을 바라보았다. 그때 학습당의 웅장한 시계 종소리가 울렸다.

"옛적에는 여기서 예배당의 종소리가 울렸는데… 같은 종소리면서도 의미가 다른 종소리네요."

아내가 생각 깊이 하는 말이었다.

옳은 말이었다. 그것은 서로 다른 시대의 종소리였다. 교인들에게 하느님의 계시를 설교하던 자그마한 교회당이 있던 자리에 규모에 있어서나 내용에 있어서 비교조차 할 수 없는 대학습당을 세웠으니 그것은 그대로 시대의 변천, 공화국의 인민적 시책을 드러내주는 하나의 뚜렷한 표본이 아니겠는가? 그래서 그 이름도 '인민대학습당'인 것이다.

북조선에는 인민이라는 낱말이 도처에 있다. 정부기관은 인민위원회, 군대는 인민군대, 소학교는 인민학교, 병원도 인민병원 그리고 인민배우, 인민기자, 인민교원 등등 가장 높은 명예 칭호에도 인민이라는 말이 붙었다.

그런데 중요한 것은 이것이 하나의 구호나 선전 문구에 그치지 않고, 그것이 그대로 정치의 중심사상으로, 방식으로 되고 있으며 실천을 통해 구현되고 있다는 점이다.

인민을 위한 정치를 하자면 무엇보다도 인민이 무엇을 원하며 무엇을 아파하는가를 알아야 할 것이다. 주석은 평생을 인민들 속에 들어가 그들의 말을 귀담아듣고 정치를 하였으며, 온 나라 방방곡곡을 다니며 인민들을 올바른 길로 이끌어주었다. 이것을 북조선 사람들은 '현지지도'라고 한다. 북조선에 가보면 온 나라 그 어디고 주석의 발자취가 어려 있지 않은 곳이 없다. 평양의 주요기관으로부터 나라의 외진 산간이나 해변기슭의 자그마한 농어촌에 이르기까지 그가 걸은 길은 실로 수천 수만 리이다.

나는 조선의 곳곳을 다니면서 화강석으로 소박하게 세운 사적비들을 보았는데 거기에는 언제 어느 날 주석이 이곳을 다녀갔다는 사연이 적혀 있었다. 백두산이나 금강산에 가서도 그런 비석을 보았고, 우리 부모들이 나서 자란 증산 땅의 바닷가 마을에 가서도 보았으며, 사돈집의 부탁을 받고 다녀온 은률의 한 농촌 마을에 가서도 보았다. 그러니 공화국의 어느 지경, 어느 고장, 어느 땅인들 그의 발자취가 어리지 않은 곳이 있겠는가? 이처럼 주석은 바로 인민을 위하여, 인민을 잘살게 하기 위하여 공장에도 가고 농촌에도 가고 학교에도 갔던 것이다. 나는 온천군에 가서 다음과 같은 이야기를 들었다.

6.25 전후에 온천군 일대 사람들의 소원은 벼농사를 하여 흰쌀밥을 먹는 것이었는데, 그 소원을 주석이 알게 되었다. 그러지 않아도 인민들의 먹고사는 문제를 고민해오던 주석은 온천에 직접 내려가 그 일대를 돌아보았다.

돌아보니 멀지 않은 곳에 대동강이 있지만 산이 막혀 물길이 닿지 않는 것이 문제였다. 그래서 주석은 저수지를 만들고 양수기를 2단으로 꺾어 대동강 물을 퍼 올려 채우게 한 후 물길을 내어 그 물을 평안남도 온천 방향과 남포 방향으로 흘러가게 하였다. 그 후부터 온천 일대 사람들도 논농사를 지어 흰쌀밥을 먹게 되었다는 것이다.

주석은 바로 이처럼 인민을 위한 정사를 통하여 공화국에 진정으로 인민적인 제도를 세우고 인민적인 시책으로 선정을 베풀었다. 무엇보다도 국가가 노동자, 사무원들에게 쌀을 헐값으로 공급하고 있으며 살림집도 국가가 다 지어주고 있다. 내가 처남뻘 되는 이의 집을 방문한 적이 있었는데 평범한 사무원인 그는 고급아파트에서 살고 있었다. 온수 난방시설이 되어있는 그 집에는 부엌과 세면장, 위생실을 내놓고도 널찍한 살림방이 세 칸이나 있는데도 사용료는 아주 헐값이라고 하였다. 해방 후 태어난 세대들은 아예 집세란 말조차 몰랐다.

집세 말이 났으니 한마디 더 한다면 공화국에서는 벌써 한 20년 전에 세금제도를 폐지하였다고 한다. 세금이 없는 나라가 있다는 말을 나는 평양에 가서 처음 들었다. 조세는 국가재정의 원천으로서 국가가 존재하는 한 세금이라는 것이 반드시 필요한 것으로 받아들여져 왔다.

봉건 시기에는 물론 근대 사회에 와서도 온갖 명목의 세금이 사람들을 얼마나 들볶고 고달프게 만들었는가? 누구나 알다시피 사실 통치자들의 온갖 가렴주구는 인민들, 빈자들의 고혈을 짜내는 악정의 대명사였다. 그런데 조선에 세금제도가 폐지되었다는 말을 듣고는 깜짝 놀라지 않을 수 없던 것이다. 세금이 없다니 잘 이해가 되지 않았다. 미국에서 오랫동안 살아온 나로서는 더더욱 그러했다. 세금을 제 때에 물지 못한 것으로 하여 화를 입은 일이 얼마나 많은가.

사실 나는 평양에 갔다가도 세금을 바쳐야 할 때가 되면 아무리 만류하여도 황황히 미국으로 돌아오곤 하였다. 그래서 내가 서둘러 돌아갈 차비를 하면 그곳 분들은 무엇 때문에 그렇게 서둘러 가시느냐고, 좀 더 계시다 가라고 막무가내로 붙든다. 할 수 없이 내가 꼭 사정이 있어 그런다고 하면 그게 무어냐고 묻고는 세금을 물기 위해서라고 하면 모두 어이없어한다. 전혀 이해가 안 되는 모양이다. 그러고 보면 주석은 공화국에 참으로 이상적인 제도를 세웠다고 할 수 있다.

세금이 없는 데서 산다는 것이 얼마나 행복한 것인지를 그들은 잘 모를 수 있다. 세금제도에서의 해방은 그것이 현실적으로 물질적, 금전적 속박에서의 해방이지만 내용적으로는 심각한 사상적 속박에서의 세기적 해방이라 할 수 있다.

세금제도의 폐지문제를 놓고 나는 주석의 정치이념이야말로 가장 진보적이고 선진적인 그리고 인류가 먼 장래의 이상으로 품어오던 그러한 염원까지 반영한 훌륭한 정치이념이라고 생각한다. 장 자크 루소나 볼테르, 몽테스키외, 디드로와 같은 근대 부르주아 계몽사상가들이 내놓았던 그 어떤 정치이념보다도 주석이 내놓은 것은 몇 배로 훌륭한 이념이고 또한 그것은 성공한, 실현된 이념이기에 그 가치는 몇 곱절 큰 것이라 하지 않을 수 없다. 미국의 국세청이라고 할 수 있는 IRS는 세금을 징수하기 위하여 약 8만 명의 고용인과 매년 약 50억 불의 예산을 쓰는데 이 50억 불도 근로대중이 내는 세금이니 국가적으로 그 낭비는 엄청난 것이며 비효율적이다.

무상치료 문제도 그렇다고 본다. 물론 발전된 나라들 중에서는 사회복지정책을 통해 빈민구제도 하고, 역병 치료도 하고, 또 부분적인 무상의료 봉사를 제공하는 나라도 있다. 그러나 평생을 의사로 살아온 나로서는 주석이 실시하고 있는 전반적 무상치료 제도, 예방의학적 방침이야말로 참으로 선진적이며 이상적이라고 생각한다. 솔직히 말해 이러한 의료제도의 부담을 국가가 혼자서 걸머진다는 것은 말처럼 쉬운 일이 아니다.

미국과 같이 경제적으로 부유하다고 하는 나라들조차 이러한 전반적 무상치료제의 도입에 대해서는 전혀 엄두도 내지 못하고 있다. 최근 의료비의 계속적인 상승으로 국가 예산이 계속 적자를 면치 못하고 있으며, 예산 삭감으로 인해 미국 의료계는 의료의 질적 수준이 저하되어가고 있다. 의료보험이 없어 치료를 제대로 받지 못하는 인구는 현재 전체 인구 3억여 명 중에 4천만 명에 이를 정도다. 따라서 미국에서는 의료보험이 없는 사람들의 경우에 병이 나면 큰 걱정이다. 나는 의사로 미국에서 오래 살았지만 종합적인 의학 검진은 평양에 와서 받았다. 주석이 나에게 아내와 함께 이곳에서 제일 훌륭한 병원에 가서 종합검진을 받도록 해준 덕분이다.

며칠 동안 종합검진을 받은 우리 부부는 미국에 가서 쓸 수 있는 조선 고유의 보약을 한아름이나 받았다. 그때 아내가 하던 말이 생각난다. 미국에서 한번 검진을 받자고 하면 의료보험에 든 사람이라 할

지라도 많은 돈을 내야 한다. 그러니 두 사람이나 종합검진을 받는다는 것은 꽤나 경제적으로 부담이 된다. 그런데 조선에서는 검진에 약까지 무상이다. 그래서 아내는 약함을 받아들고는 "주석님께서 권유하시기에 싫다는 말 한마디 없이 공짜로 검진을 받고 약까지 받고 보니 내가 너무 뻔뻔스럽다는 생각이 드네요"라고 말하였다. 그러나 이것은 나와 아내에게만 차려진 특혜가 아니다. 미국에 사는 고찬성 박사 부부가 평양에 갔을 때도 그러했다.

평양을 방문했던 고 박사의 부인이 새벽에 갑자기 병이 나서 병원에 실려 갔다. 응급처치를 하고 5일간 입원 치료 후에 퇴원하게 되었는데 퇴원하는 날 고 박사는 간호원에게 서무과가 어디냐고 물었다. 그런데 간호원은 서무과가 뭐냐고 반문했다. 입원치료비를 정산하련다고 하니 간호원은 웃음을 터뜨렸다. 무상치료제에 대한 설명을 듣고 그는 아연해졌다고 한다. 북조선이 못살고 폐쇄적인 나라라는 선전을 듣고 친척들에게 검은 색깔의 옷만 사온 그였다. 비누가 없다니 검은 옷이 제격이라는 생각이었을 것이다. 그러니 그 역시 무상치료라는 말에 놀랄 수밖에 없었을 것이다.

1992년 11월이었던 것으로 기억한다. 나는 북미기독의료협의회 고문의 자격으로 5명의 의사들과 함께 다시금 평양에 다녀온 적이 있으며, 다음해 5월에도 그들과 함께 가서 평양 제3병원 건설 문제를 의논하였다. 북미기독의료협의회란 미국에 사는 조선인 의사들이 다른 나라들에 의료 원조를 제공하는 자선 조직이었는데 그들은 조국의 북쪽 지역에 의료 원조를 주고 싶다고 하면서 나보고 그 사업을 주선해 줄 것을 부탁하였다. 그래서 나는 협의회의 고문으로 영입되어 대표단을 이끌고 평양으로 갔던 것이다. 그때 김일성 주석이 나를 만나주었는데 그이는 우리가 하려는 일을 칭찬하면서 광복거리에 평양 제3병원을 한번 잘 꾸려보라고 격려해주었다. 그리고 가능하면 통일거리에도 현대적인 병원을 세워보라고 하면서 미국에 있는 조선인 의사들이 이러한 사업을 발기하고 추진하는 것은 모두 애국심의 표현으로 된다고 높이 평가하였다.

사실 그때 우리와 함께 갔던 의사들은 모두 기독교 장로들이었는데, 그들은 공화국의 의료시설이 현대적 수준에 이르지 못하고 또 주민들이 국가의 의료지원도 충분히 받지 못하고 있을 것으로 생각해 기독교적 자선을 베풀어야겠다고 나섰던 것 같다.

그러나 그들은 평양에 가보고는 자기들이 크게 잘못 생각했고 서방의 거짓선전에 지나치게 영향을 받았었다는 것을 자인하지 않을 수 없었다. 그들은 평양산원이나 김만유병원 같은 현대적인 병원시설을 둘러본 후 자기들의 그릇된 견해를 바로잡았다. 그래서 그들은 처음에는 이곳 의료시설이 상당히 낙후되었을 것으로 예상하고는 미국에서 쓰던 중고 설비 같은 것을 갖다 주어도 보탬이 될 것으로 생각했다. 그러나 공화국의 수준 높은 의료 현실을 확인하고는 다시 계획을 바꿔 최신식 설비들을 마련해 가지고 평양 제3병원을 꾸리는데 달라붙었다. 그렇게 해서 얼마 전에 평양 제3병원이 개원을 했다고 하는데 나는 다른 사정 때문에 가보지 못했다.

김일성 주석이 한평생 인민을 위해 모든 것을 바치고 있다는 것은 묘향산에 있는 국제친선전람관에 가보아도 잘 알 수 있다.

풍광이 수려한 묘향산의 어느 한 계곡에 완전한 조선식 건물로 웅장하게 세워진 이 건물에는 세계 각국에서 주석에게 보낸 귀중품들이 수만 점이나 전시되어 국보로 보존되어 있었는데, 나는 그 전시품들을 보면서 참으로 많은 생각을 하였다. 무엇보다도 세계 여러 나라의 국가수반들과 저명한 인사들이 보낸 그 선물들은 하나하나가 예술적 가치가 뛰어난 극진한 정성의 산물이었고, 주석에 대한 진실한 존경을 담은 것이었다. 나는 세계의 어느 영도자가 이처럼 진심 어린 존경이 담긴 수많은 선물을 받았겠는가 하는 생각을 해보았다. 더욱이 우리 조선은 예로부터 작은 나라였기에 큰 나라에 매번 조공을 바쳤지 받은 것은 별반 없었던 것 같기에 더욱 그랬다. 그러던 우리나라였는데 오늘은 이렇게 진귀한 선물들이 그 큰 집안에 넘쳐나서 새로이 지하에 더 큰 진열실까지 꾸려 전시하지 않으면 안 되었으니, 이거야말로 크나큰 민족적 긍지를 가지게 하는 일이 아닐 수 없는 것이다. 그런데 주석은 이 모든 선물을 고스란히 나라에 바쳐 국보로 완전히 보존하게 한 것이다. 보다 깊은 의미는 여기에 있다고 보아야 할 것이다.

사실상 주석이 자신이 받은 선물을 그 일부가 아니라 다 쓴다고 해도 누가 뭐라고 할 사람은 없다. 또 그것을 자신의 처분하에 두고 하사하는데, 쓴대도 나무랄 것은 못 된다. 그런데도 그는 어느 하나도 다치지 않고 모두를 나라의 국보, 인민의 영원한 재산으로 되게 한 것이다.

세상을 한때 떠들썩하게 했던 통치자들의 탐욕적인 치부에 대한 이야기는 어제오늘의 일만은 아니다. 필리핀의 마르코스나 이란의 팔레비 같은 독재자들이 인민들의 고혈로 이루어진 모든 국가의 재화를 마치 사유재산인 것처럼 흥청망청 써대며 사치와 방탕으로 세월을 보내고는 그도 모자라 수억 금을 스위스나 다른 나라의 은행들에 빼돌렸다는 것은 우리 모두가 익히 알고 있는 유명한 이야기이다.

나는 평양에서 김일성 주석이 현지지도하는 영화를 더러 보았는데, 그때마다 그가 항상 수수한 옷을 입었던 것이 언제나 인상 깊었다.

흔히 사람들은 청렴하고 소박하게 산 사회주의 지도자로 호지명을 꼽는다. 그러나 김일성 주석 역시 그에 못지않게 청렴한 삶을 살았다. 사후에 주석이 애용하던 금고를 열어보니 그 안에는 가장 사랑하던 전우의 사진과 편지가 들어있었다고 한다. 그처럼 주석은 돈이나 황금보다 동지를 귀중히 여기며 산 사람이다. 그렇기에 모든 사람이 주석을 오로지 인민을 위하여 자신의 몸과 영혼을 모두 바치고 단지 한 폭의 붉은 기에 싸여 인민들의 곁을 떠나간 분이라 말하고 있는 것이다.

김일성 주석처럼 시종일관 인민의 신뢰와 지지를 받았던 정치가도 드물거니와, 마치 친 어버이가 돌아가신 것처럼 슬퍼하며 통곡하는 인민들의 배웅 속에 세상을 떠난 영도자는 동서고금에 없었다고 생각한다.

6. 진정한 애국자

정치가로서의 김일성 주석에 대해 말하자면 적어도 2차 세계대전 이후부터 활동한 세계적인 정치원로의 한 사람이라는 데는 별로 이론이 없을 것이라고 생각한다. 그러나 공산주의자로서의 김일성 주석의 정치이념이나 영도 방식에 대하여서는 논란이 적지 않다.

평범한 의사로 살아온 나로서는 굳이 그런 논의의 와중에 뛰어들어 왈가왈부할 생각은 없다. 하지만 북조선에서 보고 듣고 느끼고 거기서 얻은 나름의 결론을 글로 쓰고 말로 하는 것은 왜곡된 우리 역사의 진실을 젊은이들에게 제대로 알리고자 하는 내가 반드시 감당해야 할 책무인 것이다.

모든 조선 사람들이 애창하고 지구촌의 많은 사람들이 알고 있는 송가 '김일성 장군의 노래'에는 이런 구절이 있다.

…

만고의 빨치산이 누구인가를
절세의 애국자가 누구인가를

…

나는 그에 대한 해답을 공화국의 현실에서 찾아보았다. 애국이란 입으로 외우기는 쉬워도 실천하기란 간단치 않다. 나의 아버지도 평생을 나라와 민족에 대한 사랑으로 애를 끓이다 돌아가시는 마지막 순간까지 애국을 목메어 부르짖었다. 아버지의 절친한 친구인 도산 안창호 선생도 그랬고, 수많은 독립운동자들, 상해임정(대한민국임시정부)의 지사들이 그러했으며, 해방 후 친일분자들과 손잡고 숱한 애국지사들을 탄압했던 이승만까지도 애국을 부르짖었다.

그러나 누가 참다운 애국자였는가를 가르는 기준은 오직 실천이다. 그러기에 김일성 주석의 애국은 입이나 붓으로 역설한 애국이 아니라 실천을 통해 민족사에 뚜렷한 자취를 남긴 진정한 애국일 것이다. 물론 그가 공산주의자로서 한 생을 그 이념을 위해 바쳤고 생의 마지막 순간까지 그 이념을 지키고 그것을 현실로 만들기 위하여 불면불휴의 노고를 바쳤다는 것은 너무나 잘 알려진 사실이다. 그러나 김일성 주석은 조국과 민족 위에 공산주의 이념을 놓았으며, 혁명도 조국을 위해 하는 것이라는 일관한 견해를 지켜왔다.

공산주의에 대한 나의 소견은 매우 소박한 것이었다. 가난한 사람들을 위하고 모두가 고르게 잘 살 것을 바라는 것이 공산주의라면 그것은 초기 기독교도들의 순수한 교리와 별반 차이가 없다고 생각하였던 것이다. 그래서 맑스도 초기 기독교 공동체를 공산주의의 원시적 형태로 보았다고 하며 기독교에 대한 그의 비판적, 부정적 입장에도 불구하고 가난한 자들을 위해 활동한 예수를 인정할 것이라고 말했다고 한다.

그러나 사유재산을 철폐한다든가, 약탈자를 수탈한다는 공산주의의 교리는 나에게 무시무시하게 느껴졌고, 노동자들에게는 조국이 없다고 한 이론 같은 것은 어쩐지 허망하게 느껴졌다. 하지만 나는 북조선에서 공산주의에 대한 전혀 새로운 교리를 받아들이게 되었다.

평양에 가면 순안에 있는 국제비행장으로부터 평양으로 들어가는 큰길에서 좀 떨어진 곳에 애국열사릉이 있다. 그곳에는 조국의 광복과 독립을 위한 투쟁에 한 몸 바친 애국열사들이 안장되어 있다. 나는 거기에서 길림에 있을 때부터 알고 있는 최동오 선생이나 안재홍 선생, 조소앙, 조완구, 엄항섭 선생과 같은 이른바 '납북인사'라고 하는 이들의 묘비를 찾아보았다.

김일성 주석은 나를 만났을 때 우리 아버지도 이 애국열사릉에 안장하려 했지만 유해를 찾을 길이 없어 하지 못했노라고 하였는데 그에 대해서는 앞에서 쓴 바 있다. 어떤 사람들은 김일성 주석이 공산주의자이기 때문에 공산주의 이념을 가지고 항일무장투쟁에 참가한 사람들만을 공신으로 인정하고 그 밖의 사람들은 인정하지 않는다고 말한다. 물론 평양의 대성산에는 항일무장투쟁에 참가한 열사들을 위한 어마어마한 규모의 큰 능이 있다. 아마 세상을 다 둘러봐도 이렇게 크고 웅건하게 혁명열사들을 안장한 능원은 없을 것이다. 그러나 평양에 그에 못지않은 웅대한 규모의 애국열사릉이 함께 있다는 것을 반드시 알아야 할 것이다.

나는 이 애국열사릉에서 우리 아버지 세대의 많은 독립운동자들을 찾아보았다. 조소앙, 조완구나 엄항섭 같은 분들이 굳건한 민족주의자들이고 또 상해임정의 요인들이었다는 것을 모를 사람은 없을 것이다. 솔직히 말해서 우리 아버지 손정도 목사가 상해임정이 수립과정에서 산파역을 하였고, 초대 의정원 부의장을 거쳐 2대 의장을 역임한 사실 때문만이 아니더라도 나는 상해임정의 역사적 공적과 위상을 허물 생각은 없다. 상해임정이 끝까지 애국적 지조를 지켰고, 그래서 광복된 다음 애국지사로 환영받았던 것은 사실이기 때문이다.

그러나 그들은 초기에 이봉창이나 윤봉길 같은 영웅지사들을 내세워 사제폭탄 등으로 일제에 항거했지만 항일투쟁운동의 정세변화에 올바르게 대응하지 못한 후기에는 중경 한구석에 가서 장개석에게 얹혀사는 신세가 되었으며, 결국은 붓과 입으로만 싸울 수밖에 없게 되었다. 그에 비해 처음부터 끝까지 시종여일하게 무력항쟁을 견지한 김일성 주석의 공적은 너무도 뚜렷하여 상해임정은 여기에 비견할 바가 못 된다고 본다.

피어린 무력항쟁, 항일투쟁이야말로 가장 헌신적이고 열렬한 애국임에 틀림없다. 하지만 주석은 일제와 총을 들고 싸웠건 붓으로 싸웠건 입으로 싸웠건 관계없이 조국을 위해 헌신한 모든 독립지사들의 애국을 이해하고 소중히 여기며, 민족 앞에 내세워주고 역사에 새겨주었다. 나는 그처럼 이념보다 조국과 민족을 앞에 놓는 주석의 애국애족에 깊이 머리 숙이지 않을 수 없었다. 그리고 그것은 일시적이거나 부분적인 정책이 아니라 사회주의를 건설하고 있는 공화국의 모든 분야에서 찾아볼 수 있는 일관된 국가정책이었다.

나는 우리 민족의 시조인 단군릉과 고구려의 시조인 동명왕릉, 고려태조인 왕건릉을 돌아보면서 참으로 여러 생각을 하게 되었다.

공산주의자들의 이념으로 볼 때 봉건 제왕들은 첫째가는 경멸과 비난의 대상이 아닐 수 없다. 실제로 온갖 착취와 억압, 낡고 부패한 것을 청산하는 것이 혁명이며, 그 위에 서로 평등하고 누구나 자유롭게 사는 새 사회를 건설하자는 것이 공산주의자들의 목표이다. 그런데 사회주의를 건설하는 북조선에서 공산주의자인 김일성 주석의 발기로 각 시대의 왕릉들이 새로이, 그것도 더할 나위 없이 웅장하게 단장되었으니 이것을 어떻게 해석해야 하겠는가.

주석은 민족의 역사와 문화를 무엇보다 귀중히 여긴다. 그는 신화로만 전해져 내려오던 우리 민족 고대국가의 시조를 찾아내어 후대들이 민족의 근본과 역사를 똑바로 알도록 하는 대업을 이룩하였다.

주석은 단군이나 동명왕이 비록 제왕들이지만 그들이 민족 앞에 남긴 공적에 대해 응분의 평가를 하면서 그들 자신도 생각지 못했을 만큼의 훌륭한 능을 건설한 것이다.

나는 눈빛처럼 흰 화강암으로 세계 어느 제왕의 무덤도 무색하게 만들만큼 훌륭하게 세워진 단군릉을 보면서 문득 이집트의 피라미드를 생각하였다. 고대 이집트의 통치자들은 광활한 사하라의 사막지대에 웅장한 피라미드를 세웠다. 그것은 노예제 이집트 왕조의 막강한 힘과 고대 이집트 문화의 웅건함을 보여주는 역사적인 상징으로 되어왔고 세계 7대 불가사의 중 하나로 손꼽히고 있다. 그러나 그것은 어디까지나 그것을 세운 왕이나 왕조가 자신들만을 위해 만든 것이다. 그런데 그와 달리 김일성 주석은 자신을 위해서가 아니라 민족을 위해 옛 왕들의 능을 그렇듯 훌륭하게 꾸며놓은 것이다. 얼마나 기이한 대조인가?

주석은 생의 마지막 시기에 단군릉을 잘 건설하도록 하기 위해 무척이나 애를 썼다고 한다. 퍽 오래전에 주석은 지금 능이 건설된 곳에 현지지도를 나왔다가 그곳 풍수를 보며 "그것 참, 이 자리가 아주 신통하군. 내 이 다음에 여기에 묻히겠소" 하고 농담까지 하였다 한다. 그런데 그것을 잊지 않고 있다가 바로 그 자리에 단군릉을 앉히도록 한 것이다.

주석은 내 민족에 대한 사랑이 그처럼 흠뻑 몸에 배인 사람이었다. 그가 한평생 애쓴 모든 일은 민족의 현재와 미래를 위한 것이었다.

평양에 가면 누구에게나 서해갑문을 참관시킨다. 그 웅장한 갑문은 평양에서 대략 100km 떨어진 곳에 세워져 있다. 대동강 하류라고 하지만 사실상 망망대해나 마찬가지로 그 넓이가 20리나 된다고 한다.

그러한 바다를 막아 인공호수를 만들었고 거기에 갑문을 설치하여 5만 톤급의 대형 화물선까지 자유롭게 드나든다. 5년여에 걸쳐 건설했다고 하는데 총공사비는 수십억 달러나 들었다고 한다. 어떤 사람들은 40억 달러라고 하고 또 어떤 사람들은 60억 달러라고도 한다. 그런가하면 어떤 사람들은 100억 달러가 아니고는 저렇게 큰 공사는 힘들다고 하였다.

자세한 것은 잘 모르겠으나 내가 공화국에 가서 본 것을 그대로 말한다면, 거기 사람들은 경제건설에서 그렇게 세밀한 숫자 계산은 잘 하지 않는 것 같았다. 그렇다고 주먹구구식으로 한다는 의미는 아니다. 다만 돈이 얼마나 많이 드는가는 관계없이 나라를 위하고 민족의 장래를 위해 필요한 것이라면 그 어떤 어려운 공사라도 주저 없이 해낸다는 사실이 중요한 것이다.

예를 들자면 서해갑문 공사 같은 데 투자된 비용과 노력이 모두 얼마인가 하는 것은 산출할 방법이 없다. 또 굳이 산출하지도 않는 것 같다. 왜냐하면 매일같이 수천수만의 공무원들과 청년들, 심지어는 가정주부들까지 나가 흙짐을 지고 돌을 날랐으니 그것을 무슨 수로 헤아린단 말인가. 또 그런 사람들은 애국심을 가지고 자기의 땀과 노동을 갑문건설에 바쳤을 뿐이지 그 어떤 보수를 바라고 하지 않았다는 것이다.

이렇게 인민들의 헌신적인 노력과 공화국정부의 상당한 건설투자를 통해 바다를 막았지만 경제에 그다지 밝지 못한 나로서도 그것이 당장 이익을 창출해내지는 못하리라는 것쯤은 알 수 있다. 수력발전소가 아닌 이상 당장에 수십 만 kw의 전력을 생산해내는 것도 아니고, 또 몇 해 후에도 뚜렷한 경제적 이익을 얻을 수 있는 것도 아니다. 그저 물을 종합적으로 이용하고 평양을 홍수의 피해로부터 보호하며 우리 고향 땅인 강서나 대동, 룡강 일대의 논밭들과 멀리 황해도의 넓은 밭에 물을 마음껏 대는 것을 목적으로 한 것이라 하니 그 웅지가 얼마나 큰가를 짐작할 수 있다. 눈앞의 경제적 이해타산만 가지고는 이런 방대한 건설을 할 수는 없다. 고대 이집트의 제왕들이 자신만을 위해 광활한 모래밭 위에 피라미드를 세웠다면, 주석은 민족을 위해 조국의 먼 앞날을 생각하며 광활한 바다 위에 조선식 피라미드 서해 갑문을 세운 것이다.

공화국에서는 이 피라미드에 '서해갑문'이라는 소박한 이름을 달 았지만 수백 수천 년의 역사가 흐른 다음 사람들은 그것을 고대 이집 트의 피라미드처럼 이 조선의 피라미드를 주석의 이름과 결부시키리 라는 것은 너무나 명백하다. 서해갑문을 떠나면서 나는 이런 글을 남 겼다.

깨끗하고 고상한 나라, 후손을 위한 건설의 나라, 위대하고 사랑이 많으신 주석님의 숭고한 사랑 아래 뭉치면 못할 일이 없도다.

1991년 5월 16일

손원태, 이유신

대동강을 막아 물을 종합적으로 이용할 데 대한 김일성 주석의 구 상은 1950년대의 조선전쟁 시기에 이미 구체화 되었다고 한다.

나는 그 이야기를 바로 주석이 전쟁 때 찾아갔던 백송리 골짜기에 가서 들었다. 미국이 숱한 자신의 추종 국가들 군대까지 끌고 와서 이

자그마한 땅덩어리에 우박처럼 폭탄을 퍼붓던 때에 벌써 멀리 앞을 내다보고 그런 웅대한 구상을 펼쳤다니 주석은 정말 선견지명과 대국적인 시야, 국가경영에 대한 깊은 식견을 겸비한 지도자임이 분명하다.

서해 간척지를 막아 새 땅을 찾아내며 대동강에 여러 개의 갑문을 건설하여 물을 종합적으로 이용한다는 그의 구상은 서해갑문이 완공됨으로써 결실을 맺었다. 대동강의 제일 하류에 있는 서해갑문으로부터 시작하여 강을 거슬러 올라가노라면 미림갑문, 봉화갑문, 성천갑문, 순천갑문 등 여러 개의 갑문이 있어 대동강의 물을 조절하게 되어 있다. 이렇게 공력을 들여 건설한 갑문은 그 해 여름 단번에 그 값어치를 증명했다고 한다.

최 선생은 우리에게 이런 이야기를 들려주었다.

"서해갑문의 준공테이프를 끊은 후 주석은 백두산 지구에 가 있었습니다. 그런데 그해 여름에 비가 굉장히 많이 왔습니다. 평양의 대동강이 넘쳤던 1967년에 비해 3배나 더 되는 무더기 비가 내렸지요. 그런데 서해갑문이 건설된 탓에 평양시내는 아무런 일도 없었답니다. 수령께서는 홍수가 걱정이 되어 지도자 동지께 전화를 거셨습니다. 지도자 동지께서 평양에는 아무 일도 없으며 대동강물이 유보도도 넘지 못했다고 보고를 올리자 수령님께서는 '갑문 값을 한 해 여름에 다 받아냈구만. 내가 운이 튼 사람이야' 하시며 대단히 기뻐하셨답니다."

주석은 갑문값을 돈으로 계산한 것이 아니라 인민의 안전과 행복에서 찾은 것이다. 이렇듯 우리 민족은 오늘만이 아니라 대대손손 갑문의 덕을 보게 될 것이니 주석은 내 민족을 위해 얼마나 큰일을 해내었는가!

바다를 막은 이야기를 좀 더 해보기로 하자.

지금 북조선에서는 서해바다를 막아 수십 수백 정보의 새 땅을 찾아내고 있다. 어떤 간척지는 한 개 군이 들어앉을 만큼 땅덩어리가 크다고 한다. 북조선 사람들은 이것을 놓고 "조국의 지도를 넓혀간다"고들 말한다. 그러고 보면 조선 지도는 많이도 달라졌다. 그것이 아직 조선 지도에 표시되지 않아서 서해안 기슭이 고불고불하지만 사실은 자로 쭉쭉 그은 것처럼 예전에 바닷물이 출렁이던 곳에 새 땅이 들어앉았다. 나는 서해갑문에서 그다지 멀지 않은 곳에 있는 금성 간척지 건설장에 가보았다. 가는 날이 장날이라고 마침 제방을 다 막고 양쪽에서 오던 제방이 하나로 합쳐지는 최종 물막이 공사가 한창 진행되던 때였다. 그 광경이 참으로 장관이었다.

서해바닷물이 빠져나간 간조 때 몇 시간을 이용하여 마지막 물막이 공사를 벌이고 있었는데 그곳은 말 그대로 불꽃 튀는 전쟁터였다. 마치 한 뼘의 땅이라도 더 차지하기 위해 마지막 돌격전을 벌이는 것 같았다. 그도 그럴 것이 거기서 일하고 있는 사람들이 모두 인민군 군인들이었기 때문이다.

구릿빛 얼굴의 젊은 군인들이 웃통을 벗어던지고 돌격전을 벌이고 있는 것이었다. 그들의 적은 밀려드는 바닷물이었다.

그곳 공사를 책임지고 있는 지휘관은 인민군 장성으로 얼마 전까지만 해도 군사분계선에서 군단을 지휘하던 사람이라고 하였다. 군사분계선을 지켰던 장성이 오늘은 바다를 막는 싸움을 지휘하고 있는 것이다. 많은 것을 말해주는 이 또 다른 전투를 나는 특별한 감회를 가지고 지켜보았다. 대형 선박만한 구조물이 서서히 물막이 구간에 들어앉는다.

거칠게 몰아치는 파도, 사나운 자연을 길들이는 거인과도 같은 인민군 군인들의 장한 모습, 드디어 보막이 공사가 끝나자 만세의 함성이 터졌다. 조국의 땅덩어리가 또 한 번 크게 늘어난 것이다. 그곳에서 일하는 일꾼들에게 물어보니 5천 평방km는 족히 된다고 한다. 이 얼마나 장쾌한 일인가.

예로부터 나라 땅을 잃은 통치자는 매국노만큼이나 지탄을 받았었고, 땅을 넓히거나 지켜낸 통치자는 애국자만큼이나 대대손손 칭송받아왔다. 그런데 대체로 통일신라 이후의 통치자들은 역사적으로 외세에 땅을 빼앗겨왔다.

돌이켜보면 고대의 우리 민족은 땅이 크고 강성한 나라를 가지고 있었다. 고조선도 그랬고 고구려도 그랬다. 그러나 통일신라와 고려, 그 후 조선 시대를 거치며 우리 민족의 영토는 점차 한반도 안으로 좁혀졌으며, 그나마도 일본놈들에게 통째로 잡아먹혔다. 더구나 해방된 이후에도 영토의 회복은커녕 오히려 둘로 갈라져 서로가 원수처럼 총칼을 겨누며 살아가고 있는 것이 우리 민족의 현실이다.

사람들은 흔히 김일성 주석이 군대를 늘려 남한을 군사적으로 제압할 정략을 펴고 있다고 하는데, 나는 오히려 김일성 주석이 군인들을 휘동하여 남쪽 땅이 아니라 서해바다를 '침략'하는 것을 보았다. 흔히 침략자들은 총칼로써 남의 땅을 빼앗았지만 주석은 이렇게 땀과 노동으로 제 나라 땅을 늘려가고 있는 것이다. 내가 이런 환희의 감정을 담아 "아, 여기서는 바다를 침략하고 있군요"라고 말했더니 모두들 통쾌한 웃음을 터뜨렸다. 이처럼 서해바다를 계속 밀고나가 중국의 산동 반도 사람들과 손짓으로 대화를 나눌 수 있을 만큼 나라의 땅덩

어리를 늘린다면 얼마나 좋겠는가!

그곳 사람들에게 이제 막아놓은 간척지를 어떻게 쓸 것인지 묻자 그들은 대부분 논밭을 만들 작정이라고 대답하였다. 일부는 소금밭으로도 쓸 계획이며, 간척지 내부공사까지 완공되면 곧 사람들이 옮겨와 살게 될 것이라 한다. 이에 내가 "좋은 고장이 되겠군요"라고 말하자 누구인가 나보고 여기 와 살 생각이 없는지 묻고는 그곳이 바닷가에다 공기도 좋으니 마음에 있으면 남보다 먼저 신청하라고 권했다. 그래서 내가 "아직은 임자가 없는 땅이라 욕심이 난다. 나보고 여기 와서 큼직한 집을 지어놓고 군수 한 자리를 하라고 하면 오겠다" 하자 사람들은 다시 한번 유쾌하게 웃었다.

나는 이날 금성 간척지를 떠나면서 이런 시 한 수를 읊었다.

내 조국이 갈라졌다 해서
이방의 사람들아 웃지를 말아
우주대기 아래 통일될 때면
정녕코 세계가 부러워하리라

7. 깨끗하고 고상한 나라

평양은 사시사철 맑은 공기와 그윽한 향기가 흘러넘치는 녹음의 도시, 꽃의 도시였다. 그래서 평양의 거리를 돌아보노라면 "참으로 아름답구나!" 하는 감탄사가 저절로 흘러나온다. 현대적이고 웅장할 뿐 아니라 옛 조선의 백자와 같은 고상함과 우아함, 정결함이 한데 어울려 말할 수 없이 자랑스럽고 정이 드는 도시다.

그러나 이것은 평양의 스쳐가는 풍경에서 받는 감각적인 느낌일 따름이다. 사귀면 사귈수록 그 인격과 고상한 정신에 더더욱 반하게 되는 사람이 있는 것처럼 평양은 그같은 겉모양보다 그 내용, 이를테면 평양 고유의 품격에 더더욱 매혹되는 것을 어찌할 수 없었다.

나는 여러 차례 북조선을 방문하는 동안 평양과 지방의 여러 곳을 참관하였다. 공장에도 가보고 농촌 마을에도 가보았으며, 학교와 병원, 아이들의 탁아소에도 가보았다. 그중에서도 산원과 탁아소, 학생소년궁전을 방문하고는 참으로 큰 감동을 받았다.

평양산원은 시내 동쪽 문수거리에 자리 잡고 있다. 맑은 물 유유히 흐르는 대동강 강변에 무지개처럼 걸린 옥류교를 건너니 근로자들의 살림집이 규모 있게 들어앉은 문수거리가 눈앞에 펼쳐졌다. 내 어린 시절에는 여기에 논밭도 있고 잡초도 무성했던 황량한 벌이었다. 여기 어디에 군용 비행장이 있었던 것 같다. 모란봉에 올라가 놀다가 억새풀이 설렁대는 이 뻘에서 비행기가 날아오르는 모습을 넋을 잃고 바라보던 기억이 어슴푸레 남아있다. 그런데 그 황량한 벌판에 하얀색과 베이지색으로 칠해진 현대적 살림집들이 즐비하게 들어차 있고,

주변에는 꽃이 만발하고 녹음이 우거진 공원들이 펼쳐져 있었다. 공원에서는 미끄럼틀이나 회전 비행기를 타며 좋아라 떠들어대는 아이들의 목소리와 낭랑한 웃음소리가 흥겨운 음악처럼 들려왔다. '참으로 평화롭구나!' 하는 감탄사가 내 마음에서 저절로 우러나왔다.

"저기가 평양산원입니다." 우리를 안내하는 김 선생의 목소리에 나는 명상에서 깨어났다. 장엄하면서도 우아한 건물이 우리 앞으로 다가오고 있었다. 뉴욕의 마천루들처럼 초고층 건물도 아니고 중세기의 고딕이나 바로크 양식으로 세워진 아름답고 장엄한 건축물이었다. 선들이 부드럽고 하나하나의 요소가 예술적으로 처리된 건물은 아기를 향해 두 팔을 벌리는 어머니의 모습을 형상하고 있었다. 누구의 디자인인지 산원으로서의 특색을 잘 그려낸 기발한 착상이었다.

물안개를 뿌리며 하늘 높이 솟구치는 분수대를 지나 중앙 홀에 들어선 우리는 더욱 황홀한 느낌에 빠졌다. 현란한 구슬 등과 벽돌에 반사되어 눈부시게 빛을 뿌리는 보석 꽃 주단이 우리 발밑에 깔려 있던 것이다. 자세히 내려다보니 넓은 중앙홀 바닥을 장식하고 있는 보석주단에는 홍색, 녹색, 황색의 보석들이 점점이 박혀있었다. 서방에서는 갑부 집안의 아녀자들이 목이나 귀에 걸고 팔찌나 반지로 끼고 다니며 몸값을 올리는 희귀한 보석들이었다. 그런데 이곳에서는 치료를 받으러 온 평범한 근로 여성들이 그 보석 바닥을 무심히 밟으며 조용히 오가고 있었다. 말하자면 보석이 사람을 치장하는 것이 아니라 사람을, 아기를 낳아 키우는 모성들을 그 보석 위에 올려세운 것이다.

인간 사랑의 정치, 사람 위주의 정치철학이 이 건물 중앙 홀에 펼쳐진 부석 주단에도 그대로 구현되어 있었다. 여기에는 무언가 크게 가슴을 울리는 감동이 있다.

우리는 이곳 여성 원장의 안내에 따라 산원의 내부시설을 돌아보며 설명을 들었다. 돌아볼수록 우리의 경탄은 커져가기만 했다.

총건평 6만 평방미터에 2,000여 개의 방을 가진 산원은 그 규모가 웅장할 뿐 아니라 현대 과학이 도달한 최상의 수준에서 모든 의료 시설과 설비들을 다 갖춘 여성종합병원이었다. 철저한 살균설비가 되어있는 수술실과 분만실도 훌륭하였고, 조산아들을 어머니 뱃속에서와 똑같은 조건에서 키울 수 있는 조산아 보육기도 매우 복잡하고 정교한 최신식 설비였다. 렌트겐 설비 같은 것은 그 값이 엄청난 것이었다. 김정일 영도자가 이 병원을 개업하기 전에 시찰하면서 모성들과 아기들을 위해서는 돈을 아끼지 말고 제일 좋은 것으로 갖추라고 하였다는 것이다.

사실 선진국의 큰 산원이라고 해도 규모가 이보다는 크지 못하며 산모들은 해산 후 3~5시간이면 집으로 돌려보낸다. 그런데도 꽤나 비싼 비용을 지불해야 한다. 그런데 북조선의 모든 여성은 최신식 설비가 갖추어진 이런 현대적 병원에서 완전히 무료로 모든 의료혜택을 받는다고 한다. 사실 나는 의사의 직업적인 눈으로 이 산원의 진면모를 파헤쳐보려고 예리한 관찰을 하였다. 그런데 겉으로 보나 내부를 해부학적으로 보나 위선 같은 것은 물론 미흡함이나 흠집 같은 것을 찾아볼 수 없었다. 무엇보다 만족스러운 것은 청결이나 소독 같은 예방의학이 완전무결하다는 점이었다. 특히 면회자들이 텔레비전 화면으로 해산한 부인들과 면회하는 것이 아주 인상적이었다.

병원 안에는 그 누구를 막론하고 위생복을 입고 슬리퍼를 신고서야 들어갈 수 있는데, 이 점에서도 그들이 예방의학에 얼마나 관심을 쏟았는가를 잘 알 수 있었다. 이런 것은 미국에서는 볼 수 없는 일이었다.

이 나라의 지도자들이 자기 국민들이 병에 걸리지 않도록 사소한 것에도 마음을 쓰며 예방을 위해 심신을 다 바쳐 애쓴다는 것을 누가 말하지 않아도 잘 알 수 있었다. 병원 문을 나설 때는 나도 아내도 이 나라 여성들이 참으로 복을 받고 있구나 하는 생각이 저절로 들었다.

어머니들을 존중하고 아이들을 사랑하는 나라, 그들을 위해서라면 아무리 값진 보석도 아낌없이 내어주는 나라, 이런 나라는 분명 훌륭한 나라임에 틀림이 없다. 나는 '김정숙탁아소'를 방문하였을 때에도 그것을 더 깊이 느낄 수 있었다.

김정숙 여사는 주석의 첫 번째 부인으로 김 주석이 만주광야에서 무장투쟁을 할 때 함께 싸운 전우이며 동지였다. 나도 해방 전에 김일성 장군의 부인에 대한 소문을 들은 일이 있다. 해방 전야에 학생들 속에서까지 "김 장군의 부인은 두 손에 표창을 쥐고 연방 던지는데 백발백중의 명사수래…" 하는 말이 돌았던 것이다.

그런 김정숙 여사는 누구보다도 온 나라 아이들을 무척 사랑하였다고 한다. 그것을 잊지 못해 탁아소에 여사의 성함을 명명하였을 것이다.

햇빛 밝고 사랑이 넘치는 이 탁아소에서 나는 건강하고 명랑한 아이들이 마음껏 뛰노는 모습을 보았다. 아이들의 맑고 빛나는 눈동자, 그렇듯 천진난만하고 사랑스러운 웃음, 티 없이 밝은 표정, 그것은 이 나라의 표정이기도 하였다. 어린이들을 보육하고 교양하는 부인들의 부드럽고 따뜻하고 헌신적인 태도, 그야말로 어머니의 사랑을 그대로 내어주는 그들의 모습에서도 나는 깊은 감동을 받았다.

내가 아내와 함께 어느 한 방에 들어서니 스무 명 내외의 어린이들이 선생님의 풍금 반주에 맞추어 노래를 부르며 유희를 하고 있었다. 우리를 안내하던 탁아소 소장 선생이 아이들에게 우리를 소개하였다. 아마 김일성 주석의 어릴 적 친구라 하는 것 같았다(주석은 탄생 80돌에 대원수 칭호를 받았다). 그러자 아이들은 박수를 치고 환성을 올리며 나와 아내에게 달려와 매달렸다. 그 애들은 "할아버지, 할머니" 하면서 친손자 손녀들처럼 기뻐하며 저마다 새처럼 지저귀었다. 주석이 손원태를 접견해주는 모습을 아이들도 텔레비전을 통해 알고 있었던 것이다. 그 천진한 어린 것들이 미국에서 온 늙은이들을 이렇게 반기는 것을 보니 저절로 눈물이 났다. 나와 이 어린 것들을 그렇게 친밀하게 이어주는 보이지 않는 유대, 그것은 무엇이었을까? 백발을 이고 찾아온 나를 주석이 그렇게도 기쁘게 맞이하니 그의 손자, 손녀들인 이 철없는 어린 것들도 이처럼 꾸밈새 없이 나의 방문을 반기는 것이리라!

이 나라는 김일성 주석을 어버이로 모신 한 가정임을 여기서도 뜨겁게 느낄 수 있었다.

어린이들은 미국에서 온 할아버지, 할머니를 위해 노래도 불러주고 춤도 추고 악기도 연주해 주었다. 그리고 나와 아내에게 "할아버지, 할머니 노래 불러달라요" 하고 떼를 쓰기도 하였다.

아내는 그 청을 물리칠 수가 없어 삭막한 기억을 더듬어 어릴 적에 배운 노래를 한 곡 불렀다.

박박 오리오리 물오리떼가
하나 둘 셋 넷 발을 맞춰서
앞뜰개굴, 뒤뜰개굴
물나라로 바그작 바그작 산보합니다.

아이들은 좋아라고 웃어대며 손뼉을 쳤다.

이번에는 내 차례다. 나는 한참이나 머뭇거렸다. 무슨 노래를 불러야 할지 도무지 생각이 나질 않았기 때문이다.

내 어릴 적에 남산재에 감리교회가 있었는데 그곳에 부속 유치원이 있었다. 거기서 부르던 '추수감사절 노래'가 생각났지만 그 노래 가사는 너무 고리타분해서 이 깨끗하고 고상하기까지 한 아이들 앞에서 차마 부를 수가 없었다. 그래서 한참이나 생각했는데 불쑥 길림의 북산에서 뛰놀 때 부르던 노래가 생각났다.

산중호걸이라 하는 호랑이의 생일날이 되어
각색 짐승 북산공원에 모여 무도회를 열었네
노루는 좋아서 껑충껑충 뛰고요
토끼는 기뻐서 깡충깡충 뛰누나.
…

이렇게 시작된 노래는 산중의 왕이라 으스대던 호랑이가 자그마한 고슴도치에게 혼줄 나는 내용을 담고 있었다. 작은 나라도 제 힘을 믿고 싸우면 강대한 적도 이길 수 있다는 교훈적인 내용의 노래였다.

내가 이 노래를 부르자 애들은 막 환성을 질렀다. 그들도 호랑이와 고슴도치 이야기를 잘 알고 있었는데, 이 나라에서는 어린이들이 탁아소 시절부터 애국주의 교양을 받으며 자라고 있었던 것이다.

그 애들이 날더러 자꾸만 노래를 더 부르라고 졸라대서 나중에는 "멍멍멍 뉘 집 개냐. 수남이 집 개로다…" 하는 노래까지 부르지 않을 수 없었다. 아내와 나는 그만 어린이가 되어 아이들과 시간가는 줄 모르고 즐기었다. 나중에는 원을 지어 빙빙 돌며 통일 열차 놀이까지 하였다.

탁아소 방문을 마치고 나자 우리는 한결 젊어졌다는 느낌이 들었다.

"천국에 다녀온 기분이어요."

아내가 나에게 하는 말이다.

아내는 독실한 기독교 신자다. 그는 주일예배에 빠지는 적이 없었다. 신앙심도 깊고 진지하였다. 그래서 교회를 별로 신통치 않게 보는 나와 아내 사이에 악의 없는 다툼이 종종 벌어지곤 했다.

나도 아내도 천국이란 것이 정말 어떤 것인지 체험해보지는 못했어도 이곳 탁아소에서 보낸 몇 시간은 사람들이 그렇게도 가보기를 원하는 '천국'이라는 말로밖에 달리 표현할 말을 찾지 못하였다.

학생소년궁전을 돌아보고 나서도 같은 느낌이었다. 학생소년궁전은 웅장하고 미려한 광복거리에 있다.

세상에는 이름 있는 궁전들이 많지만 그것은 대체로 제왕이나 황제, 대통령들, 각이한 시대의 각이한 권력자들의 이름과 연결되어 있다. 자라나는 후대들을 위해 이런 최상급의 훌륭한 궁전을 지어준 나라가 어디에 있는가?

하루 공부를 마친 학생들이 오후의 과외시간을 이 궁전에 와서 보내고 있었다. 음악가가 되고 싶은 아이는 음악 소조실에서 노래도 부르고 악기도 배우며, 미술가가 되기를 원하는 아이는 미술 소조실에서 교원의 체계적인 지도를 받는다. 예술 체조 훈련을 하는 아이들, 수영 훈련을 하는 아이들, 서예 공부를 하는 아이들이 모두 자기가 배우고 싶은 것을 마음껏 배우며 재능을 꽃피우고 있었다.

자라나는 학생들이 누구나 자기의 재능, 자기의 소원에 따라 원하는 것을 다 배울 수 있는 교육제도, 이것은 쉽게 이루어질 수 있는 것이 아니다. 부유하다고 하는 나라, 민주주의가 최상으로 발현된다고 하는 나라에서도 이 문제를 해결했다고 하는 말을 나는 듣지 못하였다. 이것은 어느 대통령의 선거용 공약으로 단기간에 해결될 수 있는 문제도 아니고, 어느 억만장자가 돈을 뿌린다고 해결되는 문제도 아니다. 이것은 이 나라 혁명역사에서 장구한 세월 피를 흘려가며 가시덤불을 헤쳐 끝끝내 가꾸어낸 열매이며 김일성 주석이 한평생을 바치어 이루어놓은 평생의 결실이었다. 이런 제도, 이런 나라를 건설하자고 그는 그렇게도 모진 고생을 달게 여기며 혁명을 해온 것이라고 나는 이해하였다.

깨끗하고 고상하게 자라는 어린이들을 보면서 나는 '세상 사람들이 다 여기 와서 배워야겠구나' 하고 생각하게 되었다.

그런데 서방에서는 북조선을 자유가 없는 나라, 폐쇄된 나라라고 한다. 나는 그런 사람들에게 묻고 싶다. 자라나는 아이들이 자기가 배우고 싶은 것을 다 배우고 누구든지 원하는 것을 다 할 수 있는 이것이 그래 자유가 아니란 말인가?

서방에서는 소년 범죄가 큰 사회적 골칫거리로 되고 있다. 나라의 미래들인 소년, 소녀들이 마약에 중독되고 갱영화를 흉내 내서 살인, 강도 행위를 하여 사람들의 간담을 서늘케 하는 것이 자유란 말인가?

미국에서는 여자들과 아이들이 밤에 혼자 거리에 나서는 것을 감히 생각도 못 한다. 그런데 우리는 북조선에서 전혀 예상치 못했던 것을 보게 되었다.

우리 부부가 온탕을 하러 온천에 다녀오는 길이었다. 때는 어둑한 저녁 무렵이었는데 인적 없는 논길로 생각에 잠긴 한 처녀가 혼자 걷고 있었다. 논에서는 개구리만 목청 높여 울고 있었다. 조금 후에는 어린 소녀가 달싹거리며 걸어오고 있었는데 우리가 탄 차를 보더니 깍듯이 서서 소년단 경례까지 하는 것이었다. 참으로 평화로운 광경이었다. 이것이 과연 자유가 아니란 말인가? 마약, 매춘, 강간 같은 소름끼치는 범죄 등 각양각색의 사회악이 범람하는 사회가 자유로운 사회인가? 그런 '자유'를 누가 바라겠는가?

북조선을 폐쇄국가라고 하지만 이 나라에서는 깨끗하고 고상한 자기 나라에 이런 더러운 것이 들어오는 것을 엄격히 통제할 뿐, 이것을 보고 '폐쇄국가'라고 하니 세상에는 참 괴이한 논리도 있다. 오히려 북을 봉쇄하는 것은 미국이다. 아마도 이 나라의 깨끗함과 고상함, 그것을 지켜주는 사회주의 붉은 기가 그들의 눈에는 가시 같은 모양이다.

그러나 자기 위업의 정당성을 믿는 인민은 굴복시킬 수 없다. 이 나라의 막강한 힘이 무엇인지를 그들은 정말 모르고 있다.

내가 북조선을 방문하여 처음 찾아간 가정은 나의 처남댁이었다.

아내에게는 세 오빠가 있었는데 서울서 이유경치과병원을 차려 놓았던 이가 맏오빠이고, 둘째 오빠 이유성은 음악을 전공했었다. 그는 6·25 전쟁 때에 이북으로 들어가 평양에서 새 가정도 이루고 음악가로 활약하였다. 그의 본처와 아이들은 지금 미국에서 살고 있다.

우리가 평양에 도착했을 때는 불치의 병을 앓고 있던 처남이 금방 세상을 떠난 뒤였다. 한두 달만 빨리 왔어도 아내는 그립던 오빠를 만나볼 수 있었고 나도 처남과 상면할 수 있었을 텐데….

우리가 그만 한발 늦은 탓에 그토록 애타게 원했던 가족 간의 상봉은 그처럼 물거품이 되고 말았다. 광복거리에 있는 처남의 집을 찾아가니 금방 장례를 치른 처남의 미망인이 왜 이제야 오는가고, 하루만이라도 당겨올 수 없었느냐고 오열을 터뜨렸다. 참으로 한스럽기 그지없었다.

나는 이 집에서 눈물을 많이 흘렸다. 비통하거나 슬퍼서 흘린 눈물이 아니었다. 그것은 아름다움과 고상함이 마음의 금선을 울려 흘린 눈물이었다.

상가를 치른 집은 쓸쓸하기 마련이다. 하물며 가장을 잃었음에랴. 그런데 처남네 집은 그렇지 않았다. 매일 사람들이 그칠 새 없이 찾아왔다. 처남은 북에서 유명한 음악가였고 지금 음악무용대학에서 교편을 잡고 있는 처남의 미망인도 한때 이름 있는 가수여서 주로 예술인들이 많이 찾아왔다. 떠나간 이의 친구들도 왔고 미망인의 벗들도 왔으며 처남 자식들의 학교에서도 선생님과 학우들이 찾아왔다. 한 아파트에서 사는 이웃의 세대주들과 부인들도 여러 가지 음식을 만들어 찾아왔다. 그들은 모두 미망인과 아버지를 잃은 자녀들을 위로하며 그들을 즐겁게 해주려고 무진 애를 썼다. 고인이 즐기던 노래도 불렀고 고인의 명복을 빌며 피아노도 쳤다. 그것은 한 생을 깨끗이 살다가 떠나간 이에 대한 추억의 시간들이었다. 남편과 아버지를 잃고 더없이 쓸쓸해하는 유족들의 마음의 상처를 쓰다듬어주고 공허한 마음을 애정으로 채워주는 사랑의 밤들이었다. 북조선의 사회생활과 인간 생활을 관통하고 있는 정치구호 "하나는 전체를 위하여, 전체는 하나를 위하여!"라는 구호가 무엇을 뜻하는 것인지 나는 거기에서 비로소 깨달음을 얻었다. 그들은 남의 아픔을 자기의 아픔으로, 이웃의 슬픔을 내 집의 슬픔으로 여기는 사람들이 살고 있는 나라였다. 이것은 인간관계, 사회관계에서 얼마나 높은 경지인가!

북조선에서는 보고 듣는 것이 모두 새롭고 놀랍기만 하였다. 불구가 된 명예군인의 일생의 반려가 될 것을 결심한 처녀들에 대한 이야기, 처녀의 몸으로 고아가 된 애들을 데려다 부양한 '처녀 엄마'들에 대한 이야기, 자식이 없는 노인들을 친부모로 모시는 평범한 가정들에 대한 이야기….

동지와 이웃을 위해 자기의 사랑을 바치는 사람들의 이야기가 하늘의 별처럼 무수하여 이제는 그런 사랑이 당연한 것으로 여겨지는 나라였다. 교회가 그렇게도 오랜 세월 예수의 사랑을 설교하였어도 이루지 못한 일들이 무신론자들이 사는 이 나라에서는 국민의 평범한 생활로 되고 있는 것이다. 어떤 이가 북조선에서는 예수가 와도 별로 할 일이 없을 것이라고 했는데 나도 그 말에 동감이다.

영도자가 인민을 사랑하고 인민이 영도자를 신뢰하며 하나가 되고 너와 내가 사랑과 자기 희생정신으로 혈육이 되고 있는 나라, 이 정신과 사랑의 공고한 결합을 깨칠 힘이 이 세상 어디에 있겠는가!

나는 북조선 사람들이 부유하게 산다고는 말하지 않는다.

그러나 그들은 흥청망청대는 남을 넘겨다보지는 않는다. 그것은 그들이 정신적으로 안정되고 사랑이 차고 넘치는 자기들의 사회제도가 이 세상의 그 무엇과도 바꿀 수 없는 귀중한 것임을 알고 있기 때문이다. 또한 외세의 강압에 의한 추위와 배고픔 등의 일시적 난관을 박차고 나가 남보다 몇 배로 더 피와 땀을 흘리면 이 행성에서 정신적으로나 물질적으로 가장 부유한 나라로 될 수 있다는 것을 확신하고 있기 때문이다.

이것이 내가 본 북조선 사회의 진면모이며, 내가 이 나라를 조국이라 부르는 참 이유인 것이다. 이 나라, 이 제도, 여기서 펼쳐지는 생활과 삶, 그것이 바로 주석이 평생을 바쳐 이루어놓은 결실이었으며 김정일 영도자가 기어이 지키고 만방에 더 빛내려고 하는 위대한 위업이었다.

8. 변함없는 옛정

나와 김일성 주석 간의 다시 이어진 우정에 대한 사연을 들은 사람들은 "세상에 그런 일도 다 있는가?"라며 정말 동화 같은 이야기라고 희한해 한다. 물론 사랑도 돈과 이해관계에 따라 저울질되는 사회에서 살아온 사람들에게는 희한한 일일 수밖에 없을 것이다.

또 어떤 사람들은 선전적 효과를 노린 것이 아니냐 하는 입 삐뚤어진 소리를 하기도 한다. 그러나 나는 주석을 거듭 만나보고 또 평양에 자주 드나드는 과정에서 아름답고 고결한 사랑과 우정, 의리에 대한 전설 같은 사연을 엮으며 주석을 찾아오는 사람들이 나 하나뿐이 아니라는 것을 알게 되었다. 그들 중에는 옛 시절 은사의 자제도 있고, 은인도 있었으며, 은인의 아들딸도 있었다.

한 나라의 수반인 주석이 만나야 할 사람은 그 얼마이며 찾아오는 손님은 또 얼마이랴! 찾아오는 인물도, 명분도 각각이요, 사연도 천태만상일 것이다. 그중에서도 옛 친구가 찾아오면 제일 기뻐하는 주석이다. 그때는 일본과 미국을 떨게 하던 장군도 아니라 그저 허물없는 친구요, 자식을 많이 거느린 한 가정의 인자한 아버지 같은 평범한 인간이 되는 주석이었다.

내가 처음으로 김일성 주석을 만나는 날 그는 "요새는 옛 친구들이 많이 찾아와서 정말 즐겁다"고 말하였다. 그때 평양 걸음이 처음이었던 나는 그 말이 무슨 사연을 담고 있는지 알지 못했다.

그것을 알게 된 것은 그 다음해 주석의 탄생 80돌을 맞아 내가 평양에 갔을 때였다. 이미 말했지만 그때 나는 온천지대에 숙소를 정하고 있었다. 그런데 알고 보니 거기에 나와 비슷한 연고로 주석과 연결되어 있는 많은 외국 손님들이 함께 들어있는 것이었다. 다시 말해서 공식적인 손님이 아니라 옛 친구이거나 옛 친구의 후대에 속하는 사람들이었다.

그곳에서 제일 먼저 반갑게 만난 사람이 상월 선생의 자녀들이었다. 상월 선생은 주석이 길림 육문중학교를 다니던 때 그 학교 문학교사로 있었으며 일찍이 손문 선생을 지지하여 북벌전쟁에도 참가하였고 동북 땅에 와서도 손문의 삼민주의와 오권헌법(五權憲法)*에 대하여 설파했다. 또 학생들에게 〈삼국연의〉나 〈홍루몽〉과 같은 중국의 고전 소설들도 소개하고, 고리끼의 〈어머니〉와 같은 작품을 가지고 청년학생들에게 민주주의와 반일애국정신을 심어주던 분으로 주석도 못내 잊지 못해 하는 은사였다. 그런 분의 자제들이라고 하니 비록 초면이었지만 일찍이 나와 아버지 손정도 목사의 넋이 깃들어 있는 잊을 수 없는 길림 땅에서 바람 사나웠던 1920년대를 함께 지냈던 옛 지기들을 다시 만난 듯 무등 반가웠다. 물론 나는 길림 시절에 상월 선생을 알지 못하였다. 당시 소학생이었던 나로서는 그를 알 리 없었고, 더욱이 그에게 글 한자 배운 것도 없었지만 나는 그가 주석의 은사라고 하는 오직 한 가지 사실로 하여 나의 스승으로 섬겼고, 따라서 그의 자녀들과도 반갑게 만났던 것이다. 상월 선생의 자녀들은 나보다 훨씬 젊었지만 그들 역시 내가 주석과 함께 길림에서 살았고, 함께 소년회에 망라되어 있었다는 것으로 하여 마치 자기 아버지의 친지를 만난 듯이 반가워하였다.

---

* 쑨원의 삼민주의 사상을 바탕으로 한 중화민국 헌법의 권력분립주의. 오권(五權)이란 입법권·사법권·행정권·고시권(考試權)·감찰권(監察權) 등을 말한다.

이렇듯 오랜 세월이 흐른 다음 나도 주석을 찾아왔고, 또 주석의 옛 은사의 자제들도 찾아왔으니 이 얼마나 뜻깊은 일인가? 만일 주석이 인덕이 없고 정치만 아는 메마른 사람이라면 나도 오지 못했을 것이고 저들도 안 왔을 것이라고 생각하니 참으로 생각되는 바가 많았다.

후에 알게 된 바에 의하면 상월 선생은 자기가 길림에서 육문중학교 교사로 있을 때 그 학교 학생이었던 주석이 일제를 반대하는 무장투쟁을 해왔고, 또 광복된 조국 땅에 인민의 나라를 세운 일국의 영도자가 된 것을 놓고 못내 기뻐하며 "나와 젊은 시절의 김일성 주석과의 관계"라는 글을 써서 세상에 발표하였다고 한다.

상월 선생은 그 후 베이징 인민대학에서 역사 교수로 많은 저작도 내고 훌륭한 논문도 수없이 발표하여 널리 알려진 학자로 평판이 높다고 하였다. 선생은 운명할 때 자식들에게 언제 한번 꼭 주석을 찾아가 보라고 간곡히 당부하였고, 그래서 벌써 몇 해 전에 상월 선생의 맏딸인 상가란이 평양을 다녀갔다고 한다. 그 뒤에 이렇게 길이 트여 이번에는 여러 명의 아들딸들과 손자 손녀들까지 평양을 방문한 것이다.

주석의 탄생 80돌을 축하하는 또 다른 외국 연고자들 속에는 열사 장울화의 아들딸과 손자들도 있었다. 장울화는 주석이 무송에 있을 때부터 절친했던 동무로, 그의 아버지는 무송 일대에서 한다 하는 부호였으나 애국심이 두터웠고 근대적인 민주사상에 투철한 사람이었다고 한다. 그래서 그는 아들들을 '중화민국'이라는 이름자를 각각 하나씩 따서 맏아들은 울중, 둘째는 울화, 셋째는 울민 하는 식으로 지었다고 하는데 장울화는 그의 둘째 아들이었다.

장울화와 김일성 주석은 무송에 있을 때 두터운 교분을 맺은 것이 인연이 되어 그 후 길림 일대에서 활동할 때에도 서로 깊은 연계를 맺고 살았다고 한다. 장울화는 길림 주변에서 주석이 설립한 학교의 교사를 하였으나 후에는 무송에 자리를 잡고 사진관을 열어 지하에서 혁명 사업을 하면서 주석을 많이 도와주었다고 한다.

한 번은 주석이 길림으로부터 해룡 쪽으로 가는 기차를 탔는데 동북군벌의 관원이 뒤를 밟는 아슬아슬한 장면이 펼쳐졌다. 마침 일등실을 탔던 장울화가 와서 그를 자기 객실로 데리고 갔으며 해룡역에서는 장울화의 아버지가 기병까지 데리고 마중을 나와 마차에 태워감으로써 위기를 모면하였다는 것이다. 그러나 그의 도움은 그것만이 아니었다.

주석이 항일무장투쟁을 하던 때 장울화는 혁명군에 많은 천과 물자를 조달하였는데 그만 적들에게 꼬리를 밟히게 되었다. 그는 적들에게 잡혀갔다가 가석방되어 나왔지만 언제 다시 검거될지 알 수 없는 처지에 놓였다. 만에 하나 다시 잡혀 들어가게 되면 김일성 장군이 있는 곳을 댈 수도 있다고 생각한 그는 자결하는 길을 택하였다. 그는 사진 현상약을 먹고 혁명가로서 꽃다운 일생을 마쳤다고 한다.

장울화 열사가 혁명군의 안위를 위하여 목숨을 바쳤던 그때 그에게는 한두 살쯤 된 아들과 그가 죽은 다음 유복녀로 태어난 딸이 있었는데 내가 만난 사람들이 바로 그 아들인 장금천과 딸 장금록 그리고 그들의 아들딸과 손자들이었다.

김일성 주석은 생명의 은인이며 동지인 장울화를 언제나 잊지 않고 중국 동북지방에 가는 사람들에게 특별 임무를 주어 장울화의 자식들을 꼭 찾도록 하였다. 그때 중국에서는 문화대혁명이 한창 벌어지던 때여서 대부호 출신인 장울화의 자녀들은 갖은 고생을 다하고 있었다. 그런 북새통 속에서도 끝내 그들을 찾아낸 주석은 이후로 그들의 아버지를 대신하여 생활을 돌보아주었다. 물론 장울화의 자식들은 여전히 중국 땅에서 살고 있었지만 국경도 주석의 사랑을 막지는 못하였다. 당연히 장울화의 자녀들도 주석을 친어버이로 생각했다. 장금천은 나를 만났을 때 주석님을 "우리 큰아버지"라고 부르고 있었다. 장울화의 손자들 역시 주석님을 만날 때면 "큰 할아버지" 하고 달려가 매달리는 것을 나는 직접 보았다.

우리 일행과 장금천 일행은 온천 초대소에 있으면서 같이 평양을 오르내린 적이 많았다. 또 주석의 탄생 80돌 행사에도 함께 참가하며 매일이다시피 만나 이야기를 나누었다. 나에게는 그들이 남같이 여겨지지 않았다. 친구의 친구는 나의 친구라는 말과 같이 주석의 안전을 위해 제 목숨을 스스로 끊은 열사의 자녀들이라고 생각하니 꼭 내 은인의 자식들처럼 여겨져 마음을 다해 위해주고 싶었다.

우리는 어느 날 내 숙소에서 비교적 오랜 시간 길림과 무송에 대해 그리고 김일성 주석에 대한 가지가지 이야기를 나누었는데, 그때 장금천은 나에게 족자 하나를 선사하였다. "몸은 비록 천리 밖에 헤어져 있어도 마음은 언제나 가깝다"라는 내용으로, 말하자면 옛 속담에 있는 "천리비린"이라는 깊은 뜻을 담은 글이었다. 장금천이 직접 쓴 족자라고 하는데 붓을 휘두른 솜씨가 보통이 아니었다. 그는 무송 일경에서 이름난 서예가이기도 하였다. 어쩌면 장금천은 꼭 내가 하고 싶은 말을 족자에 써넣은 것일까! 국적도 다르고, 세상을 살아온 햇수도 다르고, 삶의 여정도 각기 다르지만 주석의 친구들의 마음은 모두 꼭같다고 생각하니 감회는 더더욱 깊어졌다. 그날 나는 장금천에게 『흘러온 옛정』이란 책도 기념으로 선사 받았다. 그것은 거의 반세기가 넘도록 이어진 김일성 주석과 장울화 일가와의 인연을 담고 있는 책으로 중국 요녕성출판사에서 출간되었으며, 그가 직접 썼다.

장금천은 주석의 탄생 80돌을 맞아 이 책을 가지고 왔다 한다. 거기에는 장울화 일가가 주석께 올리고 싶은 감사의 마음이 그대로 담겨져 있었다. 장금천이 나에게 준 책은 중국어로 된 것이었는데 중국말을 배운지가 너무 오래되다 보니 모를 것도 적지 않았다. 그러나 그 책 덕분에 나도 꼭 김일성 주석과 나, 우리 손씨 일가와의 잊을 수 없는 인연에 대해 기록한 책을 세상에 남겨야겠다고 다짐했다.

후에 나는 주석에게서 조선말로 된 그 책을 다시 받았고, 그 후에도 평양에 다니면서 장금천과 기회가 맞아떨어질 때는 평양에서 다시금 서로 만나기도 하였다. 주석님 덕분으로 나는 아주 각별한 중국 친구를 가지게 된 것이다.

또한 평양에서 나는 중국 친구뿐 아니라 러시아 친구도 얻게 되었다. 그때 온천 초대소에 우리와 함께 있었던 사람들 중에는 러시아 사람들도 있었는데 한 사람은 군인이고, 다른 한 사람은 군의관이었다. 그들은 해방 후 북조선에 소련 군대가 진주해있을 때 평양에 나와 있던 사람들로서 바로 노비첸코와 슐만이었다.

나는 노비첸코가 김일성 주석의 생명의 은인이라는 말을 듣긴 하였어도 행사 일정이 바쁘고 또 말도 잘 통하지 않아 함께 다니면서도 서로 인사를 나눌 새가 없었다. 그러던 어느 날 내가 만경대에 갔을 때 마침 노비첸코도 거기에 와있었다. 바로 김일성 주석의 생가 앞에서였다. 나는 무작정 달려가 노비첸코를 포옹하였다. 노비첸코는 내가 누구인지는 어렴풋이 알고 있었겠지만 어째서 그러는지는 물론 몰랐을 것이다. 통역이 달려오기에 나는 이렇게 말했다.

"노비첸코 동지 고맙습니다. 당신이 아니었더라면 어떤 일이 생길 뻔했습니까? 그렇게 되었더라면 당신도 나도 여기에 올 수 없었을 것입니다. 당신은 참으로 영웅입니다. 주석님의 어릴 적 벗인 나는 진심으로 당신에게 감사를 드립니다."

노비첸코는 통역의 말을 듣더니 러시아 사람 특유의 소탈함과 솔직성을 가지고 나의 등을 두드리면서 연방 고맙다고 하였다. 그는 나보다 나이가 한 살 위로 기골이 장대한 시베리아 농부 같은 사람이었다. 그가 도대체 어떤 위훈을 세웠기에 공화국에서 그에게 영웅 칭호까지 주었는가를 들어보니 실로 경탄할만한 일이었다.

조선이 해방된 다음해인 1946년 3월 1일 평양에서는 3·1운동기념 군중대회가 평양역 부근의 노천에서 진행되었다. 그때 김일성 주석께서 주석단에 오르셨는데 거기에는 소련군 장교들을 비롯해 각계의 민주인사들도 많았다고 한다. 그런데 난데없이 수류탄이 주석단에 날아들었고, 이 절체절명의 위급한 순간에 날쌔게 몸을 던져 막 폭발하려는 수류탄을 덮친 사람이 있었는데 그가 바로 노비첸코였다. 노비첸코는 그날 행사장의 경비 임무를 수행하던 중 불시에 들이닥친 위험 앞에서 서슴없이 자기 한 몸을 내던졌던 것이다.

수류탄은 노비첸코의 몸 밑에서 폭발하였고 그 바람에 노비첸코는 한쪽 팔을 잃었다. 그나마 목숨을 잃지 않았던 이유는 책읽기를 좋아하던 그가 읽던 책을 바로 혁대를 맨 상의 안쪽에 품고 있었기 때문이다. 그것이 방탄복 역할을 한 셈인데, 그날 행사장에 수류탄을 던진 것은 친일파들과 반동세력이 파견한 테러분자였다.

노비첸코의 그러한 영웅적인 행동은 당시 사람들 속에서 널리 알려졌으며, 1948년 북조선에서 소련 군대가 철수하면서 그도 소련으로 되돌아가게 되었다. 이후 군대에서 제대한 노비첸코는 고향마을에서 상이군인의 대우를 받으며 지냈다고 한다.

그때로부터 수십 년의 세월이 지난 1980년대 어느 날 소련을 방문한 김일성 주석이 그가 살고 있는 씨비리의 한 역을 지나가게 되었다. 그때 주석이 자신을 잊지 못해한다는 사연을 전해들은 노비첸코가 직접 역으로 달려 나와 열차가 정차했을 때에 그를 만나보게 되었던 것이다.

이때 주석은 그를 뜨겁게 포옹하며 그에게 "왜 소식 한 번 전하지 않고 이렇게 지냈는가? 나는 국사가 바빠서 그렇다 치고 동무야 얼마든지 소식을 전할 수 있지 않는가?"고 말했다 한다. 그러면서 좋은 계절에 시간을 내어 꼭 평양에 오라고 당부하였고, 이렇게 되어 노비첸코는 평양으로 오게 되었다. 그 후 내가 다시 주석을 만났을 때 장울화의 아들딸들과 노비첸코를 만났던 이야기를 하였더니 주석은 매우 반가워하면서 이런 말씀을 하였다.

"장울화와 노비첸코는 나의 생명의 은인입니다. 외국 사람으로 나를 위해 목숨을 바친 사람이 둘 있는데 하나는 장울화고 다른 하나는 노비첸코입니다. 터지는 수류탄을 한 몸으로 막은 노비첸고는 죽음을 각오하고 그런 결단을 내렸습니다. 그래서 내가 그들을 잊지 못합니다.
사람의 일생에 은혜를 입는 사람이 한둘이 아니지만 정말 잊을 수 없는 생명의 은인은 그렇게 많지 않습니다. 나의 일생에서 제일 먼저 나를 위험에서 건져준 생명의 은인은 손정도 목사입니다. 그래서 내가 세월이 흐를수록 더더욱 손정도 목사를 잊지 못하고 또 손정도 목사를 보듯이 손원태 선생을 대하는 것입니다.

'결초보은'이라는 말이 있지 않습니까. 사람은 꼭 은혜를 갚을 줄 알아야 합니다. 내가 아무리 은혜를 갚는다 해도 목숨을 건져준 큰 은혜를 절대로 다 갚을 수는 없습니다. 그저 잊지 않고 있다는 것을 나타낼 따름이지요."

김일성 주석은 이런 덕망을 지닌 사람이다. 정에 살고 의리에 사는 사람이다. 변함없는 사랑이 철철 넘치는 사람이다. 이런 사람을 누가 잊을 수 있으며 따르지 않으랴! 수십 년의 세월이 흐른다 해도 옛정을 그대로 간직하고 대를 이어 소중히 가꾸어가는 사람이기에, 또한 바다와도 같은 넓은 사랑을 품고 있는 사람이기에 사람들은 자석에 끌리듯 주석을 찾아온다. 나도 그렇게 주석을 찾아 미국에서 달려왔고, 중국의 장울화의 자녀들이나 상월 선생의 자녀들도 찾아왔으며, 저 먼 시베리아의 노비첸코도 그를 찾아왔던 것이다.

그들 외에도 많은 사람들이 주석과의 인연을 잊지 못해 오랜 세월이 흐른 다음에도 줄지어 주석을 찾아오는 것이었다. 마치도 독실한 신자들이 성지들을 순례하듯이….

그 순례자들의 긴 행렬 속에는 장울화의 아들딸도 있고, 노비첸코, 슐만과 이장천의 아들딸도 있었으며, 나 역시도 그중의 하나였다.

9. 대동강 물결을 따라

내가 다섯 번째로 평양을 방문한 것은 1994년 5월이었다. 그때 나는 북미기독의료협의회 고문의 자격으로 미국에 살고 있는 조선인 의사 5명과 함께 가다 보니 아내를 오마하에 떨궈두고 혼자 갔었다.

나와 함께 간 의사들은 이미 진행해오던 평양 제3병원 개설 문제 와 관련한 협의를 마친 후 먼저 미국으로 돌아갔다. 그래서 나는 홀로 남아 휴식을 취하고 있었는데 그 무렵 김일성 주석은 몹시 분망한 나 날을 보내고 있었다. 텔레비전 보도시간에 나오는 것을 보니 주석은 연일 찾아오는 외국의 사절들을 만나든가 각종 대회들에 참석하여 참가자들과 일일이 기념사진도 찍어 주었고, 또 어떤 날에는 어느 농 장을 현지지도하였다는 소식이 보도되기도 했다. 80 고령에 너무도 공사다망한 그의 건강이 은근히 걱정이 될 정도였다. 그러나 주석은 오히려 내 건강을 염려해주었다.

어느 날 내가 시내에 나갔다 들어오니 집주변에 낯모를 사람들이 왔다 갔다 하는 것이 눈에 띄어 내가 의아한 눈길로 주변을 살펴보는 데 최 선생이 얼른 사연을 설명해주었다. 주석이 나에게 정구장을 하 나 마련해주자고 하여 사람들이 왔다는 것이다.

이미 공사를 시작한 것이 눈에 보였다. 나는 주석의 다정하고 세 심한 마음 씀씀이에 가슴이 뭉클해졌다.

언제인가 주석은 나에게 어떤 운동을 하느냐고 물은 적이 있었다. 내가 정구도 치고, 골프도 한다고 하자 운동을 적당히 하는 것이 좋다 고 하면서, 자신도 얼마 전까지 정구를 치고, 자전거도 좀 타고, 수영도 한다고 말했었다. 주석은 그때 내가 정구를 좋아한다는 것을 새겨 두었다가 이처럼 정구장을 마련해주는 다심(多心)한 은정을 베풀어준 것이다.

복잡다단한 오늘의 세계정세 속에서 한 나라의 대업과 운명을 맡아 안고 있는 주석이 어쩌면 그런 작은 문제까지 세심하게 관심을 돌리는가 싶었다. 이 손원태가 뭐라고….

다음날에는 벌써 정구장이 다 되었으니 나와서 한 번 정구를 쳐보라는 전갈이 왔다. 정말 하루 사이에 정구장이 다 되었겠나 하고 반신반의하면서 나가보니 멋진 정구장이 나를 기다리고 있었다. 토사로 바닥도 잘 다져놓았고, 공이 밖으로 나가지 못하게 그물망도 둘렀으며, 주변의 풍광과 어울리게 연녹색 락카로 산뜻하게 칠해놓았다.

나는 주석이 친히 마련해놓은 정구장에서 그곳 사람들과 몇 차례 정구를 쳤는데 모두 실력이 좋았다. 그 다음날에는 전문 정구 선수들이 나를 찾아왔다. 남자 두 명에 여자 두 명이었는데 나와 함께 정구를 치려고 왔다는 것이었다. 우리는 팀을 만들어 새로 꾸린 정구장에서 몇 차례 시합을 했다. 참으로 즐겁고 유쾌한 시간이었다. 온천지구의 초대소에 나가 있을 때에도 선수들은 나를 따라다니며 함께 정구를 쳐주었다.

그렇게 공기 좋고 경치 좋은 곳에서 적당한 운동을 하면서 휴식을 하니 나는 기운이 솟고 정신도 갑절 맑아졌다. 주석의 각별한 사랑이 나를 다시 젊게 만들어주는 것 같은 느낌이었다.

그러던 어느 날 주석이 내가 있는 온천 초대소에 전화를 걸었다. 그때 나는 밖에 나가 있어서 후에 전해 들었는데 주석은 내가 어떻게 지내고 있는지, 건강이 어떤지, 부인을 데리고 오지 않아서 섭섭해하

1994년 5월 26일, 손원태와 대동강 유람선을 타기 위해 그가 묵고 있는 초대소를 직접 찾아온 김일성. 손원태는 자신을 불러 내어 반기는 모습에서 소탈함과 돈독한 우정이 엿보였다고 한다.

지 않는지를 일일이 물었다 한다. 그러면서 곧 만나주겠으니 평양으로 올라와 집에 있으라고 당부하였다는 것이다.

1994년 5월 26일이었다. 아침 9시에 주석이 우리집을 들렀다. 내가 달려나가 인사를 하니 건강은 어떤가, 왔던 일은 다 잘 되었는가, 적적하지는 않는가 하며 일일이 물었다. 내가 집안으로 들게 하려 하자 그는 손을 저으며 자신의 차에 함께 타고 가자고 하였다.

내가 주석의 차에 탄 후 한참을 달리던 차는 대동강 기슭에 멈췄다. 그곳은 유명한 봉화리의 맥전 나루터라고 했다. 봉화리는 주석의 부친인 김형직 선생이 한동안 교사로 있으면서 독립운동을 벌이던 곳이다. 그때 나이 어린 주석은 이 맥전 나루터에서 배를 타고 만경대에 다녀오곤 했다 한다.

과연 나루터에는 큰 유람선이 기다리고 있었다. 우리가 주석을 모시고 배에 오르자 유람선은 서서히 움직이더니 강줄기를 따라 만경대 쪽으로 내려가기 시작하였다. 주석은 한동안 말없이 봉화리의 유정한 산천이며 유람선이 일으키는 잔파도를 물끄러미 바라보았다. 어린 시절 나무배를 타고 만경대 집에 오가던 일을 되새기는지도 몰랐다. 흰 유람선은 푸르른 대동강물 위로 유유히 미끄러져 갔다. 5월의 강기슭은 연록빛 나무들과 봄꽃들로 아름답게 장식되어있었다. 논에서는 모내기가 한창이어서 깃발들이 나부끼고 사람들이 떠들썩거리고 있었다. 멀리 산뜻한 농촌 마을들도 보였다. 그림처럼 아름답고 평화로우며 흥겨운 노동의 노랫가락이 울려 퍼지는 낙원이 우리 눈앞에 펼쳐지고 있었다. 김일성 주석이 한평생을 다 바쳐 건설해놓은 이상향이었다. 목회자인 우리 아버지도 어찌 보면 이상주의자였다. 아버지는 제 나라를 잃고 이국땅에 와서 핍박과 가난에 신음하는 동포들을 위해 길림교외의 농촌에 허생이 홍길동전을 통해 제시한 율도국과 같은 이상향을 세우려고 하였다. 거기에 유산으로 물려받은 가산을 전부 밀어 넣었으나 그 이상은 일제의 만주침략으로 물거품이 되고 말았다. 그러나 김일성 주석은 혈로를 헤쳐 다시 찾은 조국 땅 위에 자신이 그려보던 이상향을 끝내 일으켜 세운 것이다. 착취와 억압 없이 누구나 배우고 일하며 골고루 잘 사는 나라를….

나는 내 앞에 얼마나 위대한 분이 앉아 계시는가를 새삼스럽게 느끼며 그를 우러렀다. 주석은 근엄한 표정으로 멀리 흰 구름 유유히 흐르는 하늘가를 바라보며 깊은 생각에 잠기셨다. 그의 심원한 사색

대동강 맥전 나루터에서 출발한 유람선을 타고 강줄기를 따라가는 동안 선상 응접실에서 간식을 들며 담소를 나누는 손원태 박사와 김일성 주석 일행

의 세계를 깨칠세라 한동안 침묵을 지키던 나는 기회를 보아 정구장을 만들어주셔서 정말 고맙다고 말씀을 올렸다. 주석께서는 정구장이 마음에 드느냐고 물으시고는 "사람은 늙을수록 운동을 적당히 하는 것이 좋다"고 하시었다. 그러다가 문득 나에게 중국말을 잊지 않았느냐고 물었다. 이제는 배운지가 너무 오래되고 그동안 별반 쓰지 않아 많이 잊었다고 말씀드렸더니 주석은 중국말을 여전히 잊지 않았다며 중국에 갔을 때 등소평을 만났던 이야기를 하였다. 이어 주석은 그 시기 매우 긴장되었던 조미 관계에 대해 말하였는데 당시는 북조선의 '핵무기 개발설'로 인하여 시작된 조미 간의 대결이 계속 치달아 극한점에 이르고 있었다.

"전쟁이냐, 회담이냐?" 세계는 손에 땀을 쥐고 이 총성 없는 전쟁을 주시하고 있었다. 미국은 마침내 위협을 그만두고 회담 탁자에 앉았으나 1차, 2차 조미회담이 어렵게 진척되다가 또다시 결렬상태에 이르렀던 때였다. 주석은 말을 계속하였다.

"미국 사람들이 애를 먹이다가 3차 회담에 나오겠다고 제기해왔소. 사실 우린 급한 것이 없소. 그들이 바빠서 우리 유엔대표부에 일요일도 좋고 월요일도 좋으니 회담을 재개하자면서 본국에서 전보만 오면 즉시 알려달라고 하였소. 그래서 어제 회담을 하려고 대답을 주었소. 이제 제네바에서 미국과 3차 회담을 하게 되오."

주석은 계속하여 미국 사람들이 조선지도부의 동정을 살피기 위해 여러모로 애를 쓰고 있는데 얼마 전에 빌리 그레이엄이 왔다 갔고, 이제 미 상원 군사위원회 위원장인 샘 넌이 오겠다고 하는데 다 그러한 맥락 속에서 진행되는 움직임이라고 하였다. "그들의 첫째 목적은 다 이 김일성을 만나자는 것이요. 빌리 그레이엄이 전번에 왔을 때 나를 보더니 '주석은 젠틀맨입니다' 하지 않겠소. 나보고 신사라는 것이요"라며 호탕하게 웃었다. 그의 호탕한 웃음이 내 마음을 시원하게 해주었다.

조선 전쟁이 발발되었을 때에도 그 호탕한 웃음소리와 함께 "미국이 조선 사람들을 잘못 보았소"라며 서릿발 비긴 말을 하였다는 주석이다.

그 웃음에서 나는 강경한 대미 자세를 견지하고 오히려 미국을 연속 수세에 몰아넣으면서 외교전에서 주도권을 확고히 틀어쥐고 있는 공화국의 위력을 그대로 느꼈다. 참으로 이것은 대단한 역사적 변천이라 해야 하겠다. 미국의 플로리다반도만한, 그것도 남북으로 분단된 상황에서 북이 미합중국에 대하여 고압강경 자세를 견지하고 있는 이 사실은 어떤 의미에서 보면 20세기 말의 변화된 세계 정치의 일단을 그대로 드러내 보이는 하나의 역사적인 축도라고 말할 수 있는 것이다.

주석의 여유 넘치고 당찬 그 말을 들으며 나는 불현듯 소싯적에 우리 아버지 손정도 목사가 하던 이야기를 회상하였다.

내가 10살 때였으니 크게 보면 금세기 초엽이라고 할 수 있다. 어느 날 아버지는 역사 공부를 하는 나와 원일 형에게 큰 나라 틈새에 끼어 머리를 조아리며 살아온 불우한 우리 민족사에 대해 들려주었다. 그러면서 아버지는 앞으로 백인이 황인종을 정복하려는 때가 올 것이라고 경고하였는데, 말하자면 구미 세력이 우리나라에 침투하여 새로운 각축전을 벌일 것이라는 예언이었다. 이것은 다년간의 반일운동 과정에서 얻은 결론이었는지 몰랐다.

그 무렵 일본제국주의를 반대하는 투쟁을 벌이던 적지 않은 독립운동가들이 구미 열강을 찾아다니며 그들의 후원과 보호를 촉구하였다. 윌슨의 민족자결론이 적지 않게 그들을 유혹하였던 것 같다. 그러나 파리강화회의를 비롯한 크고 작은 계기들을 통해 구미 열강들은 결코 조선과 같은 약소민족의 우방이나 보호자가 아니라는 것을 여러 번 보여주었다. 구미 열강의 외교적 활동에 기대를 걸었던 사람들이 실망하여 등을 돌린 것은 바로 이 때문이었다. 보다 선견지명이 있는 사람들은 구미 열강이 조선의 옹호자나 보호자가 될 수 없는 것은 두말할 것도 없고, 오히려 그들이 새로운 침략세력으로 군림하게 될 날이 올 수 있다고 하는 모종의 위기의식을 가지게 되었다. 손정도 목사가 우리에게 남긴 것이 바로 그러한 예언이었다. 그런데 역사는 그 예언이 맞았다는 것을 증명하였다. 제2차 세계대전 후 조선은 일본이 아니라 구미 열강에 의하여 분할되고 그들과의 정치 군사적 대결이 반세기나 지속되어왔던 것이다.

그렇지만 김일성 주석을 만나보고 나는 바로 그러한 역사가 끝장나는 시기가 바야흐로 도래하고 있다는 강렬한 느낌을 받았다. 세계의 최고 강대국인 미국은 군사적 위협과 정치적 공갈, 경제적 압력으로서도 북조선을 굴복시키지 못하였고, 이제 와서는 어쩔 수 없이 유화책을 쓰지 않을 수 없게 되었으니 이것이야말로 '백인이 황색인종을 정복'하는 역사가 뒤집혀지기 시작하였다는 것을 뜻하는 것이 아닐까?

나의 이러한 생각은 대동강 위에 떠 있는 배 안에서 주석의 호방한 말을 들으며 더욱 깊어졌다.

"빌리 그레이엄이 클린튼의 메시지를 가져왔다고 해서 만나 내가 틀린 건 다 그만두고 좋게 지내자고 했더니 그들도 그렇게 하자고 하였다오. 미국이 계속 우리에게 압력이나 가해서 얻을 것이 없지요. 우리한테는 그런 압력이 통하지 않으니.

…

그때 그레이엄과 함께 왔던 기자들이 나에게 한 번 미국에 올 생각이 없느냐고 묻기에 내가 그렇다면 한 번 가겠다고 했더니 와서 무얼 하겠느냐고 물었소. 그래 낚시질도 하고 사냥도 하고 친구도 사귀지요 하였더니 그들도 좋아하더군…."

대동강 유람선에 탑승한 지미 카터 전 미국 대통령 일행과 김일성 주석. 조미관계 등에 관해 허심탄회하게 담소를 나누었다고 한다.

나는 지미 카터 전 대통령이 평양을 다녀온 후에 다시 평양을 방문해서 김일성 주석이 조미관계의 꼬인 매듭을 풀기 위해 카터와 화기애애한 분위기 속에서 진지한 협의를 잘 풀어나갔다는 이야기를 들었다. 그중의 하나로 칠색 송어에 대한 이야기를 들어본다.

주석은 지미 카터가 왔을 때도 유람선을 타고 대동강의 흐름을 따라 서해갑문까지 내려오면서 많은 이야기를 나누었다 한다. 그때 카터가 꺼낸 화제 중의 하나가 칠색 송어 이야기이다.

카터는 "북조선에서 칠색 송어를 인공으로 키워 방류하는 기술을 개발하였다는데 우리는 그것을 주석이 한 것으로 들었다. 그런데 사실 칠색 송어는 미국 물고기다"라고 말하였다 한다. 그러자 주석은 "그건 사실입니다"라고 하면서 미국 물고기인 칠색 송어가 조선 물고기로 된 사연을 들려주었다 한다.

지미 카터 전 미국 대통령과 그의 부인 로잘린 여사 등 미국 방문단 일행과 함께 대동강변을 둘러 본 후 기념촬영을 하는 김일성 주석 내외

내가 해방 후에 운산광산에 갔더니 그곳 사람들이 칠색 송어를 일본놈의 물고기라면서 다 잡아먹고 있었다. 그래서 내가 그건 일본 물고기가 아니라 미국 물고기인데 운산금광에 와있던 미국 사람이 가져온 것이다. 빨리 자라고 맛이 좋은 그 물고기를 일본 물고기라고 다 잡아 씨를 말리는 것은 옳지 않다. 우리는 그것을 잡아 없앨 것이 아니라 어떻게 하면 잘 길러 우리나라 물고기로 만들겠는가를 연구해야 한다고 말해주었다.

그 후 우리나라에서는 다른 연구사업과 함께 칠색 송어에 대한 연구 사업이 활발해졌는데 나중에 그것을 민물에서 키워 강에 넣어준 다음 바다에서 길러 다시 잡는 법을 개발하게 되었다.

김일성 주석의 이러한 설명을 들은 카터는 "좋은 일입니다. 주석은 앞으로 미국에 와서 칠색 송어가 다시 제 고장으로 돌아오도록 해주었으면 합니다. 칠색 송어가 미국 물고기이지만 우리 미국 사람들은 아직까지도 주석이 연구한 그런 방법을 모르고 있답니다"라고 하였다 한다.

세계적인 대정치가들인 김일성 주석과 카터 전 대통령이 대동강위를 유유히 떠가는 유람선 위에서 이처럼 여유작작하게 정치를 떠난 담화를 나누며 조미 관계의 새로운 구도를 숙성시켰다는 사실이 나에게는 많은 것을 생각게 하였다.

한마디로 주석의 삶을 표현하자면 일제와 미제라는 두 강대국과의 치열한 군사적, 정치적 대결이었다고 할 수 있다.

10대의 나이에 손에 총을 들고 일본제국주의에 선전포고를 한 주석은 이십여 년의 오랜 세월을 풍찬노숙하며 피바다와 불바다를 헤쳐 마침내 일제를 몰아내고 조국 광복을 이룩하였다. 그러나 이렇게 어렵게 찾은 조국 땅이 또 다른 강대국인 미국에 의해 두 동강이 나고 그들과의 첨예한 대결이 반세기나 지속되어왔다. 그러나 다시는 노예로 살지 않고 큰 나라들에 머리를 숙이지 않고 당당하게 살고 싶은 것이 우리 민족의 최대의 숙원이다. 그러므로 다시는 그런 역사를 반복하지 않기 위해서 우리는 막강한 국력을 가진 새로운 조선을 건설하여야 하였다. 나는 북조선의 현실을 보면서 김일성 주석이 민족의 그 상처를 어떻게 씻어주었는가를 눈으로 보았다. 그것을 위하여 주석은 한평생 무진 애를 쓰며 고생이란 고생은 다 하였으며 마침내 검은 머리가 백발이 되었던 것이다.

언젠가 주석은 나에게 우리 인민들이 먹고사는 걱정은 없으나 조그마한 나라가 제 힘으로 건설을 하고 강한 방위력을 가지자고 하니 남들처럼 호강을 시키지 못한다고 몹시 가슴 아파하였다. 그러면서 "우리 인민들이 나를 이해할 때가 있겠지요"라고 말하였다.

하지만 인민들은 예나 지금이나 주석을 이해하였으며 그를 무한히 신뢰하고 고맙게 생각해왔다. 주석과 인민의 이러한 이해와 신뢰, 그것으로 북조선의 힘은 그 누구도 어쩔 수 없이 막강하여진 것이다. 그리하여 반세기에 달하는 미국과의 첨예한 대결은 바야흐로 마지막 결산을 보고 있었지만 그것은 주석 생애의 마지막 나날에 와서야 있은 일이었다.

이야기를 나누는 사이에 배는 미림갑문이 있는 곳에 와 닿았다. 주석은 배를 기슭에 대라고 이르고는 나에게 "밖에 나가봅시다. 저 동무들이 큰 물고기를 잡았다고 합니다"라고 하였다.

우리가 나가보니 큰 상자들에는 미림호수에서 잡은 꽤 큰 물고기가 푸드득거렸다. 주석은 직접 물고기 꼬리도 잡아보고 서로 겹쳐 돌아가는 물고기를 보기도 하면서 즐거워하였다.

대동강 가운데 있는 아름다운 섬에 올라 주석과 함께 점심식사를 한 다음 배는 다시 강을 거슬러 올랐다. 이날 그는 통일문제와 관련해서도 매우 귀중한 말을 많이 해주었다.

주석은 나에게 미국에 사는 조선 사람들이 어떠냐고 물었다. 그래서 내가 일본에 사는 조선 사람들은 지난 항일투쟁의 역사도 알고 주석의 활동에 대해서도 잘 알고 있지만 미국에 사는 조선 사람들은 대부분 반공 이념으로 세뇌된 사람들이라 공화국에 대해 올바른 인식을 가지고 있는 사람들이 많지 않다고 대답하였다. 그랬더니 주석은 "미국에는 애국자가 별로 없어. … 그들이 공산주의에 대해서 잘 이해하지 못하는 것도 문제요"라고 하면서 지금 통일 과업을 이루는 데 있어서의 중요한 문제는 공산주의를 제대로 모르고 무서워하는 사람들을 이해시키는 것과 악덕 자본가를 어떻게 처리하느냐 하는 것이라고 했다. 이어서 주석은 "우리가 만든 공산주의는 모든 사람이 다 잘 살게 하자는 게다. 그게 뭐가 나쁜가? 그런데 반공을 주장하는 사람들은 덮어놓고 공산주의가 나쁘다고 하면서 우리보고 뿔까지 났다고 한다. 그래서 내가 빌리 그레이엄이 왔을 때 '목사님, 내 머리에 뿔이 났소?' 하고 물었더니 목사는 유쾌하게 웃었다. 다른 하나는 문익환 목사가 말하듯이 악덕 자본가를 어떻게 처리하는가 하는 것이다. 내 생각에는 악덕이란 보기 나름이다. 등살을 긁어먹는다 해서 모두 악덕으로 보지 말아야 한다. 문제는 민족과 나라를 팔아먹는 것이다. 민족과 나라를 팔아먹는 사람을 제외하고는 민족 앞에 벌어들여 놓으면 좋은 것이다. 돈 있는 사람은 돈을 내서 나라를 위하고 민족을 위하면 된다. 그러면 악덕 자본가가 적어진다. 무엇 때문에 타도 대상이나 많아지게 하겠는가? 그럴 필요는 없다. 자기가 벌어 잘 먹고 잘 살라고 하되 심부름하는 사람에게 너무 가혹하게 하지 않으면 다 용납한다. 사실 그런 악독한 자야 전체 자본가들 중에서 극소수에 불과하다. 공산주의를 섬 안에 가서 혼자 살면서 할 멋이야 없지 않은가? 그게 아무리 멋있는 것이라 해도 그렇게는 안 된다. 그렇게 하는 것은 중이 절간에서 혼자 사는 것이나 같다. 그래서 내가 회고록에서 악덕 자본가를 많이 만들지 않는 방향에 대해 썼던 것이다.

내가 사람들에게 이런 말을 하면 "당신 말대로 하면 공산주의가 좋은데 그런 공산주의가 어데 있는가?"고 묻는다. 그래서 내가 조선에 있다. 우리가 바로 그런 공산주의를 건설하려 한다고 말해주었다.

"억지로 적을 많이 만들 필요는 없다. 남조선 문제를 해결할 때도 원수를 적게 만드는 것이 중요하다. 우리가 주장하는 것은 남에게 예속되어 살지 말라는 게다. 그리고 다른 하나는 민족 앞에 해로운 일을 안 하면 된다는 것이다. 그렇게만 되면 다 손잡고 친구도 벗도 될 수 있다."

내가 이처럼 김일성 주석의 말을 비교적 길게 인용한 것은 여기에 나라와 민족을 사랑하는 그이의 투철한 정신이 베여있고 통일문제에 대한 참으로 고명한 경륜이 집대성되어 있기 때문이다.

주석의 말은 항상 평이하고 일상적인 용어로 표현되었지만 거기에는 그 어떤 심오한 경전보다 몇 갑절 고귀한 철학과 정치이념이 담겨 있다는 것을 나는 그와 대화를 할 때마다 매번 느꼈다.

바로 이날 주석의 종교문제에 대한 견해도 그런 실례로 된다고 생각한다.

"어때 원태, 이번에 와서도 교회당에 갔댔소?"

느닷없이 묻는 주석의 말에 나는 안 갔다고 대답했다.

"왜, 시간이 있었겠는데…."

솔직히 말해서 나는 그때 교회당에 가야 하겠다는 생각을 전혀 하지 않았다. 아내와 함께 있을 적에 몇 번 평양봉수교회에 가서 예배를 본 적이 있었지만 내 스스로 교회당을 찾아갈 생각까지는 하지 않았다.

독실한 감리교 목사의 아들인 내가 무신론만을 주장하거나 교회

1994년 5월 26일, 대동강 유람선 일주를 마치고 초대소에서 헤어지는 장면. 이날은 아침 9시 30분부터 오후 1시 25분까지 무려 4시간 동안의 만남이 진행됐다. 그러나 이후 김일성은 한 달이 지난 7월 4일 운명했기에 이것이 마지막 회동이었다.

그 자체를 반대한다면 그것은 어불성설이라 할 것이다. 그러나 어째서인지 나는 교회가 점차 본연의 사명을 떠나고 있고 극단으로 가거나 부패해가고 있다는 생각을 지울 수 없었다.

이날도 나는 주석에게 공산주의자들이 기독교를 싫어하는 것은 교회 자체가 부패한 것 때문이 아니냐고 말씀드렸더니 그이는 수긍하였다.

"그거 옳소. 그전에 우리 어머니가 일요일이면 꼭 예배 보러 갔었소. 나도 함께 갔지. 내가 어머니에게 예배당엔 왜 가느냐고 물었더니 쉬러 간다고 하시는 것이었소. 사실 따라가 보면 어머니는 설교를 듣는 게 아니라 계속 자다가 왔는데 '아멘' 소리에 깨어나곤 하였소. 그리고 보면 종교를 믿는 사람들이 예수가 있어서 가는 것도 아니요, 자기 양심을 다스리는 일이지. 그래서 나는 하느님을 믿겠으면 조선 하느님을 믿으라고 하오. 마음에 조선의 하느님을 간직하고 자기 민족에게 욕되는 일을 하지 않으면 좋은 게지. 원태 어떻소. 천당을 믿소? 누구래 가봤대?"

우리는 즐겁게 웃었다. 시간이 퍽이나 흘렀다. 오찬도 끝났으니 이제는 돌아갈 시간이 되었다. 김 주석은 헤어지기에 앞서 이런 뜻깊은 말을 하였다.

"나는 손원태와 같은 친구를 늘그막에 다시 만난 것을 행복으로 생각하오. 더 늙으면 오시오. 조국에 묻혀야지. 비행기를 타기 힘들면 오시오. 손 선생이 오면 나하고 같이 다니면서 젊었을 때 이야기를 합시다. 낚시질도 하고…."

그러고는 "이제 갔다가 8월에 와야지. 와서 팔갑 생일 쇠시오. 내가 잘 차려주지… 자식들도 데리고 오고 사돈이랑 친척들도 데리고 오시오"라고 말하였다.

나는 주석과 헤어질 때 아무쪼록 건강에 유의하시고 오래 사시기를 바란다고 말씀드렸다.

"내 걱정은 마오, 나도 오래 살 궁리를 하오."
"제가 보건대 주석님은 100살까지는 문제없을 것 같습니다."
"100살까지 살면 그거야 기적이지."

주석은 호탕하게 웃으며 나와 작별하였다. 그러나 그것이 김 주석과의 마지막 만남이며 그 말이 그이와 나눈 마지막 말이 되리라고 누가 생각이나 했겠는가!

1994년 5월 26일 아침 9시 30분부터 오후 1시 25분까지의 4시간은 김일성 주석이 우제 손원태를 위해 마련한 마지막 자리였다.

4장

조국의
화목을 바라며

1. 하늘이 무너지다

1994년 7월 10일 정오경이었다.

집 아래에 나가 거듬질을 하던 내가 방금 일을 끝내고 일어서는데 아내가 울면서 달려왔다. 가슴이 철렁해졌다. 무슨 일인가?

말뚝처럼 서 있는 나에게 아내는 김일성 주석이 서거하였다는 청천벽력 같은 소식을 전했다.

"무슨 소리! …"

나는 아내에게 고함을 질렀다.

"아니예요, 방금 방송으로 보도되는 것을 내 귀로 들었어요."

나는 그제야 땅바닥에 풀썩 주저앉았다. 발밑이 천길나락으로 꺼져 내리는 듯 온몸의 기력이 삽시에 쭉 빠지며 몸을 가누기도 힘들

정도였지만 한편으로는 그 소식이 도저히 믿어지지 않았다. 그렇게 정정하고 정력에 넘치던 이가 갑자기 돌아가다니, 이 무슨 변고인가! 환히 웃으며 다시 만나자고 손을 흔들던 주석과 헤어진 지 꼭 한 달 반밖에 안 되는데 이럴 수가 있는가? 그 다정한 모습이 방금 전 일처럼 눈앞에 삼삼하고 "나도 오래 살 궁리를 하오"라고 하던 우렁찬 음성이 지금도 귓전에 쟁쟁한데 그럴 수는 없다.

오보일 수도 있다는 한 가닥 희망에 제정신이 든 나는 사실 여부를 확인해 보려고 서둘렀다. 그래서 급기야 전화로 뉴욕에 있는 공화국의 유엔대표부를 찾았지만 손이 후들거려 다이얼을 제대로 돌릴 수가 없었다. 유엔대표부 사람이 전화를 받았다. 수화기에서는 대답 대신 울음소리가 들려왔다. 그래도 행여나 한 가닥 희망을 품었던 나는 그제야 그 소식이 사실임을 받아들이게 되었다. 하지만 이렇게 김일성 주석이 돌아가셨다는 것이 분명한 사실이 되고 나니 또다시 하늘이 무너져 내리고 땅이 꺼져 내리는 것 같았지만, 나는 서둘러 평양으로 떠날 채비를 하였다.

사실 그때로 말하면 주석이 나의 80세 생일을 평양에서 잘 차려주겠다고 하여 비행기 표도 예약하고 함께 갈 사람들을 정하느라 여기저기 분주히 전화도 하면서 즐거운 하루하루를 보내던 때였다.

아들딸들도 데려가고 또 사돈들과 나를 따라 평양에 가고 싶어 하는 친지들도 데리고 가자니 일행이 족히 30명은 넘어 보였다. 주석이 오고 싶어 하는 사람은 다 함께 와도 좋다고 하였지만 정작 다 데려가자니 머뭇거려져 평양에 다시 한번 문의하였더니 마침 며칠 전에 확답이 왔다. 김일성 주석이 30명이 아니라 50명도 좋으니 다 데려오라는 간곡한 분부가 있었다는 것이다. 그래서 무등 기뻐하며 그날이 빨리 올 것을 어린애처럼 기다리고 있었는데 주석이 서거하였다니 이보다 더 큰 청천벽력 같은 일이 어디 있으랴 싶었다.

며칠 후 나는 평양으로 떠났다. 여느 때는 그렇게도 기뻐하며 떠나던 여행길이었지만 이번에는 천근만근의 슬픔을 안고 가는 문상 길이었다. 나는 주석이 영생불사할 거라고 믿었으며, 그에게조차 생의 마감이 있으리라고는 전혀 생각하지 않았다.

베이징에 도착하여 조선대사관을 찾아가니 거기도 울음판이었다. 또다시 희망은 사라졌다. 조의를 표시하고 그날로 평양행 비행기에 올랐다. 뜻밖의 국상을 당한 조선의 하늘과 땅이 모두 울고 있었다. 민족의 끝없는 슬픔이런가! 7월의 하늘에서는 굵은 비가 쏟아져 내리고 있었다.

나는 만수대 언덕에 모신 김일성 주석의 동상을 찾아갔다. 계단과 동상 앞마당에는 발 디딜 자리 없이 사람들이 앉아 땅을 치며 통곡하고 있었다. 소복을 입은 늙은이들이 있는가 하면 유치원 어린이들과 머리에 흰 댕기를 드린 젊은 여인들, 검은 상장을 팔에 두른 청년들도 있었다. 그런가 하면 일본과 중국에서 온 해외교포들도 있고, 외국인들도 많았다.

그들은 "수령님, 왜 그렇게 가신단 말입니까. 안됩니다. 돌아오십시오. 아버지!"하고 눈물을 쏟으며 몸부림쳤다. 그들은 마치 그렇게 애타게 부르고 또 부르면 주석이 환생이라도 하는 듯 쏟아지는 빗속에서도 자리를 뜨지 않았다.

나는 눈물의 바다, 슬픔의 바다를 헤쳐나가듯 앞으로 나가 주석의 동상 앞에 준비해간 화환을 바쳤다. 오마하에서도 울고 베이징에서도 울었지만 만수대 언덕에서 제일 많이 울었다. 그러나 울고 또 울어

국장으로 치러진 장례식 기간에 김일성 주석의 유해는 주석궁 유리관 속에 안치되었다.

도 가슴속 비애는 조금도 덜어지지 않았다. 다음날 나는 금수산의사
당으로 불리는 주석궁으로 갔다.

평양의 중심가에서 좀 떨어진 도시 변두리에 자리 잡고 있는 주석
궁은 김일성 주석이 집무를 보던 관저로 이미 나도 몇 번 가보았던
곳이다. 주석의 탄생 80돌을 축하하여 평양에 갔을 때 김일성 주석은
바로 그 주석궁에서 나를 맞아주었던 것이다.

충계를 따라 올라가면 김 주석이 외국대표단을 접견하던 큰 홀이
있는데, 주석은 바로 거기에서 나를 마중하며 "원태! 잘 있었나?" 하
며 얼싸안아주었다. 그 일이 어제인 듯 생생한데 바로 그 자리에 주석
이 붉은 천을 덮은 채로 누워있었다.

"주석님!"하고 부르며 달려갔는데도 그이께서는 깊은 잠에 드신

듯 대답이 없으셨다. 다시는 돌이킬 수 없는 일이 정말로 벌어졌다는 생각에 무서운 전율이 가슴 한복판을 에이며 지나갔다. 허망한 꿈이 기를 얼마나 바랐던가! 그러나 결코 꿈이 아니었다. 내 마음의 빛이 었던 그 미소, 그 볼우물을 이제 다시는 볼 수 없단 말인가? 그래도 나는 그 어떤 기적이 있기를 바라듯 애타게 되뇌었다. "주석님. 우제 손원태가 왔습니다. 성주 형, 길림의 원태가 왔단 말입니다."

그러면 금방이라도 "아, 원태 왔나!" 하시며 두 팔 벌려 나를 반기 실 것만 같았다. 그러나 기적은 끝내 일어나지 않았다. 내가 두 번째 로 김일성 주석의 영전을 찾았을 때였다. 그날은 당과 정부의 지도간 부들이 많이 나와 있었다. 조의 행렬의 순서를 따라 내가 주석 앞에 다가가 인사를 올리고 돌아서는데 바로 거기에 김정일 영도자가 서 있었다. 김일성 주석을 생전에 그토록 충효를 다해 받드시던 그이는 침통한 기색을 한 채 나에게로 다가왔다. 슬픔에 잠긴 그의 모습을 보자니 저절로 눈물이 났다.

'김일성 주석은 이 나라 인민의 어버이, 국부이실 뿐 아니라 김정 일 영도자께는 친아버님이 아니던가! 그러니 이 나라 만백성이 모두 크나큰 슬픔에 잠겼다 해도, 그것이 아무리 크고 아픈 것이라 해도 어찌 김정일 영도자가 안은 슬픔과 아픔에 비교할 수 있으랴! 이 나라 만백성이 주석의 영전에서 천 날 백 날을 두고 오열을 한다 해도 그것 이 어찌 김정일 영도자의 슬픔을 가셔드릴 수 있으랴!' 그런 생각을 하자니 막 가슴이 미어지는 것을 어쩔 수 없었다. 크나큰 슬픔으로 하여 나는 그분의 두 손을 마주 잡은 채 눈물만 흘릴 뿐 아무 말도 하지 못하였다. 그저 목이 꽉 잠겨 말이 나가지 않았다. 내가 아무런 위로의 말도 하지 못하고 있는데 오히려 김정일 영도자가 나를 위로

하였다.

"손원태 선생님, 참으로 일이 안 되었습니다. 수령님께서 선생님의 80돌 생
일상을 차려주시겠다고 하셨는데 이렇게 돌아가셨으니 일이 참 섭섭하
게 되었습니다."

주석의 목소리처럼 우렁우렁한 그이의 음성을 들으며 나는 크나
큰 슬픔 속에서도 그지없는 고마움에 더더욱 목이 메었다. 나라의 어
버이를 잃은 크나큰 국상을 당한 이 마당에 이 손원태의 생일상이 다
무어란 말인가? 그럼에도 불구하고 하해같이 도량이 크고 너그러운
그분은 자신의 슬픔은 내색도 않고 오히려 나의 생일상을 걱정해주
시니 이분 역시 주석과 같으신 위인임에 틀림없다고 생각하였다.
그제야 나는 마음을 가다듬고 겨우 말씀을 드릴 수 있었다.

"주석님을 여의신 슬픔이 얼마나 크시겠습니까만 아무쪼록 몸을 돌보시기
바랍니다. 그래야 주석님께서 바라시는 대로 국사를 잘 이끌어나가실 게 아
닙니까?"

"감사합니다."

그이의 목소리는 슬픔의 심연에 가라앉은 듯했다.
후에 많은 사람이 텔레비전 화면에 비쳐진 이때의 장면을 놓고 김
정일 영도자가 내 귀에 가까이 대고 무슨 말을 하였는지 알고 싶어
했다. 왜냐하면 그 장면이 수령님의 영전에서 뭇사람들이 하염없이

눈물을 뿌리는 정황과는 너무나도 강한 대조를 이루는 친절하고 따뜻하고 애정에 넘치는 장면이었기 때문이다. 나중에서야 사람들은 김정일 영도자가 나에게 건넨 말이 주석이 차려주겠다고 하신 나의 팔순 생일상에 대한 걱정이었다는 것을 알고는 더더욱 놀라움을 금치 못하였다.

장례와 생일잔치는 너무나 극단적인 대조를 이루는 문제이다. 맏상제로서 국상을 치르시는 그분에게 그 무슨 경황이 있었으며 마음의 여유가 있었으랴! 그러나 그이는 그 크나큰 슬픔 속에서도 애오라지 주석의 유훈만을 생각하고 있었다. 주석이 생전에 바라신 것이라면 아무리 사소한 것이라도 모두 이루어드리려 마음을 다지셨기에 주석께서 한마디 말씀하신 이 손원태의 생일까지 마음에 새겨둔 것이리라! 이처럼 민족이 엄청난 슬픔에 빠져있던 그때 그분의 사색과 감정을 틀어쥐고 있던 여러 각오는 그대로 그의 의지였고, 민족의 의지였다. 그 의지에 온 민족의 마음이 하나로 똘똘 뭉쳐 슬픔을 박차고 더 큰 힘으로 일어설 수 있었다고 나는 생각한다.

김일성 주석의 장례를 치르는 애도 기간에 나는 이 나라의 지도간부들과 함께 모든 행사들에 참가하게 되었다. 금수산의사당 앞에서의 발인 행사에도 참석하였고, 김일성광장에서의 마지막 영결식 행사에도 단상에 올랐다.

얼마 전까지만 해도 그 단상의 한복판에는 김일성 주석이 서 있었다. 그때마다 나는 그에게서 그다지 멀지 않은 단상 한쪽 옆에서 환한 미소를 띤 채 군중에게 손을 들어 답례하는 주석의 세련된 몸가짐을 넋을 잃고 바라보곤 하였다. 그러면 그런 영웅의 친구 된 자부심으로 내 가슴이 터질 듯 부풀곤 하였던 것이다. 그런데 이제는 그 단상에서 주석과 마지막 고별인사를 하게 되는 것이었다. 또다시 가슴이 갈가리 찢기는 듯하였다. 그때 우레소리가 먼 곳으로부터 점점 가까이 다가오듯 웅글은 곡성이 멀리부터 들려오더니 삽시간에 드넓은 광장이 '와' 하고 울음소리로 가득 찼다. 당의 상징이 새겨진 붉은 천에 감싸인 주석의 영구차가 광장에 들어선 것이다. 그 앞에는 환하게 웃는 주석의 대형 초상화가 다가오고 있었는데 마치 나에게 "원태, 잘 있소. 내가 없어도 평양에 자주 오라구" 하는 것만 같았다. 나는 정신을 잃고 소리치며 울었다. 광장의 모든 사람들이 발을 동동 구르며 "안 됩니다. 못 가십니다. 아버지!" 하고 몸부림치며 울고 있었다. 그래도 환히 웃는 주석의 모습을 멀어져만 갔다. "나의 자식들아, 부디 대대손손 행복하여라"는 마지막 고별의 인사를 하는 것처럼….

어미 닭이 병아리를 품듯 한평생 그 넓고 따뜻한 품으로 인민들을 보듬어 안고 기쁨도 슬픔도 함께 나누어온 주석이었고, 그런 그이의 품에 자신의 운명과 미래를 고스란히 다 맡긴 채 아무런 근심 걱정 없이 살아온 인민이었다. 그것은 수령과 인민 간의 마지막 작별인사이자 민족의 어버이와 그 자녀들의 눈물겨운 이별이었다.

인류역사가 자그마치 수천, 수만 년이나 온 나라가 통째로 눈물의 바다, 슬픔의 파도로 물결치며 자기들의 영도자를 이렇듯 애절하게 영결한 역사가 과연 있었던가? 사람들은 인류를 위해 혹은 자기 민족을 위해 공헌한 명망 있는 인물들을 떠나보내면서 애석해하기도 하고 비애감에도 잠겼지만 북조선 사람들처럼 이렇게 온 나라가 땅을 치며 오열을 터뜨리지는 않았다. 미국의 손꼽히는 영웅적 지도자인 루즈벨트나 아이젠하워 대통령이 죽었을 때도 이렇게 미국 전체가 울음바다가 되지는 않았던 것이다. 북조선에서처럼 그렇게 많은 사람이 낮과 밤 구별 없이 자기 수령을 떠나보내는 슬픔에 찬비를 맞아가며 호상을 서고, 가신 이의 생전의 유훈을 뼈에 새기며 슬픔을 용기로 바꾸어 떨쳐나선 비장한 화폭이 과연 어느 나라 역사의 갈피에서 펼쳐진 적이 있었던가?

그가 어떤 인간이었느냐 하는 것은 그의 사후에 뚜렷해진다고 한다. 20세기의 위대한 정치가인 김일성 주석이 어떤 사람이었고 어떤 위인이었는가를 민족의 끝없는 슬픔, 인민의 피같이 진한 눈물을 통해 세계는 다시 한번 똑똑히 알게 되었다. 주석은 생전에도 세계적인 대정치가이며 현 시대의 정치원로라는 것을 충분히 과시하였지만 역사는 그의 사후에 다시금 그것을 뚜렷이 확증하였다. 그러나 이제는 김일성 주석이 세계 정치에서 차지하고 있던 그 거대한 자리가 커다란 공석으로 남았다. 누군가가 말한 것처럼 이 지구라는 행성 위에 김일성이라는 이름을 가진 위대한 인간이 더는 존재하지 않게 됨으로써 인류의 앞길에 빛나던 큰 별이 사라졌으며 지구의 무게는 가벼워졌다.

나로 말하자면 내가 알고 있던 김일성 주석, 그렇게도 다정다감하고 돋보이던 길림 시절의 김성주 형이 얼마나 위대한 분이고, 인류의 마음속에 깊은 존경과 강한 여운을 남긴 우리 시대의 총아인가를 그이가 서거한 다음에야 뒤늦게 알았다고 할 수 있다.

"아, 원태 얼굴이 생각나, 어데 가 있다가 이제야 왔소"라며 품에 꼭 안아주던 김일성 주석은 내가 한평생 마음속에 간직하고 잊지 못하던 이였을 뿐 아니라 온 나라 전체 인민의 마음속에 영원히 살고 있는 이였으며, 온 세계가 마음으로 그의 위대함을 수긍하는 분이었다. 그렇듯 거룩한 이였다는 것을 나는 깨달았다.

그러나 그 수많은 사람 중에서 적어도 60여 년 전부터 그를 알고 그의 사랑을 받아온 사람이 얼마나 될 것인가를 생각할 적에 나는 나 자신을 맨 앞자리에 세우고 싶다. 그래서 세상 사람들에게 '내가 세상에서 가장 위대하고 인자한 이의 벗이었다'고 소리쳐 자랑할 것이다.

그가 살아계실 때 더 큰 기쁨을 주고 또한 그렇게도 바라던 대로 한 10여 년간 함께 있으면서 만년의 말동무가 되어주었더라면 얼마나 좋았을까 하는 생각에 가슴이 또다시 미어진다.

문득 어릴 적에 배웠던 시 한 수가 생각났다.

어버이 살아신제 섬기기란 다하소서
돌아간 이후이면 애닯다 어이하리
평생에 다시 못할 일이 이뿐인가 하노라

누가 쓴 시조였는지는 생각나지 않는다. 하지만 부모에게 생전에 효도를 다하지 못한 애석함이 절절이 묻어나는 시조다.

나도 역시 그렇다. 내가 적어도 한 10년 만이라도 먼저 평양에 찾아가 김일성 주석을 만나고 또 평양에 살면서 그와 함께 지냈더라면 여한이 없었을 것이다. 그러나 나는 60여 년이 지난 후에야 용단을 내려 그를 찾아가 옛 우정이 가져다주는 이채로운 기쁨을 불과 3년밖에 누리지 못하였다. 후회란 이렇게도 야속한 것인가! 하지만 나는 영원히 주석을 잊지 않고 그와의 우정을 땅에 묻힐 때까지 소중히 간직하는 것으로써 생전에 김일성 주석을 더 위하지 못했던 죄를 조금이나마 씻으려 한다.

2. 평양에서 맞은 팔순

만경대의 추녀 낮은 초가집에서 우렁찬 울음으로 탄생하였던 주석은 세상 사람들의 마음을 이렇게 흔들어놓고 떠나가셨다.

나는 그저 가슴이 텅빈 듯하였다. 그렇게나 아름답던 평양도 주석이 계시지 않는다고 생각하니 서글프게만 보였다. 그처럼 기쁨으로 충만했던 나날의 삶도 졸지에 사라져버리고 공허만이 남아있었다.

그러나 사람들의 일상은 자기 궤도를 따라 돌고 있었다. 북조선 사람들은 결연히 슬픔을 박차고 일어서, 그 슬픔을 힘과 용기로 바꾸어 김일성 주석의 유훈 관철에 떨쳐나섰다.

이 해의 여름은 뜨거웠다. 민족의 슬픔처럼 끝없이 쏟아져 내리던 7월의 장맛비가 그치고 8월의 태양이 뜨겁게 타올랐다. 하지만 그보다 더 뜨거운 것은 인민의 마음이었다.

애도기간이 끝났지만 만수대 언덕에는 여전히 밤낮으로 호상을 서는 사람들로 붐비었다. 주석의 사적이 깃든 곳들이 다시금 꾸려지고, 공장과 농촌에서 주석이 생전에 남기신 유훈을 관철하기 위한 노력 투쟁이 벌어졌다. 주석이 돌아가신 이후에 공화국의 모든 사람은 아이들로부터 어른들까지 셈이 들었다고 말한다. 어버이를 더 잘 모시지 못한 자책감으로 가슴을 치며, 그들은 주석의 생전의 뜻을 반드시 이루어드리라는 결심을 품고 일떠선 것이다.

그러나 그 눈물겨운 분발의 억센 흐름 밑에는 아직도 가실 길 없는 슬픔이 가라앉아 있었다.

거리를 바삐 걷는 사람들의 얼굴빛은 근엄하였고, 유치원 아이들마저 웃음과 노래를 잃고 때 없이 주석의 동상이 있는 곳을 찾아갔다. 집집마다 집안 잔치며 생일잔치를 다 제쳐놓았는데 그렇게도 자신들의 결혼식을 고대하던 처녀 총각들 역시 그날을 뒤로 미루었다.

평양의 만수대 예술극장 앞 공원은 금강산을 떠다 놓은 듯 아름답고 품위 있는 공원이다. 이 나라의 처녀 총각들은 결혼식 날에 여기에 와서 기념사진을 찍는 것을 하나의 관례로 여기고 있다. 그래서 이 공원에 가면 어느 때나 쌍쌍이 모여드는 신랑 신부들의 행복한 모습을 볼 수 있었다. 그러나 국상을 당한 후에 이 공원에서는 그 아름다운 풍경을 더 이상 볼 수 없었고 분수만이 쉼 없이 애달픔을 뿜어내고 있을 뿐이었다.

이 무렵 나와 아내는 참으로 고통스러운 시간을 보내고 있었다. 평양의 모든 것이 그저 주석을 상기시키는 것들뿐이었기 때문이다. 집에 가만히 들어앉아 있노라면 주석이 금방이라도 "원태 있나?" 하며 들어설 것만 같은 환각에 화들짝 놀랄 때가 한두 번이 아니었다.

어디를 가나 주석이 사랑해주고 보살펴주던 일들이 되새겨져 마음속 상처를 들쑤셔댔다. 그렇다고 오마하로 돌아가자니 상제들에게 도리가 아니었고, 슬픔은 나누면 나눌수록 적어질 것이라 생각되어 우리 부부는 애도기간이 끝났음에도 하루 이틀 더 눌러 앉아있었다.

그런데 그 사이 나는 관계 부문 일군들에게서 나와 함께 평양으로 오기로 했던 일행이 곧 도착하게 된다는 소식을 듣게 되었다. 나는 의아해졌다. 그 일행으로 말하자면 내 생일을 쇠러 평양에 함께 오기로 했던 사람들이었기 때문이다.

앞에서도 말했지만 주석은 내 생일 문제를 거론하면서 데리고 올 수 있는 사람들은 다 데리고 오라고 하였다. 물론 주석이 그렇게 말씀

손원태 내외가 김정일 국방위원장이 보낸 80회 생일 축하 케이크와 과일바구니를 배경으로 기념촬영

손원태 내외와 일행이 손원태의 80회 생일 축하연에 김정일 국방위원장이 보낸 축하물품을 배경으로
찍은 기념사진

평양에서 열린 손원태 박사 팔순 연회 장면. 국상(國喪) 중임에도 불구하고 김정일은 평양 목란관에서 고위 당정 간부들과 해외 손님들을 초청해 손원태의 팔순 잔치를 성대하게 베풀어 주었다.

하셨지만 그렇다고 그렇게나 많은 사람을 데려오는 것은 좀 뻔뻔한 것 같아 조국에 문의하였더니 상관하지 말고 다 데리고 오라는 반가운 소식이 왔었다. 그런 가운데서도 평양 걸음을 제일 고대한 것은 나의 아들딸들과 사돈 내외였다.

자식들은 내가 공화국의 김일성 주석을 옛적부터 알고 있다는 사실을 모르지 않았으나 그저 대수롭지 않게 여기고 있었다. 특히나 그들에게는 김일성 주석이 일제에 대항하여 15년간 백두산에서 무장투쟁을 하였다는 사실 자체에 대한 역사적 인식이 없었기에 나는 늘 마음으로 조국에 죄스러운 감정을 가지고 있었다.

맏이 정호부터가 해방둥이였으니 일본제국주의가 어떻게 우리 민족을 핍박했으며, 그들의 할아버지로부터 시작하여 왜 우리 동포들이 일제를 반대하여 그토록 오랫동안 싸우지 않으면 안 되었는가에 대해 전혀 몰랐다. 아니 몰랐다기보다는 알려고도 하지 않았다는 것이 옳을 것이다. 어릴 적부터 미국에서 살아왔던 그들에게는 백두산보다는 알라스카나 록키산맥이 더욱 귀에 익었고, 김일성 장군이나 그 밖의 독립운동가들보다는 워싱턴이나 링컨을 더 가깝게 느꼈다. 또한 미국의 서부개척사는 잘 알았지만 우리 민족의 수난사에 대해서는 거의 모르고 있었다. 게다가 그들은 조선말을 몰랐다. 그러던 그들이 내가 평양에 다니면서부터 고국에 대하여 큰 관심을 가지기 시작했던 것이다.

1991년 5월, 내가 처음으로 평양에 가서 김일성 주석을 만난 후 미국과 남한의 언론이 크게 떠들었을 때 이미 나이가 50줄에 들어선 그들은 처음으로 자기 아버지가 어떤 사람인가를 알았다고 할 수 있다.

사돈 내외인 김종한 씨와 공달화 씨도 본시 황해도 태생들인 만큼 이번 걸음에 평양에 다녀오겠다고 준비가 대단했었다. 그런데 갑자기 김일성 주석의 서거라는 비보가 날아들었던 것이다.

이런 상황에 나의 팔순 생일을 쇨 수 없다는 것이 명백해지자 평양 여행을 기대했던 사람들은 맥이 풀렸을 것이다. 비행기표까지 예약해놓았는데 이를 어쩌면 좋으냐고 하소연하는 사람들도 있었다. 그래서 나는 평양에 가서 강 선생과 직접 상의해 보는 것이 좋겠다는 결론을 짓고 아내와 함께 급히 평양으로 떠났었다.

평양에서 슬픔에 잠겨있던 나날에도 그들에게 가타부타 확정적인 대답을 주지 못하고 떠나온 일이 못내 마음에 걸리긴 했지만 그들도 이해하고 포기하려니 생각했었다. 그런데 그 일행이 평양으로 온다는 것이었다. 김정일 영도자가 이런 저간의 사정을 알고 애도기간임에도 불구하고 예정대로 그들을 평양에 오도록 해준 덕분이었다.

며칠 후에 일행 중 대부분 사람들이 평양에 도착했고, 이어서 나의 아들딸들도 뒤따라 왔다. 일행은 평양에 도착하는 길로 곧바로 만수대 언덕에 있는 김일성 주석의 동상을 찾아 조의를 표시하였다. 그들은 생존 시의 주석을 만나지 못하게 된 것을 몹시 한스러워하였는데, 특히 나의 아들딸들이 더욱 그러하였다.

일행은 금강산에도 가보고 묘향산, 백두산에도 올라보았다. 처음에 나와 아내는 그곳들이 이미 다녀온 곳들이기도 하거니와 조용히 주석을 추억하며 지내고 싶어 일행과 함께 가는 것을 거절했었다. 그러나 관계 부문 일군들은 꼭 함께 가야 한다고 우겨댔다. 주석을 잃고 너무도 애통해하는 우리 부부의 마음을 조금이라도 가시게 하려고 그렇게 한다는 것을 우리는 모르지 않았다. 결국 그 진정을 거절할 수 없어 우리도 일행과 함께 명승지 탐승의 길에 나섰던 것이다.

금강산에 가는 날에는 안개가 몹시 끼었다. 점심을 치른 후 우리는 숙소에서 가까운 만물상으로 올랐는데. 아침부터 자욱하던 안개는 걷힐 생각을 하지 않았다. 만물상에 올라서는 기기묘묘한 기암괴석을 보는 것이 첫째가는 재미인데 안개가 끼다 보니 계곡을 흐르는 물소리밖에 들을 수 없었다. 참으로 맹랑한 일이었다.

그런데 잠시 뒤 신기한 일이 벌어졌다. 삼선암 쪽으로 오르는데 갑자기 안개가 걷히고 날씨가 개이기 시작했던 것이다. 눈부신 햇빛 속에서 삼선암의 기기묘묘한 바위들이 뚜렷이 솟아올랐고 중턱에 올라서니 멀리 동해바닷가도 건너다보였다. 모두가 신기해하였다. 그때 일행 중의 누군가가 말하였다.

"손 선생님이 금강산에 온 것을 알고 주석이 안개를 말끔히 걷히게 하셨을 겁니다. 선생의 마음속에 짙게 깔린 슬픔의 안개를 가셔주려고 말입니다."

그 말이 가슴을 세차게 두드려 나는 눈물이 아른거렸고, 삼선암의 신묘한 봉우리는 뿌옇게 보였다. 그런데 만물상을 다 돌아보고 내려올 때는 오를 때보다 더 짙은 안개가 끼어 발을 내딛기가 어려웠다.

우리 일행은 천하절경의 묘향산에도 가보았고 김정일 영도자가 친히 내준 비행기를 타고 백두산에도 가보았다. 그때도 날씨가 몹시 쾌청하였다. 변화무쌍한 백두산의 날씨는 장마철에 이르면 변덕스럽기 그지없다고 한다. 그래서 며칠씩 기다려도 날씨가 개지 않아 천지를 보지 못하고 돌아오는 경우가 많다고 한다. 그런데 내가 아들딸을 거느리고 미국에서 온 일행과 함께 백두산에 올랐던 때는 얼마나 날씨가 맑은지 백두산 천지가 환히 내려다보인 것은 두말할 것도 없고 멀리 동서남북 수백 리 지경까지 부감할 수 있었다. 그래서 나는 참말로 김일성 주석이 이 손원태가 아들딸을 데리고 백두산에 오른 줄을 알고 이처럼 맑고 청청한 날씨를 마련해주신 거라고 믿어버렸다.

그렇게 동에서 서로, 남에서 북으로 명산을 찾아다니는 사이에 내 80세 생일날이 하루하루 다가왔고, 그럴수록 걱정은 눈덩이처럼 커져만 갔다. 그러던 중 나는 이런저런 기회에 평양에서 나의 80돌 생일을 차려주려 한다는 낌새를 알게 되어 그들에게 이번 걸음에 절대로 생일을 지내지 않을 것임을 명백히 했다.

그럼에도 내 의사와 상관없이 그들이 생일을 크게 준비하고 있는 기미는 계속되었고, 그래서 내가 다시 "나는 주석님을 길림의 성주 형으로 모셔왔으니 친형님의 상을 당한 것과 같다. 상복을 입고 어찌 생일을 차린단 말인가? 사람의 도리로 그럴 수 없다"고 앞질러 단호하게 의사표시를 했지만 관계자들은 "이해할만 합니다"하며 점잖게 대꾸할 뿐이었다.

생일날이 가까워오자 나는 그들에게 자식들을 데리고 고향 강서에 며칠 다녀오게 해 달라고 요구하였다. 그랬더니 그들은 내 꿍꿍이를 제꺽 알아차리고는 "어디로 피해 보려고요? 여기는 미국처럼 큰 나라가 아니라 숨어있을 만한 데가 없습니다. 강서야 하루길이면 다녀올 수 있지요"라고 응수하는 것이었다. 기어이 생일상 앞에 나를 앉히자는 것이 분명하였다. 그래서 이번에는 내놓고 통사정을 하였다.

"만약 꼭 내 생일을 차려주시려 한다면 제발 소문이 나지 않도록 간단하게
해주십시오."

그러나 내 부탁은 분명히 무시되는 듯했고, 그렇게 초조함과 불안감 속에 생일날인 8월 11일이 다가왔다. 나는 아침 일찍 깨어나 산책을 나갔다. 한여름의 초목은 한껏 푸르러 수림 속은 서늘하였다.

나는 짙푸른 숲속 오솔길을 추억에 잠겨 거닐었다. 내 어릴 적 어머니는 생일날이면 내가 좋아하는 송편을 빚어주곤 하셨는데, 그때마다 어머니는 "복날 중에 너를 낳고 몸 간수하기가 어려워 정말 땀을 뺐단다"라고 버릇처럼 말씀하시곤 했다. 아버지는 늘 집을 떠나 계시다보니 아버지를 모시고 생일을 지내본 기억은 나지 않는다. 아내와 결혼한 후에는 생일날마다 그녀의 각근한 애정에 취하곤 하였는데, 그날도 아내는 나를 뒤따라 나와 꽃 한 송이를 들려주며 귓속말로 "축하해요"라고 말해주었다.

주석께서 살아계셨다면 그날은 나에게서 얼마나 기쁜 날이었으랴! 그분이 차려준 생일상에 마주앉아 우리의 80년 인생을 돌이켜보며 수많은 이야기를 나누는 모습을 상상하자 나는 불현듯 목 놓아 울

고 싶어졌다. 내 눈에 어리는 물기를 보고 아내는 내 가슴에 머리를 파묻었다.

아침식사를 막 마쳤을 무렵, 집으로 손님이 찾아왔다. 우리 내외가 서둘러 아래층에 있는 큰 응접실로 내려가자 김일성 주석과 김정일 지도자께서 보내주신 선물들이 우리를 기다리고 있었다. 우선 눈에 들어온 것은 커다란 바구니에 내 키 높이만큼이나 되게 온갖 과일을 정교하게 쌓아올린 것이었는데 그 모습이 얼마나 크고 탐스러운지 몰랐다. 거기에는 나의 80세 생일을 축하하는 글이 적힌 댕기가 드리워져 있었다.

이어서 김정일 영도자의 위임을 받은 일꾼이 나에게 또 다른 팔순 생일선물들을 차례로 전달했다.

먼저 김일성 주석께서 생전에 몸소 마련해주셨던 보석화 "송학도"를 건네주었다. 그것은 여덟 마리의 학이 푸르른 낙락장송 위에서 노니는 장면을 그린 것으로, 일곱 마리는 소나무의 여기저기에 저마다의 자태로 앉아있고 한 마리의 학이 흰 날개를 퍼덕이며 그들에게 날아오는 그림이다. 그 액자 밑면에는 이런 글이 새겨져 있었다.

> "손원태 동지의 생일 80돌에 즈음하여"
> 김 일 성
> 1994. 8. 11

주석께서는 별세하기 며칠 전에 이 선물을 마련해주시었다 한다. 마지막 떠나시는 순간에도 이 우제 손원태의 생일을 위하여 그렇게 진귀한 선물을 마련해주신 것이다. 나에 대한 그분의 사랑이 정녕 어떤 것이었는가를 새삼스레 깨달으며 나는 눈물을 흘렸다. 이어 나와 아내에게 백금으로 된 고급 손목시계가 하사되었다. 과일바구니는 김정일 영도자께서 우리 부부에게 보내주신 선물이었다.

그날 저녁이었다. 나는 내 팔순 생일축하연이 벌어지는 목란관으로 갔다. 평양의 중심부에 자리 잡고 있는 목란관은 훌륭한 건축디자인으로 하여 세계적으로 이름나 있는 대연회장이다. 공화국에서는 가장 귀중한 외국 손님이나 중요한 공식연회를 그곳에서 차린다고 하는데 한 해에 몇 번 있을까 말까 할 정도라고 한다.

이날 생일잔치에는 평양시의 각계각층 대표 300여 명과 나를 따라 미국에서 온 친척들과 친지들 그리고 평양 인근과 공화국에 있는 나의 멀고 가까운 친척들도 모두 초대되었다. 또한 그들과 함께 김일성 주석의 생전의 뜻과 김정일 영도자의 위임을 받들어 리종옥 부주석과 최고인민회의 양형섭 의장 그리고 정무원의 장철 부총리를 비롯한 고위인사들이 참석하였다. 최덕신 선생의 미망인인 유미영 여사도 왔고, 여운형 선생의 자제인 여연구 여사도 참석하였다. 이처럼 성대한 연회장의 주인공이 되어 고위급 인사들의 축하를 받으며 상좌에 앉게 된 내 심정은 무어라 표현할 수 없었다.

생일연회에서는 리종옥 부주석이 먼저 발언하였는데 그는 김일성 주석의 생전의 뜻을 받들어 나의 팔갑 생일을 성대하게 차리게 되었다고 하면서 앞으로 주석님과의 연고 관계를 소중히 여기며 오래오래 건강할 것을 진심으로 바란다고 하였다. 이어 답사를 위해 나도 마이크 앞에 나섰지만 목이 꽉 잠겨 말이 나오지 않았다. 몇 번이나 치밀어 오르는 뜨거운 것을 삼키며 마음을 가다듬고 나서 말머리를 떼었다.

나는 일찍이 길림 시절부터 주석님의 극진한 사랑을 받은 추억과

60여 년 만에 다시 만나 뵙고 크나큰 은총을 거듭 받은데 대하여 회고하였다. 또한 그렇게 친형님처럼 나를 위해주시고 사랑해주시던 주석님을 여읜 아픔은 그 무엇에도 비길 수 없다는 절통한 심정도 토로했다. 그리고는 민족을 위해 조국을 위해 별로 한 일도 없는 내가 이토록 크나큰 영광의 자리에 서고 융숭한 환대와 축복을 받게 된 것은 오로지 김일성 주석과 김정일 영도자의 한결같은 은덕임을 명심하고, 앞으로도 영원히 김일성 주석과의 우정을 소중히 여기며 민족을 위해 참답게 살아나감으로써 오늘의 이 과분한 은총과 환대에 조금이나마 보답하겠노라고 다짐하였다. 조용히 듣고 있던 참석자들 속에서 박수갈채가 일었다. 그들은 중간중간 목이 메어 말을 잇지 못하는 나와 함께 눈물을 삼켰으며, 이 자리에 김일성 주석께서 앉아계셨다면 얼마나 좋았겠는가 하는 생각에 모두들 가슴 아파했다.

축사가 끝난 후 당과 정부의 고위인사들로부터 학자들과 작가들, 배우들, 각계각층 인사들이 연이어 축배 잔을 들고 내 탁자에 와서 축하해주었다. 유명한 시인이 나와서 축시를 읊어주었고 좌중의 요청으로 나는 길림 시절 주석과 함께 부르던 옛 노래를 목메어 불렀다. 물론 여느 때 같으면 유명한 보천보 전자악단이나 왕재산 경음악단의 화려한 공연이 있었을 것이지만 때가 때이니만치 그런 노래와 춤은 없었다. 어찌 보면 정중하고 경건하였으나 무한히 진실하고 자연스럽고 감동적인 자리였다.

조국을 위해 피 한 방울 흘린 일이 없고 벽돌 한 장 들어 올린 일이 없는 내가 어찌하여 온 나라의 관심 속에, 모든 사람의 축복 속에 꿈도 꿀 수 없는 생일상을 받게 되었는가? 그것은 두말할 것도 없이 내가 주석의 사랑을 받은 옛 벗이요, 은인의 자제이기 때문일 것이다.

주석의 은인은 이 나라 모든 사람들의 은인이요, 주석의 벗은 그의 아들딸들인 모든 사람의 절친한 벗이었다.

부모에게 효성스런 자식이 부모 생전의 뜻을 금언으로 여기듯 이 곳 사람들은 주석이 떠나신 후에도 그 뜻을 받들며 살고 있었다. 그리하여 내 생일을 잘 차려주자고 하던 주석의 생전의 뜻은 그들에 의해 실행되고, 주석이 나에게 못다 준 사랑은 그들에 의해 다시 전해지고 있었다.

나는 이때 처음으로 부활의 참다운 의미를 확인하였다. '주석의 뜻이 살아있고 사랑이 살아있는데 어찌 그분을 가셨다하랴!'라고 생각하니 이 소중한 생일축하연의 상좌에 그가 꼭 앉아있는 것만 같았다.

주석은 늘 그렇듯 매력적인 미소로 좌중을 환히 밝히며 나와 축배 잔을 마주 부딪친다.

"원태, 생일을 축하하오. 부인과 함께 백년해로하며 복을 누리길 바라오."

나는 분명 우렁우렁한 그의 목소리, 이 아우에 대한 애정 넘치는 정겨운 음성을 들을 수 있었다.

3. 김정일 영도자

팔순 생일을 쇠고 난 후에야 나는 그 자세한 전말을 알게 되었다. 김정일 영도자가 나의 80돌 생일에 대하여 김일성 주석의 영전에서 걱정하였다는 사실에 대해서는 이미 언급하였다. 그때로부터 며칠이 지난 7월 말경이라고 한다. 김정일 영도자가 당 역사연구소의 일꾼에게 손원태 선생의 생일을 어떻게 할 생각인가고 물었다 한다. 그 사람은 주석이 생전에 여러 번 말이 있던 일이기는 하지만 나라가 국상을 당한 때이니만치 생일축하연을 펴는 것이 어울리지 않는 것 같다는 취지로 말하였던 것 같다. 김정일 영도자는 그렇게 한 곬으로 생각하면 안 된다는 것, 아무리 주석이 안 계신다 하더라도 손 선생의 생일을 차려주어야 한다는 것, 오히려 주석이 안 계시기 때문에 더 크게 차려주어야 한다고 하면서 바로 그렇게 하는 것이 주석의 유훈을 받드는 것으로 된다고 간곡히 말하였다고 한다.

그날 김정일 영도자는 주석을 대신하여 누가 나의 생일에 나가주었으면 좋겠는가에 대해서도 알아보고, 생일을 가정적인 분위기에서 조용히 할 것이 아니라 국가적인 관심 속에서 크게 하며, 거기에 평양시 안의 각계각층 대표들을 참가시켜 한 300명 규모로 목란관에서 성대하게 할 것에 대하여 일일이 설명하였다는 것이다. 그리하여 1994년 8월 12일 「노동신문」을 비롯한 평양의 주요 신문들과 방송, 텔레비전은 일제히 바로 그 전날인 8월 11일 목란관에서 손원태의 생일 80돌을 크게 치렀다는 소식을 전하였다.

그것은 물론 미국과 남한에도 전해졌다. 이 사실은 사람들 속에서

김일성 주석 서거 후 군부를 시
찰한 김정일 국방위원장

다양한 반향을 불러일으켰다. 물론 어떤 사람들은 주석이 서거한 큰 불행을 금방 당하였는데 주석의 은총을 남달리 받아온 손원태란 사람이 감히 그 생일상을 받을 수 있느냐고 힐난했을 수도 있다.

그러나 이 사실이 많은 사람에게 강하게 남긴 충격은 김정일 영도자가 있어 주석의 생전의 뜻이 그대로 실현된다는 엄연한 사실이었다. 보통 상식으로 보면 국상을 당하여 온 나라가 몽상*을 하고 있는 때에 한 개인의 생일연이란 당치도 않는 일이다. 그러나 김정일 영도자는 주석이 생전에 남긴 뜻을 받들어 내 생일을 원래 예견했던 것보

---

* '꿈같은 초상을 당하였다'는 뜻으로서 가장 슬픈 부모상을 당하여 상복을 입고 있는 상태.

다 더 성대하게 차려주었다.

하나의 물방울에 우주가 비친다고 이 사실 하나를 놓고서도 나는 김정일 영도자의 후덕함, 선친에 대한 숭고한 충효지심에 대해 깊이 감동하여 백발의 머리를 숙였던 것이다. 김정일 영도자가 있어 김일성 주석의 사상과 영도, 인덕이 영원불멸할 것이며, 주석이 한평생 쌓아올린 창업의 공이 그대로 이어지고 완성되리라는 확신이었다.

주석이 서거하자 이남의 위정자들과 서방 세계에서는 북조선에 그 어떤 '변화'가 일어날 것이라고 요란히 떠들어댔다. 또한 사실 많은 나라에서의 변화는 영도자의 교체기에 일어나곤 하였다.

새로 권력을 잡은 사람들은 모든 과실을 전 세대 지도자에게 덮어 씌우고 자기의 새 노선과 정치방식을 합리화, 정당화하곤 하였다. 그러나 국상을 당한 지 한 달이 좀 지난 후에 성대하게 진행된 나의 생일축하연은 주석의 사상과 덕망은 물론 한마디의 유지까지도 그대로 이어지고 실현되리라는 것을 만방에 과시한 데 그 참 의미가 있다고 생각한다. 그것은 김일성 주석의 사상과 영도, 덕망이 하나도 변함없이 그대로 계승되리라는 것을 내심 북조선의 그 어떤 '변화'를 기대하던 세력들에게 경고이자 확인시킨 것이었다. 나는 그것을 주석이 생전의 모습 그대로 영생하고 있는 금수산기념궁전에 가보고 더 깊이 느꼈다.

주석이 오랫동안 집무를 보던 관저인 주석궁에는 김일성 주석이 오늘도 죽기 전 그대로의 모습으로 누워계신다. 도대체 한 나라의 지도자가 생전에 집무를 보던 관저에 사후에도 그 모습대로 남아있는 전례가 어느 나라 역사의 갈피에 있어 보았는가? 그리하여 주석이 우리 곁을 영영 떠나신 것이 아니라 영원히 자신의 관저에서 정사를 돌보시고 인민들과 생사고락을 같이하신다는 것을 이보다 더 생동하게, 더 뚜렷하게 보여주는 증거가 어디 있으랴!

김정일 영도자는 주석의 맏상제이지만 공산주의자들인 그분들의 관계는 부자지간이라기보다는 혁명의 수령과 전사의 관계로 더 친밀하였다. 주석은 생전에 나와 허물없이 이야기를 나눌 때도 꼭 김정일 동무라고 부르며 그이에 대한 만족감을 표시하였고, 주석으로서 자신의 사업에 대해 당의 조직비서인 그에게 꼭꼭 보고한다고 말하였다.

하고 보면 금수산기념궁전은 자기 수령에 대한, 혁명 선배에 대한 김정일 영도자의 고결한 의리와 충효지심의 상징이라 할 수 있을 것이다. 아니 상징이라기보다는 주석께서 남기신 유산을 고스란히 물려받아 그것을 지키고 빛내며, 주체의 위업을 완성하시려는 산악 같은 의지를 새겨놓은 것이라 할 수 있겠다.

김일성 주석이 한평생 별의별 고생을 다하시며 이루어놓으신 유산을 지키는 것이 우리 민족의 생명을 지키는 것이라고 나는 확신한다.

앞에서도 말했지만 민족의 운명이 칠성판에 올랐던 때 백두의 밀림과 만주광야에서 열다섯 해를 사선을 넘나들며 풍찬노숙하고 마침내 조국광복을 이룩하신 절세의 애국자가 누구였는가? 항일의 전설적 영웅 김일성 장군일 것이다.

식민지 지배에서 벗어난 민족이 자주적인 새 나라를 건설하자면 조국의 광복을 이룩한 세력이 주인이 되어 그 투쟁 이념과 전통을 뿌리로 건국해야 한다는 것은 하나의 상식이다. 공화국 북반부에서는 건국의 대업이 그렇게 진행되었다.

광복 대업을 이룩하신 김일성 주석은 항일의 이념과 전통을 살려 북조선에 자주독립된 부강한 새 나라를 세우셨지만 남한에서는 그렇게 되지 못하였다. 이남에서는 친일파와 매국세력들이 다시 득세하였고, 그 기반 위에 전통도 이념도 모호한 정권이 군림하였다. 그래서 비록 공산주의와는 인연이 멀었던 나였지만 이승만이나 박정희가 정권을 쥔 이남의 정치 풍토에 순응할 수 없었다.

김일성 주석이 공들여 쌓아올린 창업이 대를 이어 고수되고 완성되는데 자주적으로 살아가려는 우리 민족의 생명이 있다. 북조선 사람들에게 있어서 이 논리는 머리로 깨친 이론이 아니라 생활의 체험으로 받아들여진 굳건한 사상 감정이다.

어느 날 나는 아내와 함께 보통강변의 천리마거리를 거닌 적이 있다. 거리에는 수삼나무 가로수가 시원한 그늘을 던져주고 있었다. 수삼나무는 잔가지에 정교한 푸른 잎사귀가 삼각추 모양으로 무성한 것이 보기에도 아주 좋았지만, 나무가 빨리 자라고, 곧추 자라며, 나무의 질 또한 좋아 경제적 가치가 크다고 한다. 그러나 수천 년 전에 지구상의 북반구에서 사멸하여 화석으로 남았다고 하는데 오늘 평양의 가로수로 성성히 자라는 것을 보니 신기한 생각이 들었다. 우리는 함께 거닐던 최 선생에게서 이 나무의 내력을 들었다.

이 수삼나무는 중국의 양쯔강 유역에 얼마 남지 않은 나무 중의 하나인데 지난 조선 전쟁 때에 중국 인민지원군으로 파견되어 나와 있던 사령원이 어린 수삼나무가 자라는 화분을 주석님께 선물하였다고 한다. 주석은 그 나무가 희귀한 나무라는 것을 알고 전쟁의 포화 속에서도 애지중지 키웠다. 상상컨대 최고사령부 작전실 안에 그 수삼나무 화분이 놓여있었을 것이다.

전쟁을 승리로 이끌며 동시에 잿더미가 된 조국 땅을 푸른 숲으로 가꿀 미래를 키우신 주석이었다. 전후에 주석은 그 화분을 전문가들에게 넘겨주어 묘목을 키우도록 하였는데 오늘은 온 나라에 퍼져 숲을 이룬 것이다. 이런 사연을 들려주면서 최 선생은 말하였다.

"이 나무도 주석께서 우리 인민에게 남기신 유산이지요."

가로수 하나에도 주석의 심혈이 깃들어 있을진대 전후의 잿더미를 헤치고 일떠선 도시와 마을, 기념비적 건축물들, 공장과 농촌에 대해서는 더 말해 무엇하랴! 공화국 북반부의 모든 것, 자립적인 공업, 발전된 농촌, 찬란한 민족문화, 강력한 국방력도 다 김일성 주석의 노고로 이루어졌다. 북조선 사람들은 주석께서 평생을 바쳐 이루어놓으신 이 모든 정신적, 물질적 재부, 자신들이 주석님의 뜻을 받들어 이루어놓은 이 모든 것을 생명처럼 귀중히 여긴다. 이것은 그들 각자의 인생의 결실이기도 하며 자기 자식들에게 물려줄 사회공동의 재부이기도 하다.

그들은 이 유산을 우리 민족이 자자손손 넘겨받기를 원하며 변하지도 않고 퇴색하지도 않고 더 풍부해지고 빛나기를 바라마지 않는다. 그들은 이 귀중한 모든 것을 김정일 영도자만이 굳건히 지켜주고 더욱 빛내줄 수 있다고 믿고 있다. 왜냐하면 김정일 영도자는 효성이 지극한 분일 뿐만 아니라 혁명의 수령에 대한 무한한 충성심과 의리심을 지니신 분이기 때문이다. 보다 중요하게는 김정일 영도자가 김일성 주석과 꼭 같은 분이라는 것을 생활체험으로 확신하고 있기 때문일 것이다. 사실 나도 김정일 영도자야말로 김일성 주석이라는 사실을 긴 설명과 오랜 체험을 통해서가 아니라 평범한 일상을 통해 아주 쉽게 받아들였다.

북조선의 정치 실상이나 사회 풍조, 사람들의 정신세계와 심리상태를 조금이라도 바로 보는 사람에게는 이 원리가 생소하지도 않고 이상하지도 않으며 매우 자연스러운 논리적 귀결이라는 것을 인식하리라 믿는다. 나는 내가 본 몇 가지 사실만을 놓고도 김정일 영도자야말로 김일성 주석을 승계하여 정치적 중임을 맡는 것이 어쩌면 천명이자 그분 스스로의 탁월한 정치가로서의 천품과 영도 업적에 따르는 매우 자연스러운 귀결이라는 것을 알 수 있었다.

평양에 처음 갔을 적에 우리는 이곳 사람들이 주석과 김정일 영도자를 언제나 동렬에 놓고 매우 존대하고 있다는 것을 첫눈에 알아보았으며, 또한 북의 실상을 파악하면서 김정일 영도자에 대한 이곳 인민들의 존경심이 김일성 주석에 대한 절대적인 존경심에 깊이 뿌리를 두고 있다는 것을 이해하게 되었다. 지금 일부 사람들은 그것을 이해하려고 하지 않으면서 '세습'이라는 결과에 대해서만 떠들어대고 있다.

인도에서는 제2차 세계대전 후 네루가 집권하였다. 그 다음에는 그의 딸 인디라 간디도 인도 수상을 역임하였고, 그 후에는 라지브 간디가 그 뒤를 이었다. 그러한 현상은 파키스탄에도 있다. 줄피카르 부토가 수상으로 있은 다음 얼마간 시간이 지나서이기는 하지만 그의 부인도 수상을 했고, 또 그의 딸 베나지르 부토도 파키스탄 수상으로 있었다.

하지만 세상사람들 누구도 이것을 '네루 왕조'라거나 '세습'이라고 하지 않는다. 왜냐하면 네루나 부토의 승계인물이 모두 그만한 지도자로서의 능력을 가지고 있었기 때문이다. 나에게는 그러한 사례가 참으로 마음에 들었다. 이것을 내 식으로 해석하자면 "훌륭한 아버지의 아들은 역시 훌륭하다"는 것이다.

　김일성 주석이 그토록 훌륭하니 일찍부터 그를 보좌하여 나라의 정사를 올바른 길로 이끌어온 김정일 영도자는 기필코 출중한 사람에 틀림없다는 것이다. 역사와 현실은 이것이 사실임을 웅변으로 확증하였다. 말하자면 김정일 영도자는 결코 '평지돌출'도 '개천에서 난용'도 아닌 것이다. 대그루에서 대가 자라기 마련이다. 이것은 어떤 의미에서는 역사의 법칙이며 생활의 본질이다. 김정일 영도자가 혁명에 대한 충성과 빛나는 업적으로 하여 인민들의 존경과 신망을 얻었고, 또 실력으로 자신의 정치적 능력을 검증받았음에야 무슨 구구한 설명이 더 필요하겠는가. 특히 김일성 주석이 서거한 다음 그가 북조선의 정치, 군사의 최고지위에 올라 정사를 펼쳐나간 길지 않은 기간에 세계적인 정치가로서 그의 원숙한 수완과 강인한 자주정신, 그 어떤 강적과도 신념을 가지고 꿋꿋이 맞서나가는 당찬 기개를 놓고 세계가 입을 모아 그를 찬양해 마지않고 있기에 내가 구태여 여기서 그의 정치적 식견과 영도자적 품격에 대해서 누누이 설명할 필요는 없다고 본다.

　나로 말하면 김일성 주석의 정치적 신념의 대, 큰 나라들이 뭐라하든 주체적인 입장을 확고히 견지해온 그 근저에는 주석 자신의 불굴의 정치적 담력과 의지에 김정일 영도자의 명석한 두뇌와 정략이 뒷받침되어 있었다는 것을 새삼스레 파악했다고 할 수 있다. 그것은 주석이 서거한 이후 세계 정치를 종횡으로 주름잡아 나가며 주도한 김정일 영도자의 그 명석하고 원숙한 내치 외교가 결코 하루 이틀에 이루어진 것이 아니라는 것은 너무도 명백한 사실이기 때문이다. 김정일 영도자의 이러한 강인한 자주정신, 투철하고 독자적인 정치철학과 확고한 정치적 신념은 일찍이 그가 단 한시도 김일성 주석의 곁을 떠나지 않고 시종여일 보좌해온 역사적 과정에서 형성되고 공고화된 것으로 보아도 틀림없을 것이다.

일반적으로 김일성 주석과 김정일 영도자의 정치와 시책은 통이 크고 박력 있고 스케일이 크다. 말하자면 북의 정치는 '약동하는 정치'라고 할 수 있다. 그렇다면 이러한 약동하는 정치는 어떻게 이루어졌는가? 그것은 주석의 풍부한 경험과 김정일 영도자의 패기 넘치는 영도가 결합된 데 있다고 보아야 할 것이다.

공화국이 미국이나 일본, 소련이나 중국과 상대하는 정치외교나 국가 관계 같은 것을 보더라도 통이 크다. 공화국은 지난 시기 소련권에 속해 있다고들 말했지만 그들은 바르샤바조약에도 참가하지 않았고 코메콘에도 들지 않았으며, 독자적인 정책을 실시하였다.

미국이나 일본에 대해서도 그렇다. 만일 북조선이 일본과의 관계에서 몇 푼의 배상금이나 보상금을 받아먹는 데만 집착하였다면 벌써 적당히 관계를 개선했을 수 있다. 그러나 김일성 주석은 보다 근본적인 이익, 정치적, 민족적 이익을 맨 앞에 두었으며, 눈앞의 이익만을 바라 근본을 버리는 일은 한 번도 하지 않았다. 주석의 이러한 자주적이고 통이 큰 정치적 이념과 정치 방색이 그대로 김정일 영도자에 의해 계승되고 있는 것이다.

바로 그렇기 때문에 공화국에서는 국가수반의 공식적인 추대행사가 아직 없지만 그 어떤 정치적 공백도 없을뿐더러 그전보다 더 영도자를 중심으로 굳게 뭉쳤다.

김정일 영도자는 인민의 마음에 떠받들려 영도자의 지위에 확고히 서 있다. 김일성 주석이나 김정일 영도자는 다 같이 그 어떤 외부

세력의 뒷받침으로 지도자의 지위에 오른 이도 아니고 단기간의 선거전에 의해 권좌에 앉은 이들도 아니다. 김일성 주석은 수십 년 간의 피어린 투쟁 속에서 오로지 실천과 실력으로 민족이 태양으로 받들어 올린 분이며, 김정일 영도자도 30여 년 동안 당과 혁명을 영도해 오면서 그 누구에게, 그 무엇에도 비길 데 없는 완벽한 실력을 인정받아 추대된 인민이 공인한 영도자이다. 그러한 실력 있는 영도자의 품격에 대해 말하자면 많은 것을 이야기해야 할 것이다.

그가 직접 지도한 북조선의 문학과 예술을 보면 그가 예술의 천재라는 것을 알 수 있고, 광복거리나 통일거리에 가보면 그가 도시건설이나 건축미학에도 아주 조예가 깊다는 것을 알 수 있다. 또한 미국과의 핵 대결을 포함한 여러 가지 정치 군사적 문제를 풀어나가는 것을 보면 그의 외교적 수완, 정치가로서의 탁월한 지도력에 감탄을 금치 못하게 된다.

그러나 내가 그의 실력 중에서 첫 자리에 꼽는 것은 김정일 영도자가 공화국의 모든 인민을 가장 깨끗한 사상과 정신을 가진 인격자들로 키우고 모두가 서로 위해주고 이끌며, 화목하게 사는 대식솔로 묶어세웠다는 사실이다. 실제로 평양에 가면 '일심단결'이라는 구호가 눈에 많이 띈다. 이것이 얼마나 좋은 슬로건이며, 이것을 이룩하였다는 것이 얼마나 큰 업적에 속하는가 하는 것을 길게 논할 필요는 없다.

숱한 동서고금의 정치가들 중에 민중의 단결을 표방하지 않은 사람은 없지만 그것을 김 주석이나 김정일 영도자처럼 실천으로 이끌어낸 사람을 나는 아직 알지 못한다.

나는 묘향산에 있는 국제친선전람관에 가서 참으로 많은 것을 생각하였다. 거기에는 김일성 주석이 받은 선물에 못지않게 김정일 영도자가 받은 선물도 수없이 많다. 거기에서 나는 두 가지 사실을 발견하였는데, 하나는 김정일 영도자가 김일성 주석 못지않게 일찍부터 자국의 인민들에게만이 아니라 세계 만방의 저명한 인사들 속에서도 깊은 존경을 받으며 높은 명망을 지니고 있다는 것이며, 다른 하나는 그 역시 김일성 주석처럼 자신에게 보내온 모든 진귀한 선물을 터럭 하나 다치지 않고 고스란히 국가와 민족의 재부로 넘겼다는 것이다. 어떤 나라들에서는 대통령들이 재임기간에 들어온 이러저러한 물건들을 다 제 한 사람의 소유로 만들고, 그것을 치부의 원천으로 삼은 것으로 하여 비난과 조소의 대상이 되는가 하면, 그것이 국회에서 대통령을 탄핵하는 중요한 문젯거리로 되어 사회적 물의를 빚어낸다고 하는데 그것과 얼마나 큰 대조를 이루는 것인가. 그래서 사람들은 김정일 영도자를 사상도, 영도도, 덕망도 김일성 주석과 꼭 같은 제2의 김일성 장군이라고 한결같이 칭송하는 것이며, 김정일 영도자야말로 조선의 운명이고 그분의 사상과 영도는 그대로 조선의 넋이고 기상이라고 하는 것이다.

솔직히 말해 나는 김일성 주석이 불의에 서거하였다는 비보를 접하고 하늘과 땅이 동시에 무너져 내리는 좌절감을 느꼈으며, '이제는 평양에 다 갔구나!'라는 생각을 하였다. '김일성 주석이 없으면 누가 다시 나를 반겨주고 위해주랴' 하는 생각이 어쩔 수 없이 들었기 때문이다.

그러나 나는 이것이 매우 어리석은 생각이었음을 얼마 지나지 않아 바로 깨닫고, 자신의 편협하고 옹졸한 생각을 뉘우쳤다. 그것은 김정일 영도자를 너무나도 몰랐던 나의 무지에서 비롯된 크나큰 잘

못이었다.

　주석은 비록 서거하였지만 김정일 영도자가 있는 평양은 그대로 김일성 주석이 있는 평양이고, 주체의 조선이다. 나는 김일성 주석이 서거한 다음에도 벌써 여러 번 평양에 다녀왔다. 앞으로도 나는 나의 생이 다 할 때까지 김일성 주석을 보러 가듯 김정일 영도자를 찾아 평양으로 갈 것이다.

4. 영원한 우정을 위하여

내가 두 번째로 평양에 갔을 때였다. 그때 김일성 주석은 나를 위해 차린 오찬에서 "영원한 우정을 위하여 듭시다"라고 하며 자신의 잔을 나의 잔에 부딪치셨다. 나는 그때 사랑과 우정이 찰랑하게 고인 한잔 술을 단숨에 비우면서 가슴이 찌르르 저려드는 것을 느꼈었다.

"영원한 우정을 위하여!" 이 얼마나 아름답고 감동적인 말인가. 또 얼마나 의미심장한 말씀이신가. 나는 그날 그 시각부터 언제나 거기에 담겨 있는 심오하고 따뜻한 의미를 가슴 깊이 새기고 있다. 그것은 줄곧 나의 뇌리에서 아름다운 종소리마냥 울리면서 나를 참인간으로 살도록 하는 깨우침의 종소리로 되어왔다. 김일성 주석이 우리 곁을 떠나신 오늘에 이르러 그 말은 참으로 많은 뜻과 사연을 안고 나의 뇌리를 꽉 채우며 나로 하여금 주석과의 특별한 인연을 영원히 소중하게 간직할 것을 늘 깨우쳐주고 있다.

위인을 흠모하는 것은 뭇사람들의 자연적인 심리이다. 나는 나의 한 생이 김일성 주석과 같은 그런 위인과 연결되어 있다는 것을 무상의 영광으로 생각한다. 그래서 지금도 고요한 밤이나 조용한 시간에 명상에 잠기게 되면 저도 모르게 김일성 주석과 연고가 맺어지던 나날들과 적어도 일생을 다 살았다고 할 수 있을 만큼 오래된 풍상의 고개와 심연을 넘어 어떻게 그 인연이 다시 이어졌는가에 대하여 깊은 감회를 가지고 돌이켜보곤 한다.

내가 길림 시절에 벌써 김성주가 앞으로 일국의 대통령이 될 것이라는 것을 점치고 따랐다면 그것은 거짓임에 틀림없다. 길림에서의 김성주와 나는 다 같은 망국민의 후예들이었고, 제 나라, 제 땅에서 살 수 없어 부평초처럼 이국땅으로 흘러온 가련한 인생이었다.

부지 말아 부지 말아 저 바람아
만주벌에 떨며 사는 우리 용사
바람소리 사무칠 때 내 조국 생각 간절타

망향지인의 애수에 찬 이 노래, 향수에 젖고 아직은 나라를 되찾을 뚜렷한 방향타를 잡지 못한 인간의 고달픈 심경이 비껴있는 이 노래를 우리는 "애국가"라고 불렀다. 말하자면 나라를 사랑하는 겨레의 노래라는 뜻에서였을 것이다.

이 노래를 김일성 주석도 불렀고, 나도 불렀고, 원일 형도 불렀다. 그리고 모든 길림소년회 회원들이 다 같이 불렀다. 이 노래를 부르며 아직은 어린싹에 불과한 애국의 넋을 키웠고, 민족의 얼을 지키기 위해 나름의 애를 썼다. 그렇게 우리의 우정은 떠나 온 고향에 대한 향수와 빼앗긴 나라와 민족에 대한 강렬한 사랑으로 굳어졌던 것이다. 한마디로 애국으로 시작된 우정이요, 애국으로 굳건해진 우정이다.

사람이 일생을 살면서 얼마나 많은 사람과 인연을 맺고 우정을 나누는가? 나에게도 길림 시절 동무들만이 있는 것이 아니다. 베이징에서는 중학 시절의 벗들을 사귀었고, 소주와 상해에서는 대학 시절의 벗들을 가졌었다. 서울에서도, 미국에서도 절친한 친구들을 적지 않게 사귀었다. 그러나 길림 시절의 벗들이 언제나 잊히지 않는 것은 그 시절의 우리의 순진한 우정이 강렬한 애국에 바탕을 둔 것이었기 때문이라고 나는 생각한다.

길림 시절에 만났다 헤어진 후 나는 김일성 주석을 오랜 세월 만나볼 수 없었지만 줄곧 그분의 가는 길을 지켜보았었다. 나라를 찾기 위한 주석의 피어린 투쟁을 주시하면서 그분에 대한 나의 관심은 더욱 커졌고, 소싯적 우정은 경건한 존경심으로 자라났다. 소년 시절의 애국의 맹세를 지켜 나라를 찾는 싸움의 길에 한 몸 바쳐 나서신 그분에 대한 존경심을 어떤 말로 표현할 수 있으랴!

김일성 주석이 해방된 조국의 북녘을 통솔하는 영수로 되어 민족이 바라던 새 나라를 건설해가고 있는 사실을 들으면서 그분에 대한 나의 흠모의 정은 더욱 절절하여졌다. 그러나 나는 오랜 세월 그이 앞에 나서지 못하였다. 아니 나서지 못한 것이 아니라 나설 수 없었다고 해야 더 정확할 것이다.

솔직히 말해 나는 평양행을 결심하고 결연히 평양으로 떠나면서도 마음속 불안을 떨어버리지 못했었다. 또한 내가 그곳에서 어떤 존대를 받으리라고는 꿈에도 생각하지 않았다. 그저 주석이 이 손원태를 모른다 하지 않고 삭막한 기억의 한 귀퉁이에라도 남겨두었다는 것을 알기만 해도 족할 것 같았다. 그런데 나의 이러한 모든 예상은 통째로 뒤집어졌다. 내가 미국에서 떠날 때만 해도 모든 것이 그믐밤처럼 캄캄했는데 평양에 도착하니 마치 햇빛 눈부신 천국에 들어선 듯하였다. 나는 난생처음 그런 환대와 극진한 사랑을 받아보았다.

나는 처음부터 주석의 가장 가까운 벗으로, 말하자면 국빈대우를 받았다. 이제는 그것이 자연스레 몸에 배었지만 사실 처음에는 어리둥절했었으며, 속으로는 그러한 분수 넘치는 대우가 얼마나 오래갈 것인가라는 회의적인 생각도 품었었다는 것을 사실대로 적어야 할 것이다.

평양에 도착 후 나에 대한 예우는 날이 갈수록 더욱 감당하기 어려울 만큼 극진했다. 그래서인지 사람들은 김일성 주석이 이 손원태를 왜 그토록 사랑해 주고 위해주었는지에 대해 무척이나 알고 싶어 한다. 심지어는 나를 어떤 정치적 목적에 이용하기 위해 그러는 것이 아니냐고도 묻곤 하는데 그것은 나와 김일성 주석 간의 관계, 무엇보다도 김일성 주석을 너무나 모르는 데서 오는 의문이다.

나는 최덕신 선생처럼 한때 남에서 군이나 정부 요직에 있다가 북으로 넘어간 사람도 아니요, 또 윤이상 선생처럼 '간첩단 사건' 등으로 납치되어 서울에서 옥고를 치른 경력이 있는 것도 아니다. 정치와는 담을 쌓고 일생을 평범한 의사로 일하다가 겨우 연금으로 여생을 보내는 늙은이인 나를 끌어안는다 해서 정치적으로 무슨 이득이나 가치가 있겠는가? 실제로 주석과 내가 만났을 때 정치문제는 별반 화제가 된 적이 없다. 또한 주석은 자신의 투쟁 행로와 공적에 대해서도 말을 한 적이 없다. 사실 말이지 김일성 주석의 항일투쟁사는 세계 앞에, 민족 앞에 떳떳이 자랑할 만한 것이다. 물론 그것을 평가하는 기준은 사람마다 제 나름이겠지만 누구도 그 업적을 무시하지는 못한다. 주석은 나라와 민족을 위해 큰일을 했지만 그에 대해 한마디라도 할라치면 "고생이야 물론 했지… 안 했다면 거짓말이지" 하는 정도로 말하고는 이내 나의 밀을 막아버리곤 했었다. 도대체 그인 나를 놓고 애당초 정치문제 같은 것은 입에 올리려 한 적이 없었던 것이다. 주석이 혹시라도 나와 정치적인 문제를 말했다면 "전기(電氣)가 좀 더 있었으면 생산을 많이 하겠는데 전기가 걸린단 말이요" 한다든가, "요즘에 비가 많이 와서 낮은 논밭들이 물에 잠겼는데, 그것은 물을 빼면 일없을게요" 하는 것이 고작이었다.

그러나 김 주석은 세계 정치에 대단히 밝고, 모든 것을 손금 보듯 꿰뚫고 있었으며, 경제 숫자 같은 데도 대단히 밝았다. 또한 그 어떤 질문에 대해서도 나라의 정치, 경제 실태를 통찰하고 즉석에서 명쾌한 대답을 하곤 하였다. 그래서 나와 함께 주석을 만났던 한 사람은 주석의 비상한 기억력과 직접 정사를 펼쳐나가는 모습에 감탄하면서 "다른 나라 정치가들은 흔히 보좌관 정치를 하는데 주석은 친정을 한다"며, 그 명석한 두뇌와 비상한 기억력을 놓고 볼 때 김 주석은 '걸어 다니는 백과사전'이라고 말하기도 했다.

그러나 주석은 나를 만나면 그저 인정 많은 친형님이었다. 나의 건강을 염려하여 종합검진을 받게 한다든가 형님이 동생에게 할 수 있는 충고 같은 것을 해주곤 하였다. 어느 날 주석은 무슨 말 끝에 사람은 언제나 입이 무겁고 경박하지 말아야 한다면서 "옛날 사람들이 말하기를 화는 입으로 나오고, 병은 입으로 들어온다고 하였소. 말하자면 '화종구출'(禍從口出)이요 '병종구입'(病從口入)이지…"라고 했었다. 참으로 동기간의 사랑이 넘치는 말이었다. 나와 김 주석 간의 관계는 한 나라의 영도자와 평범한 의사의 관계가 아니라 친동기 간 같은 따뜻한 인간관계였다. 혹 공화국의 해당 기관에서 나를 그 어떤 정치적 선전도구로 이용하려는 기미가 있었다면 내 성미에 어찌 마음 놓고 평양을 나돌 수가 있었겠는가? 더구나 내가 애당초 그런 재목이 못 된다는 거야 더 말할 필요조차 없을 것이다.

나는 오늘 이때까지 정치적인 문제나 경제적인 문제에서 그리고 개인적인 견지에서라도 주석을 도와주거나 그분께 덕을 입힌 것이 하나도 없다. 그렇다고 굳이 해를 입힌 것이 있다고도 할 수는 없겠지만 이해득실의 견지에서 본다면 오히려 손해를 입힌 점이 보다 많았다고 해야 옳다.

우선 나는 김일성 주석이 일제를 반대하는 어려운 무장투쟁을 벌일 때에 관망하는 처지에 있었다. 해방 후 조선이 외세에 의해 분단된 다음에라도 친북인사로서 그분의 편에 서서 그 어떤 보탬을 주는 일을 한 적도 없으며, 그렇다고 경제적으로 그분께 도움을 드린 것도 없다.

평생을 병리학 의사로서 고지식하게 살아왔고, 10여 년 전에 퇴직한 나로서는 털어놓고 말해 가산이 넉넉하여 해외여행 같은 것을 마음대로 할 수 있는 처지도 못 된다. 그러니 평양이나 북조선의 그 어디에 내 돈을 뿌려 무엇을 놓아준 것이 있을 리 없다.

내가 평양 제3병원 개설 문제 때문에 평양을 몇 번 오간 일이 있은 다음 일부 사람들이 그 병원을 손원태가 거출해서 짓는 "손원태 병원"이라는 말을 하고 다닌다는 이야기를 들었는데 그것은 다 허황된 소리다. 그렇다고 인간적인 견지에서나 가정적인 테두리에서 그분께 보탬을 드린 일이 있는가 하면 전혀 그렇지도 못하다.

이미 다들 아는 바와 같이 손원일 형은 이승만 정권 시기에 국방부 장관을 지냈다. 남북 간에 심각한 정치적 대결과 군사적 마찰이 비일비재한 조건에서 이것이 북의 김일성 주석에게 좋은 인상을 주었을 리가 만무한 것이다. 그렇다면 김일성 주석은 도대체 무엇을 보고 손원태를 그토록 사랑해준 것일까?

나는 언제인가 나를 안내하던 선생한테서 다음과 같은 이야기를 들은 적이 있다.

주석이 한 일꾼에게 물었다. "어때 동무가 보기에는 손원태가 정치에 밝은 것 같애?" 그래서 그 일꾼이 대답하기를 손 선생이 정치에 그다지 어둡지는 않으나 정치문제에 관심은 적은 것 같다고 하자 주석은 다음과 같이 말했다고 한다.

"그래그래, 그 사람은 정치에는 밝지 못하지만 양심적이야. 미국에서 오래 살았지만 때가 묻지 않았어. 길림 시절처럼 고지식하고 순박해."

이 짤막한 대화를 놓고 보면 김 주석이 나를 사랑한 이유를 충분히 알 수 있다. 주석은 나의 때 묻지 않은 양심을 귀중히 여겼으며 나에게 기대한 것은 우정 하나밖에 없었다는 사실이다.

짐작컨대 주석은 길림에서 서로 알게 된 때로부터 오랜 세월이 흘렀고 서로 상반되는 정치체제에 살면서도 때 묻지 않은 길림 시절의 우애를 고스란히 간직하고 불원천리 평양으로 찾아온 그 사실 하나만을 놓고 이 손원태를 사랑한 것이다. 또 하나, 길림 시절의 우리의 우정은 단순한 우애가 아니라 조국에 대한 남다른 사랑으로 얽혀진 순결한 애국심이었다. 그래서 김 주석은 오랜 세월 세파에 부대끼면서도 고스란히 간직한 나의 애국심을 높이 쳐준 것이다. 내 평생에 수다한 사람들과 만나고 헤어졌지만 나의 때 묻지 않은 양심을 높이 쳐주신 분은 오로지 김일성 주석뿐이었다. 나의 고지식한 성미를 혹 자들은 왕왕 얼마나 경멸하였던가! 험난한 세파 속에서도 순결한 인간의 양심과 애국심을 지켜내는 것을 황금보다 값지고 귀중한 것으로 여기는 사람이 김일성 주석이며 여기에 주석의 위대한 인간상이 있다.

사람에게는 어차피 자기 운명을 정리하게 될 때가 온다. 미국에서 살건 그 어디서 살건 사람은 자기 일생을 조국이라는 위대한 어머니

앞에서 결산하게 된다. 나 자신의 인생의 가치도 평양에 가서 주석을 만나보고서야 비로소 응분의 평가를 받았다. 그러하기에 나는 뒤늦게나마 김일성 주석을 찾아뵌 것을 내가 일생동안 이룬 모든 개인적 성취 중에 가장 큰 것으로 여기며, 또한 나 자신의 인간적 가치와 삶의 보람을 그대로 대표하는 용단이자 거사였다고 생각한다.

조국을 떠나서는 숭고하고 아름다운 사랑이나 우정을 기대할 수 없으며, 인생의 참다운 가치나 보람도 있을 수 없다. 그래서 나는 주석님이 남긴 영원한 우정의 참 의미를 이렇게 말하고 싶다. 그것은 자신의 조국과 영도자에 대한 영원한 사랑이라고….

주석이 돌아가신 후 나는 앞으로 어떻게 살아가야 할 것인가를 자주 생각해보곤 한다. 그렇게 '영원한 우정을 지키기 위해 나는 무엇을, 어떻게 할 것인가?'를 생각하자면 김일성 주석이 언제인가 나에게 한 말이 새삼 떠오른다.

"나는 모든 사람들이 화목하게 살기를 바라오. 화목해야 모든 일이 잘되는 법이요. 그래서 나는 사람들에게 '가화만사성'이라고 말하오."

옳은 말이었다. 집안도 화목하고 나라도 화목해야 한다. 나는 내 조국 북과 남의 화목을 간절히 바란다. 화목을 깨뜨리는 것은 오해와 불신이며, 편협한 사고방식이다. 그래서 나는 이런 오해와 불신을 없애기 위해 나 자신의 얼마 남지 않은 생을 모두 바치리라 굳게 다짐한다.

부록

손원태는 누구인가

1. 성장 과정과 이력

▲ 1914년 8월 11일, 서울 동대문병원에서 출생

아버지 손정도 목사와 어머니 박신일 사이에 차남(2남 3녀 중 넷째)으로 출생하였다. 손정도 목사의 자녀 명단은 다음과 같다.

* 장녀 손진실, 남편 윤치창(슬하에 윤양희, 윤원희, 윤해선, 윤종선)

* 차녀 손성실, 남편 신국권(無子)

* 장남 손원일, 부인 홍은혜(슬하에 명원, 동원, 창원)

  원래 5남매이나 장녀 영자와 막내아들은 유년기에 사망

* 차남 손원태, 부인 이유신(슬하에 정호, 정국, 영희)

* 삼녀 손인실, 남편 문병기(슬하에 성자, 재현)

▲ 1918년 7월 9일, 온 가족이 평양 보통강변으로 이주

하란사와 함께 고종황제 밀사 3정에 내정된 아버지 손정도는 정동제일교회 담임목사직을 사임하고 가족을 이끌고 급히 평양으로 이주한 후 임무수행을 위해 6개월간 망명 준비를 하였다.

▲ 1919년 3월 1일, 여섯 살 소년 손원태는 평양 보통문, 숭실학교, 평양시청 인근에서 벌어진 3.1만세운동 현장을 직접 목격했으며 특히 격문이 뿌려지고 만세를 부르는 군중을 향해 일경 기마대가 총으로 제압하고 소방차가 물을 살포하는 광경들을 바라보며 분노했다. 이때 김성주(김일성)도 만경대에서 만세 행렬 틈에 끼어 보통문까지 왔다.

▲ 1924년 평양 광성소학교(光成小學校) 입학

(2학년 때 가족들이 중국 길림으로 이주)

▲ 중국 길림 현립소학교(吉林 縣立小學校)로 전학

소년 시절에도 '타도 일본제국주의'와 '타도 매국노'를 외치는 학생시위운동에 참가해 일제에 매수된 중국 고관들과 일본제국을 규탄했다.

▲ 중국 길림 성립 5중학교(吉林 省立 5中學校) 입학

이때 형 손원일은 육문중학교를 잠시 다니다 기독교 학교인 문광중학교로 전학해 1925년 졸업을 했고, 김성주(김일성)는 1927년 봄, 육문중학교에 2학년에 편입학했다.

▲ 북경으로 이주해 잠시 다른 중학교로 전학.

재학 중에 일본상품 배척운동에 동참했다

▲ 길림으로 돌아와 육문중학교(毓文中學校)로 편입학

학급에서 학생들이 일본 상품을 사용하지 못하도록 감시하는 역할을 했다

▲ 중국 소주(苏州) 동오대학(東吳大學) 생물학과 입학, 의예과 과정 수료

▲ 중국 상해(上海) 교통대학(上海交通大學) 1년 수료

▲ 북경 보인대학교(輔仁大學校) 생물학과 수료. 1학년 재학 중 1학년 학생회장에 선출. 당시 북경지역 각 학과 회장단과 각 대학 학생회가 북경 총학생회를 결성했는데 이 총학생회의 주도로 북경의 모든 대학교, 중학교, 소학교 학생들이 연대해 반일시위를 벌이는 운동에 가담했다.

▲ 1940년 1월 1일, 반일운동 혐의를 받고 사상범으로 체포되어 일본 규수 나가사끼 감옥에 4개월간 투옥. 이때 형사들의 고문과 협박으로 협심증과 각기병이 발병했다.

▲ 1940~41년, 경성(서울)으로 이송되어 동대문경찰서 관할 유치장에 1년간 투옥. 윤치호와 유억겸의 도움으로 1년 만에 가석방되었으나 일경은 손원태에게 매일 오전 10시에 일거수일투족을 관할경찰서에 보고하도록 보호관찰 명령을 내려 활동을 못하도록 발을 묶어 놨다.

▲ 1941~41년 말, 석방 후 안정을 취한 뒤 일본으로 유학

동경 와세다 대학 국제학원 일본어 강습소에 입학해 2년간 공부.

▲ 1942년, 세브란스 의학전문학교(연세대 의과대학) 입학

▲ 1945년 초, 세브란스 의학전문학교(연세대 의과대학) 졸업

▲ 1945년, 의전 졸업 후 세브란스 의학전문학교 해부학 강사 역임

▲ 1949년 유학생으로 선발되어 도미, 샌프란시스코 도착해 한 달간 영어교육

▲ 1949년, Northwestern University 의과대학 의학대학원 석사과정 입학(병리학, 해부학. 생리학, 의학, 약학을 공부)

▲ 1952년, 시카고 Cook County Hospital에서 4년간 공부.
레지던트를 끝내고 병리학 전문의가 되다

▲ 1952~1972 시카고 한인제일연합감리교회 출석과 봉사 활동

▲ 1972년 미국 네브라스카 주 오마하시 이주

▲ 1978년 8월 20일, 오마하한인장로교회 장로 임직
(부인 이유신은 82년 3월에 장로 임직)

▲ 1986년 의사 정년 퇴직

▲ 1991년 5월 11일 첫 방북해 15일 김일성 주석과 61년 만에 상봉 후 의형제를 맺은 후 1994년 5월까지 매년 두 차례씩 방북해 김일성 주석과 우정을 나눴고, 김 주석 서거 후인 8월 11일에는 김정일 위원장의 배려로 평양 목란관에서 팔순 잔치를 받았다.

▲ 2004년 9월 28일, 90세를 일기로 별세
* 장례식 예배: 2004년 10월 2일(토) 오전 11시
장소: 미국 오마하한인장로교회(이희철 목사 집례)
* 애국열사묘지 안장식: 2005년 1월 14일(해외동포원호위원회 주관)
장소: 평양 신미리 애국렬사묘역

▲ 손원태 선생의 가족
부인: 이유신 장로(별세)
장남: 정호 Carl Sohn(별세), 며느리 Nena(Julia, Laura)
차남: 정국 Richard Sohn, 며느리 Sonia
장녀: 영희 Bettty Sohn
수양 딸: 영희 Pankowski Lee

2. 어릴 때부터 투철한 항일 정신을 지녔던 애국자의 생애

손원태 선생은 아버지 손정도 목사를 닮아 소년 시절부터 일제를 미워하고 항거했으며 나이에 비해 일찍 '타도 일제'를 부르짖거나 일본상품 불매운동에 나섰다. 또한 북경에서 잠시 대학을 다닐 때는 학생회 감찰부장직과 학생회장직을 맡아 학생운동에도 참가해 일화배척 운동에도 뛰어들었다. 이런 일들은 훗날 그가 일본 나가사끼감옥에 끌려간 근거가 되었다. 비근한 예로 손원태가 1945년 의전을 졸업하고 세브란스병원에서 Rotating internship과정으로 근무하던 어느 날 의과 1학년 학생이 책 한 권을 들고 일부러 찾아와서 그 책을 받아들고 면밀히 살펴보니 일경 고등계 형사들이 작성한 비밀서류였다. 거기에는 독립운동가와 그 가족들에 대한 사찰 결과와 처리 내용들이 적혀 있었는데 이미 오래전에 돌아가신 아버지 손정도 목사를 비롯해 안창호, 오동진, 김구, 김규식, 신채호 등의 이름들이 적혀 있었으며 몇 장 넘겨 길림 시절의 김성주(김일성), 손원일, 손원태의 이름도 기록됐고 세 사람의 이름 옆에는 '미검'(未檢)이라고 적혀 있었다.

오랜 세월을 지속적으로 기록한 것으로 보아 비밀스럽게 분류된 서류로 보였는데 알고 보니 책을 가져온 학생의 부친이 바로 경성의 어느 경찰서장이었다. 그 학생의 말에 의하면 명부에 적힌 사람들은 1~3차로 나누어 사형시키기로 결정됐는데 손원태는 손정도 목사의 아들이고 반일학생으로 분류되어 1차에 죽이기로 결정했고, 죽인 후에는 방공호에 묻어 버리기로 했다는 것이다. 몇 달만 해방이 늦었어도 생매장될 뻔한 이야기다. 해방되기 3개월 전부터는 기모노 차림의 인물이 그를 감시하는가 하면 해방이 되자마자 온통 잔치 분위기

감리교 소속의 교수와 목회자들과 함께한 손원태 박사(오른쪽부터 클레
어몬트신학대학 김찬희 박사, 손원태, 금호감리교회 장광영 목사 외)

손원태 박사가 자신의 수양딸 이영희의 결혼식을 마친 후 기념촬영. 이날 손 박사는 신부
입장할 때 친정아버지 역할을 하였다(뒷줄 왼쪽 끝에 손 박사 부인 이유신 장로. 손 박사
바로 앞은 미국인 신랑 Pankowski).

에 들떠있는데 느닷없이 의전에 같이 다녔던 이화덕이라는 동창이
사죄한다며 찾아왔다. 그가 손원태에게 용서를 구한 이유는 자신이

그동안 일본 형사로부터 손원태의 일거수일투족을 감시하라는 은밀한 명령을 받고 미행을 보고해왔다는 것이다. 이런 사실만 보더라도 당시 손원태의 반일정신과 항일애국정신은 타의 추종을 불허할 정도였다.

3. 손원태 선생과 김일성 주석이 61년 만에 상봉하게 된 과정

손원태보다 두 살 연상인 김일성 주석과 손원태 선생은 인생 황혼기에 접어들자 누가 먼저랄 것도 없이 서로가 애타게 찾고 있었던 사이였다. 그 과정을 구체적으로 살펴보도록 하자. 먼저 손원태 선생이 김일성 주석을 만나고 싶은 최초의 계기가 있었다. 하와이대학교 사학과 교수로 지내는 최영호 박사로부터 "김일성 주석의 기독교 배경"에 대해 증언해 달라는 편지를 받고 답신을 하면서 시작된 것이다(그 결과 최 교수는 『한국독립전쟁사』라는 책을 출판하면서 "김일성 생애 초기의 기독교적 배경"이라는 단원의 글을 썼다). 이때부터 손원태는 차라리 그럴바에야 평양을 방문해 김일성 주석을 직접 만나 서로가 청소년 시절의 우정을 확인한다면 역사가들이나 후대들에게 역사적 진실을 객관적으로 밝힐 수 있겠다는 생각을 굳히게 된 것이다.

그러던 차에 1980년 중반 실향민 출신의 위스콘신주립대 강응순 교수가 평양을 다녀온 후 손원태의 집을 찾아와 이런저런 이야기를 나누던 중에 "손 선생이 과거 길림 시절에 그토록 김 주석과의 친분이 있으시다면 당장 편지를 써 보시는 게 어떻습니까?"라고 권유하면서 결심이 더욱 구체화되기 시작했다. 강 교수의 권고대로 직접 친필 편지를 써서 평양으로 발송했다. 그러나 당시 북측과 체신협정 교류가 원활하지 않은 미국의 국제우편 시스템 문제로 인해 편지가 전달이 안 돼 회신이 없었다. 그러자 1986년 초가 되어 조급해진 손원태는 이번에는 지인들과 함께 중국 여행 도중에 일행들을 벗어나 북경에 있는 북조선대사관을 방문해 그곳에 상주한 외교관들을 만나 김일성 주석과의 상면을 요청하는 민원을 접수했다. 그러나 그 후로도 대사관이나 북측에서는 감감무소식이었다.

　그러던 중 이번에는 방북을 마치고 미국으로 귀국한 최덕신 선생이 오마하시 손원태 집으로 일부러 찾아왔다. 최덕신 장군은 평소 형 손원일 제독과 친분이 있었고, 박정희 정권 시절 외무부 장관과 서독 대사를 지냈고, 미국으로 망명한 상태였다. 최덕신, 류미영 내외가 1986년 4월 북으로 망명하기 직전에 손원태의 집을 찾아온 것이다. 최덕신의 이야기를 다 듣고 보니 김 주석은 이미 1981년에 방북한 재미동포 김성락 목사를 만나 미국에 사는 손원태의 행방을 알아봐 달라고 부탁을 했던 것이다. 그런데 그 후 아무리 기다려도 김성락 목사로부터 소식이 전혀 없었던 것이다. 최덕신은 미국으로 돌아와 수소문 끝에 의학박사 이병현을 통해 손원태가 거주하는 집을 알아내 이렇게 찾아온 것이다. 김 주석으로부터 손원태를 찾아 달라는 부탁을 받고 방문한 것이다.

　최덕신의 입을 통해 김 주석도 자신을 간절히 찾고 있다는 반가운 소식을 접하게 된 손원태는 고무되기 시작했다. 이번에도 편지를 쓰기로 작정하고 비교적 배달 사고가 적은 인편으로 편지를 보내기 위해 홍동근 목사를 통해 선우학원 박사에게 편지를 전달했다. 선우 박사는 마침 4.15 축하 방북단을 이끌고 평양을 가기 직전이었다. 편지를 전달받은 선우 박사는 평양을 방문해 1989년 4.15 경축행사장에서 김 주석과 첫 단독 만남을 가졌고, 편지도 관계자들을 통해 전달되었다. 당시 미국에서 간 방북단이 100여 명 정도였고, 외국 초청 인사들까지 합하면 수천 명의 인원이 방문한 큰 경축 행사였다. 공연장 주석단 바로 뒷자리에 앉아 있던 선우 박사는 우레와 같은 박수소리와 함께 김 주석이 입장하는 광경을 지켜봤는데 이때 김 주석이 문화상(문화부 장관)에게 무언가를 물어보더니 선우 박사가 있는 곳으로 다가오더니 "잘 왔다"며 손을 잡아주었다.

제1부 공연이 끝나고 휴식시간이 되자 김 주석은 선우 박사를 접견실로 불렀다. 이때 김 주석은 "건강을 위해 좀 걸으면서 이야기 좀 나눕시다"라고 요청해 두 사람은 30분간 방안을 걸으면서 이야기를 나눴다. 김일성 주석은 손정도 목사가 자신을 감옥에서 구해준 생명의 은인이며 자신을 따라다니던 손 목사의 막내아들 손원태를 꼭 찾아서 평양으로 보내달라"는 요청을 하기에 이르렀다. 방북 일정을 마치고 귀국한 선우 박사는 로스엔젤레스에서 네브라스카주 오마하시까지 꼬박 사흘을 운전해 손원태의 저택을 방문했다. 직접 만나 김 주석의 초청 의사를 전달하기 위함이었다. 그런데 반색해야 할 손원태의 마음은 왠지 무겁게 내려앉아 침통한 표정을 지으며 도무지 방북할 의사가 없어 보였다. 그러나 선우 박사는 도착 당일 밤 12시를 넘어 새벽 3시까지 손원태 내외를 설득했다. 그러자 3시쯤 이유신 여사가 먼저 "가봅시다"라고 하자, 손 선생도 "그럼 가보지 뭐" 하며 최종적으로 방북 결심을 굳혔다. 손원태는 그토록 김 주석을 그리워하고 만나고 싶었지만 막상 초청을 받고 가려고 보니 보수적인 정서가 지배적인 한인 이민 사회를 비롯해 이것저것 걸리는 것이 한두 가지가 아니었다. 손원태가 선뜻 결정하지 못하고 머뭇거린 이유는 특별

선우학원 박사가 증언하는 모습. 손원태 박사가 쓴 편지를 들고 평양을 직접 방문한 선우 박사가 편지를 전달하고 김일성 주석과 환담하는 과정을 추억하며 설명하는 장면(왼쪽부터 손 박사의 수양딸 이영희, 클레어몬트대학교 김찬희 박사, 선우학원 박사, 진행을 맡은 학술원장 최재영 박사)

하면서도 단순했다. 손원태의 형 손원일은 대한민국 해군을 창설한 제독으로서 6.25전쟁 발발 초기에는 해군참모총장 지휘관으로 북조선 해군 군함과 선박을 초장에 격파했던 인물이다. 뿐만 아니라 맥아더의 인천상륙작전에서도 남측 해군을 동원해 측면 지원을 했고, 9.28 서울수복 당시에는 손원일 제독이 이끌던 장병들이 서울 중앙청 탈환을 했고, 그 후 정전협정 당시에는 국방장관을 지내는 등 형 손원일 제독과 김일성 주석은 서로 배치되는 길을 걸어왔기 때문에 중간 입장에 있는 손원태는 그런 것들이 마음에 걸렸던 것이다. 그 후 손 제독은 퇴임한 이후 죽을 때까지 반공연맹의 수장과 세계반공연맹총회 한국 측 수석대표를 맡는 반공의 최일선에서 활약하는 등 김일성 주석과 대척점에 섰기 때문에 김 주석이 반기지 않을 거라는 생각까지 미친 것이다. 손원태는 여러 가지 불길한 생각이 들며 방북에 대한 고민과 갈등을 거듭했던 것이다. 그러나 결심을 굳힌 손원태 선생 내외는 드디어 1991년 5월에 첫 방북을 시작해 김 주석을 상봉하고 귀국한 후 그다음부터는 1년에 두 번씩 매번 방북해 한 달씩 묵고 오곤 했다.

4. 평양 신미리 애국렬사릉에서 영원히 안식하다

손원태 선생은 2003년 9월 18일 미국 오마하시에서 90세를 일기로 파란만장한 일생을 마감했다. 장례식을 마친 후 손원태 선생의 유해는 화장되어 임시로 안치된 후 평양으로 봉환절차를 밟아 2005년 1월 14일 평양 신미리 애국렬사릉에 안장되었다. 미국에서의 운구 절차와 북 당국의 렬사릉 안장 규정에 대한 심의를 거치느라 1년 반이 지난 후에 안장이 가능하게 된 것이다. 이날 안치식은 해외동포원호위원회를 비롯해 노동당, 내각, 학계 등 각계각층과 유족들이 참가한 가운데 조선인민군 군악대의 연주의 장엄한 의식 속에 성대하게 치뤄졌다.

이로써 일제에 36년간의 식민통치와 미제에 의한 민족 분단의 비극적인 역사로 인해 손정도 목사 세 부자는 서로 각기 세 나라로 흩어져 안장되는 또 다른 애환과 비극을 보여주었다. 손 목사의 장남 손원일 제독은 1980년 2월 남측 서울 동작동 국립묘지 장군묘역에 묻혔고, 미국의 병리학 의사인 차남 손원태 선생은 2005년 1월 북측 평양

평양 신미리 애국열사묘에 안장된 손원태 선생의 묘지를 방문한 손정도목사기념학술원장 최재영 목사

국립 서울현충원 임정 요인 묘역에 안장된 손정도 목사의 묘지(가묘)를 참배하는 최재영 목사

애국렬사릉에 안장돼 남북으로 극명하게 갈라졌다. 또한 아버지 손정도 목사는 1931년 9월 중국 길림 북산에 안장되었다가 중국의 문화혁명으로 인해 묘역이 파헤쳐지는 사태가 발생하자 길림성 밖 밀

산으로 이장됐으나 현재 그의 묘지와 유해를 아무도 찾지 못한 채 방치되어 있는 실정이다. 손정도 목사의 치열한 독립운동과 목회 활동 때문에 생전에도 자주 떨어져 살던 세 부자는 죽은 후 유택마저도 서로 이별한 상태로 지내고 있다.

그 후 손정도 목사의 유해는 한국 정부에 의해 지난 1996년 9월 11일 김포공항을 통해 국내로 봉환되어 이튿날 국립묘지 임정요인 묘역에 안장되는 절차를 밟아 오늘에 이르고 있으나 동작동 임정묘역에 안장된 손 목사의 무덤은 실은 가묘이며 아직도 유해를 찾지 못하고 있다. 왜냐하면 1931년 2월 19일 밤 12시에 49세를 일기로 순국한 손정도 목사의 장례식은 삼일 후인 22일 일제가 삼엄하게 경계하는 가운데 조촐하게 거행되었으나 7개월이 넘도록 묘지를 마련하지 못해 길림 동문 밖 봉천 사람의 장지에 임시로 보관되어 있다가 그해 9월이 되어서야 길림성 북문 밖 북산공원묘역에 100여 평의 토지를 구입해 안장할 수 있었다. 그러나 1966년 5월부터 1976년 12월까지 10년간 발생한 중국의 문화대혁명 때문에 북산공원 묘소들이 파헤쳐지는 소동이 벌어지자 동생 손경도에 의해 밀산(密山)으로 급히 이장됐다. 그 후 손 목사의 조카 손원진이 묘소를 관리해 왔으나 지금은 묘지와 유해가 어디에 묻혀 있는지 아무도 찾지 못하고 있다. 본 학술원에서는 두 차례에 걸쳐 길림북산공원 일대와 밀산 등을 찾아 묘지 발굴 탐사에 나섰으나 도시와 건물이 들어서 있거나 지형이 바뀌어 묘지를 찾을 수가 없었다.

최재영 박사
(손정도목사기념학술원장)

손정도목사기념학술원

손정도목사기념학술원은 남과 북, 해외동포가 모두 존경하는 손정도 목사의 뜻을 계승하고자 'NK VISION 2020' 산하기관으로 설립되었다. 독립운동가이자 항일투사이며 유능한 목회자인 손정도 목사가 남긴 숭고한 투쟁정신, 헌신적인 애국애족 정신, 실천적 신앙을 전체 민족공동체가 이어가도록 하기 위해 출판, 강연, 포럼, 세미나 등 다양한 학술사업들을 펼치고 있다. 아울러 본 학술원은 남북 간의 화해와 민족 공조를 위한 새로운 이슈와 비전을 제시하는 한편 외세에 의해 분단된 우리 조국이 자주적으로 통일할 수 있도록 동포들에게 올바른 역사관과 분단 극복 방안을 제시하는 사업들을 활발하게 전개하고 있다. 본 학술원과 손정도목사기념사업회는 별도의 단체이나 유기적인 협력관계에 있다.

* 학술원 공식 이메일: 9191jj@hanmail.net /choi.jy2010@gmail.com
* 공식 연락처(미국): 1-213-703-5568(학술원장)

미국 로스엔젤레스 한인회관 강당에서 개최된 손정도목사기념학술포럼을 마치고 학술원 회원들과 참가자들이 기념촬영을 한 모습(앞줄 왼쪽부터 손원태 선생의 수양딸 이영희, 앉은 이가 한인동포재단 前 이사장을 지낸 영김, 차종환 박사, 한인동포재단 임승춘 이사장, 최재영 목사, 한 사람 건너 크리스챤헤럴드 주필 이선주 박사 등)